EL TRONO CAÍDO

HELENA CURULLA

EL TRONO CAÍDO

I Premio Joven Promesa otorgado, el 6 de octubre de 2008, por los escritores Care Santos, Francesc Miralles y Laura Gallego en calidad de jurado.

EDICIONES B
GRUPO ZETA

Barcelona • Bogotá • Buenos Aires • Caracas • Madrid • México D. F.
Montevideo • Quito • Santiago de Chile

A las Nameless
y a todos los que habéis estado allí
cuando os he necesitado

1.ª edición: noviembre, 2008

en español para todo el mundo
Bailén, 84 - 08009 Barcelona (España)
www.edicionesb.com

Impreso en España - Printed in Spain
ISBN: 978-84-666-3983-5
Depósito legal: B. 37.631-2008

Impreso por A & M GRÀFIC, S.L.

Prólogo

Antes de que existiesen el Continente, las estrellas, los soles y las lunas, el Grande paseaba por un universo frío y desierto, cargando siglos de añoranza sobre sus espaldas: el Dios del Amor echaba algo en falta, aunque ignoraba qué era. En su búsqueda, dio ser a tres criaturas a las que llamó Muna, Solaris y Tempus, que más tarde serían conocidos como los Mayores.

Con tal de que tuviesen todo cuanto pudieran desear, les creó tres mundos: en el de Muna todo era plateado y una suave luz azulada, muy dulce, bañaba sus fronteras recubiertas de espejos ante los que la pequeña danzaba; un segundo orbe para Solaris, lleno de luz y fuego, no en vano tenía el chico la piel cálida como la más ardiente de las brasas y dorada como oro líquido; todo previsible y calculado en el de Tempus, pues era la criatura capaz de detener el tiempo y medirlo, y eran sus juguetes relojes y esferas de eones y centurias.

Durante muchos siglos los tres crecieron felices en sus mundos respectivos. Tempus y Solaris, amigos desde niños; Muna, recluida en su mundo, como una misteriosa y poderosa presencia a su alrededor.

Quiso el azar que un Tempus aún joven descubriese a la escurridiza Muna bailando ante sus espejos y quedase perdidamente enamorado de ella. Embargado de una repentina y desconocida timidez, corrió junto a su amigo Solaris y le pidió que mediara entre ambos, ya que ansiaba el abrazo de la danzante tanto como temía su rechazo. Sin embargo, lo que empezó con la risa y el asentimiento del áureo terminó de forma inesperada, pues también éste cayó rendido ante el hechizo de la diosa.

Olvidándose de Tempus, Muna y Solaris corrieron ante el Grande y pidieron que los uniera como a un único ser, porque no podían seguir viviendo separados. El Grande les concedió el deseo y así fue como juntos crearon el Continente, que relucía bajo tres soles inmóviles: Oldra, el inmenso sol de siete puntas del Este; la distante Ehrea, luna perpetua del Oeste; y Mass-Sessla, el sol sangrante, tan pálido que parecía una luna: la luna de las serpientes.

Muchas veces giraron en el Continente las esferas de Tempus antes de que la paz se quebrara, pero la guadaña de la muerte segó el nudo que ataba entre sí a los Mayores, y el destino del nuevo mundo cambió su curso, inmerso en eras de lucha fratricida. El origen no tardó en caer en las redes del olvido, aunque dos nombres enfrentaron a los Mayores: uno era Tavath, el primer licántropo, hijo de Muna y Solaris; el otro, Sossarth, hijo del dios áureo y la diosa Menor del desierto, Katana.

Enfurecido por las peleas entre sus hijos y sus nietos, que ajenos a lealtades asistían a un bando u otro según su propia conveniencia, el Grande arrojó su trono al Continente y sentó en él a un representante, que debía cambiar cada cierto tiempo y podía ser cualquiera que tuviese el Poder del Amor. Para defenderlo nombró al pueblo sssemesstraka, sabio y valeroso, aunque privado de la capacidad de sentir ese amor irracional que podría poner en peligro tan elevada tarea, y éste fundó Sesser-Law en lo más alto de la Cordillera Transparente, donde descansaría desde entonces el Trono del Grande. De esta manera reinó la paz en el Continente durante muchos años, aunque los Mayores y los Menores que gobernaban el mundo de los dioses seguían con sus rencillas y la calma no parecía segura ni duradera. Sin embargo, Tempus tenía una baza escondida...

Llamó a sus oráculos y les hizo averiguar cómo podía encumbrarse hasta superar a los otros dos Mayores, y sus oráculos hablaron de una única salida: poner a un hijo suyo en el Trono.

Enaltecido, Tempus llamó a los humanos, los seres más temerosos del Tiempo, y les ordenó que derrotaran a los sssemesstraka. En su devastación, una alianza de humanos, jinetes y otros leales a Tempus terminaron con el imperio de Sesser-Law, la capital custodia del Trono del Grande; pero no fue la única raza que sufrió las consecuencias de la ambición del Mayor. Otras, como el pueblo licántropo (por otro lado enemigo ancestral de los sssemesstraka), se habían visto ya cinco siglos atrás forzadas a la huida o la esclavitud. En el Continente, tras la caída de Sesser-Law, nada volvió a ser lo mismo.

No obstante, Tempus conocía la ira del Grande y ató su impaciencia: ocultó a su hijo y aguardó al momento oportuno para luego colocarle en el Trono Caído, decidido a proclamarse superior entre los Mayores y merecedor del amor de Muna, robado tanto tiempo atrás por el dios de los Soles.

De ese modo, la caída de Sesser-Law fue el fin de una era y el inicio de otra nueva, y los años que siguieron al incendio de la capital sssemesstraka se sumieron en una calma tensa: la que precede a la tormenta. Sobre la piedra quedó grabada la voz de los oráculos de Tempus:

Tres Mayores, un Trono.
Sólo donde acabó la era antigua
podrán enfrentarse los hijos del Grande.
Uno se declarará vencedor
y reinará sobre los demás como Mayor de Mayores.

Durante muchos años las palabras se mostraron vacías sobre la roca. Ahora, dos décadas después de la caída del último representante del Grande, había llegado el momento de que la fuerza decantase el poder entre los Mayores. En el Continente, un viento de cambio lanzaba a los cuatro puntos cardinales el grito del Trono Caído.

LIBRO PRIMERO

1

Shenak

El viento aullaba como un demonio en el interior de aquel lugar en el que nunca se filtraba la luz del sol. En aquella oscuridad eterna, una figura solitaria miraba a su alrededor como estudiando todo lo que pudiera moverse. En la penumbra no se distinguía de aquella figura más que su silueta, delgada, flexible y silenciosa, como una serpiente.

Alta y sinuosa, su rostro dotado de unos grandes ojos negros, todo pupila, y una sonrisa extraña pintada en los labios. Una larga cabellera caía sobre sus hombros desnudos y su rostro, dotándola de cierta descarada e indomablemente elegante belleza.

—Llegas tarde, pequeña.

La voz suave, como un quedo susurro, la hizo girarse rápida como el pensamiento, los ojos negros fijos en una sombra que no había podido detectar antes.

—Lo sé, maestro, lo sssiento. —Aunque no parecía sentirlo demasiado.

Una risilla estremeció el ambiente.

—¿Me queríasss para algo?

—Te veo impaciente. Y ya sabes que la impaciencia no es un don.

—Lo sssé, maestro. Lo siento.

La figura recortada contra las sombras se movió y el centelleo de sus ojos cambió de intensidad.

—Pero aun así, creo que ya estás preparada.

—¿Preparada?

—Para salir al mundo, pequeña. Para deslizarte al Continente. Estás preparada para afrontar una misión.

Apenas pudo controlar las facciones de su rostro para que no traicionasen su aparente impasibilidad. Estaba contenta, por fin se le permitía salir en una misión. Eso era más de lo que su maestro le había permitido en los últimos veinte años.

—Todavía eres muy joven —añadió—, pero creo que sabrás desenvolverte en el mundo de ahí fuera.

—¿Cuál esss la misión?

Su maestro hizo una pausa.

—Debes ir a buscar a un personaje un tanto peculiar. Se trata de un chico: en apariencia vulgar, posee no obstante algo que Muna desea con todas sus fuerzas.

—¿Quieres que lo lleve a Lunar-Haial? —Había escepticismo en su voz al mencionar la morada de Muna.

—Sí. Creo que podremos llegar a un acuerdo con la diosa.

Ella soltó una carcajada.

—¿Quieresss chantajear a la Gran Muna?

—No he dicho «chantajear», he dicho «llegar a un acuerdo».

Guardó un instante de silencio mientras pensaba en las palabras de su maestro.

—Debe de ser muy poderoso sí crees que la Gran Muna dará algo a cambio. Algo como...

—¿Nuestra libertad? —Había algo indescriptible en su voz, algo que tal vez fuese tristeza—. Es poderoso, Shenak. Es mucho más que poderoso. Y si Muna no nos da nada a cambio, Solaris sí lo dará.

—No lo entiendo.

—Lo entenderás, querida. Tú sólo llévale a Lunar-Haial y, luego, ambos seremos libres.

—Libresss —repitió con un hilo de voz. Fijó los ojos en el suelo y se estremeció de arriba abajo. Luego, repentinamente alzó la mirada y sus ojos negros se fijaron en su maestro—. ¿Cuál es su nombre?

James salió de la posada bien entrada la noche.

Iba solo, como siempre, enfundado en su abrigo claro y con las manos profundamente enterradas en sus bolsillos.

Iba derecho a casa, muy cansado después de todo un día enfangado en tareas que odiaba, pero ¿qué otra cosa podía hacer? No tenía las habilidades necesarias para ser maestro en nada, pues sus padres —así llamaba a la familia que le acogió siendo aún un bebé, pues a los verdaderos jamás llegó a conocerlos— habían sido demasiado pobres como para llevarle a una escuela y al morir lo único que le habían dejado había sido la diminuta casa junto a las montañas en aquel pueblecito en el que si no se trabajaba en la forja o en la posada, la única alternativa eran los campos. Con sus sesenta y cinco habitantes, él no destacaba en nada. Absolutamente en nada. De niño los demás siempre le ignoraron y el paso de los años tampoco había cambiado las cosas. James había crecido sin más compañía que la propia y había llegado a resignarse con su suerte.

Llegó a la pequeña casa y metió la llave en el cerrojo. Como de costumbre, se quedó atascada y tuvo de que pegarle una patada para conseguir que se abriera. Estaba molesto y cansado y no se detuvo a encender una vela para arrinconar un tanto las sombras que lo envolvían todo. Arrojó su abrigo sobre la cama, se desprendió de las botas y se dejó caer sobre el duro colchón.

Y entonces oyó los pasos en la habitación de al lado.

Se incorporó de un salto y buscó sus cerillas con tal de ver algo. Cuando al fin las encontró, descubrió que había una persona en su habitación.

Se trataba de una muchacha de aspecto estrafalario, con el cabello verde y un vestido vaporoso que envolvía su figura de forma extraña y misteriosa. Sus brillantes ojos negros se fijaron en los de él con una fuerza que le dejó sin aliento.

—¿Eres Jamesss?

Él la miró incapaz de decir una sola palabra.

Había oído hablar de las hadas, unas criaturas capaces

de dejar a uno mudo de asombro y fascinación. Pero, a pesar de padecer esos mismos síntomas, no podía dejar de pensar que, para ser un hada, tenía muy poco encanto. La joven no poseía la gracilidad ni el carisma natural de las hadas de los cuentos. Y, a pesar de ir vestida como cantan las leyendas, su piel verdosa y sus cabellos esmeralda no se parecían a las de esos personajes.

—¿Quién eres? —logró tartamudear al fin, lo que arrancó a su inesperada visita una sonrisa llena de dientes cónicos.

—Mi nombre es Shenak, y he venido a llevarte a un lugar con el que no habrías podido ni siquiera soñar.

Se quedó de nuevo mudo de asombro. Aquello sí que era un cambio interesante en su vida.

—¿Por qué iba a fiarme de ti?

La sonrisa se amplió un poco.

—¿Quién te ha dicho que debas hacerlo?

Y algo cambió en ese instante.

James comprendió que esa misteriosa joven podía darle lo que nadie le iba a ofrecer de nuevo: aventuras, libertad y una salida bastante mejor que quedarse en el pueblo durante el resto de su vida.

—¿Y qué lugar es ése?

Shenak se inclinó hacia él.

—¿Has oído hablar de la Tierra Sagrada de Muna, Lunar-Haial?

—No.

—Claro. —La chica no tenía por qué saber que sus habilidades como geógrafo eran bastante limitadas.

»Está en el norte, tocando con la desembocadura del Selver-Sesser y es una tierra en la que todos los seres pueden hablar directamente con la Mayor de las Lunas. Y, si la Diosa está de buen humor, a vecesss también te concede los deseos más ocultos de tu corazón.

—¿Y tú me quieres llevar allí? —James lo meditó un instante y le pareció que algo no era del todo lógico—. ¿Por qué?

Shenak pareció entristecer.

—Porque he visto que la vida no ha sido justa contigo y creo que no está bien. Deberías ser rico y los demás deberían estar a tus órdenesss.

—¿Eso crees?

—Sí, lo creo. ¿Sabes por qué? —Agitó la cabeza enérgicamente—. Porque yo puedo sentir el poder en los seres. Y alguien con tanto poder como tú no debería lavar platos en una posada de mala muerte, dejada de la mano de los dioses.

Tenía razón.

Puede que no supiese hacer gran cosa, pero él merecía mucho más que limpiar mesas y poner copas a una manada de humanos apestosos.

—¿Quieres llevarme a Lunar-Haial?

Shenak asintió con la cabeza y sus cabellos se movieron como si de serpientes se trataran.

—Pues voy contigo.

—Me alegra oír eso.

James se puso en pie de un salto y empezó a empaquetar sus escasas pertenencias en una bolsa de tela. Estaba acabando de envolver algo de pan, cuando alguien golpeó con fuerza la puerta de entrada.

—¿Esperas a alguien?

—No.

Shenak frunció el ceño.

—No te muevas. Voy a ver quién es.

Se acercó en silencio a la puerta mientras James metía la comida en su bolsa. Y lo siguiente que vio fue a la joven atravesar a toda velocidad la sala y chocar violentamente contra la pared.

Al asomarse, le sorprendió la figura de un hombre grande y fuerte en el umbral: tenía la piel áspera y cenicienta cubierta de cicatrices, el pelo ralo empezaba a retroceder dejando al descubierto su frente ancha y sus ojos demasiado juntos mostraban un extraño toque oscuro, que, sin embargo, no manchaba su mirada altanera y desafiante. La boca, de gruesos labios, estaba torcida en una mueca de suficiencia, y la barbilla presentaba un hoyuelo. Vestía una pesada armadura con incrustaciones doradas, y en las manos sostenía una espada de doble filo.

Shenak siseó furiosa, batiendo su lengua bífida.

Se llevó una mano al cinto y extrajo un machete.

—Vamos, serpiente. Ven aquí.

En lo que dura un parpadeo, la muchacha se puso en pie de nuevo y lanzó una feroz estocada, que chocó contra la armadura.

Una y otra vez la espada esquivaba sus ataques, y cuando éstos daban en el blanco no pasaba nada, puesto que la coraza le protegía.

El desconocido, por su parte, golpeaba a Shenak como le parecía y, cada vez que sus enguantadas manos lograban alcanzar el escurridizo cuerpo de la chica, ésta siseaba con furia.

Y entonces ella desapareció.

Tanto el atacante como James se quedaron mirando durante un instante el lugar en el que, segundos antes, se había encontrado la joven, pero no fucron capaces de descubrirla por sitio alguno. Segundos después el desconocido avanzó hacia James, con la clara intención de atacarle...

... pero el filo de la espada no llegó a rozar su piel, pues con la misma rapidez con la que había desaparecido Shenak, también James se desvaneció en el aire, sin dejar rastro.

Cuando James abrió los ojos de nuevo, se encontraba en un prado vasto y brillante bajo la luz de la luna, y a su lado se hallaba una sonriente Shenak.

—No creí que fuese capaz de hacerlo —susurró radiante, hablando más para sí misma—... Parece que soy mejor de lo que creía.

—¿Mejor en qué? —interrumpió James.

—En invocar espíritusss. Le rogué a Gea que te trajese a mi lado. No sabía si podría hacerlo.

—¿A quién?

Shenak le miró con los ojos muy abiertos.

—A Gea, el alma de la Tierra.

James pestañeó perplejo. ¿El alma de la Tierra? ¿Significaba eso que Shenak era maga?

James no sabía exactamente a qué se refería, pero decidió que era mejor no preguntar. Aquella criatura pensaba que él era especial, y, sin duda, le ayudaba por eso. Si le confesaba que en realidad no era más que un chico humano, le abandonaría a su suerte y tendría que volver a fregar los mugrientos suelos de la posada.

—¿Quién era ése? —quiso saber al cabo de unos instantes de silencio.

—Un jinete.

Por supuesto, James había oído hablar de los jinetes: un clan humano de costumbres guerreras, fieros en el cuerpo a cuerpo y en la batalla aérea gracias a sus dragones, que los convertían en temibles adversarios. Lo que James ignoraba, encerrado en su pequeña aldea, era que el papel de los jinetes, siempre del lado de Tempus, había sido clave en la caída de Sesser-Law. De hecho, esa historia jamás había tocado sus oídos.

—¿Qué quería?

—Evitar que te lleve a Lunar-Haial.

James pestañeó perplejo.

—¿Por qué?

—Quiere matarte. Quiere evitar que te conviertas en aquello que estás predestinado a ser.

—¿Y a él qué más le da?

Una especie de silbido similar al de un ofidio, o al del aire cuando azota las copas de los árboles, subyacía tras cada una de las palabras de Shenak. De tanto en tanto, la fuerza de ese viento crecía y se unía a su voz, como en ese momento, cuando la joven pronunció su nombre:

—Es un humano, Jamesss. Los humanos sólo persiguen sus propiosss interesess.

—Pero yo también lo soy —protestó el muchacho.

Una sombra fugaz atravesó las pupilas de Shenak, que echó a andar hacia las lejanas montañas escondiendo su rostro.

—No eres como el resto.

La respuesta no sonó convincente, pero James deseaba creerla y ajustó su paso al de la joven mientras cambiaba el curso de la conversación.

—¿Conoces el camino hasta Lunar-Haial?

—Claro. Pero tendremos que ir deprisa para despistar a Kurt.

—¿Kurt?

—El jinete.

No cruzaron más palabras. James caminaba junto a la joven mientras se imaginaba viviendo aventuras, protagonizando gestas de las que sentirse orgulloso al regresar a casa: sería admirado y reconocido como un héroe.

Lo que no sabía era que Shenak tenía sus propios planes, y en ellos no entraba James. James era sólo una herramienta.

Shenak recordó las palabras de su maestro poco antes de partir: «Haz lo que tengas que hacer, pero llévale a Lunar-Haial. Mientras tanto, yo iré en dirección contraria. Los ojos de los Mayores continúan fijos en mí. Me seguirán hasta el fin del mundo si es necesario, pero a ti no. Para ellos tú sólo eres una sssemesstraka que sobrevivió a la invasión.»

Llevaba razón.

Desde que le conocía, su maestro había vivido ocultándose, perseguido por los dioses y acorralado. Constantemente acorralado. A ella, sin embargo, la habían dejado en paz. Los sssemesstraka que habían sobrevivido a la caída de su imperio se ocultaban y aguardaban pacientemente a que los humanos dejasen aquello que les había sido arrebatado.

Shenak era poco más que una recién nacida cuando su ciudad, capital del Imperio sssemesstraka, había caído. La imponente Sesser-Law, doblegada ante la voluntad humana. Igual que cayera Luparia, la Impenetrable, quinientos años atrás, tras la mítica batalla en la Fiesta de la Sangre. Primero habían caído los licántropos y luego los sssemesstraka. Nada podía sobrevivir a los humanos.

Shenak batió la lengua molesta.

Los humanos eran una plaga y ella se veía obligada a atravesar medio mundo con uno de ellos pegado a los talones. Podía percibir su poder, podía sentirlo, llenando el espacio entre ellos. No era un simple humano, pero tenía algo de aquella raza cruel. Al menos de momento, y aquello la ponía de los nervios. Lo único que quería de un humano era su muerte, y aquélla tendría que aguardar hasta que llegasen a Lunar-Haial.

Si llegaban a Lunar-Haial, su maestro podría recuperar su vida, podría enseñarle mucho más. Lo único que ansiaba era su libertad, la de ambos. Él era como un padre para ella. Un tutor, un maestro, un amigo. Alguien en quien confiar en todo momento, un ser fiel y amable que la había rescatado de una casa en llamas y la había criado como si fuese su hija. Le debía su vida, aunque fuese una vida en la sombra, oculta para que él pudiese seguir viviendo.

Miró a James.

Y aquel humano podía obligar a los Mayores a que le dejaran en paz. Podía obligarles a jurar que le dejarían en paz para el resto de la eternidad. Podía sentir el poder que emanaba de él, pero ¿acaso había más de lo que aparentaba? ¿Acaso había más poder que el que ella era capaz de sentir? ¿Algo más? ¿Algo oculto?

No lo sabía, pero su maestro sí parecía saberlo, hasta el punto de separarse de ella, por primera vez en todos aquellos años. Por primera vez en más de dos décadas la había dejado emprender una misión sola. Atravesar el Continente y llevar a James a la muerte.

«Un humano menos», se dijo sonriendo.

Un humano menos, un problema menos y una fuente de poder menos. Aquello último la molestaba de alguna manera que no era capaz de explicar. Una fuente de poder, un ser menos del que aprender.

Agitó la cabeza.

Los sssemesstraka siempre habían sentido debilidad por todo lo desconocido, todo aquello que pudiese traerles nueva sabiduría, y las «fuentes de poder» (los Mayores y los Menores, los magos, los dragones, el alma de los elementos y las plantas...) siempre habían levantado fascinación entre los de su raza. Al poder sentir su poder eran capaces de reconocerles a primera vista, de este modo tenían la oportunidad de observarles y de aprender cada vez más.

Pero aquello no debería importarle, porque el fin siempre justifica los medios, según le había enseñado su maestro, y el fin era su libertad. El medio, acabar con una fuente de poder. ¿Qué menos que eso?

—Shenak —llamó James en voz alta—, ¿estás segura de que éste es el camino?

—¿Te llevaría yo a un lugar equivocado? —murmuró con una sonrisa en los labios.

Luego alzó la vista y señaló una cordillera tan lejana que se mostraba como una serpenteante bruma en el horizonte.

—Aquélla es Mov·wen, pasaremos a sus pies, pues atravesarla es una tarea mortal, y llegaremos a Kron-Shornuk; una vez atravesadas las Estepas Loras, no tendremos más que atravesar el desssierto sssemesstraka y llegaremos a Lunar-Haial.

—Eso es un camino muy largo. ¿Lo haremos todo a pie?

Bufó con fastidio sin detener sus pasos.

Puede que fuese una fuente de poder, pero también era un vago.

—¿No podríamos pedirle al alma del viento o del agua que nos llevase?

—No.

—¿Por qué?

—Porque la petición debe merecer el viaje, Jamesss. Si no cualquiera iría a pedirle a Muna lo que se le antojase, ¿no te parece? Muna se hartaría y no concedería más deseos.

James resopló fastidiado ante la perspectiva del largo

viaje. Luego posó los ojos en la hermosa joven que le guiaba, y pensó que un viaje así podía merecer la pena.

Aquella noche, cuando se tumbaron para descansar, James se acercó a ella para conservar el calor: no se habían atrevido a encender una hoguera, por miedo a que el jinete les encontrara fácilmente.

2

Escama de plata

Shenak se despertó poco después de que el inmenso sol se alzara por encima de las montañas; sin embargo, permaneció tumbada y fingiendo dormir, pues había detectado la intrusión en su «campamento» de un grupo de seres extraños. Podía sentir cómo se movían a su alrededor, examinándolos a ella y a James. Entornó los ojos y se fijó en uno que se había agachado sobre él; oyó incluso cómo desenvainaban sus cuchillos antes de incorporarse de un salto y matar a uno de aquellos seres, que retrocedieron sorprendidos.

—¡Jamesss! —chilló—, ¡dessspierta!

El chico abrió los ojos, se puso en pie, vio a sus enemigos y retrocedió hasta situarse junto a la sssemesstraka.

—Shenak —murmuró James, mirando a los curiosos seres por encima del hombro de la joven—, ¿qué...?

—Hombres-topo —escupió ella.

Los hombres-topo tenían un aspecto realmente singular: eran pequeños y con afilados hocicos de los que sobresalían letales dientes cuadrados. En lugar de manos tenían tres largas y curvadas garras negras. En la parte más alta de sus cabezas chatas aparecían dos diminutas orejas redondas, similares a las de los hipopótamos. Vestían con ropas de color terroso; una gruesa capa de barro les cubría de pies a cabeza y blandían con sus letales garras machetes de hueso que no parecían menos peligrosos. Estaban organizados, o esa impresión daba, y el más menudo de todos era el jefe, que en ese instante se enfrentaba a Shenak con el hocico alzado y los ojuelos fijos en el delgado y flexible cuerpo de la muchacha.

—Vamos, serpiente —la incitó el líder—, ven a probar el sabor de mi machete.

Los demás gruñeron, emitiendo una risa horrible y mostrando los dientes. También Shenak mostraba los colmillos. Se había inclinado hacia delante con la cabeza levantada y el pelo revuelto, que más que nunca parecía estar compuesto por serpientes amenazantes. Había abierto tanto la boca que los largos colmillos plegables aparecieron letales y afilados, goteando veneno rojizo.

Ni los hombres-topo ni la joven hicieron movimiento alguno, hasta que, repentinamente, la chica desapareció. Como ya hiciera el jinete el día previo, los atacantes miraron anonadados el lugar en el que debía haber estado su enemiga: frente a James. Éste sintió un ligero cosquilleo en su tobillo.

Uno de los hombres-topo husmeó el aire, segundos antes de que la hierba se lo tragara. Todos a una se giraron hacia donde había caído su compañero, pero no hallaron indicios de lo que podía haberle ocurrido hasta que otro corrió la misma suerte. Shenak se materializó entonces con una sonrisa despectiva en los labios. Sentada en la alta hierba, con las piernas cruzadas y un destello verdoso en la piel, miró fijamente al líder, como retándole para que la atacara. El pequeño hombre-topo alzó el machete y, con un grito de guerra, saltó sobre la joven, que le apartó de sí con un manotazo, como si no fuese más que un molesto insecto.

Iba a volver a atacarla cuando algo le detuvo. Retrocedió un paso, alzó el morro e infiltró una gran cantidad de aire por las dilatadas fosas nasales. Los demás hombres-topo también husmearon antes de levantar las zarpas, taparse la punta del hocico y dejar que la tierra los engullera. El último en desaparecer fue el líder, que le dedicó una funesta mirada y le sonrió de forma macabra mientras se zambullía en la hierba.

Shenak se había tensado como una cuerda de arco, rastreando el horizonte y el cielo y, al volverse, unas garras tomaron a James por la cintura y lo alzaron del suelo. La sssemesstraka se levantó de un salto, mientras el humano chillaba desesperado.

—¡Detrás de ti!

No tuvo tiempo de volverse cuando unas fuertes garras se cerraron en torno a su cintura, alzándola del suelo.

El dragón que la había atrapado entre sus garras la montó sobre su lomo y tomó mayor altura.

Era una bestia larga y sinuosa, y al final de su majestuoso cuerpo tenía una cabeza inmensa provista de veintiséis largos cuernos, ligeramente curvados en todas direcciones. Unas diminutas púas corrían a lo largo de su espalda y carecía de patas delanteras. Tenía tres falanges en mitad de sus inmensas alas membranosas, que recordaban a las de los murciélagos. Las patas traseras, recogidas en el vuelo, eran formidables: mostraban seis largas garras de uñas negras y en el talón un pincho de plata en forma de garfio. La cola era muy larga y se agitaba peligrosamente. No acababa en punta, sino que era una especie de garrote provisto de cientos de largos cuernos de aspecto nada agradable.

El dragón que volaba a su lado, con James entre sus garras, era de un hermoso tono azulado y algo más grande. Cuatro cuernos coronaban su testa, todos largos y de color blanco roto. Las patas delanteras, al igual que las traseras, estaban provistas de cinco garras grandes y fuertes, que recogía con elegancia. Las inmensas alas membranosas dejaban entrever a contraluz un millar de pequeñas y gruesas venas negras, y la cola, al final de una espalda dentada, terminaba en una cuchilla con forma de cola de león.

Shenak miró a su alrededor en busca de la razón por la que había sido arrancada tan violentamente de su elemento natural, y no tardó en descubrir a un tercer dragón: un emplumado. Rojo como la sangre y sin cuernos ni púas, batía el aire con inmensas alas cubiertas de plumas y sus garras eran de oro. Sobre su espalda cabalgaba un hombre con armadura que captaba toda la luz del sol de siete puntas, emitiendo brillos cegadores. El yelmo sobre su cabeza estaba empenachado con plumas de águila de un color azul oscuro y tenía incrustaciones doradas. El jinete montaba sobre una gran silla de terciopelo azul claro y estribos dorados, en los talones brillaban espuelas con grandes pinchos y sujetaba las riendas de cuero con firmeza entre sus dedos enguantados.

Volaron sin descanso todo el día y toda la noche y, al amanecer del segundo día, el dragón rojo obligó a los otros dos a descender hasta aterrizar sobre unas rocas afiladas y nada seguras. El inmenso jefe se posó sobre un pico algo por encima de sus compañeros más pequeños y más aptos para posarse entre las peligrosas rocas.

El jinete descendió de su montura y contempló a la joven.

—Me alegro de volver a verte, Shenak —dijo al tiempo que se despojaba del yelmo y descubría un rostro de facciones ásperas y descuidadas, cubierto de cicatrices. La boca, de gruesos labios, estaba torcida en una mueca de suficiencia.

A James no le costó demasiado reconocerle.

—Ojalá pudiera decir lo misssmo, Kurt. Déjanos continuar. Tenemos un viaje por delante y tú no nos vas a detener.

Una sonrisa retorcida cruzó el rostro de aquel hombre.

—¿Qué te hace pensar que yo no tengo mis propios planes, Shenak?

—¿Creesss que accederé a tu chantaje?

La carcajada resonó en la garganta como el ladrido de un perro rabioso. Se acercó a la muchacha con ademán amenazador y se inclinó sobre ella, tomándola por el cuello con rudeza.

—Me perteneces, ¿entiendes, serpiente? Eres mía. Me perteneces aunque huyeses de Sesser-Law cuando eras una cría.

James percibió como en carne propia el miedo que atenazaba a la joven, aun cuando ésta intentara disimularlo, batiendo la lengua bífida con rabia. Se movió con nerviosismo.

—Déjame —murmuró Shenak, y fue más un ruego que una orden.

—Te voy a hacer mía, serpiente, en cuerpo y alma.

La mano derecha pasó por los hombros de la joven, y acarició con rudeza la hermosa espalda, haciéndola estremecer aterrorizada, mientras sentía cómo los dedos de la mano izquierda se hundían en su cuello, impidiendo que sus colmillos letales hicieran lo que ella parecía estar deseando con tantas fuerzas.

—Suéltala —ordenó James, sorprendiéndose a sí mismo ante su propio atrevimiento.

—¿Qué has dicho? —inquirió el hombre volviéndose hacia él sin soltar a Shenak.

—¡Déjala en paz!

—¿Te atreves a darme órdenes, muchacho?

Sintiendo su orgullo profundamente herido, el jinete se giró al tiempo que llevaba la mano a la empuñadura de la espada; por un instante disminuyó la presión de sus dedos en el cuello de la sssemesstraka, que respiró hondo antes de abrir la boca al máximo y lanzarse sobre la espalda de Kurt.

Todo sucedió muy deprisa. El dragón rojo chilló alertando a su amo. Kurt se giró raudo, mientras su puño de hierro volvía a cerrase sobre el cuello de la serpiente en la que Shenak acababa de convertirse. Con un gesto casi instintivo, el jinete hundió su arma en el cuerpo de su presa y ambos cayeron al suelo: la serpiente aún sujeta, intentando estrangular con sus poderosos anillos a aquel hombre, pero el acero se hundió más en su hermoso cuerpo y de su boca escapó un chillido que obligó a todos a taparse los oídos.

Kurt logró desembarazarse de ella y se apartó, a tiempo de ver cómo la serpiente se enroscaba en el suelo, buscando la herida con la lengua, cada vez con menos fuerzas. El chillido de dolor había cesado, pero la sangre manchaba las rocas con alarmante rapidez, y James no dudó un instante en acercarse a ella.

Ante las protestas de los dragones, y los alarmados ojos del jinete, aquel muchacho se agachó sobre la serpiente muy despacio, alargó las manos, pero las retiró enseguida cuando Shenak volvió la cabeza y le mostró los largos colmillos, siseando furiosa. Las alargó de nuevo, más lentamente, y esta vez la serpiente acercó un poco la cabeza, mientras batía la lengua con curiosidad, hasta posarla sobre su mano, cerrando los ojos complacida al sentir las caricias del joven. Se arrastró hasta apoyar la testa sobre el regazo del humano y desenroscó el cuerpo, mostrando una terrible y profunda herida en su hermoso cuerpo de reptil.

James miró la herida preocupado, mordiéndose el labio inferior, y alargó una mano temblorosa hacia ella. Sus dedos rozaron la piel que la rodeaba; Shenak volvió a chillar y le dedicó una mirada de dolor.

Con cuidado, y sin saber muy bien lo que hacía, James acarició a la serpiente, desde la cabeza hasta la punta de la cola. Repitió varias veces el proceso hasta que, de pronto, sintió que algo se desprendía de él cada vez que acariciaba la herida. A la cuarta o quinta vez, Shenak había dejado de quejarse y, simplemente, se estremecía ante el contacto.

James pasó de nuevo la mano, y al llegar a la herida, no pudo continuar. Esta vez vio claramente cómo algo iluminaba la palma de su mano y hacía desaparecer, poco a poco, la sangre, reparando las suaves escamas. Al cabo de unos segundos, la herida había desaparecido por completo, y en su lugar se encontraba una gran escama de plata que brillaba de una forma extraordinaria.

La serpiente miró primero su escama de plata y luego el rostro cansado del muchacho que acababa de salvarle la vida. Reptó hasta enroscarse frente a él y luego alzó la cabeza y se levantó de tal manera que los ojos de ambos quedaron a la misma altura. Una sinuosa sonrisa apareció en su rostro triangular antes de dejarse caer hacia delante y reposar la cabeza sobre su hombro.

Sin que nadie lo notara, Shenak estrechó con sus anillos aquella nueva escama de plata, y supo, mejor que nunca, que si moría aquel muchacho, algo muy valioso de aquella tierra se perdería para siempre, y de nuevo se preguntó por qué los dioses estaban tan interesados en acabar con aquella extraordinaria fuente de poder oculta en el cuerpo de un simple humano.

Acamparon entre las rocas. Los dragones mantuvieron una larga conversación con su líder rojo y Kurt se mantuvo junto a la hoguera que éstos habían encendido, de manera que James decidió no acercarse a las llamas. Se encontraba agotado, después de haber curado a Shenak, y el no saber qué o cómo lo había hecho no le ayudaba demasiado. Estaba inquieto y no podía dormir.

Mientras daba vueltas por el suelo distinguió una suave figura que se deslizaba entre las rocas, alejándose del campamento. Echó una mirada de reojo a Kurt y a los dragones antes de decidirse a seguirla.

La encontró enroscada en lo alto de un saliente de una inmensa montaña rocosa. El chico cerró su abrigo, pues la noche era bastante fría, y se sentó a alguna distancia.

—No te he dado lasss graciasss —dijo la serpiente.

—No sabía que pudieras hablar con esta forma —comentó él sorprendido.

—Hay muchasss cosssasss de mí que no sssabesss.

Bajo su forma de serpiente, el siseo era mucho mayor y atravesaba cada palabra, reclamando presencia. James percibió que algo atormentaba a aquella joven, y sintió verdaderos deseos de ayudarla.

—¿Qué te pasa, Shenak?

—No me gusssta que él essstéaquí.

—A mí tampoco —dijo James, mirando hacia el campamento—. ¿Quién es ese Kurt?

—¿Estás celossso, amigo? —La serpiente sonrió con sorna.

James la miró de soslayo.

—No estoy celoso.

—Claro que lo estásss.

—¿Estás unida a él, Shenak?

—No. Pero pretende que lo essstÉ.

—No eres de esas mujeres a las que uno pueda imaginar casada, eres demasiado... —Se interrumpió sin saber qué decir.

—¿No creesss que alguien pueda enamorarssse de una ssserpiente?

—Él está enamorado de ti, ¿no?

—No. Él essstá enamorado de lo que representaría poder controlarme. ¡Shenak, la Ssserpiente! No le interessso. Másss bien —miró a James con tristeza antes de continuar— le doy asssco.

—¿Asco? ¿Por qué? Yo te veo... —Se mordió la lengua demasiado tarde.

La inmensa serpiente se volvió hacia él con una mirada extraña en sus ojos negros. Un segundo después era de nuevo la joven de singular aspecto que parecía haberle robado algo más que las fuerzas.

—¿Me vesss como mujer? —preguntó ella—. ¿Puedes ver más allá del hecho de que no sea humana como tú?

James asintió con la cabeza.

—¿Y sabes lo que veo?

Shenak negó con la cabeza, sin saber qué decir.

—Veo al ser más hermoso y majestuoso que jamás se ha cruzado en mi camino. —Lo cual no era difícil, sin haber salido jamás de su pueblo.

—¿Tú? ¿Serías capaz de amarme? —preguntó mirándole a través de sus sedosas pestañas.

Le vio agachar la cabeza pensativo, encogerse y acto seguido alzar los ojos hacia ella.

—Shenak... —dijo aproximándose; acarició su pelo verdoso y su cuello, pero no con ferocidad como había hecho Kurt. Tocó dulcemente las marcas que el otro había dejado en su cuello y éstas desaparecieron como si nunca hubiesen estado allí—. No sé lo que siento por ti, Shenak. —James pareció beber de cada una de las letras de aquel nombre—. Sólo sé que es algo inexplicable. Algo que no había sentido nunca, por nadie.

Ella no contestó, no sabía qué decir.

Gracias a su maestro sabía qué era el amor. Él se lo había explicado millones de veces, porque la leyenda afirmaba que los sssemesstraka no eran capaces de amar a nadie. Se sentían atraídos por el poder, por las fuentes de poder, querían aprender de ellas y solían unirse a aquellas a las que profesasen mayor afecto. Entre ellos podían sentir afecto, pero un sentimiento mayor les estaba vedado salvo en contadas ocasiones en la historia de los sssemesstraka. Era un derecho que los Dioses parecían haberles negado a casi todos.

Los sssemesstraka que se habían enamorado podían contarse en una mano, y solían protagonizar dramáticos relatos que advertían del peligro de tan profundos sentimientos.

Ahora bien, los sssemesstraka no podían amar pero sí podían ser amados por los demás seres. Sabían lo que esos extraños y desconocidos sentimientos podían provocar. Sabían controlarlos.

Shenak había aprendido el significado de las palabras de amor de los labios de su maestro, que le había intentado aclarar la locura que provoca el estar enamorado. La sssemesstraka sabía que, si James se enamoraba de ella, podría llevarle al fin del mundo, y él la seguiría. Podría llevarle más fácilmente a Lunar-Haial, ante Muna y al mismísimo cadalso, y él la seguiría.

James la arrancó de sus meditaciones, acercándola suavemente hacia sí con la mano que tenía posada sobre su escama de plata y la besó. Fue un beso salvaje y apasionado en el que Shenak acercó su cuerpo al de él y lo abrazó, enredando los dedos en su pelo y sintiendo el firme abrazo del muchacho en su espalda.

Dejó que su lengua bífida se enredara con la de él, y cuando se separaron, James se encontró bastante más fuerte que antes.

Cuando Shenak se levantó aquella noche, James hacía rato que dormía, los dragones roncaban en un rincón y Kurt se hallaba tendido de bruces, sus horribles gruñidos de cerdo rivalizando con los de sus monturas. La joven se alejó, trepó con rapidez por la ladera de la montaña, hasta un saliente algo elevado y extrajo de un bolsillo unos polvos blancos. Aplanó un poco el terreno y los dejó caer sobre la fría piedra. Luego murmuró un nombre en la antigua lengua de las serpientes y aguardó a que apareciera un rostro en la superficie cubierta de arenilla. Inclinó la cabeza en señal de sumisión ante la figura que acababa de aparecer ante ella.

—¿Qué quieres, Shenak? —inquirió el reflejo de su maestro sobre la piedra.

—Te necesito a ti, maestro.

—¿Qué ocurre?

—Hemos sufrido un pequeño inconveniente.

—¿Qué clase de inconveniente?

—Un jinete que me ha causado unos cuantos problemas.

—¿Te has deshecho de él?

—No he podido, maestro. Ahora estamos bajo su custodia. —Escuchó cómo el reflejo gruñía por lo bajo y continuó—: ¿Qué debo hacer?

—Sin duda es un problema serio. ¿No puedes deshacerte de él?

—¿Custodiado por tres dragones? Lo dudo. Soy buena, maestro, pero no tanto.

—¿Qué hay del humano?

—Lo tengo que suspira por mí, maestro. —Sonrió.

—Eso no me hace gracia, Shenak. No está bien jugar con los sentimientos inculcados por el Grande.

—Lo sssiento, maestro.

—No, Shenak, ése es el problema, que no lo sientes. No sé por qué los dioses crearon a una raza tan fría, pero lo cierto es que no puedes sentirlo, porque no lo entiendes.

—La cuestión es —interrumpió Shenak, ansiosa por variar el rumbo de la conversación— que ahora lo tengo atrapado. Puedo llevarle tranquilamente a Lunar-Haial, y ni siquiera se dará cuenta de que le estoy traicionando.

—¿Y eso te hace sentir orgullo?

—No, maestro. Pero me alegro porque pronto seremosss libres. —Y eso lo decía en serio.

—¿Qué piensas hacer con el jinete y los dragones?

—Aún lo ignoro. Quizá me adelanten camino, cuanto más cerca esté de Lunar-Haial, menos tendré que alargar la farsa. Ademásss, me gustaría estudiar a ese chico. Posee un gran poder —afirmó al tiempo que se echaba la mano inconscientemente hacia la zona donde sentía su nueva escama de plata.

—No me gusta que estés cerca de él, Shen. Pero tienes razón, su poder es grande. Escucha, debes librarte del jinete. Busca la manera de separarte de él.

—Dudo que resulte una tarea sencilla, teniendo en cuenta que Jamesss esss humano.

—Olvídate de él. Escapa tú, y luego síguele. Cuando halles la manera de separarle de ese jinete, hazlo, pero bajo ningún concepto pongas en peligro tu vida por él.

—La libertad lo merece. —Le sorprendían las palabras de su maestro. Alejarse de ese humano los distanciaba a ambos de su sueño; sin embargo, el reflejo se mostró inflexible.

—No si estás muerto cuando la consigues. Hazme caso, Shen. Sepárate del peligro y regresa luego a por nuestro humano.

—Como ordenes, maestro.

—Así me gusta. Debo marcharme, no es seguro que hablemos durante mucho rato. Mantenme informado.

—Lo haré, maestro. Vigila tus espaldas.

—Y que los dioses te bendigan, Shen.

La imagen vibró un instante antes de desaparecer. Shenak contuvo el aliento, como si esperara que apareciese de nuevo, pero no ocurrió nada. Esparció los polvos sobre la piedra y suspiró. Parecía que no podría estudiar al humano después de todo.

Shenak no pudo dormir en toda la noche.

Pasó todo el día pensando en cómo escapar sin que Kurt volviese a por ella. Pero la única manera de conseguir eso era haciéndole creer que estaba muerta y aquello no era tan sencillo.

Cuando Kurt les ordenó montar en los dragones para partir, empezaba a tener una ligera idea de cómo hacerlo.

Aguardó hasta el mediodía, mientras sobrevolaban las afiladas peñas de Mov·wen, y decidió que había llegado el momento de separarse de aquel engreído jinete.

Miró a James, y cuando él fijó la mirada en ella se aseguró de despertar en sus ojos el destello de un sentimiento como el que plagaba las historias.

Kurt se volvió para decirle algo a Shenak en el mismo instante en que la joven pasaba una pierna por encima del cuello de su montura y saltaba al vacío. El alado de veintiséis cuernos intentó atraparla, pero sus garras no pudieron más que rozar el cuerpo de reptil que serpenteaba en el aire. Kurt gritó, los dragones gritaron y James lanzó un chillido que pareció partir el cielo en dos.

El dragón azulado que montaba el chico se estremeció involuntariamente, temiendo que su jinete saltase detrás de su amada, incapaz de soportar el dolor de su pérdida. Vieron desaparecer el cuerpo ondulante entre los picos rocosos.

—¡Tráemela de vuelta, Trk! —chilló Kurt con un furioso brillo llameando en sus ojos y señalando a la montura de Shenak con rabia—. ¡Si está muerta quiero el cadáver a mis pies! ¡Si está viva, me la traerás aunque te juegues la vida! ¿Me has entendido?

El dragón asintió y descendió en picado, serpenteando entre las rocas. Le siguieron con la vista hasta que desapareció al doblar un recodo. Luego, continuaron su marcha.

3

Lágrimas de hielo y cristal

—Es imposible que haya sobrevivido.

Las palabras del dragón volvieron a filtrarse en su mente, reptando poco a poco hasta alcanzar el cerebro aturdido de James.

Habían aterrizado para descansar aquella noche en un claro, lejos de las montañas. Todo alrededor eran frondosos bosques de pinos y cipreses, que no dejaban de recordarle a un macabro y gigantesco cementerio de tocones y troncos retorcidos.

—Está muerta, chico.

El dragón había dedicado gran parte del último vuelo a tratar de arrancar una palabra al muchacho. James tenía la sospecha de que Kirk, pues así se había presentado el escamado, sólo quería protegerse a sí mismo, asegurándose de que no se suicidaba, dejándole a merced de la ira del jinete.

El joven le ignoró de nuevo. Le resultaba curioso ver lo rápido que había perdido miedo a esa criatura y lo pronto que dejó de sorprenderle el oír su voz, suave y profunda.

No podía dejar de pensar en Shenak.

Cerró los ojos un momento y evocó su mirada negra y su cuerpo sensual bajo aquel vestidito verdoso. Evocó su melena enmarañada pero suave como un velo de seda, su dulce aroma y hasta su fría calidez. Evocó sus labios y aquel beso que habían compartido. Se estremeció al recordar el tacto duro pero suave de su boca y la vibrante lengua bífida nadando como una anguila en la suya.

No podía estar muerta. Simplemente no era posible.

—James —llamó una vez más el dragón, devolviéndole al mundo real.

El muchacho volvió a sentir clavados en él los ojos del dragón rojo. Los observaba desde la distancia con una extraña expresión en su rostro escamado, y el chico se dio cuenta de que lo único que le mantenía alejado era Kurt, que se había sentado en una roca con forma de cabeza de troll y fumaba de una pipa.

—¿Qué te ata a ese malnacido y su perro rojo? —se dirigió por fin a Kirk, la ira aflorando en cada una de sus palabras—. ¿Por qué no te marchas a vivir tu vida y de paso me dejas en paz?

Kirk bajó la vista.

—Veras, chico. —Suspiró pesadamente—. Mi hermano y yo seguimos a Zur, nuestro hermano rojo, porque él nos lo pidió. Somos guerreros en ese sentido, ¿sabes? —Guardó silencio unos segundos, sabiendo que tenía que explicar algo que ni siquiera los dragones entendían muy bien—. En este momento me ata mi honor. Los dragones valoramos mucho el honor de todas nuestras acciones, ésa es la razón por la que no he descuartizado a ese engreído humano. La idea de los jinetes resulta ofensiva para mi honor, pero Zur está atado por ese mismo sentimiento a la Orden de los Jinetes.

—¿Orden de los Jinetes?

Kirk asintió con la inmensa cabeza.

—Los jinetes son una orden muy antigua. Al parecer entre algunos dragones y algunos humanos se crean vínculos. El dragón hace cosas por el humano, pero también el humano debe sacrificarse por el dragón. —Kirk miró a Zur con expresión indescifrable—. En algunos casos muy desgraciados, el dragón es sometido a la voluntad del humano.

»En esos casos todo vínculo desaparece, el dragón no siente lástima por su jinete, no siente aprecio ni nada que se le parezca, sólo miedo, porque sólo Arpenystryp puede separar a los dragones de sus jinetes.

—¿Y qué pasaría con Zur si Kurt muriese?

—Creo que no le dolería demasiado. Por fin podría ser libre. —Rio por lo bajo, aunque no parecía una risa muy feliz—. La mitad de las cosas que le han obligado a hacer le repatean, odia tener que seguir las órdenes de un humano que no respeta nada ni a nadie. Será un día feliz para Zur, aquel en el que ese humano muera. Entonces seguramente abandonará el camino que Kurt le ha marcado.

—¿Y si eso le obliga a enfrentarse a otro dragón?

Kirk le miró sin comprender, y pareció enarcar una ceja.

—¿Acaso los humanos no lucháis a muerte contra otros de vuestra raza por defender aquello que amáis y aquello en lo que creéis? ¿No fue acaso la lucha entre hermanos de sangre lo que originó el castigo de Arpenystryp?

James no entendió las últimas palabras, pero no se detuvo a preguntar su significado. Su mente volvía a centrarse en Shenak, como si ella le hubiese llamado silenciosamente desde la distancia.

—Siento que está viva, Kirk. Lo siento.

—¿Cómo puedes sentirlo? Eres humano.

James se volvió hacia él con el brillo de la hoguera iluminando parte de su rostro.

—¿Y cómo pude darle esa escama? ¡Vamos, dímelo! —Sentía hervir la sangre en su interior—. Sólo soy un humano, alguien normal y corriente, nunca he sabido hacer nada. Nada especial. Luego apareció Shenak y todo ha cambiado. Todo. —Tenía los ojos húmedos, pero no hizo caso—. Soy un simple y condenado mortal. Pero, ¿sabes qué?, he podido darle esa escama y estoy convencido de que Shenak vive. Tiene que estar viva.

—No sé por qué esa serpiente es tan importante para ti.

—No es una serpiente.

El dragón azulado le dedicó una mirada burlona y soltó un bufido rabioso.

—¿No? Vendería a su madre con tal de aguantar media hora más en este mundo.

—Mientes.

—No se fía de nadie, no obedece a nadie.

—Mientes.

—Su única preocupación es sobrevivir, sin importarle el resto del mundo.

—¡Mientes!

Y un rayo cruzó el claro cielo estrellado y fue a caer entre las patas del dragón, que retrocedió un paso, mirando anonadado el lugar en el que el rayo acababa de abrasar la tierra sin previo aviso.

Todo ruido había desaparecido.

El campamento entero había enmudecido y miraba al chico que temblaba de ira con el rostro perlado de sudor.

—En nombre de todos los dioses —murmuró Kurt al tiempo que se ponía en pie sobre la roca.

El dragón rojo miró al chico, arrugó el hocico y gruñó.

—¿Qué eres tú, niño? —bufó batiendo su peligrosa cola en el aire.

—Silencio, Zur —ordenó Kurt.

—¡Ya has visto lo que ha hecho! —protestó el rojo escamado—. ¡Casi mata a uno de los míos!

Kurt le dedicó una mirada indescifrable.

—Recuerda quién está al mando, dragón.

El rojo sostuvo su mirada apenas un segundo, luego la hundió, sumiso.

—Será como desees, mi señor.

—¡Y en cuanto a ti, muchacho, no quiero volver a ver magia, de ningún tipo! —Hizo un gesto en dirección al agujero que el rayo había dejado tras de sí—. ¿Me has...?

Se detuvo de pronto, pues James cayó sin fuerzas al suelo, inconsciente.

Cuando despertó viajaba entre las garras de Kirk, que procuraba no mirarle. En cualquier otro momento habría sentido vértigo por la inmensa altura que lo separaba del suelo, pero estaba exhausto y, de todas formas, se sentía demasiado mareado como para preocuparse de cualquier otra cosa.

Inspiró profundamente, intentó despejarse, pero pronto sintió que el cansancio le ganaba terreno y cerró los ojos, dejando caer las extremidades con pesadez. Su último pensamiento fue para Shenak, y deseó que, estuviera donde estuviese, se encontrara sana y salva.

Shenak llegó a una nueva caverna entre las rocas y enroscó sus anillos antes de que Trk, el dragón escamado, pasara volando muy cerca. Sus gigantescos ojos contemplaron la fachada de piedra y arañaron distintos recovecos, pero sus inmensas garras no podían penetrar en la mitad de sitios en los que ella cabía de sobra.

Una llamarada calcinó la pared sin llegar a la sssemesstraka, pero el dragón había percibido ya su escondite, y era cuestión de tiempo que lograse darle caza.

Shenak había luchado contra dragones años atrás, sobre todo en montañas rocosas, donde ellos quedaban a la vista pero su pequeño cuerpo de serpiente podía ocultarse bien. No era difícil deslizarse entre las rocas, confundiéndose entre las pequeñas sombras; sin embargo, no era tonta y sabía que abatir a un dragón era casi imposible. A menos que se le tomase por sorpresa, claro.

Trk estaba muy alerta.

Además, aquel inmenso animal tenía una ventaja, en cuanto supiera dónde se encontraba ella, sus largos cuernos podrían destrozarla. La cola estaba muy bien provista de largos y afilados arpones, y si llegaban a hundirse en su piel la sacarían irremediablemente de su escondrijo.

Vio pasar la veloz figura de aquel majestuoso ser, y su larga cola le pareció demasiado grande. Se deslizó aprisa fuera de su agujero, dejándose caer entre unas piedras grandes que había al fondo de la garganta donde se había situado.

A las serpientes no les gustaba matar dragones, y a los dragones no les gustaba matar serpientes, porque se sentían hermanos de algún modo, pero eso no hacía a Trk menos peligroso de lo que era.

El dragón se giró, Shenak acababa de hacer lo que él esperaba y se lanzó en picado sobre aquel esbelto cuerpo que se dejaba caer. La serpiente no tenía escapatoria. ¿O sí?

Trk trató de aferrar aquel resbaladizo cuerpo, pero ella, virando rápidamente en el aire, enroscó la punta de la cola en torno a su cuello, se sujetó a los fuertes cuernos y dejó caer la cabeza entre los ojos del dragón. Él rugió furioso: no lograba sacudírsela. Se dio la vuelta y chocó contra la pared, intentando zafarse de la presa de aquella serpiente que en aquellos instantes abría sus fauces sobre los ojos.

Los inmensos colmillos aparecieron a la vista, chorreando un veneno al que él, Trk, no era inmune. Intentó cerrar los ojos antes de que Shenak cayera sobre él con furia y hundiera los largos y curvados colmillos en ellos.

El escamado aulló de dolor, y algunas piedras se desprendieron de la montaña. Hizo un nuevo intento por liberarse de la dolorosa presa, pero la serpiente apretó sus fuertes anillos, ahogándole.

El dragón descendió agotado, arañó su propio cuello con las garras situadas en el centro de sus alas de murciélago, pero sólo consiguió herirse más aún. Cuando cayó pesadamente al suelo, la serpiente se desprendió dejando que el aire entrara a raudales en su garganta.

Se levantó, no podía volar ciego como Shenak le había dejado, pero podía olerla, oírla, podía sentir su presencia y luchar cuerpo a cuerpo también podía. Se inclinó hacia ella, sabiendo que había abandonado su forma de serpiente, y lanzó una poderosa llamarada. Intuyó que apenas había conseguido rozarla, así que insistió y lanzó furiosos coletazos y embestidas y trató de aplastarla, pero ella se movía ligera como el viento, burlándose de sus esfuerzos, alejándose de sus ataques con pasmosa facilidad.

Y entonces la cola atravesó una de sus piernas.

Oyó su grito de dolor y rugió triunfante. Acto seguido lanzó una patada furiosa hacia la criatura que ésta no pudo esquivar, atrapada como estaba en el arpón de su cola. La agitó en el aire y la hizo chocar contra las paredes.

—¿Dispuesta a morir por tu apestoso señor? —gruñó Trk antes de liberar al fin a Shenak, que cayó, sangrando y agotada al suelo.

—Al menos, yo sirvo a quien creo mi señor. No a aquel que me compró cuando todavía estaba en el huevo.

—No saldrás con vida de ésta.

—Tal vez —fue lo único que contestó ella antes de rodar, silenciosa como un reptil, sobre un costado y desaparecer entre unas rocas.

—¿Crees que puedes engañarme, serpiente? Sé exactamente dónde estás.

La joven no contestó. Se lo jugaba todo a una carta, y eso lo sabía demasiado bien. Extrajo un puñal de alguna parte y lo examinó con cuidado.

—Acero de nuro. —Aquello bastó para detener a Trk en seco.

—¿Qué has dicho?

—Acero de nuro... Lo único capaz de matar a un dragón, ¿verdad?

—No te atreverás... —Retrocedió aterrorizado con la cola entre las patas. Agitaba de arriba abajo la testa y balanceaba la cola desesperadamente—. No te atreverás, somos de la misma raza. ¡Somos casi hermanos!

Shenak respiró hondo y salió de su escondite, preparada.

—Essso no parecía importarte, ¿verdad? ¿Por qué habría de importarme a mí?

El dragón se inclinó hacia delante, apoyándose también en las garras que tenía en las alas, se estiró al máximo hacia la voz y abrió las fauces, tal y como Shenak había previsto. Y entonces exhaló su mortífero fuego, en el mismo instante en el que la joven lanzaba su daga.

Debía atravesar la mortífera llamarada y taponar el lugar por el que el animal exhalaba su fuego para poder matarlo. Aquél era el único punto débil del dragón. El único que no estaba protegido por una piel dura e impenetrable. Él único que carecía de la protección de cuernos y escamas.

La llamarada se dirigía a ella a una velocidad supersónica, pero apenas tenía fuerzas ya para moverse, muchísimo menos para apartarse de aquella gigantesca bola de fuego. Cerró los ojos esperando que el dragón muriese.

Y así ocurrió. La llama se congeló en el aire y se desintegró, convirtiéndose en una fina lluvia de hielo.

Se acercó al animal y arrancó la daga de su hocico.

El dragón pareció emitir un suspiro y el hocico se cerró pesadamente.

—Lo siento, Trk —murmuró—. De verdad, sabes que lo siento mucho.

Acarició el cuerpo inerte del dragón antes de caer al suelo y perder el conocimiento.

—Trk está muerto.

Las palabras del dragón eran tristes y James, que había recobrado fuerzas y de nuevo compartía su soledad con el escamado, sólo pudo murmurar un «Lo siento».

—Sí, también yo.

El chico le dedicó una triste sonrisa antes de asentir y alejarse un poco.

James quedó solo algo apartado del campamento con los ojos fijos en la lejanía, añorando algo que no comprendía ni recordaba haber perdido.

—¡Silencio!

El jinete mandó callar una vez más a los dos dragones que se habían reunido a cierta distancia y lanzaban gemidos y tristes lamentos. Resultaban irritantes incluso para James, pero el muchacho era capaz de comprender la tristeza que emanaban.

Kurt era otro cantar. Había recibido furioso la noticia de la muerte de Trk, no porque respetase al animal, o porque algún vínculo les uniera, sino simplemente porque había sido su subordinado y su muerte alteraba los planes que tenía previstos para Shenak y el humano que se había empezado a convertir en una carga.

Kirk y Zur rugieron, levantándose sobre sus formidables patas traseras y lanzando llamaradas al cielo, donde el poderoso ser acababa de desaparecer, retomando su forma de constelación normal y corriente.

Al momento, algo cayó del cielo y de pronto empezó a diluviar.

James miró a su alrededor anonadado. No había una sola nube en el firmamento, y por otro lado, aquellas gotas no eran de agua. Pudo ver cómo esas brillantes lágrimas se mezclaban con las de los dragones, y cómo, de golpe, apagaban el fuego de la hoguera... y sin embargo ninguna cayó sobre él, y tampoco sobre Kurt.

Elevó la vista al cielo, donde las estrellas parecían llorar la pérdida del alado y se unió a ellas llorando la pérdida de Shenak, con la vista aún fija en la hermosa constelación que se había convertido en dragón apenas durante unos segundos. Con un estremecimiento, descubrió que una lágrima, mucho más grande y mucho más brillante, tanto que parecía contener el brillo de todas las estrellas en su interior, caía.

Caía, caía directamente hacia él, y sin saber muy bien por qué, alzó las manos y recogió aquella extraña gota como si se tratara del agua que atesora un sediento en un desierto.

Sintió la ardiente mirada de los dragones fija en él, pero sus propios ojos continuaban clavados en aquella hermosa lágrima que era de...

—¿Cristal?

Descubrió sorprendido que todas y cada una de las gotas que acababan de caer del cielo eran de cristal y hielo. Algunas habían sobrevivido intactas al impacto con la tierra, pero otras se habían quebrado, esparciendo trocitos brillantes por todo el campamento, que parecía centellear como con luz propia.

Acarició el cristal que tenía entre los dedos, y que brillaba como si contuviese un fuego diminuto en su interior.

Un fuego eterno e incansable.

Devolvió la mirada a los dragones. Esperó no haber estropeado su ceremonia, pero ellos le contemplaban con un atisbo de reconocimiento en los ojos.

—Trk te ha elegido —anunció Kirk—. Deberías sentirte afortunado, muchacho.

—¿Qué es esto?

—Una lágrima de dragón. Contiene la esencia de un dragón joven, un dragón que estará bajo tus órdenes y cuidado cuando lo encuentres.

—Pero...

—Es el destino, James —dijo entonces el dragón rojo pasando por su lado—. No se puede luchar contra el destino.

Y diciendo esto acercó una de sus inmensas garras a la mano en la que el muchacho sostenía la lágrima, la tomó con cuidado y lanzó sus llamas hacia ella al mismo tiempo que el dragón azulado dejaba escapar una suave lengua de hielo. Ambas llamaradas se encontraron, y al terminar habían trenzado una hermosa y flexible cadena de plata que colgaron en torno al cuello de James.

—No permitas que esto caiga en malas manos —dijo Zur—, porque sería el fin de un dragón.

Y se alejó.

Kirk miró a James, que le devolvió una mirada llena de sentimiento y gratitud.

—¿Por qué?

—Porque cree que serás digno de llevar esto.

No añadió nada más, tampoco le parecía que fuese necesario, así que se tumbó en el suelo, dejando a James con todas sus dudas.

Aquélla fue la primera noche que James se acercó a Kirk, buscando el calor de otro cuerpo vivo, pues sentía una fría soledad que le hacía estremecer al pensar en lo que había perdido en los últimos días: su casa, todos aquellos a los que había conocido, Shenak.

Shenak. Ella parecía la única que había tenido algún sentido para él.

Ahora mismo podía estar viva o muerta, no lo sabía, hacía mucho que no sentía aquella presencia en su corazón. Era como si se hubiese apagado para siempre, como si la muerte de Trk no hubiese sido bastante después de todo.

Se aproximó a Kirk y le tocó con suavidad el hombro. Éste apartó un poco el ala con la que se envolvía y le permitió tumbarse sin abrir los ojos ni decir una palabra. Tras un segundo de vacilación, James se tendió entre sus patas, sintiendo el cálido aliento en su nuca, y dejó que el dragón le cubriera con su inmensa ala, como protegiéndole.

Cuando Shenak despertó no supo precisar cuánto tiempo llevaba inconsciente desde que cayera junto a Trk. Aún se sentía muy débil y herida, pero la urgencia guiaba sus actos. Se levantó con decisión y llamó a Mov·wen, el espíritu de la montaña. Ésta no tardó en contestar con un ligero temblor.

¿Qué pretendes?, preguntó una voz suave.

—Enterrar a un amigo.

Hace tres días no parecíais amigos.

«¿Tres días? —se preguntó Shenak—. ¿Tanto tiempo ha pasado?» Lo único que sabía era que debía enterrar aquel cuerpo e ir en busca de James. Y cuanto antes. Volvió de nuevo su atención al espíritu de la montaña.

—Lloré su muerte, y busco su descanso. No podrá descansar eternamente si sigue aquí expuesto.

La montaña guardó silencio un instante antes de sacudirse de nuevo.

Tus palabras son sinceras. Podría crear para él una morada confortable. Mientras tanto, cúrale esa fea herida de los ojos, para que vea el camino en el Mundo de los Muertos.

Shenak obedeció sin rechistar. Se apoyó sobre el hombro de Trk y pasó una mano por delante de su rostro. Las manchas de sangre desaparecieron y en su rostro quedó grabada una sombra de tranquilidad, como si una paz eterna lo envolviera.

La montaña, entretanto, había creado una impresionante cámara en la que el dragón cabría perfectamente. Ahora aguardaba a que Shenak lo posase en su interior para recubrirlo con su manto.

La joven alzó los brazos concentrándose al máximo. Por un segundo todo pareció en vano, pero luego el dragón se alzó en el aire y cayó delicadamente en el agujero. Poco a poco la montaña fue cerrando su herida sobre el cuerpo de Trk, mientras Shenak lloraba por la pérdida de aquel hermoso escamado. Después cayó rendida al suelo, jadeando todavía por el esfuerzo.

Los cazadores no hallarán a tu dragón.

—Gracias —siseó la sssemesstraka, agotada.

¿Qué quieres hacer ahora?, inquirió la inmensa montaña.

—Dorka —murmuró ella—. He de llegar a Dorka.

Dame un motivo.

—Hacia allí se dirige algo que necesito recuperar, y corre peligro. Siempre has ayudado a los de mi especie, Mov·wen, y ahora solicitó tu ayuda, pues mi paso no puede compararse al tuyo.

Abriré caminos seguros para ti en mis entrañas, podrás llegar a tiempo, te ayudaré.

—Graciasss, hermana —murmuró y se incorporó con un suspiro.

Se puso lentamente en marcha atravesando la garganta de piedra, arañando sus pies con los picos afilados y avanzando muy despacio a través de los campos de piedras desnudas.

Tropezó y gimió de dolor al caer al suelo. Tenía una pierna en carne viva y estaba dolorida y exhausta. Pero debía continuar. Por su maestro y su libertad, debía continuar.

4

Luchían

No podía dar un solo paso más.

A pesar de que Mov·wen se había esforzado en abrir pasos fáciles de atravesar, también era verdad que las sinuosas curvas de la montaña fronteriza entre los reinos sureños de Rondra y Movwa la habían dejado exhausta. Las heridas no podían sanar, puesto que necesitaba reposo y tranquilidad para curarse, algo imposible de conseguir en aquel lugar en el que abundaban los buscafortunas, siempre atentos a la posibilidad de saquear osarios de dragones caídos como Trk, o tumbas recientes de algún wanle, una extraña raza cuya piel era muy apreciada entre los humanos.

Tal vez hubiera pasado mucho tiempo sin pisar aquella tierra, pero recordaba todo cuanto había aprendido, y sabía que si un saqueador se encontraba con alguien como ella, no sólo intentaría aprovecharse, sino que además le arrancaría las escamas a tiras.

Agitó la cabeza, necesitaba descanso, pero algo le decía que cuanto más esperase más difícil sería alcanzar a James, que volaba a lomos de un dragón.

Se detuvo, jadeando y apoyándose sobre las rodillas, en un intento de recuperarse un poco para poder continuar. No oyó acercarse a aquella sombra, no la vio ni la sintió. Se sentía demasiado cansada y muy malherida. Para cuando quiso darse cuenta, estaba atada y tendida en el suelo.

—¿Quién eres?

La figura no salió de sus sombras, pero Shenak creyó percibir un extraño y vago olor a las heladas Tierras Licas, donde los licántropos habían corrido día y noche. Batió la lengua, buscando más de aquel rastro que tanto le recordaba al norte, el lugar en el que había nacido. Trató de atravesar aquella oscuridad que parecía envolverle. Debía de tratarse de un hombre lobo, demasiado avergonzado de no ser ni uno ni otro.

Criaturas de las sombras, híbridos desde su mismo origen, los hombres lobo habían nacido como un intento de las hadas para defenderse de un mundo que las trataba con violencia. Ellas eran seres constituidos únicamente de magia, aunque su creadora, la diosa Afrodita, no les otorgó especial inteligencia. Con el paso de los siglos, las demás razas las habían relegado a sirvientas y aquellas que habían logrado huir de la servidumbre habían creado las poderosas Torres de Hechicería, donde conjuraban la magia que Afrodita les había otorgado y enseñaban hechizos a los aspirantes a magos y brujas. Para defenderse, no se les ocurrió otra cosa que pedir ayuda a los mayores enemigos del hombre: los licántropos, y crearon una raza más voraz aún que éstos. Según decían las leyendas, aquél fue el nacimiento de los hombres lobo, que durante un tiempo fueron estrictamente controlados, y se encontraban solamente en las Torres de Hechicería... Hasta que un día se les escapó una jauría entera que se desperdigó por todo el mundo y creó a más hombres lobo, consiguiendo que todos temieran las torres donde esas bestias sanguinarias habían sido creadas. A raíz de ahí comenzó una persecución que arrinconó a esos híbridos (eternos sufrientes, mitad hombre mitad lobo, sin posibilidad de mutar de un estado a otro como podían hacer los licántropos) incluso en aquellas peligrosas montañas.

Batió de nuevo la lengua.

Daba igual, tanto si era un hombre lobo como si se trataba de un humano corriente, podía dominarle.

Dejó que su magia recorriera su cuerpo de arriba abajo y se sintió poderosa por un momento. Se transformó en serpiente. Podía alimentarse de aquel desgraciado o matarle sin más, no importaba. La cuestión era que su cuerpo de reptil la libraba de incómodos anexos a los que pudiera atarse una cuerda. Se irguió, consciente de su poder, y de que aquél huiría desesperado o caería como un imbécil. Pero su intuición la traicionó esta vez. Aquella silueta humanoide sólo sonrió desde su oscuridad e inclinó la cabeza.

Por un momento, sus ojos relucieron con un tinte gris plateado.

Shenak se estremeció.

Según le habían dicho, sólo había un ser de las Tierras Licas con los ojos del color de Muna, y no era, precisamente, un simple hombre lobo. Tampoco le hacía gracia haber caído en su trampa. Hizo vibrar su lengua emitiendo un furioso siseo y le mostró los largos colmillos.

—Yo también me alegro de verte, sssemesstraka. No obstante, como puedes comprobar, no tengo intención de matarte.

—No puedo comprobarlo —escupió la serpiente enroscando inconscientemente sus anillos sobre la escama de plata, aunque sabía que aquélla era la parte de su cuerpo que menos posibilidades tenía de resultar herida.

—Sí —dijo aquel ser avanzando un poco y dejando entrever sus rasgos y sus inquietantes ojos argénteos—, porque si hubiese querido matarte, ya estarías muerta.

La figura que surgió entre las sombras tenía forma humana, pero algo en el brillo plateado de sus ojos hizo que Shenak sintiera una horrible punzada de miedo, lo cual no sólo la inquietó, sino que la molestó profundamente, porque no estaba acostumbrada a sentirlo. Se tensó sobre sus anillos, fingió relajarse, apoyando la cabeza sobre su cuerpo, segundos antes de lanzar todo su poder y su majestuosidad hacia delante, hasta atrapar con los dientes el antebrazo de aquel hombre, pero sin llegar a clavar los colmillos en su carne. Sintió cómo la sangre cálida chorreaba a raudales por su garganta y le oyó gruñir de dolor, mientras intentaba sacudírsela con rabia.

Sin embargo, cuanto más se agitaba, más se hundían sus dientes en forma de arpón en la carne y más intenso era el dolor. Su contrincante no pudo resistirlo más, se convulsionó dos veces y se transformó en un ser sobrenatural. Shenak descubrió horrorizada que se trataba de un majestuoso licántropo de pelaje oscuro, entre marrón y negro, con cuatro formidables garras y una larga cola peluda. Pero también tenía algo que la mayoría de los licántropos no poseía: dos extraordinarias alas emplumadas.

Con un gruñido furioso y salvaje agarró a la joven por la nuca y la arrancó de su pata dolorida. Shenak consiguió enroscar su cola en torno al cuello del licántropo, hundió sus colmillos envenenados en una de las alas y se dejó caer al suelo. Un nuevo aullido de dolor por parte del licántropo atravesó las paredes de la gruta. Esta vez el contrincante de la sssemesstraka no se anduvo con miramientos. Lanzó las garras hacia delante, esquivó una furiosa dentellada y agarró a la serpiente. Ella le miró rabiosa, exhibiendo su lengua bífida. La presa se estrechó en torno a la esbelta garganta, y Shenak se agitó desesperadamente. No podía morder nada, y si se le ocurría transformarse, no contaría con la ventaja de su cuerpo flexible. Le molestaba muchísimo verse obligada a que admitir que él tenía más fuerza que ella.

Poco a poco todo empezó a tornarse borroso. Sintió que los párpados se volvían pesados y que el aire no iba más allá de su mandíbula, abierta ahora en un grito mudo. Rizó el cuerpo cuando el licántropo la soltó y cayó de espaldas contra una roca. Perdió el sentido y se convirtió en humana.

Al abrir los ojos se encontró en una oscura y lúgubre cueva. Estaba confusa y aturdida y le costó un poco recordar lo que había pasado.

Siseó molesta e intentó ponerse en pie.

No pudo.

Lo intentó de nuevo y cayó entre las cálidas pieles que alguien había colocado a modo de camastro bajo su cuerpo.

—¿Quién eres? —preguntó una voz grave junto a ella.

De nuevo la misma pregunta, la misma entonación, la misma oscuridad. Por un instante, Shenak no fue capaz de distinguir si la batalla con el ser de pupilas de plata había sido real o soñada. La joven olfateó el aire y creyó estar de nuevo en su cueva, bajo la atenta y ardiente mirada de su maestro, pero era imposible. Nadie podía haberla llevado desde Mov·wen hasta su tierra.

Olfateó de nuevo y descubrió un desagradable olor a pelo mojado. Olía a perro. El mismo olor a Tierras Licas. Sacó la lengua y la batió. Cierto que su nariz la ayudaba a reconocer aromas, pero a la hora de situarse y detectar el peligro, su sensible lengua bífida era mucho mejor.

Aquella criatura no se apartó, se hallaba lo bastante cerca como para que ella le rozara ligeramente al mover la lengua. La joven pronto detectó que se trataba de un licántropo, y uno poderoso, por lo que le repugnó estar sola con él en aquella cueva. Los detalles de la lucha regresaron vívidos a su memoria y sintió dolor en su garganta. Y miedo. Pese a esporádicas alianzas, todo el mundo sabía que los licántropos mataban a los sssemesstraka por el puro placer de saborear su sangre. Y, de acuerdo, a los de su raza tampoco les gustaban los licántropos, pero ella era superior en inteligencia a aquella tribu de bárbaros chupasangres, además, por muy poderoso que fuera aquel desgraciado, no tenía nada que hacer.

—¿Quién eres? —repitió el licántropo con suavidad. Se apartó un poco de ella, dejando junto a sus manos un cuenco con agua y un trozo de carne cruda.

—¿Qué te importa quién sssea yo? —bufó.

—Así que es verdad —dijo simplemente.

Él la miró con sus profundos ojos grises antes de dedicarle una sonrisa llena de dientes.

—¿Y quién eres tú, para molestar la paz de Mov·wen? —gruñó ella con cierto fastidio.

—No soy más que un simple licántropo exiliado. Si no es mucha molestia, puedes llamarme Luchían. —A Shenak aquel nombre no le decía nada, pero supuso que, entre los de su raza, Luchían era importante—: El espíritu de la montaña me habló de ti.

—¿Y qué te dijo?

—Que buscas respuestas.

—Se equivoca, yo no necesito respuestas.

—Hace poco, Mov·wen me hizo saber que una sssemesstraka cruzaría pronto por mi cueva —sonrió con sorna, cambiando en apariencia el curso de la conversación— y que se dirigía hacia la fortaleza de Dorka; sin embargo, calló el nombre de mi visitante.

El licántropo sonrió de nuevo y siguió su discurso:

—Aunque entiendo que no era necesario: tu fama te precede, Shenak. —E hizo una profunda y amplia reverencia—. No me equivoco, ¿cierto? Dime... ¿es que esa escama de plata no significa nada para la princesa de los sssemesstraka?

La joven palideció.

Recordar por boca de un licántropo lo que había sido al nacer hizo que un escalofrió la recorriese de arriba abajo.

En el seno de los sssemesstraka, Shenak era la heredera al trono. Un trono frío y olvidado, porque apenas quedaban sssemesstraka a los que gobernar tras el incendio de Sesser-Law dos décadas atrás, en la batalla que acabó con la caída del Trono del Grande, y los pocos que sobrevivieron estaban tan desperdigados que habían renunciado a sus raíces y se sometían a la voluntad de los humanos. Desde entonces todo había cambiado y llevaba veinte años escondida, huyendo junto a su maestro de los ojos de los Mayores. Ahora esa situación por fin podía acabar, y no quería que nadie se inmiscuyese en sus asuntos. Y un licántropo menos que nadie. Lo último que podía necesitar era que un licántropo decidiese arruinar sus planes y capturase a James para sus propios fines.

Buscó una vía de escape y la descubrió a algunos metros de distancia. Se puso en pie y echó a correr hacia una oquedad por la que se filtraba la luz del día, al tiempo que ignoraba el intenso dolor que le producía cualquier movimiento. Luchían intentó detenerla, pero ella le arreó un fuerte mandoble y saltó al exterior. Descalza y desarmada, la joven se lanzó a la montaña por el camino más peligroso y más cercano. Las rocas preparaban trampas afiladas y mortales.

No le importó.

Lo único que sabía era que quería llegar hasta James, y separarse cuanto antes de Luchían.

Logró avanzar mucho, desgarrándose los pies y cojeando todavía por la herida de la pierna. No se detuvo ni siquiera cuando empezó a divisar a lo lejos el oscuro brillo del mar Zelma. No se detuvo hasta que se arañó los pies con un risco extremadamente afilado y perdió el equilibrio.

Cayó en brazos de alguien que la había seguido desde las sombras, pero no tenía ya fuerzas para defenderse ni desasirse de aquel abrazo. Le oyó murmurar el nombre de la montaña y sintió cómo su captor se unía mentalmente con el alma de ésta, cómo Mov·wen se estremecía. La caverna apareció ante ellos como por arte de magia y aquel que la había recogido la arrastró al interior y la tumbó sobre el cúmulo de mantas en el que ya la había acostado en una ocasión.

Luchían le limpió las heridas de los pies y las desinfectó como buenamente pudo. Ninguno de los dos dijo nada. Él se limitó a curarla y a dejarla en paz, y ella a estar quieta, mordiéndose la lengua para no quejarse delante del licántropo. Gracias a los ungüentos que él aplicó a su piel, remitió un poco el dolor, permitiéndole dormir aquella noche.

Cuando el sol se puso, Luchían salió de la cueva, trepó a lo alto de uno de los picos de la montaña y contempló el horizonte meditabundo. Vio cómo la luna ascendía lentamente. Faltaba poco para que estuviese llena y aquello le agradaba. Le gustaban los plenilunios, como a todos los licántropos. Pero él no era como los demás, y lo sabía. Alzó el brazo que Shenak le había herido y comprobó que las heridas ya estaban prácticamente curadas. A ella le iba a costar un poco más recuperarse. Sobre todo por la herida de la pierna, prácticamente destrozada.

—Te irás pronto, ¿verdad?

Se volvió, como movido por un resorte, y vio a una figura junto a él.

Era pequeña y temblorosa, de un horrible color grisáceo y completamente calva. Se trataba de Mov·wen, el alma de la cordillera que llevaba su mismo nombre.

—Hola, Mov·wen.

—¿Te vas a ir?

—Sí. En cuanto ella parta. No puedo perderla de vista o acabará por matarse en mitad de su arriesgado viaje.

—Es una sssemesstraka. No veo por qué tendrían que interesarte sus asuntos. Eres superior a ella.

—Tú también la ayudaste...

—Es distinto.

—... y a los Dioses les interesa —prosiguió cortante—... Y a Sossarth también.

A la luz de la luna la vio fruncir los labios con rabia.

—Mov·wen, no pretendía... —Se acercó unos pasos, vacilante, pero ella había retrocedido veloz como el pensamiento.

—Vete si es tan importante.

—No he dicho eso, Mov·wen y lo sabes.

—¡Y en cuanto a ese traidor...! —No pudo acabar la frase, pues temblaba y se estremecía de tal manera que era incapaz de controlar sus palabras.

La cordillera entera parecía convulsionarse.

—Mov lo siento, yo...

—¡No me llames así! —Algunas piedras se desprendieron de las montañas en torno a ellos—. ¡No me llames así, Luchían!

El licántropo se acercó a ella y la abrazó.

—Eh, tranquila.

El espíritu de la montaña le devolvió el abrazo y lloró intensamente en su hombro.

—¿Vas a reunirte con él? —inquirió cuando se hubo calmado un poco.

—No lo sé. Tal vez. Es difícil de saber, tratándose de Sossarth.

Se separaron.

—Cuídate mucho, Luchían. Siempre te llevaré en mis pensamientos.

Entonces el espíritu de Mov·wen se convulsionó y desapareció. Luchían permaneció mirando un instante el lugar en el que ella había estado, luego suspiró, contempló la luna una vez más y regresó al interior de la cueva.

Al día siguiente descubrió que Shenak había desaparecido. De modo que recogió algunas pertenencias importantes. Había llegado el momento que llevaba esperando tanto tiempo. El momento de romper su retiro y regresar al norte.

Llamó a su montura, Madagascar, que solía alejarse de las montañas en busca de pastos frescos. No tardó en aparecer y tras ser ensillada, ambos partieron de aquellas montañas, siguiendo el rastro de Shenak.

La sssemesstraka estaba muy cerca del inmenso y único mar Zelma, la meta de los cuatro ríos más importantes del Continente: al sur, el Mundi; al este, el Etner-Viad, «vida eterna»; al oeste, el Dras-Lonamar, «el mar del señor del agua, Dar»; y al norte, Selver-Sesser, el «serpiente de plata».

A pesar de haber oído miles de historias sobre aquel mar, jamás había estado tan cerca de él. De hecho, nunca le había interesado excesivamente el Zelma; resultaba demasiado lejano, demasiado remoto. Y ahora tenía ante sí aquella extraña planicie negra que relucía misteriosamente bajo los cuatro inmensos soles. El Zelma era el único lugar en todo aquel mundo en el que los soles y las lunas iluminaban el mismo terreno. Aquella agua brillaba con todas las luces irradiando un poder especial. Había en aquel lugar una magnificencia que no se dejaba ignorar.

A lo lejos, muy lejos, se podían ver distantes picos, a derecha e izquierda. Eran las Estepas que separaban el Este y el Oeste del Sur y el Norte. En comparación con los arrebatadores picos, Mov·wen parecía pequeña e insignificante.

Desde su situación privilegiada contempló los verdes pastos que crecían a orillas del Zelma y los impenetrables bosques que parecían guardar el norte de miradas indiscretas. Shenak sabía que si hubiese seguido recto desde donde se encontraba en aquellos instantes, habría llegado hasta el antiguo y ya obsoleto Imperio sssemesstraka. Si continuaba un poco más habría podido ver los picos de la cordillera Transparente, sobre los que se alzaba Sesser-Law, la majestuosa capital de Cristal, su ciudad natal. Sintió un ramalazo de nostalgia, pero consiguió dominarlo antes de que se apoderara de ella.

Era apenas un bebé cuando la arrancaron de la ciudad, y sus recuerdos resultaban confusos e irreales.

Fijó la mirada en el inmenso mar. Aunque no podía verla, sabía que en su centro exacto se encontraba la Fortaleza Dorka. Nadie tenía noticias sobre quién había levantado allí el castillo de Dorka, ni por qué estaba situado en tan remoto lugar, pero lo que estaba en boca de todos era que los jinetes habían establecido allí uno de sus asentamientos, y habían llevado allí a una criatura muy poderosa y malvada que no dejaba volver a aquellos que se adentraban en su seno y que colgaba en las almenas las cabezas de los intrusos.

Shenak no se dejó intimidar.

Abrió su alma para que la energía que flotaba a su alrededor penetrase en ella y la transformara. Luego se deslizó silenciosamente al interior de aquellas aguas cristalinas, ondulando su hermoso cuerpo para no hundirse. Por primera vez en su vida, Shenak desobedeció a su instinto, que la instaba a salir del mar infranqueable, ordenándole que se alejase, que no ofendiera al poderoso señor de Dorka. Al contrario, nadó mar adentro con todas sus fuerzas, porque sabía que merecía la pena arriesgarse: si perdía el rastro de James, entonces perdería también la esperanza. Valía la pena morir para acabar la misión.

En ese instante algo la sujetó por el centro de su hermoso cuerpo de reptil y tiró de ella hacia abajo. En aquella forma no tenía ninguna manera de liberarse, pero en el estado de *shock* en el que se encontraba, se veía incapaz de transformarse. A pesar de sus esfuerzos, manos y garras la aferraron, asfixiándola y sumergiéndola cada vez más en las oscuras profundidades. Se giró asustada y vio las manos de siete sirenas y dos licántropos de mar. Siseó con rabia, pero sólo consiguió que le entrara agua en la garganta y se desorientara. No tardaron en abandonarle las fuerzas y se hundió a plomo.

Se hundía, se hundía y seguía hundiéndose.

5

Dorka

Kirk aterrizó en una inmensa explanada.

Aquella misma mañana habían partido de la orilla del Zelma y habían atravesado volando toda aquella inmensa extensión de agua. La bruma se había levantado en la mayor parte del mar, pero en torno al castillo seguía siendo muy densa.

James jamás había imaginado un castillo como aquél. Miró a su alrededor entre sorprendido y encantado. Altas almenas se alzaban contra el cielo, creando sombras fantasmagóricas sobre el patio en el que aterrizaron. Fueron prontamente recibidos por una enana y un gran hombretón que se llevó a los dragones a los establos. La enana hizo una reverencia ante Kurt, que le gruñó algo y entró en el castillo desprendiéndose del pesado casco mientras andaba. La sirvienta miró a James de arriba abajo, frunció el ceño y le indicó que la siguiera.

El interior era frío y austero, los tapices que decoraban las paredes de piedra grisácea, al igual que las pesadas alfombras, se encontraban descoloridos a causa de la humedad. Mientras andaban se cruzaron con varios seres anfibios. La mayoría saludaban a la enana con una inclinación de cabeza, otros pasaban por su lado con miradas de desdén para James.

Los seres tenían la piel escamosa, de diversos colores, vestían ropas húmedas, pegadas al cuerpo, dibujando así su silueta con claridad. Sus cabellos parecían algas de las que crecían en los arroyos o ríos de la tierra natal de James.

Al fin llegaron a una habitación que era grande y redonda, amueblada con una gran cama adoselada y un armario en el que podrían haber cabido todos los muebles de su antigua casa.

Se lanzó sobre aquel lecho, desesperado. La criatura que le había guiado hasta allí le contempló un segundo y luego cerró la puerta en silencio. No se había alejado mucho de la habitación, cuando un grito agónico la hizo detenerse y pegar un bote. Se volvió veloz como una centella y sus ojos quedaron clavados en un espejo que reflejaba una ventana, y detrás el cielo azul lloraba. Se acercó al ventanal sorprendida y atemorizada, y descubrió que la bruma se estaba haciendo más densa, que las nubes negras no dejaban ver la luz de ninguno de los cuatro astros que solían iluminar aquel castillo y unas gotas de lluvia del tamaño de uvas se precipitaban con furia desde el cielo. Varias serpientes plateadas cayeron sobre la superficie del Zelma y más allá, uno de los rayos se estrelló sobre una roca, que desapareció calcinada.

La pequeña criatura se llevó las manos a la boca, horrorizada. Aquella piedra había sobrevivido a cientos de rayos en toda su existencia, y aquél la había aniquilado de golpe. No era una buena señal. Un trueno furioso no consiguió ahogar un nuevo grito que pasó por debajo de la puerta recién cerrada. Las aguas se removieron y alzaron en altas olas que se estrellaron contra los muros.

La enana se estremeció, nunca antes se había enfurecido el mar de aquella manera. Salió a toda prisa de aquel corredor y fue en busca del único ser en el castillo que podía ayudarla.

James no se movió durante cuarenta y ocho horas.

Pasó dos días tendido en el lecho, llorando hasta que no le quedaron más lágrimas que derramar. No se movió ni un milímetro. No probó la comida que le trajeron y no dejó de pensar en Shenak. La imaginaba una y mil veces muerta, destrozada por las rocas de Mov·wen, afiladas como cuchillas, y aquello le hacía daño.

Al anochecer del tercer día oyó una voz.

Una voz que le llamaba con suaves susurros. Creyó reconocer los característicos siseos de Shenak y el corazón volvió a latirle después de dos días de sangrar y agonizar desesperado. ¿Era posible que hubiese sobrevivido a la caída y a la batalla con Trk?

La voz volvió a llamarle y decidió que tal vez sí hubiese sobrevivido.

Se levantó y siguió su instinto por primera vez en toda su vida.

Bajó por unas escaleras y luego por otras, y siguió bajando por las siguientes. No vio a nadie en el castillo, nadie le detuvo ni le indicó adónde se estaba dirigiendo. No supo cuánto tiempo llevaba bajando, bajando sin parar, cuando de pronto llegó ante una imponente puerta de madera de doble batiente que se abrió en silencio ante él.

Avanzó y se adentró en una sala tan grande que no se veía el techo al final de largas columnas. No había luz salvo al fondo, de modo que se vio obligado a aguardar hasta que sus ojos se habituaron a la oscuridad.

Avanzó por lo que le pareció la inmensa nave de un templo. A ambos lados se alzaban imponentes columnas de piedra, redondas y perfectas con algo parecido a serpientes, u hombres-serpiente, tallados en su lisa superficie. Franqueado por estos silenciosos guardianes de piedra, cuyos ojos vacíos se hundían en su piel como cuchillas, llegó ante un trono.

Un trono inmenso situado al final de unos escalones, perfectamente tallado y decorado. A sus pies, hileras de calaveras humanas guardaban el pie de un altar cubierto por una gruesa capa de sangre seca. El trono tenía un par de impresionantes brazos terminados en garras, y en el interior de estas garras, un par de esferas de cristal relucían misteriosamente a la tenue luz.

Detrás se alzaba la imponente figura de un hombre gigantesco al que no reconoció, pero que hubiese cabido perfectamente en aquel inmenso trono que parecía diseñado para el más grande de los gigantes.

—Hola, Jamesss —siseó una voz, pero no detectó el lugar del que procedía hasta que vio a la imponente cobra enroscada sobre los hombros de aquella estatua.

La serpiente, que le pareció Shenak por una fracción de segundo, resultó ser muchísimo más grande. Su cuerpo era más claro y más brillante y sobre su espalda ancha y hermosa logró adivinar dos áspides negras entrelazadas. El gigantesco reptil se arrastró hasta la cintura de la estatua y se alargó para alcanzar el trono, donde se enroscó, desparramando sus anillos por encima de los brazos.

Aquel monstruo le dedicó una mirada penetrante mientras apoyaba su cabeza inmensa sobre el cuerpo. Le dedicó una sinuosa sonrisa y batió la lengua.

James retrocedió confuso, convencido de que aquella serpiente no se parecía en nada a la hermosa y delicada Shenak.

—¿Quién eres? —preguntó, temblando de pies a cabeza.

—¿No me reconoces? —siseó la serpiente; inclinando la testa, suspiró con resignación y alzó la cabeza para mirar a James desde su majestuosa inmensidad—. Yo sssoy Mitgard-Iörmungandr, hija del poderoso diosss Loki, ssseñor de losss gigantes, el más grande entre los Menores.

James enarcó una ceja.

No había visto nunca a un dios, eso estaba claro, pero aquella serpiente no le pareció otra cosa que una monstruosidad y una aberración de la naturaleza.

—¿No me crees? —siseó ella.

—La verdad es que me resultas poco impresionante —dijo con cuidado.

—¿Poco impresionante? ¿Qué te hubiera parecido más impresionante?

—¡Yo qué sé!, nunca he estado delante del hijo de un dios.

La serpiente sonrió con dulzura, o eso le pareció al chico.

¿Por qué me has llamado? —quiso saber James.

—Quiero convertirte en el digno hijo de Tempus. Uno que sssea merecedor del Trono Caído.

—¿Qué? ¿De qué me estás hablando?

—¿Nadie te ha informado?

—¿Informarme de qué?

—Vaya... —Suspiró—. Sssupongo que entonces no sssabes nada de las intenciones que Ssshenak tenía para contigo.

—Quería llevarme a Lunar-Haial para que yo recibiera lo que merezco...

—Para matarte —cortó la serpiente con suavidad.

Aquellas palabras le sentaron como una patada en el estómago. Sintió que se mareaba y se apoyó contra una de las columnas.

—No —rechazó, respirando con dificultad—. No, eso no es verdad. Shenak no quería matarme.

—Veo que no sssabes nada. Vaya. Kurt debía informarte.

—¿Informarme de qué?

—Muchacho, Ssshenak no es quien tú crees que es.

—¿A qué te refieres?

Mitgard meditó un instante la respuesta y luego dijo a media voz:

—Sssérá mejor empezar por el principio. Verás, hace sssiglos, muchos sssiglos, Sssolaris mató a Tavath, el favorito de Muna. Desde entonces, Muna y Tempus se han aliado contra el Ssseñor de los Sssoles. Muchos han ssseguido sssu ejemplo y ssse han puesto en sssu contra. Sssin embargo, Muna y Tempus tuvieron sssus diferencias y ssse sssepararon, quedando así los poderes de los tres Mayores en equilibrio. No obstante ninguno de ellos deseaba ver esa balanza equilibrada, pero como el Grande les negó la posibilidad de enfrentarse abiertamente, ssse vieron obligados a crear a tres Hijos.

»Tú eres uno de esos Hijos pero nadie, ni sssiquiera los otros dos Mayores, conocía tu existencia hasta hace poco. En concreto, eres el hijo de Tempus, el Mayor del Tiempo. Todos los dioses sssaben a estas alturas que tú eres uno de los destinados a enfrentarse en la Gran Batalla por el Trono que Cayó del Cielo.

Mitgard hizo una pausa que James no interrumpió, aún tratando de asimilar todo lo que llegaba a sus oídos. ¿El hijo de un Mayor? ¿Él? Su mundo entero, todo su pasado, se tambaleaba ante sus ojos. Un millar de preguntas abrasaba sus labios, pero no les dio forma, y la serpiente siguió hablando:

—Desgraciadamente para ti, la primera en averiguarlo fue Ssshenak, la heredera del trono sssemesstraka. Ssshenak está trabajando para Muna, y por eso quería llevarte a Lunar-Haial. Para que la Danzante te despachase y pudiera poner a su propio Hijo en el Trono Caído.

—¿Shenak? ¿Una princesa? Entonces, ¿nada de lo que me dijo era...?

—¡Vamos, muchacho! No pensarías que habías logrado enamorar a una sssemesstraka, ¿verdad? Todo el mundo sssabe que esas criaturas ssson incapaces de sssentir amor.

—¿Por qué quieres ayudarme? —James intentó no pensar en lo que le acababan de decir: que Shenak le había utilizado y traicionado para llevarle a una muerte segura. Trató de controlar su rabia, salió de sus labios áspera y cargada de ira.

—¿Cuántos años crees que llevo en este castillo, James? ¿Cuántos gobernando con justicia los mundos a mí alrededor? Sssin mí, estasss tierras morirían, ssse sssecarían. Los habitantesss del Zelma ssse negarían a entregar sssu agua.

—¿Qué tiene que ver eso conmigo?

—La última vez fue una catástrofe, murieron muchos en la Guerra. En esa ocasión yo me mantuve al margen, ssseguí abasteciendo las cuatro fronteras, hasta que ya no quedó nada más que abastecer. Luego ssse crearon los Hijos. Pensaba que me tocaría ver cómo ssse mataban de nuevo, pero los jinetes ssse presentaron ante mí con noticias de que la sssemesstraka te perseguía. Así que mandé a Kurt y me metí hasta el cuello en esto.

En la cabeza de James, todo empezaba a cobrar sentido: una infancia en soledad sintiéndose siempre diferente al resto; la desaparición repentina de los que creía sus padres; la aparición de Shenak, en absoluto desinteresada como había pretendido; su papel en el episodio de la escama de plata; el porqué de que Kurt le mantuviese con vida tras perder a la que creía su principal presa... Frente a él, Mitgard suspiró, consciente del torbellino que atravesaba en ese instante la cabeza del chico, y clavó sus grandes e inteligentes ojos en los del muchacho.

—Te he sssacado de las garras de esa criatura y te he traído aquí, convirtiéndome en ssseguidora de Tempus y traidora de la Neutralidad con la que protegí a los miembros del Zelma.

—Shenak —murmuró el chico, y sintió que el corazón le latía a gran velocidad con sólo recordarla—. Ella sabía todo esto.

—No la culpes. Ansía ssser libre de la presión de los Mayores. Ansía poder, no tener que esconderse nunca más.

—¿Esconderse de qué?

Mitgard pareció meditarlo un instante.

—Se dice que las almas de los reyes y las de sus vástagos pertenecen a los dioses. En el momento de la caída de Sesser-Law, Shenak tendría que haber muerto, pero se salvó. Nadie sabe con exactitud por qué, o cómo, pero el Grande le permitió esa desfachatez a cambio de su libertad. Shenak pertenece a los dioses, por eso pensó que, si te entregaba a Muna, ella le devolvería lo que los sssemesstraka más valoran en este mundo.

Él asintió.

—Pero eso da igual, ¿verdad? Tú no estás aquí porque Ssshenak te haya traicionado, tú estás aquí porque yo te he llamado.

—¿Por qué lo has hecho? —inquirió él de nuevo.

—Porque no he sido capaz de llegar a tu mente, y hacía mucho que nada ni nadie provocaba una tormenta como la que ha revuelto las aguas de mi castillo estos días.

La serpiente inclinó la cabeza y luego, lentamente, empezó a desenroscarse y a deslizarse hacia el suelo.

Aquellos segundos que empleó la serpiente deslizándose por las escaleras hasta el altar se le hicieron eternos. James vio cómo aquel monstruoso reptil trepaba hasta el altar y volvía a enroscarse allí. Una vez se hubo acomodado, cerró los ojos y un rayo de oscuridad pareció salir de su interior, envolviéndola y ocultándola, y cuando desapareció la oscuridad, en el lugar en el que había estado la hija de Loki, apareció una mujer alta y hermosa, sentada sobre el mantel de sangre reseca que había en el altar.

—¿Qué debo hacer entonces, James?

El chico frunció el entrecejo.

—¿Tú eres Mitgard?

—Sí. —La mujer se puso en pie y saltó al suelo con elegancia—. Yo soy Mitgard, ¿te extraña?

—Ya no seseas.

—A diferencia de tu querida sssemesstraka, yo no llevo ningún disfraz defectuoso.

Se paseó de arriba abajo frente a James, que cada vez se sentía más incómodo ante aquella presencia.

—Tres —murmuró Mitgard para sí—. Tres dioses. Tres creaciones. Tres monstruos. Pero no se sabe quién es el más poderoso. ¿Por qué? ¿Para qué?

—Hablas de poder. Pero ¿qué poderes tienen los Hijos de los Mayores? —inquirió James de pronto, evocando en sus manos la energía que dio origen a la escama de plata.

—Uno tiene poderes sobre el fuego, el otro debería dominar la oscuridad. Tú dominas el tiempo, o aprenderás a hacerlo.

James agitó la cabeza.

«Tres —había dicho ella—. Tres dioses. Tres creaciones.»

—Si yo soy hijo de Tempus, ¿quiénes son los otros dos?

—Uno es Tavath —y había verdadero respeto en su voz al pronunciar ese nombre—, hijo de Muna y su unión con Solaris. El otro es una monstruosidad que creó el áureo y de la que el resto de dioses renegamos. Esa cosa, Sossarth, no es como nosotros.

—Pero ¿Tavath? ¿El favorito de Muna? ¿No dijiste que Solaris acabó con él?

—Y así fue. Su propio padre... Pero quién conoce a los dioses. Nadie pondría la mano en el fuego por nada, salvo por un oráculo, y su mensaje es claro: los tres Mayores: Solaris, dios de los Soles; Muna, diosa de las Lunas; y Tempus, dios del Tiempo, se enfrentarán a través de sus Hijos: Sossarth, Tavath y tú mismo, James, y has de estar preparado, da igual quiénes sean tus rivales —dijo Mitgard, y entonces se detuvo como si acabase de tener una revelación—. Necesitas entrenamiento. —Se volvió hacia él—. Yo puedo proporcionártelo, yo puedo proporcionarte el poder necesario para escapar de Ellos.

—¿Qué quieres a cambio? —inquirió James receloso. Si Shenak había podido traicionarle y engañarle, ¿por qué no iba a intentar hacerlo Mitgard?

—Que cuando llegue el momento, no masacres a mi gente. No quiero que toques ni a los jinetes, ni a los habitantes del Zelma.

James la miró, había algo en aquella joven, algo que conseguía ponerle nervioso. Inclinó la cabeza y fijó la vista en ella, observándole a través de las pestañas, antes de asentir lentamente.

Ella sonrió asintiendo también.

—De acuerdo, pues. Te entrenaré y te daré cobijo. Nadie debe saber que estás aquí, sería demasiado peligroso. Tu entrenamiento quedará en el más absoluto de los secretos. No queremos que los Mayores se enteren antes de tiempo de lo que tramamos, ¿no es cierto, James?

—De acuerdo.

—Muy bien, pues, ahora haz que termine esa tormenta, y mañana a primera hora te quiero aquí. Pero —alzó un largo dedo ante sus narices— nadie debe verte, nadie en absoluto.

—Se hará como desees.

Hizo una leve reverencia, no pudo hacer otra cosa. Se sentía abrumado por la imponente presencia de Mitgard.

Dio media vuelta y se alejó a grandes zancadas.

6

La leyenda de Sossarth

Estaba tendida en una inmensa sala de hielo.

El mar se alzaba a su alrededor como imponentes muros. Suelo y techo eran gigantescas placas de hielo, con enormes columnas que se alzaban esbeltas hasta la techumbre. Afortunadamente, la habitación estaba a resguardo del agua y a una agradable y helada temperatura.

Un inmenso licántropo de mar apareció tras una de las paredes acuosas y dejó que Luchían entrara lentamente en la sala, luego también él se acercó al muro y se apoyó contra el suelo de la inmensa sala.

—*Onamreh, saicarg* —dijo el licántropo en su propia lengua, haciendo una ligera reverencia al que le había traído. Luego se volvió hacia Shenak y le dedicó una larga mirada de reproche con aquellos ojos de plata—. ¿En qué diablos pensabas, Shenak?

La joven no contestó.

Estaba confundida y muy cansada, demasiado para ponerse a discutir con aquel licántropo.

—Estás muy débil —continuó Luchían, reprendiéndola como si fuese una niña pequeña—, demasiado, y pretendías... —Suspiró en un intento de calmarse—. No puedes pretender cruzar el Zelma tú sola.

—¿Por qué no? —replicó mohína.

—Porque de no ser por mí, ahora serías empanada de serpiente.

Shenak bufó y le dio la espalda.

—*Añin, otepser sam artseum!* —gruñó el licántropo de mar.

—¿Por qué? ¿Por quién? —escupió la joven con rabia—. ¿A quién debo respetar, delfín?

El desconocido pareció ofenderse aún más, pero Luchían detuvo su respuesta cortante con un gesto contundente y se giró hacia Shenak con la rabia pintada en su rostro.

—Ahora eres prisionera de los licamar —dijo con calma—. Intentaré hacer por ti lo que pueda, pero debes saber que lo más probable es que no quieran liberarte.

—Si no lo hacen, me escaparé —aseguró, los ojos centelleantes.

El licamar rio con sorna.

—*Azelatrof atse ed riuh edeup eidan!*

—¡Me escaparé! —repitió ella—. ¡No voy a convertirme en la esclava de un grupo de peces peludos!

—Ya está bien —ordenó Luchían autoritariamente y Shenak, a pesar de estar hirviendo de ira, mantuvo la boca cerrada—. *Rovaf rop, Yer le etna emavell.*

El licamar se retiró un poco y le dio la espalda a Luchían, para que éste trepara sobre su lomo. Luego, con un fuerte coletazo, se alejaron, dejando a Shenak de nuevo sola con su angustia.

La joven no aguardó más.

No sabía cuánto tiempo estaría sola, debía recuperar fuerzas y, sobre todo, curarse. De modo que aprovechó la diligencia para intentar sanar sus heridas, por lo menos la dolorosa lesión de la pierna, lo justo para permitirle caminar. Así que dejó que aquel lugar la llenara por dentro, cerró los ojos y se sumió en un sueño profundo y reparador.

Luchían ya había vuelto cuando despertó.

Se había enroscado sobre el frío suelo de hielo y miraba una hoguera de llamas frías, que chisporroteaban entre ambos iluminando la cueva con una luz azulada que recordaba al fondo del mar.

El licántropo se había sumido en profundas reflexiones, pero levantó la cabeza cuando detectó que Shenak se había desvelado.

—¿Por qué es tan importante? —preguntó a media voz.

—¿El qué?

—No soy imbécil, Shenak.

Un escalofrío recorrió la espalda de la joven al darse cuenta de que el licántropo sabía que estaba buscando a alguien. Alguien que ahora mismo se hallaba en Dorka. Sospechaba que también conocía la identidad de su presa, por lo que intentó buscar una buena excusa y lo primero que le vino a la mente fue la escama de plata que relucía en su pecho.

—Me salvó la vida.

—¿Y qué?

La joven le miró, sopesando la respuesta. Intentó que pareciese emoción lo que le impedía hablar cuando dijo exactamente lo que estaba deseando, aunque por razones muy poco loables.

—No puedo permitir que le maten. —Y era verdad. Si le mataban ya no podía entregarle a Muna, ni pedir su libertad ni la de su maestro.

Él malinterpretó sus razones, tal y como ella había querido, creyó que amaba al humano.

—Tampoco él permitió que la mataran. —La hoguera crepitó con fuerza proyectando sus lenguas heladas hacia el techo—. Y acabó muerto para el mundo, y olvidado.

—¿Quién?

—¿La princesa de los sssemesstraka no ha oído hablar de la leyenda de Sossarth y Mov·wen? ¿Tú, que te vanaglorias de conocer bien el espíritu de la cordillera?

Shenak gruñó. No era un tema en el que le apeteciese profundizar. Claro que había oído hablar de Sossarth, y sabía más que muchos, pero no podía permitir que el licántropo se diese cuenta de aquello. Su maestro la había advertido estrictamente sobre ese tema. Así que dijo lo que Luchían esperaba oír:

—Sossarth el monstruo...

Luchían la hizo callar con una profunda mirada de tristeza y se acercó a ella. Al parecer, tampoco él opinaba como el resto de la gente.

—Sossarth no era un monstruo. Algo extraño. Salvaje, indómito, pero nunca un monstruo.

—¿Cómo lo sabes? —la pregunta escapó de sus labios antes de tener tiempo de retenerla.

El licántropo pareció dudar, y cuando Shenak empezaba a creer que no recibiría respuesta, habló, y su voz sonó triste cuando relató una historia que ella, que tanto había oído hablar de ese personaje ya mítico, jamás había escuchado.

—Hace mucho tiempo, una nueva criatura movió a las montañas a la guerra. Se llamaba Sossarth y tenía el poder de doblegar el viento y de hacer crecer árboles en segundos. Las montañas se sentían seguras, porque era parte de la madre naturaleza y parecía amarlas. Era un híbrido, nacido de las ardientes entrañas de Solaris y de la diosa Menor de los desiertos, que se había ido a ocultar a las montañas porque eran las únicas que le querían. —Sonrió tristemente—. En especial Mov·wen, que en aquellos tiempos era joven y hermosa, no un indomable mar de rocas y acantilados. Se trataba de una montaña de suaves curvas y limpias caídas. Sossarth se ocultó en sus cuevas durante algunos años y, cuando los Mayores cayeron sobre la montaña, él se ocultó en cavernas que ella abría y cerraba en torno a él. Por él, Mov·wen se deslizó como una serpiente hasta la mismísima Zeraf.

—¿Las Estepas del Oeste? ¡Pero es imposible!

—Nada es imposible, no si consigues enamorar a las montañas. Y Mov·wen estaba muy enamorada. Tardó un mes en atravesar Rondra y llegar al Mundi no fue una tarea fácil. Aún hoy se cuentan historias entre los humanos de Solnak, que vieron cómo la montaña cubría sus planicies y cruzaba el río sin que nadie pudiese hacer nada para detenerlos a ambos en su avance.

»Los dioses estaban furiosos: la montaña se había convertido en una fortaleza inexpugnable. Un laberinto de caminos entrecruzados y muros de piedra en cuyo interior, Sossarth añoraba la luz del sol. Sin embargo, no se atrevía a abandonar a Mov·wen. El corazón, aquel inmenso corazón, se lo prohibía con cada latido.

—¿Logró escapar? —Shenak escuchaba con atención y su voz apenas era un hilo inaudible.

—Claro que lo consiguió. Pero los Mayores estaban furiosos. Cuando la montaña llegó a Zeraf, sus gritos de ira se oyeron por todo el Continente. Mov·wen dejó a Sossarth en mitad de la nieve y le rogó que buscase refugio entre los sssemesstraka, con los que ella guardaba como sabes buena relación. No era difícil atravesar aquella estepa, al menos no para alguien como él. De este modo se despidieron y él prometió obedecer los deseos de su amada.

»A pesar de todo, muy pronto empezó a añorarla. Lo cual no deja de ser cómico, porque Sossarth era un ser del sol, creado sólo para servir a los propósitos de su señor. Nadie contaba con que le hubiese dado sentimientos, puesto que el mismísimo Solaris había tenido intención de acabar con él una vez sirviese a sus propósitos. O, al menos, eso es lo que se cuenta.

»Se dice que la noche de su ejecución, Sossarth escapó de forma casi milagrosa, huyendo al Continente —sonrió de nuevo con tristeza—, enamorado de las montañas. Por esa razón se convirtió en su propio enemigo, ya que su única debilidad era él mismo. Su amor por Mov·wen era tan grande que le llevó a desafiar a los dioses por segunda vez, abandonando el refugio de los tuyos y atravesando de nuevo medio Continente. Para estar con ella.

—Una temeridad y una imprudencia por su parte.

Shenak nunca había entendido todo lo que su maestro solía decirle del amor y los sacrificios que se hacían por los seres amados. Como sssemesstraka, era inmune al amor y a todo lo que eso conllevara.

—Para ti puede que fuera eso. Para él era algo que debía

hacer, tenía que reunirse de nuevo con ella, con aquella que le había robado el corazón. Puede que tú no entiendas lo que le sucedía a ese ser, no obstante...

—¡Nosotros también luchamos por nuestra tierra! Amamos nuestras montañas y nuestros ríos y...

—Sí, no lo dudo, pero la diferencia es palpable. Yo entiendo cómo Sossarth pudo enamorarse de una montaña, pero tú no. No entiendes por qué arriesgó la vida por una montaña en la que no estaba su tierra. No entiendes por qué arriesgó su vida por otro ser, el sentimiento que provoca amar.

—No, tienes razón, no lo entiendo —aseguró, olvidando por completo su intención primera de que Luchían la creyese enamorada del humano encerrado en Dorka.

—Vosotros, el pueblo sssemesstraka, defenderíais aquello que hay en vuestra tierra, da igual en qué tierra sea. Sin embargo, Sossarth no amaba a ninguna otra montaña. Sólo quería a Mov·wen, y lo peor es que ella le correspondía, más allá de cualquier otro sentimiento; lo que movía a Sossarth hacia delante era volver junto a la montaña. Sabía que si volvía a encerrarse en ella moriría. Ya sabes que como hijo de Solaris, Sossarth necesita la luz del sol para sobrevivir, la calidez del desierto de Katana. Sabía que no podía vivir en un laberinto de piedra, pero el corazón le movía a regresar.

—¿Lo hizo?

—Claro que lo hizo. Sin embargo, los Mayores no son idiotas, aunque a veces lo parezcan. Subestimaron en una ocasión los sentimientos de las montañas. Pero no volvieron a tropezar con la misma piedra. En cuanto vieron retroceder a Mov·wen, de vuelta a su frontera entre Mov·wen y Rondra, supieron que Sossarth volvería.

—¿Cómo? ¿Cómo pudieron estar tan seguros? Tal vez Mov·wen se había arriesgado, pero Sossarth quizá no cometiera ese error.

—Solaris lo había creado y Solaris lo conocía. Les tendió una trampa y esperó encogido en su agujero a que su presa cayera. Y el otro cayó como el imbécil que es a veces.

Afortunadamente tenía algo de sentido común en su cabezota, reblandecida por el calor, y no entró de golpe en las montañas. Sabía que aún había algunos Menores en el Continente, asegurándose de que no se quedara quieto. Si se ocultaba el tiempo suficiente, pensaba, los dioses acabarían por darle por muerto.

»Dado que no era seguro regresar directamente, atravesó en diagonal vuestro territorio, entró en Lora-Metsartas, y luego en el desierto. Estuvo varios meses en él y volvió al reino de Servaf, en noviembre cruzó la Trian, regresó a los territorios de los sssemesstraka y siguiendo el curso del Selver-Sesser llegó a la frontera con Thernof-Lonaw y las Tierras Licas.

—¡Pero Thernof-Lonaw era un suicidio para él! ¡La mismísima Muna tiene ahí a muchos de sus vasallos!

—Precisamente por eso. Muna aprecia mucho sus territorios de Thernof-Lonaw y se enfureció por no haberles prestado atención cuando él entró, profanándolo y matando a muchos de sus hombres, amenazando incluso la majestuosa Lunar-Haial. Cuando volvió de Mov·wen, él ya se había escurrido a las Tierras Licas, y volaba en dirección a las Loras; Muna estaba cerca, pero cuando sus rayos iluminaron las Estepas, él ya había cruzado a Kron-Shornuk, de allí a Eelean y de nuevo a Mov·wen.

—Entonces, ¿no dieron con él los Mayores?

—Estuvieron a punto de perderle. Porque, hay que reconocerlo, era un gran rodeo. Sin embargo, Solaris le encontró muchas semanas después, cuando los demás ya se habían desperdigado para buscarle con ayuda de algunos de los Menores.

»Sossarth había logrado sobrevivir, pero la carrera le había dejado exhausto, porque se había visto obligado a utilizar sus poderes en muchas ocasiones, con tal de esconderse. Solaris le descubrió por la mañana, cuando el gran Oldra asomaba ya, calentando las sinuosas curvas de Mov·wen. Le habló. Se dice que hablaron durante horas, algunos dicen que fueron días y que, al final, Solaris decidió que le perdonaba la vida. No era capaz de matarle y bendijo su unión con Mov·wen.

»Pero alguien no estaba de acuerdo con la decisión. Se dice que uno de los Menores llamó a los otros y que torturaron a Sossarth sin que Solaris pudiese hacer otra cosa que mirar. Todos los que se habían presentado decidieron castigar a la hermosa Mov·wen, por interferir en las decisiones de los Mayores. Creían que ésa era la única forma de destruir al híbrido. Entre todos, juntaron su poder para dejar a la montaña fea y sin vida.

—¿Cómo fueron capaces? —A Shenak le horrorizaba pensar que la razón por la que Mov·wen presentara un aspecto tan desolado fuese la ira de los dioses.

—¿No te lo imaginas? Mov·wen era la envidia de sus hermanas, además de muy poderosa. La ira de los dioses la mató. Entre todos borraron toda vida de la montaña. Fue un castigo ejemplar.

»Imagina que a la montaña más poderosa de todas le arrancaran hasta la última hoja, y la debilitaran hasta el punto de dejarla languidecer. Pues cualquier cosa que hayas imaginado será la mitad de lo que sufrió Mov·wen. De lo que aún sufre.

La tristeza que teñía la voz del licántropo la hizo estremecer. Su mirada se quedó prendada en los inquietantes ojos de plata del licántropo y si hubiese sido capaz de sentir algo, habría llorado al imaginar todo lo que la amable montaña había tenido que pasar. Las dos esferas de plata brillaban y algo se encogió en el ambiente. Casi pudo oír los gritos de terror que había proferido la montaña.

Cerró los ojos y al abrirlos estaba allí, junto a un tipo encadenado y arrodillado que gemía y suplicaba: Sossarth. También vio un rostro que conocía bien: Muna, y a un montón de Menores, invocando al espíritu de la montaña, la cual se materializó casi al instante. Shenak se extrañó, porque cuando ella la había invocado, Mov·wen no se había presen-

tado, pero su extrañeza fue sustituida en apenas un instante por admiración y fascinación.

Se trataba de una figura joven, alta y hermosa que vestía como todos los espíritus de las montañas: con un vestido del color de su tierra. El pelo eran ramas retorcidas que caían por su espalda y sus ojos reflejaban sus sentimientos como un libro abierto. Se inclinó ante los Dioses y paseó su profunda mirada por los presentes, deteniéndose en Sossarth.

Nada pudo detenerla, se lanzó sobre él y le abrazó con fuerza. El debilitado y tembloroso monstruo enterró el rostro en su hombro al no poder abrazarla también y susurró algo que no oyó.

—¿Sabes por qué estamos aquí? —inquirió Muna, furiosa.

—Porque he defendido a Sossarth de una muerte injusta. —Mov·wen se separó de Sossarth, poniéndose en pie frente a él, y habló con voz firme y segura, aunque suave y cristalina como un arroyo.

—¿Sabes que le queremos ver muerto?

—Vosotros sabéis que le he protegido porque no es un monstruo. —Miró a Solaris, que permanecía impotente a un lado, atado de pies y manos, obligado por una muerte muy lejana en el tiempo—. Es una criatura del mundo. ¡Tiene sentimientos que veneran al Grande y le hacen sentir orgullo!

—¡Blasfemia! —chilló un Menor más allá.

—¡Se te castigará con creces por tu desobediencia! —bramó una más junto a aquél.

—¡Dejadla marchar, ella no ha tenido la culpa! —pidió Sossarth temblando como una hoja.

—¡Silencio, monstruo! —gruñó Muna, al tiempo que con un gesto de su mano le lanzaba contra unas rocas.

Sossarth cayó al suelo tras golpearse y no volvió a moverse.

—¡Sossarth!

Mov·wen corrió hacia él, pero algo la detuvo alzándola en volandas por el aire.

—Mov·wen —habló Tempus—, por tu desobediencia y tu completa falta de juicio, se te condena y se te juzga.

La montaña entera se estremeció. A la derecha del Mayor, Muna contemplaba la escena con los labios fruncidos y la furiosa mirada fija en Solaris, que trató de intervenir a favor de la muchacha:

—¿Por qué metes a la niña en todo esto? —inquirió Solaris mirando a Tempus, junto a Muna—. Ella no tiene nada que ver.

—Esa aberración no puede seguir con vida, Solaris. Lo sabes tan bien como yo —contestó Tempus—. La vida de tu hijo, por la del hijo de Muna. Es un precio pequeño por tu traición.

—Muna... —empezó, volviéndose hacia la benevolente diosa. Ella siempre le había comprendido y, aunque odiaba a Sossarth tanto o más que los demás, esperaba poder apelar a su buen corazón con tal de perdonar a la criatura a la que todos consideraban un engendro.

—Tempus tiene razón, Solaris —murmuró ella—. Es lo mínimo...

—¡Y más —intervino el Mayor del Tiempo— teniendo en cuenta que te perdonó por semejante barbaridad!

Solaris le fulminó con la mirada, mientras apretaba firmemente las mandíbulas y cerraba los puños, sintiéndose impotente.

Lo que le hicieron a continuación a aquel espectro poblaría las peores pesadillas de Shenak durante años. Un rayo de luz envolvió el frágil cuerpo de Mov·wen, que empezó a temblar. Un grito cruzó la hermosa garganta de la montaña, haciendo que Sossarth levantara la vista hacia ella.

El rostro se contrajo en una máscara de terror al verlo.

Las ramas de los árboles temblaron antes de caer y los troncos ardieron, los pájaros abandonaron de forma apresurada sus nidos y las paredes de piedra dejaron caer las hermosas enredaderas. Los gritos de cientos de animales que morían simultáneamente, en medio de la agonía de la montaña, rodeados de un mar de fuego y piedras y ramas muertas que se pudrían inundaron el ambiente y arrasaron el terreno.

—¡Dejadla, por favor! —aulló Sossarth, y la mismísima Shenak empezó a gritar, apenas capaz de comprender lo que sentía en su interior al tiempo que unía sus gritos a los de Mov·wen, que envejecía ante sus ojos, como si los relojes de Tempus girasen mil veces más rápido de lo normal sólo para ella—. ¡Basta!

Nadie oyó las súplicas de aquel engendro, nadie obedeció a sus plegarias, y repentinamente, la montaña enmudeció y Sossarth creyó morir. Con un rugido atronador se transformó y se lanzó sobre la mismísima Muna. La mordió y la arañó y no la dejó ni un instante, hasta que Mov·wen cayó al suelo inerte. Entonces saltó sobre su amada, la recogió con delicadeza y cariño, sentimientos que parecían muy lejanos para una bestia dorada como la que estaba ante ella.

Solaris se había vuelto con los ojos anegados en lágrimas ardientes hacia los otros dos Mayores, los miró con tanto odio que el aire pareció inflamarse y su voz de fuego resonó como un trueno en una tormenta.

—La chica no tenía nada que ver con todo esto.

—¿Qué te pasa, Solaris? —Tempus rodeó a Muna con su brazo y fulminó con la mirada a su interlocutor—. ¿No puedes admitir que esta vez hemos vencido nosotros?

La ira del dios era palpable, así como el desprecio de Tempus y la pena de Muna, el dolor de Sossarth y el sufrimiento que impregnaba cada roca de Mov·wen. Todos aquellos sentimientos y el inmenso poder que se había puesto en juego para llevar a cabo el destrozo marearon a Shenak, que cerró los ojos cansada. Instantes después se encontró en una horrible caverna, donde Sossarth intentaba devolver la consciencia a Mov·wen.

El otrora bello espectro había perdido toda hermosura.

Estaba completamente calva y su piel era gris. Ya no había delicadeza en sus rasgos, sino que parecía más bien fría y dura como una piedra; como las rocas que ahora formaban la montaña.

—Todo saldrá bien —murmuraba él—. Ya lo verás. Entre los dos recuperaremos tu esencia, y sanarás. —Se le quebró la voz—. Por favor, Mov·wen, no me dejes ahora... Mov·wen... Mov·wen...

—Basta —ordenó Shenak incapaz de continuar viendo todo aquello—. Basta, sácame de aquí. —No ignoraba que Luchían era el responsable de aquella visión—. Sácame de aquí...

Pero el licántropo no parecía escucharla.

—¡Basta!

En un abrir y cerrar de ojos había abandonado el seno de aquella visión, regresando con tanta violencia a la sala de hielo que casi se hizo daño. Le costó un poco reubicarse, pero cuando descubrió que ya estaba lejos de Mov·wen, suspiró, algo más relajada. No obstante el dolor que había sentido la montaña, y el dolor que irradiaba Sossarth la habían aturdido. Estaba completamente aterrorizada y tuvo que respirar hondo varias veces para calmarse. Se apoyó contra una columna, ya que las piernas le temblaban como flanes.

—Sossarth huyó —reveló Luchían al cabo de un rato.

—¿Cómo que huyó? —Alzó la cabeza como si no hubiese oído bien—. ¿Después de todo lo que pasó...?

—A causa de eso, Mov·wen lo echó de allí. Estaba demasiado afectada por lo que había ocurrido y no quería que Sossarth la viese así.

—Pero si se amaban... —protestó como una niña pequeña a la que no le ha gustado el cuento que se le ha contado.

Ella, mejor que nadie, conocía las dramáticas historias que poblaban el mundo sobre sssemesstraka que habían tenido la rara capacidad de enamorarse. Todas ellas acababan de forma trágica y desastrosa. Las conocía gracias a su maestro, que siempre parecía aturdido después de contárselas. Pero con aquella, Shenak había aguardado la esperanza de que tuviese un final feliz, después de todo lo que los amantes habían sufrido para estar juntos.

—Ya lo sé. Pero las montañas son muy orgullosas y el hecho de que los mismísimos Mayores le hubieran hecho tanto daño le había afectado más de lo que se atrevía a admitir. Además, Sossarth se sentía responsable y Mov·wen, dolida y triste, prefirió hacerle mucho daño a tenerle ahí destrozado por los remordimientos y la culpa, consumiéndose en un mundo que no era el suyo, lejos de la luz del sol y los ardientes desiertos.

»Le echó y luego se condenó a sí misma al olvido y a la decadencia, convencida de que Sossarth la olvidaría y encontraría a otra con la que ser feliz. Se encerró en la cueva más oscura y más profunda que pudo construirse y se aplicó poderosos hechizos para que aquella caverna no pudiera ser abierta por nada ni por nadie.

»Nunca más se ha sabido de ella, de la auténtica Mov·wen, pero su espíritu sigue preguntando a las aves que se aventuran a cruzar por esos parajes yermos, desiertos, muertos, y las noticias de Sossarth siguen sin llegar.

—¿Por qué?

Por un momento Shenak temió que Luchían volviera a enviarla a aquel lugar del que acababa de salir, pero el licántropo sólo estaba planteándose qué respuesta dar.

—Porque las palabras de Mov·wen, tan frías como las rocas, le habían afectado mucho. «No quiero volver a saber de ti, nunca más», le había dicho ella. «Muy bien», había contestado Sossarth con los ojos llenos de lágrimas y el corazón hecho pedazos, «si no quieres volver a saber de mí, te juro por el amor que siento por ti que no volverás a verme jamás, y nunca oirás el nombre de este monstruo que te ha amado con todas sus fuerzas». Y cumplió su palabra con creces.

—Es triste.

—No, es la verdad.

Shenak levantó la vista y clavó los ojos negros en Luchían, pero éste no pareció notarlo. Se limitó a tirar de un lado de su capucha y contemplar las llamas ensimismado.

—Descansa —dijo al fin—. Pronto necesitarás estar en plena forma.

Se levantó y se encaminó hacia la salida. Shenak se dejó caer y volvió a su sueño reparador.

7

Engendros y serpientes

Shenak llevaba dos meses en las profundidades de aquel océano horrible, y durante una semana no había dejado de llover. Los licamar, que solían ir a visitar a Luchían, aseguraban que jamás había llovido de aquella manera sobre el Zelma.

La joven solía sentarse en un rincón observando al licántropo, que acostumbraba a estar rodeado de crías de licamar pidiendo y suplicando que les contara una historia. Después de ésa pedían otra, y otra y otra más. Él parecía disfrutar del coro y la expectación que recibía, pero a veces, incapaz de aguantar a los pequeños por más horas, les echaba de allí sin compasión por sus súplicas ni sus ojillos tristes. Ninguno de los padres parecía tener nada en contra de que sus crías le dedicaran tanto cariño a aquel extraño que les sonreía y les hacía juegos malabares con teas de hielo.

En cuanto a Shenak, nadie le hacía mucho caso.

Ella sabía que el licántropo la miraba siempre y parecía vigilarla muy de cerca, e, incluso, lo había descubierto husmeando su pelo mientras dormía. Nunca le había dicho nada al respecto, porque sabía que los licántropos eran fieles y que nunca la tocaría sin su permiso, pero, aun así, le fastidiaba que aquel desconocido se tomara tantas molestias por ella.

Una mañana Luchían se acercó a ella, después de despachar a un grupo especialmente excitado. Desde que se hallaban en Dorka había mantenido su aspecto humano, aunque las inmensas alas de su espalda desmentían tal origen. Se acercó hasta ella y le tendió una espada. Shenak le miró atentamente antes de que él le preguntara, con voz grave:

—¿Quieres entrenar conmigo?

—¿Por qué? —le espetó.

Vio cómo Luchían se encogía de hombros.

—Si no practico, cuando salga de aquí tendré todas las técnicas algo atrofiadas.

—Él está aquí —protestó ella.

—¿Crees que se pasará aquí la vida? Se irá pronto, y cuando lo haga tú le seguirás como un perro. —No aguardó a que ella contestara, y siguió hablando—. Sé que odias este lugar, lo que quieres es agarrar rápidamente todos tus bártulos y largarte de aquí, cuanto antes mejor. No aguantas este aire cargado y no saber nunca cuándo es de día y cuándo es de noche.

—¿Y tú qué? ¿Acaso te gusta esto?

—No lo odio.

—Pero no te gusta estar tan lejos de casa. ¿Por qué no vuelves?

—¿Por qué no vuelves tú?

—Yo tengo que estar aquí. Tú estás aquí por voluntad propia.

—Tú también has elegido este destino, Shenak.

—¡Yo tengo que estar cerca de él! ¡Pero sigo sin saber por qué tú me sigues!

—Porque quiero protegerte.

—¡No necesito que un licántropo me proteja! ¡Sé defenderme sola!

Luchían inclinó la cabeza y al segundo siguiente paraba un golpe salvaje de la sssemesstraka.

Fue una lucha breve pero encarnizada.

Las espadas chocaban una y otra vez, el licántropo no hacía más que dar vueltas alrededor de la joven deteniendo su espada y golpeando con la propia. Avanzó más de lo planeado, golpeó y obligó a Shenak a efectuar un movimiento muy brusco hacia la derecha. Ella retrocedio, perdió el equilibrio un momento, lo volvió a recuperar, pero cuando fue a atacar soltó un grito que resonó contra las paredes de agua y el techo de hielo como un aullido de dolor...

... Y cayó en brazos de Luchían que la recogió con cuidado y la ayudó a sentarse.

—Tú lo sabías, maldito lobo —gruñó sujetándose una pierna con gesto de dolor.

—Lo sabía. —Él la miró muy serio y se sentó frente a ella—. ¿Por qué tratabas de ocultármelo? ¿Por qué intentabas permanecer inmóvil mientras yo estuviera presente?

—No me apetecía moverme —escupió hecha una furia.

—Eso no es cierto. A los de tu raza os encanta moveros, no os quedáis quietos durante días sin saber qué hacer para ocultar...

—¿Por qué no dejas de mortificarme? ¡Sssí, cojeo! ¿Qué, estás contento?

—No.

La joven alzó la cabeza y se encontró con los ojos de plata de aquel licántropo.

—Yo no me regodeo en el sufrimiento de los demás. Pero podrías habérmelo dicho.

—¿El qué? ¿Que ya no puedo moverme como antes?

—No, que no habías conseguido curarte. Que a pesar de que no he dejado de ayudar en la cura de esa pierna, no ha pasado nada. Tal vez ellos...

—¡Ellos son lobos, malditas sean mis escamas! ¡Ellos no pueden curarme!

—¡Pero los sssemesstraka os curáis solos! ¡No necesitáis ungüentos de licamar!

—¿Quién te ha dicho que no me haya curado sola?

—¡Que te he estado curando yo, por todas mis plumas! ¡Llevabas cinco días intentando curar esa herida, y ni siquiera se había cerrado la piel! Por eso les pedí que me dieran algo para ti, por eso, mientras duermes he estado poniéndote la magia de los licamar en la herida. Todas las demás han sanado, ¿por qué ésa no?

Shenak le miraba sobrecogida.

Intentó calmarse, intentó asimilar todo lo que Luchían le había dicho, pero no entendía nada. Sí, tenía razón, había pasado demasiado tiempo sin conseguir cerrar la herida y seguía doliéndole. Tenía razón, ya no podía andar como antes, ahora la cojera se le notaba demasiado, pero era demasiado orgullosa para admitirlo, ¡y muchísimo menos delante de un licántropo!

Se alejó de la hoguera de hielo y se enroscó en un rincón sin contestar. Y él se limitó a asentir y retirarse para dejarle intimidad. No le dijo nada, no le reprochó sus malos modales. Se limitó a contemplarla en silencio.

Como siempre.

Le costó mucho dormirse aquella noche. Se sentía molesta con Luchían y pensó en su maestro. Le echó de menos y deseó que estuviese con ella. Mandó una plegaria para que estuviese seguro, pero no supo a quién dirigirla. Su maestro le había enseñado a desconfiar de los dioses.

Cuando se durmió al fin, tuvo pesadillas y se retorció sobre el frío suelo de hielo. Despertó en mitad de la noche con el pelo de la nuca completamente erizado.

Todo a su alrededor estaba tranquilo, pero ella sabía que algo no iba bien. Luchían dormitaba en un rincón, enroscado sobre sí mismo, con la cabeza entre las manos y parecía realmente un gigantesco lobo. Sonrió muy a su pesar. No podía negar que le había cogido cariño a aquel montón de pelo.

Durante aquel tiempo sólo había podido hablar con él, igual que había ocurrido cuando sólo tenía a su maestro. Luchían la había cuidado sin pedir nada a cambio, igual que su maestro. Desconocía las razones que pudiesen mover al licántropo, pero debían de ser poderosas...

Sintió repentinamente algo frío en torno a sus muñecas, y antes de poder concretar qué lo originaba, alguien tiró de las cadenas que había alrededor de sus muñecas y la sumergió en el frío Zelma. No tuvo tiempo de debatirse ni de gritar ni de pedir ayuda, apenas logró empezar a pronunciar el nombre de su protector.

La joven no podía hablar, no podía pensar, simplemente luchaba por zafarse de las cadenas y la presa de alguien en su cintura.

La llevaban al fondo, muy al fondo, y entonces vio la ciudad.

Se trataba de un conjunto de casas escarbadas en las rocas. El tráfico estaba formado por delfines cabalgados por sirenas, trineos tirados por erizos de mar y gigantescos caballos de agua, que galopaban por el fondo con sus patas terminadas en manos palmeadas, levantando pequeños remolinos de arena.

En el centro de una inmensa plaza se erguía la figura agrietada y llena de algas de una sirena muy hermosa que alzaba con altanería un inmenso tridente y sujetaba con la otra mano las riendas de un caballito de mar del tamaño de un dragón. Junto a la hermosa sirena había esculpidos un licamar y un tritón al que identificó enseguida como Neptuno, uno de los hijos de la hermosa diosa del Mar, Anfitrite, por lo que el otro sólo podía ser Poseidón, el primer licamar.

La arrastraron hasta un inmenso edificio donde algas y coral parecían haber encontrado un buen sitio para vivir. Entraron por la cúpula rota y sentaron a la joven en una silla; segundos después, el agua se había retirado para dejarla respirar. Ante ella se alzaba un trono en el que un gigantesco y verdoso tritón la miraba con cara de pocos amigos.

La sala era inmensa y fantasmagóricamente oscura, había sombras que parecían sirenas, y sirenas que parecían sombras observándola desde detrás de columnas de coral y tapices de crustáceos. Algunos restos de tela ondeaban de manera misteriosa prendidos en cuerpos pálidos y de ojos vacíos.

A Shenak se le puso la piel de gallina al comprender que estaba en los restos de un barco naufragado en el Zelma muchos siglos atrás.

—Shenak —dijo una voz junto a ella.

A su lado se alzaba, imponente como una diosa, una joven, con el pelo empapado y las ropas pegadas al cuerpo ligero y sensual. Tenía un leve tinte verdoso en el rostro de delicadas y bellas facciones y algo en sus ojos la llenó de inquietud. Tuvo el presentimiento de que se encontraba ante alguien importante y le molestó profundamente no saber de quién se trataba.

Intentó calmarse y miró con atención a la mujer.

—Princesa de los caídos sssemesstraka, exiliada durante años. Me sorprende mucho encontrarte aquí.

—¿Y a quién le sorprende? —inquirió con rabia.

—¿No me he presentado? —Le dedicó una sonrisa torcida—. Soy la Señora de Dorka y el Zelma.

Un escalofrío recorrió la espalda de la sssemesstraka de arriba abajo.

—¿Y qué quieres de mí? —interrumpió, en un intento de enmascarar su temor.

—¿Qué haces aquí, princesa?

—Me hospedo en la amabilidad de los licamar.

—¿Y por qué una princesa del Norte se toma la molestia de hospedarse tan lejos de casa?

—¿Por qué debería una princesssa dar razones a la Señora de Dorka? Estoy en territorio licamar.

—Cuidado, serpiente.

—Ahora dime qué pretendes de mí o déjame en paz.

—Hay alguien que se hospeda en mi casa, y el hecho de tener a una espía vigilándolo no me gusta. No me gustaría descubrir que estás dando partes a Muna.

—Si veo a esa espía ya te avisaré.

—No te pases de lista, Shenak, no tendrás tanta suerte conmigo. Yo sé que tu presencia aquí pone en peligro muchas cosas y, por otro lado, ni a los licamar, ni a las sirenas les importa que su larga visitante... ¿cómo decirlo suavemente?... se esfume. —Shenak frunció el ceño intentando averiguar qué pensaba su interlocutora—. Tu ejecución ya está esperando.

—¿Qué?

—Tú sabes lo molestas que pueden llegar a ser algunas

visitas, ¿no es cierto? Para los licamar sólo crea un estorbo. Así que —se encogió de hombros como si estuviese hablando del tiempo— ya he dado la orden.

Shenak batió la lengua con ferocidad, pero dos licamar se acercaban ya a ella, dispuestos a ejecutar la orden recibida. No tenía forma de salir de allí.

El miedo la invadió: acabaría convertida en una más de las grotescas estatuas de aquel museo de las profundidades. Cerró los ojos con desesperación y suplicó ayuda al espíritu de las aguas, aunque no disponía de tiempo suficiente para invocarlo del modo correcto, dos fuertes pares de garras la aferraron por los brazos y tiraron de ella hacia el interior del agua.

Un gruñido detuvo a los licamar como si los hubiesen clavado en el suelo.

Ambos se volvieron lentamente hacia el lugar del que procedía el ruido, y descubrieron anonadados cómo una inmensa bola de pelo saltaba y caía entre la Señora de Dorka y Shenak, protegiendo a la sssemesstraka con su magnífico cuerpo negruzco. Poco a poco, la bola de pelo fue recuperando forma humana y apareció, en el lugar que había ocupado aquel lobo alado, un Luchían destilando rabia y furia por todos sus poros.

—Creo recordar haber pedido a Su Majestad que nada le sucediera a la princesa, mientras estuviera aquí —gruñó con los ojos de plata fijos en la mujer de piel verdosa.

—Son órdenes de ella, nosotros no podemos...

—¿Acaso mi voz no se escucha suficiente? —Luchían no alzó la voz, pero temblaba violentamente de ira contenida.

Shenak retrocedió un poco, la burbuja en la que estaban empezaba a congelarse y el trono de coral se encontraba recubierto ya por una especie de escarcha blanco-azulada. Todos miraban aterrorizados al interior de la burbuja, donde Luchían intentaba controlar sus espasmos.

—¿Acaso no vale vuestra palabra, rey Goh? ¿No puedo fiarme de vuestras promesas?

—Pero ella es una diosa —gimoteó el rey encogido en su trono.

—¡Una diosa a la que la princesa venera!

—¡Yo he dado la orden! —interfirió la mujer—. Esa sssemesstraka ha sido condenada a muerte, así que te aconsejo que no te interpongas, licántropo. Estás muy lejos de casa.

Durante una fracción de segundo todos pensaron que Luchían atendería a la razón y se apartaría. La temperatura subió un poco, pero seguía haciendo mucho frío.

El licántropo se irguió con el entrecejo fruncido, dedicó una penetrante e indescifrable mirada a su adversario, y por un momento no supieron si se iba a retirar o si iba a devorarle en dos bocados. Entonces el rostro de él se ensombreció, y su voz sonó profunda, como si hubiese hablado desde el final de un hondo pozo:

—Por encima de mi cadáver.

—¿Me queréis muerta, Señora de Dorka? —Todos se volvieron hacia la sssemesstraka, nadie esperaba que dijera nada—. Pues muerta me tendréis —una fina sonrisa apareció en sus labios—, si conseguís atraparme, claro.

Y sin decir más, arrojó algo al suelo y desapareció amparada en una nube de humo y una llamarada. Había conseguido contactar con el alma del agua, y ésta la lanzó hasta la superficie. Shenak agradeció en silencio el gesto y echó a correr, cayendo una y otra vez y cojeando visiblemente.

No se detuvo hasta ver las casas de una vieja población amurallada.

Se dejó caer en el suelo, al borde de un bosquecito y se sujetó la pierna dolorida. Le dolía, y le dolía mucho. Intentó dar unos pasos más, pero cayó cuan larga era y se hizo daño en una mano.

—Malditasss sssean misss essscamasss —gruñó incorporándose.

Volvió a gatas hasta el refugio de los árboles, y se enroscó allí, vencida y agotada.

James acudió como cada día a las clases de Mitgard.

Era un alumno aplicado y fácil de manejar, sobre todo si la hija de Loki se le mostraba como una mujer, ya que, si aparecía como serpiente, James acababa por estropear cualquier cosa en la que pusiera las manos. Aprendió rápidamente a hacer algo de magia, a comunicarse con los vientos y las nubes. Y si se concentraba mucho podía incluso detener el tiempo durante varios segundos, aunque por lo general acababa exhausto después del ejercicio.

Mitgard le enseñó a manejar la espada y a disparar, le ayudó a corregir el rumbo de una flecha perdida sólo con agitar una mano; también le enseñó a ubicar todos los estados del Continente. James aprendió a leer y escribir e incluso a hacer cuentas sencillas. Y todo aquello no le llevó más de dos meses. Su velocidad de aprendizaje era sorprendente, y su maestra estaba impresionada. Lo único que le ofrecía cierta dificultad era teletransportarse y Mitgard le regañaba con frecuencia porque no era capaz de fundirse con el aire.

—¡Venga, si hasta un sssemesstraka puede hacerlo! —le espetó aquella mañana con fastidio.

James le dedicó una mirada indescifrable y se dejó caer apoyado contra una de las columnas.

—No puedo. Es inútil, no puedo concentrarme.

Mitgard suspiró exasperada. James había notado que estaba de mal humor, pero no había conseguido averiguar de qué se trataba.

—Sabes que este ejercicio es muy importante. No te torturaría con él si no lo fuera.

—Lo sé, pero... No consigo fusionarme con el aire, maldita sea, no sé por qué. El resto de cosas ya las hago. Más o menos, pero esto es imposible.

—Imagínate que te descubren, James. Que vienen a por ti a matarte. Que te arrinconan y no sabes cómo huir. Tienes que aprender a teletransportarte. Sólo así sobrevivirás en el mundo hostil que te espera.

James asintió levemente con la cabeza.

—Lo sé —respiró hondo—. Creo que ya...

No pudo acabar la frase, porque de pronto se encontró en lo alto de la inmensa estatua de Loki, situada detrás del trono.

Echó un aterrorizado vistazo hacia abajo y descubrió a Mitgard, maravillada, mirándole desde el pie de la figura con una mezcla entre divertida y burlona.

—Vaya —dijo con suavidad—, así que me has estado tomando el pelo, ¿no es eso, James?

Cerró los ojos y se metamorfoseó en una gigantesca serpiente que reptaba ya por los pies de la estatua. Una vez sobre el hombro de la figura volvió a convertirse en mujer y le sonrió.

—Mitgard... —murmuró él.

—Dime.

—¿Puedes bajarme?

—No. ¿Por qué iba a hacer yo semejante cosa?

—Tengo vértigo.

La joven le miró, como sopesando la respuesta que debía darle.

Su gesto serio y grave se suavizó un poco bajo la risa que pugnaba por salir a la superficie. Al final Mitgard fue incapaz de contener una carcajada y trató de ponerse seria de nuevo palmeándole la espalda.

—Tranquilo, chico. Todo el mundo tiene sus fobias.

Lo recogió como una madre recoge a un niño pequeño y desvalido y descendió, flotando suavemente hasta depositar al chico pálido y tembloroso de nuevo en el suelo. Iba a decir algo en agradecimiento, pero Mitgard le mandó callar con un gesto, se irguió y clavó la vista en el trono, en el que acababa de materializarse un hombre.

A James se le hizo un nudo en el estómago al reconocerlo como al majestuoso dios Loki, uno de los Menores y padre de Mitgard. Tenía las facciones duras y curtidas, los ojos agudos de color rojo sangre y vestía una elegante túnica verde esmeralda (por alguna razón a James le dio la impresión de que estaba hecha de esmeraldas).

Así que ¿entrenando al fugitivo? —Su voz vibró por toda la sala, haciendo estremecer al chico.

Mitgard realizó una grácil reverencia antes de convertirse de nuevo en serpiente.

—Padre. —Sonrió al tiempo que se acercaba a él y permitía que pasase sus grandes manos sobre su lomo.

—Todos los dioses hablan de lo mismo. ¡Mitgard tomará parte en la guerra! Ya me extrañaba a mí que no te metieras en líos durante tanto tiempo. —La reprendió con cariño—. Tus hermanos no causan tantos problemas.

—A Fenrir lo tienen encadenado frente a la Puerta del Mundo de los Muertosss, padre, así es fácil no meterse en líos.

—¿Y qué hay de tu hermana? Ella no causa problemas.

—¿Hel? ¿Cómo diablosss va a causar la princesita del Inframundo un problema? ¡Sssi ssse pasa el día controlando cadáveres!

—¡Tú podrías hacer algo de provecho! —exclamó el padre exasperado.

—Dame un ejemplo.

—Procura proteger a ese niño.

La serpiente levantó la cabeza sorprendida.

—Si han de atacar tu reino, deberías proteger bien tus intereses, Mitgard.

—Has venido para algo en concreto, ¿verdad, padre?

—He venido a avisarte, hija. Muna se acerca, enviará a los hombres a atacarte, y tú debes estar lejos de aquí para cuando eso ocurra. Procura unir una compañía que te sea fiel y leal, y viaja hacia el Este.

—¿El Este? ¿Qué hay en el Este que pueda protegernos?

—El desierto Kopthar.

—¿El desierto? —escupió la serpiente—. Padre, ¿quieres enviarnos al...?

—La tía de tus hermanos vive en Kopthar. Sin duda recordarás a Katana.

—La Sseñora del Fuego y el Polvo, sssí, la recuerdo. —La gigantesca serpiente bajó la vista pensativa.

—Muy bien, pues poneos en marcha cuanto antes.

—¿Cuánto tiempo tenemos hasta que Muna envíe a sssus vasallos?

El dios se puso en pie, y James retrocedió impresionado. Era más o menos igual de alto que la estatua, pero su rostro resultaba muchísimo más feroz. No era, precisamente, agradable a la vista, y su cuerpo inmenso no contribuía a tomarle confianza.

—Dos días —dijo al cabo de unos instantes.

—¡Dos días! —exclamaron ambos al unísono.

Loki sólo sonrió.

—¿Dos días, padre? Eso es imposible. Sssólo con enviar a los mensajeros ya tardaríamos más que eso en recibir las respuessstas.

—Eso sería si tú no tuvieras un padre encantador que se hubiese tomado la molestia de reunir a un grupo de exploradores, gente de confianza, que no tardará en llegar a tu reino.

La serpiente sonrió e inclinó la cabeza.

—¿No te estás tomando demasiadasss molestias, padre?

—No quiero que los Mayores castiguen a mi hija.

—¿Sssabes de dónde vendrán los sssiervos de Muna, padre?

—Es una compañía humana, liderada por un tal Kurt.

Mitgard siseó furiosa.

—¿Qué? —exclamó James atrayendo la mirada de los otros dos—. Pero si ése me trajo aquí.

—Ese traidor —murmuraba Mitgard—. La próxima vez que le vea ssse acordará de esto. ¿Quién le sigue?

—Una compañía de unas doscientas monturas. La mayoría procede de los reinos trillizos de Fris, Fen y Fora. Algunos de Krah, Zora y Hua. Nada que pueda causar grandes problemas, pero no queremos que nadie muera por el camino, ¿verdad?

—Pero eso está al sssur. No tiene sentido que sirvan a Muna.

—Exacto, eso es lo que me extrañó. Sólo les acompañará un mago de Lunar-Haial. Creo que piensan que la sssemesstraka os seguirá.

—Pero Kurt vio cómo Shenak se lanzaba en pleno vuelo —intervino James—. Ambos la vimos, cayendo en picado sobre los riscos de Mov·wen. Ambos la dimos por muerta.

—Resulta que sobrevivió. No se sabe exactamente cómo, pero mi querida Hel —miró de reojo a Mitgard—, la cual se pasa el día contando cadáveres, no la recibió a las puertas del Reino de los Muertos. No hicieron falta grandes investigaciones para descubrir que había sobrevivido. El mago de Lunar-Haial lo supo a través de la propia Muna e informó a Kurt.

—En todo caso —tomó Mitgard la palabra—, mientras crean que la sssemesstraka nos acompaña tendrán cuidado —decidió Mitgard—. Crearemos un escudo para protegernos; que piensen que sólo van ella y James.

—Estoy de acuerdo. Bueno, mejor será que vuelva antes de que alguien me eche de menos. Cuídate, hija. —Acarició la cabeza de la serpiente y se desvaneció en el aire.

Mitgard no perdió el tiempo.

Tan pronto como Loki se hubo marchado, se enroscó sobre sí misma, dando órdenes telepáticas a sus sirvientes para preparar el inminente viaje. Todo debía estar previsto, hasta el más mínimo detalle. Mitgard era plenamente consciente de que estaba muy involucrada en todo aquello como para cometer ningún fallo, ya que toda la ira de los dioses podía caer sobre sus hombros. Y caería sobre ellos si alguien descubría antes de tiempo lo que tenía en mente.

James, por su parte, apenas pensaba en los preparativos. En realidad le hubiese gustado salir en ese mismo instante. Lo que quería era encontrarse con Shenak. Aquella traidora hacía que la sangre le hirviese en las venas. ¿Cómo había sobrevivido? ¿Cómo era posible que ella estuviese viva cuando Kurt había mandado un dragón a buscarla?

Apretó los dientes furioso.

Bien, tal vez hubiese sobrevivido al dragón. Pero él era el Hijo de un Mayor y no pensaba dejar su traición impune. No pretendía aceptarlo. ¡A él se le había de tratar con respeto!

Alzó la cabeza con una chispa de altanería en sus ojos.

Se sentaría en el Trono Caído, sería el Mayor de los Mayores y se llevaría por delante a todos aquellos que quisiesen detenerle, empezando por aquella sssemesstraka.

Él era un dios y nadie se atrevería a cuestionar su poder, nunca más.

8

Los cuentos de Soran

Al caer la noche, James se encaminó hacia el patio en el que Kirk había aterrizado dos meses atrás. Suspiró. Habían pasado tantas cosas desde aquel día que le resultaba extraño seguir en su propia piel.

Se acomodó la capa y trepó sobre el lomo del dragón, que volvería a ser su montura. El azulado había decidido separar su camino del de Zur y su jinete. Para él, Trk había sido un hermano durante mucho tiempo, y si éste había confiado su lágrima de cristal al resguardo de ese humano, sería un honor para él considerar a James su jinete.

El muchacho vestía unos pantalones de un delicado pero resistente material, unas botas de suela blanda y una camisa de algo parecido al lino que abrigaba cuando hacía frío y refrescaba cuando hacía calor. Encima llevaba su viejo abrigo, al que era incapaz de renunciar, y una capa que, según Mitgard, ayudaba a mimetizarse con el ambiente. Prendida del cinto portaba una de las magníficas espadas de la armería de Dorka: se trataba de una espada en cuya empuñadura había un águila sobre un huracán y la hoja brillaba con un suave color blancuzco. Según su anfitriona se trataba de *Loodsh*, la Muerte del Sol, creada por el mismísimo Tempus en tiempos inmemoriales; nadie sabía exactamente cómo había ido a parar allí.

James alzó la vista del cuello escamado de Kirk y vio aparecer a Mitgard, vestida con unos pantalones verdosos y una camisa que se cruzaba por debajo del pecho. La larga pelambrera le caía por la espalda de una forma demasiado parecida a la de Shenak.

La diosa le sonrió, andando deprisa con sus botas de tacón, y se acercó a un inmenso grifo. De un salto se situó entre las grandes alas de aquel animal enorme y se aproximó a Kirk.

James espoleó a su montura y se sujetó con fuerza al cuello del dragón, mientras éste ascendía a toda velocidad hacia el cielo nublado. Junto a él, el grifo aleteaba furiosamente, intentando alcanzar al dragón, y sin embargo quedándose cada vez más atrás. Al verlo, el joven tiró con suavidad de las riendas que habían colocado en torno al cuello de Kirk, y luego las liberó de nuevo. El dragón rugió feliz al encontrarse de nuevo en el aire. James se olvidó de su vértigo: a lomos del azulado no sentía miedo. Se soltó de la púa a la que se había aferrado y chilló de alegría y libertad, extendiendo los brazos hacia las nubes que le rodeaban.

El grifo les alcanzó al cabo de unos minutos, pero volvió a rezagarse, mientras Kirk se deslizaba entre los tejados del castillo, rodeándolo alegremente, descendió en picado y acarició el Zelma con las patas hasta levantar olas gigantescas a ambos lados y conseguir que sirenas y licamar saltaran junto a ellos, intentando superar la velocidad del dragón. Al cabo de algunos minutos, el dragón llegó a orillas del Zelma. Pocos segundos después, Mitgard aterrizó junto a ellos. No hizo ningún comentario, pero su montura les dedicó una mirada torva y negó con la cabeza como si estuviese indignada por su comportamiento.

—¿Hemos de esperar aquí a que aparezcan?

—¿Crees que somos suicidas, James? —gruñó Mitgard con fastidio—. Hay un pueblo no muy lejos, les esperaremos en una posada.

—¿Y no resultará extraño que aparezcamos con un dragón y un grifo?

—No. Por aquí hay mucha gente que tiene dragones y grifos para trasladarse, sobre todo en los trayectos largos.

Ahora escucha. Si preguntan vamos hacia Seren-Linar, y tenemos previsto pasar por los reinos gemelos de Soltrak y Soltrakar para visitar a unos familiares, ¿entendido?

—Sí.

—Diremos que venimos de Trohh, hemos tenido que desviarnos por Lon-Draf para intercambiar algunas cosas en Rondra. Traspasamos la frontera hace cinco días y seguimos el curso del río hasta aquí. Si todo va según lo previsto entraremos al Kopthar por la frontera de Fur en unos días.

—Sí.

—De acuerdo, continuemos pues.

No hablaron mucho durante el resto del trayecto, se limitaron a repasar su plan mentalmente hasta alcanzar un pueblecito situado a orillas del Etner-Viad, y se colaron en la posada con las últimas luces de Oldra.

La posada estaba abarrotada de gente, pero ningún grupo pareció del agrado de Mitgard, pues se sentó en una mesa con una mueca de fastidio.

—Ya deberían estar aquí —gruñó por lo bajo, mientras el camarero les servía algo para comer.

—¿Les has visto alguna vez? —preguntó James en el mismo tono.

—Sabremos reconocerles.

No se movieron de la mesa durante horas, pero los componentes del grupo que Loki había avisado seguían sin aparecer. Mitgard estaba cada vez más irascible, y el chico ya empezaba a cabecear sobre la pringosa mesa.

Daban ya las doce cuando Mitgard arrastró fuera de la posada al muchacho y le hizo trepar por una pequeña montañita verde. Desde allí contemplaron el pueblo abriéndose a sus pies.

—Esto es intolerable —siseó furiosamente mientras se sentaba sobre un tocón.

—Habrán tenido algún problema.

—¡Problema! ¡Eso es todo este asunto! ¡Un condenado problema!

—¡Shhh!

Mitgard le miró con gesto torvo y ya iba a replicar por la reacción de James, cuando oyó cómo alguien se acercaba pesadamente hasta ellos. Se ocultaron entre los árboles de un bosquecito y contemplaron el camino en silencio, con las manos puestas sobre las empuñaduras de las espadas.

Aguardaron.

Una luz se fue acercando lentamente por el camino de tierra apisonada, y el viento les trajo el rumor de unas voces. Vieron entonces dos caballos inmensos seguidos de cerca por un dragón joven y alegre que trotaba de aquí para allá.

La primera montura era, como Mitgard le explicó, un röh, criado en los prados de Roh, en Fur. Se trataba de un animal inmenso, grande como un elefante con la cola tan larga que arrastraba y la crin ondulada cayéndole hasta mitad de las patas. Era una yegua marrón oscuro con un par de inmensos ojos inteligentes de un suave color celeste. Su jinete, igualmente enorme, no parecía para nada un gigante de los que habitaban en las montañas de las fronteras, tales como las estepas Loras, Trian o Zeraf. Ancho como un armario de doble puerta, vestía al uso de los habitantes de Lora-Metsartas, con el cuero rudo y grueso tan habitual en los mercados del oeste. El pelo grisáceo le caía por la espalda como un manto perlino y sus ojos centelleaban a la luz del farol con brillos metálicos. Iba fuertemente armado y de su gruesa muñeca colgaba la cadena de los nomaad, nómadas del desierto sssemesstraka.

El caballo que trotaba junto a la gigantesca röh era elegante y saltarín. Un par de ojos demasiado grandes adornaban su pequeña cabeza. Mostraba un color indefinido y sus largas y delgadas patas parecían a punto de quebrarse bajo el peso de un muchacho tan escuálido como su montura, que revelaba sin embargo el porte del que ésta carecía. Vestía ropas extrañas: chaqueta de piel, pantalones de un material que a James le resultaba desconocido y botas altas con algunas tallas dignas de mención. De la silla de terciopelo desgastado colgaba un sable con piedras engarzadas en la empuñadura. James quedó anonadado al descubrir, bajo la capucha, a un chico de poco más de quince años, de piel negra como la pez y pelo rizado que le caía en greñas desiguales sobre la cara, dándole un toque de descuidada elegancia. Sus ojos centellearon apenas un segundo en la oscuridad y resultaron ser tan inmensos y negros como los de su caballo.

El dragón que les seguía era de color verde, plagado de toques terrosos, tenía el lomo dentado y una cabeza de morro corto y chato con siete cuernos blancuzcos.

Alzó la cabeza y sonrió, mostrando un hocico lleno de dientes antes de lanzarse hacia delante y adelantar a los dos caballos. Iba a seguir trotando hacia el pueblo cuando el gigante tiró de las riendas de su yegua. Ésta se detuvo en seco, relinchando de indignación.

—¿Qué ocurre, Apry? —inquirió el chico, tirando de un lado de su capucha con nerviosismo.

El dragón también se había frenado y husmeaba el aire.

—Tenemos compañía —gruñó Apry al tiempo que agitaba la cabeza.

—¿Compañía? Pero ¿quién...?

Enmudeció a una señal del primero.

—¿Quién anda ahí? —preguntó el nomaad con voz potente cerca del escondite—. ¡Mostraos!

Mitgard asintió en silencio, y James se deslizó sin un susurro hacia el camino. El farol relució en la oscuridad, esta vez en manos de Apry, que descendió del röh haciendo temblar el suelo.

—Quiénes sois —exigió, más que preguntó el jinete—, y por qué os escondéis.

—Nos limitábamos a esperar —dijo Mitgard con voz suave.

—¿A quién?

—A los miembros de un grupo que mi padre dibujaba poderoso —replicó ella, riéndose para sí de las indicaciones de Loki—. A vosotros, Apry. A nuestra escolta hacia el Kopthar.

Un silencio siguió a sus palabras, hasta que el nomaad habló de nuevo.

—¿Debo suponer que sois Mitgard, hija de Loki, y James, su protegido?

—Así es.

—Muy bien —dijo Apry, justo antes de dedicarles un gesto de cabeza para que se unieran a su compañía y emprendieran de nuevo la marcha, sin otras formalidades. Hasta bien entrada la madrugada viajaron por tierra. Incluso Kirk y el grifo se plegaron a las indicaciones del enorme hombre que encabezaba el grupo. Cuando James apenas era ya capaz de sostener los párpados abiertos, el nomaad ordenó un alto y levantaron un pequeño campamento, en un claro cercano al camino.

Apry y Mitgard se sentaron aparte a la luz de una hoguera para discutir el trayecto, con varios mapas de aquella zona a sus pies.

James suspiró.

El Este, como todos los lugares dominados por hombres, se dividía en catorce reinos, uno de los cuales era Kopthar: un desierto que muchos años atrás estuvo dividido en otros cuatro reinos.

El desierto los había dominado tiempo atrás, llenando de arena los ríos que partían del Etner-Viad, chorreando lava por las colinas y arrasando pastos y aldeas. Los humanos habían muerto en gran parte durante los primeros años, o habían huido hacia los reinos fronterizos de Soltrakar, Fur, Entrefshou y Viadjar. Muchos de estos reinos tuvieron que agradecer a las montañas de Arroz el hecho de que hubieran detenido el avance del desierto.

Las montañas de Arroz eran una cordillera que separaba los cuatro reinos fronterizos del inmenso desierto. Consistían en cientos de picos que por la cara sur representaban la vida, debido a sus innumerables pastos y a los bosques que servían de refugio a miles de animales, pero por la cara norte resultaban unos picos desérticos y afilados, que de tanto en tanto cambiaban de sitio para adaptarse al curso de Oldra, o para dar sombra a los nómadas que habían aprendido a amar el desierto con sus múltiples facetas.

Sólo se conocía un paso seguro en las montañas de Arroz. Un paso que atravesaba toda la cordillera, por el que solían transitar los mercaderes de los poblados adle. Pero el paso era peligroso, pues bandidos, que en su tiempo fueron grandes guerreros de los pueblos arrasados por el desierto y que no se resignaban a abandonar del todo sus viejos hogares, tendían trampas a los viajantes y a todo aquel que osase atravesar el Paso del Vivo al Muerto: el Paso Gruh.

Apry gruñó y masculló algo que sólo Mitgard pudo oír.

—¿Qué os trae hacia Kopthar, chico? —inquirió con sorna el joven que se había presentado como Soran.

—Asuntos propios —escupió James sin apartar la vista de la diosa.

—Bueno, tampoco es para ponerse así. —Soran le miró de reojo estudiando su reacción a la vez que acariciaba el cuello de Drawen, el dragón—. Sólo digo que hay que estar muy loco para ir en esa dirección.

—Sí —comentó Drawen con voz grave—. Muy loco o muy desesperado.

—¿Podéis dejarme en paz?

—Como quieras. —Soran se encogió de hombros y se acercó más a la hoguera.

Al cabo de un rato, James volvió a mirar a su nuevo compañero de viaje.

—¿Y vosotros de dónde venís?

Soran fingió ignorarle, mohíno, pero al cabo de unos segundos se había cruzado de piernas y le miraba con los ojos negros brillantes de alegría.

—Del sur. Mi pueblo está pegado al Gran Desierto. ¿Has oído hablar de los reinos trillizos de Fris, Fen y Fora? —James asintió—. Mi pueblo está en Fora, no muy lejos de la muerte del Mundi, donde el río es dorado y muy pocos son capaces de encontrar agua fresca, salvo los adle.

—No eres humano —dijo James, receloso.

—Mitad y mitad. —Soran rio—. Por mis venas corre

sangre adle, la de mi madre, que el desierto la tenga en su seno por muchos años, pero también sangre humana y élfica, por parte de padre.

James escrutó más atentamente el rostro del joven. Mostraba rasgos adle, pero también era obvia su ascendencia élfica. Se preguntó si tendría tan buena vista y puntería como se les suponía; desde luego, sus ojos desvelaban orgullosos sus negras pupilas cuadradas de elfo.

—Nunca había conocido a un hijo del desierto —confesó.

Sabía que los adles adoraban a Solaris, dios de los Soles, y sobre todo a Katana, señora del Desierto. Se preguntó si el adle estaría tan predispuesto a una charla amistosa si supiese que él era el hijo de Tempus... También sabía que los adle eran capaces de crear maravillas con arena o púas de cactus, y recordó que eran los mejores adiestradores de roll que te puedas llegar a imaginar.

—¿En tu pueblo hay roll? —preguntó de repente.

—Esas hienas se mueven a decenas por los reinos fronterizos de todo el Continente.

—¿De verdad son tan grandes como percherones?

—O más, y tienen un pelaje muy denso, que retiene el calor en la superficie. Como son tan grandes pueden recorrer grandes distancias sin cansarse y pasan días sin beber, porque se alimentan de lava. Los ríos de lava son muy frecuentes en el desierto. Seguro que cuando lleguemos a Kopthar encontraremos muchos roll.

James asintió, no muy convencido de querer ver uno. De nuevo guardaron silencio. Junto a la hoguera, Mitgard y Apry seguían trazando líneas sobre uno de los mapas.

—¿De dónde es él? —preguntó al fin.

El chico le miró un momento.

—¿Apry? Apareció un día cerca de Fora —dijo repentinamente serio—. Él y esa enorme yegua suya. Estaban medio muertos de hambre y sed así que los acogimos en nuestra casa durante unos días. Apry no recordaba nada, sólo que llevaba mucho tiempo vagando por el desierto y no tenía ni idea de cómo había llegado allí. Lo que sí recordaba eran las historias de dragones y llevaba el huevo de Drawen en un bolsillo. No tenía otra cosa, así que nos lo dio como agradecimiento y un día desapareció sin dejar rastro.

»Yo era muy pequeño cuando el huevo se abrió. Desde entonces Drawen y yo no nos hemos separado ni un solo día —afirmó mirando de reojo al pequeño dragón—, incluso asistimos a la escuela de Jinetes de Dragones en Rofa. Años después reapareció Apry. Seguía sin recordar nada de su pasado, aunque solía contarnos historias de la Era Antigua. En especial la que relata cómo se formó el Gran Desierto. Si quieres te la cuento... —Le miró con ojos suplicantes.

—Claro. —James no mostró demasiado entusiasmo, pero eso a Soran no parecía importarle.

—En una ocasión, los dragones escamados y los emplumados se enzarzaron en una lucha que arrasó buena parte del Continente. No se sabe quién la empezó, pero sí quién acabó con el líder de los escamados. —Hizo una dramática pausa de varios segundos con la intención de mantener a su audiencia en ascuas, ávida de más información (si se dio cuenta o no de que a James esa historia le estaba importando un bledo nunca llegó a saberse)—. Se llamaba Arpenystryp.

—¿Arpenystryp? —La atención de James se despertó al recordar ese mismo nombre en boca de Kirk. ¿No era el único capaz de separar a un dragón de su jinete?

—Es un nombre élfico que significa «el amante».

—¿El amante? ¿Por qué ese nombre?

—Porque era el amante de la diosa de los emplumados, Sedae. Así pues, Arpenystryp fue a detener la guerra y, aun siendo mucho más pequeño que el líder de los escamados, le mató. Los dioses se enfurecieron, y le arrebataron todos sus poderes, lanzándole al inmenso desierto que la guerra había provocado.

—No veo el motivo del castigo. —James bostezó, intentando hacerle entender que lo que quería era que acortase la historia, pero Soran no se dio por aludido.

—Arpenystryp había sometido a los escamados, los había puesto de rodillas ante los emplumados, y eso no podía ser. Ya sabes, escamados y emplumados son iguales. Liberaron a los escamados, obligando a ámbos bandos a sellar un pacto de paz.

»Como castigo y escarmiento a los emplumados, enviaron a su líder, a su héroe, al desierto creado en la cruenta guerra. Y escribieron en el cielo una profecía: "Sí aquel que mató a su enemigo es capaz de aprender de sus errores, enmendar su ofensa y reencontrarse con el gran Or, señor de ambos y amo de ninguno, recuperará sus poderes y podrá volver al seno de los dioses."

»Según cuenta la leyenda, Arpenystryp sigue vagando por el desierto, desamparado y solo, incapaz de comprender su odio hacia los escamados, loco de hambre y de sed, pero prisionero por siempre de las ardientes arenas. Sin recordar que en su día fue un gran dragón, al que muchos aún esperan, y sin encontrar la frontera del desierto que le retiene.

9

Metamorfosis

Dos días después de su precipitada huida del fondo del Zelma, Shenak llegó a Tron-Shuroh, una ciudad de muy ajetreados y hábiles comerciantes, donde se vendían algunas de las mejores espadas que los humanos habían hecho jamás.

Cojeaba entre los puestos de armas, tratando de atesorar el dinero que llevaba en uno de los bolsillos de su vestido. Miró a un comerciante que vendía arcos de elfo y luego pasó al puesto siguiente, mientras observaba la mercancía sin demasiado interés. La mayoría de las espadas eran armas humanas, toscas y pesadas, y el arco no se le daba bien. Pero uno de los tenderetes llamó repentinamente su atención. Se acercó, tirando de su capucha para ocultarse de miradas indiscretas, y contempló lo que aquel vendedor enclenque y enjuto le ofrecía.

A simple vista era un puesto como otro cualquiera, no obstante había algo en aquel lugar que le llamaba la atención. No tardó en descubrir la talla exquisita de las armas de su pueblo. Levantó la vista de ellas al sentir sobre sí misma una molesta mirada. El que la observaba curioso era un hombre vestido de negro, embozado y armado. Junto a él, una estatua de piedra verde.

Shenak se aferró al borde de la mesa de madera, con los ojos clavados en la estatua, en cuyas manos descansaba...

—... *Sais* —murmuró con un hilo de voz.

—¿Puedo ayudaros en algo, señorita? —La voz estridente del comerciante la sobresaltó.

—La essspada —murmuró señalando el arma en las manos de la escultura—. ¿De dónde la habéis sacado?

—¿El arma sssemesstraka?

Shenak asintió sin apartar la vista de *Sais*.

—Esa espada no está en venta.

—¿Por qué? —Aquello la turbó. ¿Por qué no quería venderla? Donde estaba no servía de nada—. Prendida de la estatua no os traerá ganancias.

—Nadie que haya osado tocarla ha vivido para contarlo —dijo el hombre embozado—. Ha costado muchas vidas sacar la estatua del desierto. ¡Y los dioses saben que ninguna de las vidas de los hombres que he perdido me ha sido pagada!

—Si nadie puede tocar la espada, ¿por qué no me la dais? Bajo mi cuenta y riesssgo —añadió al ver la expresión escéptica del vendedor.

—Señorita, tengo otras —tartamudeó el pobre hombre paseando la mirada nervioso entre el embozado y la sssemesstraka—. Mejores y más baratas.

—Es ésssa la que yo quiero —murmuró Shenak acercándose a la estatua.

Sais no debía formar parte de un mercado humano. No podía estar en manos humanas, y no merecía permanecer inactiva durante el resto de los siglos en manos de la pétrea sssemesstraka alada que la sostenía.

—Nadie puede tocarla.

—¡Yo podré!

—¡Ni siquiera los sssemesstraka se atreven! ¿Pretendes ser mejor que aquellos hábiles guerreros que forjaron el arma de los reyes?

Shenak miró al encapuchado sorprendida.

—¿Sabes que es la espada de los Reyes?

—¡Claro que lo sé, niña! —exclamó como si le hubiese sentado mal la pregunta—. ¡Y sólo el heredero del trono muerto de Sesser-Law es capaz de tocarla!

—Entoncesss, ¿por qué me lo prohíbesss? ¿Acassso eresss tú ese heredero?

En los ojos del encapuchado apareció reflejada la espada, que brilló un momento de forma misteriosa. Llamándola.

Shenak sonrió. El arma la había reconocido incluso sin necesidad de tocarla. Alargó una mano para cogerla. Le pertenecía por derecho.

El desconocido aulló de rabia y desenvainó su propia espada interponiéndose entre Shenak y la estatua.

—No tocarás esa espada.

—¿Por qué?

—¡No permitiré que profanes el más sagrado tesoro de los sssemesstraka!

Shenak sonrió, estiró el brazo, saltó hacia un lado en el último segundo y alargó la mano para coger la espada. Sus dedos se cerraron en el aire y el guerrero se interpuso de nuevo hecho una furia. Se lanzó sobre ella, la tiró al suelo y le arrancó la capucha de la cara.

Lo poco que Shenak podía ver del rostro humano perdió el color, la mano todavía demasiado cerca. Aprovechando su desconcierto, lanzó un mordisco que no dio en el blanco pero obligó a su adversario a retirarse un poco. Rodó sobre un costado levantándose de un ágil salto, alargó por tercera vez la mano hacia *Sais* y cerró los dedos en torno a la empuñadura.

Todos los curiosos que se habían acercado a ver la escaramuza contemplaron cómo Shenak desenvainaba la magnífica espada. Los rayos de Oldra se vieron reflejados en su filo, absorbiéndolos, reuniendo su poder perdido. Al cabo de unos segundos la hoja empezó a emitir un cálido resplandor, como si estuviese viva; un resplandor que recordaba al del hielo en los altos Picos de Magia, donde antaño se podían encontrar las impresionantes ciudades sssemesstraka.

Nada ocurrió a la portadora de la espada, cuyos ojos centelleaban, clavados en el guerrero que había osado atacarla.

—¡Mirad! —exclamó una voz sorprendida de entre la multitud—. ¡Su piel!

Shenak se miró las manos y descubrió que estaban cubriéndose de brillantes escamas verdosas. Sabía que era algo normal. Empezaba a madurar, dentro de poco se convertiría en una sssemesstraka adulta, y su cuerpo cambiaría por completo.

Envainó la espada en el cinto, y la vaina apareció mágicamente en torno a la afilada hoja.

—¡Matad al monstruo! —aulló uno de los soldados que se habían quedado mirando el espectáculo.

Shenak les dedicó un burlón batir de lengua y ante la sorprendida mirada de los ciudadanos, que jamás habían visto a una sssemesstraka, se transformó y huyó rápidamente entre los espectadores que se apartaban de su camino, horrorizados.

Reptó por toda la ciudad, y maldijo su mala suerte al encontrar cerradas las puertas y una emboscada preparada para ella. Siseó furiosa e intentó contactar con el espíritu de la Tierra, cuando alguien la cogió por el lomo y la alzó del suelo. Abrió los ojos con rabia, cortando el contacto con el alma de Gea: la habían metido en una enorme cesta y no podía salir ni transformarse. Se enroscó furiosa, planeando ya la muerte de aquel que se había atrevido a cometer semejante ofensa ante la princesa de los sssemesstraka.

Después de lo que se le antojaron horas, alguien abrió la cesta y la depositó en el suelo. Shenak salió y pestañeó un par de veces, intentando acostumbrarse a la intensa luz del sol. Se hallaba cerca de un río de aguas cristalinas y ante ella se alzaban los picos de las montañas. Dedujo que debía de estar lejos de la ciudad, porque no se oía nada del acostumbrado barullo que causaban los humanos.

Nada salvo el rumor de los pájaros y del río.

Miró a su alrededor y descubrió al joven que había intentado impedir que recuperara la espada. Estaba sentado a alguna distancia y, detrás de él, un hermoso unicornio negro pastaba tranquilamente.

—Siento haber sido tan rudo, princesa. Pero no era cuestión de dejar que mataran a una de las últimas sssemesstraka del Continente.

Shenak siseó furiosa.

Se arrastró lejos del alcance de aquel hombre y prefirió mantenerse convertida en serpiente: así siempre podría arrearle un buen coletazo si se le ocurría acercarse demasiado. En torno a ella aún era capaz de sentir la energía de *Sais*, que, fiel a la forja sssemesstraka, se adaptaba a sus transformaciones como si siempre hubiese formado parte de su propio cuerpo.

—Veo que no te han enseñado lo que entre los humanos se llama «buena educación».

—No soy yo quien te ha metido en un cesssto de mimbre y te ha arrastrado fuera de la ciudad contra tu voluntad.

—Me lo tomaré como un cumplido —rio él.

—Tómatelo como quierasss.

Él la miró de reojo y se le borró la sonrisa de los labios. Se levantó con la vista clavada en el lugar en el que hacía unos segundos había estado Shenak.

—¿Princesa? ¡Princesa!

Shenak sonrió para sí misma, saltó de su escondrijo y le pegó un bocado como lección de humildad. No llegó a hincarle los colmillos, pero le dio un buen susto y cayó riendo al suelo.

—¿Cómo diablos has hecho eso?

La serpiente le miró y no pudo evitar sentirse infinitamente agradecida a ese desconocido, a fin de cuentas nadie le había obligado a arriesgarse para ayudarla. Por un momento incluso olvidó cuánto odiaba a los de su raza.

—¿Quién eres tú, humano? ¿Te dedicas a saquear los tesoros sssemesstraka y a defenderlos luego por alguna razón en especial o es sssimple diversión?

—Mi nombre es Cris —contestó él con suavidad—. No soy saqueador como puede parecerte, pero es un negocio y hay que ganarse la vida. Así que de vez en cuando me uno a alguna expedición. —Se encogió de hombros—. Todos los que participaron en el robo de la estatua murieron antes de llegar a su destino, así que decidí deshacerme de ella. Lamentablemente me descubrieron y tuve que entregarla al mejor postor. Ésa es toda la historia, princesa.

—Shenak. Llámame sssimplemente Shenak.

Cris asintió.

Estuvieron un rato en silencio hasta que, de pronto, Cris alzó la cabeza y miró en todas direcciones, alerta. La sssemesstraka hubiese jurado que le vio husmeando el aire. Sin embargo, agitó la cabeza, desechando esa observación. Los humanos no husmean el aire en busca de un rastro.

Shenak también se levantó, ya en su forma humana, y miró al cielo, cerró los ojos y batió la lengua en el aire. No le costó mucho descifrar el olor conocido.

—Cuidado —advirtió Cris, llevando una mano a la empuñadura de la espada.

Shenak le ignoró y avanzó con decisión hacia un jinete que se acercaba a gran velocidad.

Al verla, Cris se lanzó sobre ella e intentó apartarla del camino del jinete que parecía volar sobre la hierba. Shenak intentó deshacerse de su presa, tuvo lugar una pequeña refriega y entonces una flecha rozó el brazo de Cris y fue a clavarse en el suelo.

Una advertencia.

Shenak se irguió cuan alta era y batió furiosamente la lengua, emitiendo un extraño siseo. Cris intentó ponerla de nuevo a cubierto, pero ya tenían al jinete casi encima, así que la apartó de un golpe y detuvo con la espada la estocada del desconocido.

Las dos armas chocaron con un sonido similar al del cristal al quebrarse y del filo de ambas saltaron chispas.

El caballo giró en redondo volviendo al ataque. Cris seguía interponiéndose entre Shenak y el jinete, deteniendo cada embestida con un gruñido cada vez menos humano. Sus ojos centellearon con un acerado brillo amarillento.

La joven sssemesstraka contempló con cierto fastidio cómo los dos se peleaban para defenderla. Se había sentado en el suelo con las piernas cruzadas en primera línea, por lo que no se le escapaba ni uno solo de sus movimientos. Se aburrió del espectáculo al cabo de unos minutos y decidió que ya había tenido bastante. Se interpuso entre Cris, que había estado a punto de matar a la yegua negra, y el jinete, cuyas manos ya poco tenían de humanas, y agarró las armas por las empuñaduras.

—¿Queréis estaros quietos de una vez? ¡Aún os haréis daño y será peor!

—¿Le conoces? —inquirieron los dos a la vez sin dejar de mirarse atentamente, listos a saltarse al cuello en caso de que el otro se volviese una amenaza.

—Claro que le conozco. —Suspiró con fastidio—. Cris, te presento a Luchían, a quien debo dos meses de prisión bajo las aguas del Zelma. Luchían, te presento a Cris, al que le debo la vida.

Contemplándose aún con desconfianza, ambos luchadores envainaron sus armas.

—Shenak —gruñó exasperado el licántropo, bajo su forma humana—. No se te ocurra volver a dejarme de esa manera. No sabes lo preocupado que me has tenido. ¡Hasta que no has decidido...! —Se detuvo con el entrecejo fruncido—. ¿Estás bien?

Shenak se había retirado un poco, rascándose la espalda con unos dedos provistos repentinamente de largas garras grises y echaba constantemente la cabeza hacia atrás, como si algo extraño la estuviera consumiendo.

Y, de pronto, soltó un chillido que resonó contra las lejanas montañas e hizo estremecer las aguas del río, y un halo de luz y oscuridad la envolvió alzándola del suelo.

—¡Shenak! —aulló el humano e intentó avanzar, pero Luchían le detuvo con un gesto.

Ambos fijaron la vista en aquella especie de capullo que envolvía a la muchacha y vieron con fascinación cómo la joven evolucionaba hasta adoptar los rasgos de las sssemesstraka adultas.

A diferencia de las otras razas, los sssemesstraka sufrían varias metamorfosis a lo largo de su vida. Cada uno evolucionaba en tiempos distintos, por lo que la adolescencia les duraba a unos dos meses y a otros varios años. Shenak estaba dejando ya su envoltura de adolescente para convertirse en una adulta.

La joven cayó frente a ellos de espaldas, mostrando su cuello y columna vertebral plagados de pequeñas púas en forma de cono. Se levantó lentamente, y tanto Cris como Luchían se quedaron inmóviles con los ojos como platos y la boca abierta.

Shenak había dejado de ser aquella joven hermosa de inmensos ojos delatores, demasiado grandes para su cabeza.

Ahora era más alta, con la verdosa piel cubierta de pequeñas y brillantes escamas. Los brazos, largos y flexibles, terminaban en manos de dedos largos tocados de grises garras curvadas. Las piernas, igualmente largas, eran delgadas y elegantes. Los pies poseían unas pequeñas membranas entre los dedos también acabados en garras y con un espolón en el talón. A los pies de la joven se recogía una larga cola de reptil. Su cuerpo sensual y repleto de curvas estaba amparado en el interior de un par de hermosas alas membranosas, con las que Shenak no parecía saber muy bien qué hacer. Al inclinar la cabeza, los chicos descubrieron que estaba calva, y que las orejas ahora eran puntiagudas y bastante más llamativas debido a su calvicie, mitigada un poco por un par de cuernos que parecían custodiar el único mechón de largo cabello verde oscuro, que salía del centro mismo de la cabeza y le caía por la espalda.

Shenak sonrió un poco al ver las miradas de los otros, antes de darse cuenta de que estaba completamente desnuda y, rápida como los rayos de Solaris, se giró y saltó de cabeza al río, consiguiendo así que los chicos saliesen de su anonadamiento. Sus testigos se aproximaron a la orilla, pidiéndole disculpas por su indiscreción.

—En vez de pedir tanto perdón, podríais ir averiguando cómo sssalgo de aquí —gruñó Shenak desde el fondo del río.

Pudieron distinguirla un segundo antes de que se perdiese de nuevo entre las algas.

Los chicos se miraron de reojo, retirándose luego.

—¿Cómo no nos hemos dado cuenta? —murmuró Luchían meditabundo.

—¿De qué? ¿De que estaba desnuda?

—No, pedazo de zoquete, de que iba a metamorfosearse.

—No lo sé, pero tal vez el hecho de que yo no haya visto un sssemesstraka en toda mi vida ayude. —Rebuscó en una bolsa que colgaba de la silla de montar.

—¿No? —Enarcó una ceja.

Cris le miró de reojo y negó con la cabeza.

—Su imperio cayó poco después de que yo naciera.

Luchían le miró con tristeza.

—¿Cuántas razas más vais a exterminar antes de quedar satisfechos?

No recibió respuesta, tampoco la esperaba. Se acercó a Madagascar, abrió sus alforjas y sacó una especie de túnica arrugada que unió a lo que Cris había extraído de su morral.

Una vez reunido un atuendo más o menos decente para la joven, dejaron la ropa junto al río. Tomaron diferentes caminos, el uno para cazar, el otro para buscar leña con la que hacer una hoguera.

Cuando Cris regresó, encontró a Shenak, abriendo un espacio para el fuego, delimitado por algunas piedras que había sacado del río. El muchacho no pudo evitar sonreír para sí al verla ahí, esperándolos. Por un instante recordó a su madre aguardando su regreso después de una cacería.

Había sido una mujer hermosa y amable que...

Agitó la cabeza.

Su madre se había ido y jamás volvería. Se había marchado para siempre.

Pero Shenak sí estaba ahí, alta y orgullosa. Ataviada con aquellas prendas dispares y extrañas que la recubrían, parecía más una diosa olvidada, como las que una vez erigieron la ahora abandonada Ciudad de los Templos. La chica se acercó sonriendo misteriosamente y cogió parte de la leña que traía, depositándola con suavidad en el círculo.

—¿Quieres ver qué más podemos hacer los sssemesstraka, Crisss?

Asintió levemente y vio alzarse a aquella princesa majestuosa ante el montón de maderos. La vio cerrar sus magníficos ojos negros y levantar las manos, formando un cuenco por encima de la cabeza. Movía los labios formulando palabras inaudibles y entonces se le inflamaron las manos y con un gesto contundente lanzó las llamas al cúmulo de maderos que prendieron inmediatamente, reflejándose sus llamas en los enormes ojos de ella.

El chico contempló el fuego fascinado. Las llamas danzaron sobre la madera y se reflejaron en la piel verde de Shenak, y el conjunto llenó al muchacho de reminiscencias. Días pasados, una cueva cálida y el fuego, el fuego por todas partes. Siempre había adorado el fuego con todas sus fuerzas. Lo amaba más que a cualquier otra cosa en el mundo y podía pasarse horas contemplándolo. Transportado al mundo de los recuerdos de años pasados hacía mucho tiempo.

Un gemido sacó a Cris del ensimismamiento en el que le había sumido la alegre danza de las llamas. Al volverse vio el miedo reflejado en los ojos plateados del licántropo, que se había detenido a pocos metros de la hoguera. No dejó de resultarle extraño el hecho de que algo pudiera detener a aquel hombre de ojos argénteos.

¿Cómo podía uno de los poderosos licántropos temer algo tan simple y elemental como era el fuego?

Como si hubiese leído sus pensamientos, Shenak se volvió para mirar al recién llegado.

—El fuego calienta, pero también quema —le susurró al oído antes de avanzar hacia Luchían y tomar la carne que traía entre las fauces—. Igual que un lobo puede arrancar una mano incauta y lamer una herida ajena.

Luchían alzó la cabeza hacia Shenak contemplándola en silencio, se acercó al campamento esquivando la hoguera y permaneció lo más alejado posible de ella.

10

El Paso Gruh

Pasaron varias semanas viajando hacia el este. Cruzaron el reino de Sor, a través de sus interminables campos de cultivo, continuaron hacia Draja, también llamado el reino de los ríos, atravesaron las frías y altas montañas de Viadjar. Llegar a Fur les costó otras dos semanas de caminatas eternas. Pasaron por los campos y numerosos pueblos en los que se vendían caballos majestuosos röh de mirada sabia y furiosos galopes. Un mes y medio después de que se encontrasen, empezaron a divisar los lejanos picos de las montañas de Arroz. Shenak les había guiado hasta allí, siguiendo una corazonada, convencida de que lograría alcanzar a la comitiva de James si seguían por aquel camino, pero sin ser muy consciente de qué la guiaba en aquella dirección, ni adónde la conduciría aquel alocado viaje.

Aquella noche fue turno de Luchían de quedarse a despejar el espacio para la hoguera. Cris fue a buscar leña y Shenak salió de caza.

La princesa se deslizó entre las altas hierbas en busca de algo comestible para el grupo, cuando descubrió un gran caballo negro, un röh, semioculto entre las sombras, y sobre él un pajarillo semitransparente de color gris-plata.

Shenak no tardó en reconocerle como el espíritu del aire, que la miraba atentamente con sus ojos irisados.

—Vas dc cabcza a una trampa —informó el pájaro con voz susurrante y misteriosa.

—¿A qué te refieres?

—Que aquellos a quienes buscas han emprendido un viaje a la muerte, un viaje al que una sssemesstraka no puede sobrevivir.

—Kopthar —comprendió la joven y cerró los ojos cansina.

—Tu única posibilidad es alcanzarlos antes de que consigan atravesar el Paso.

—Atravesaré el Kopthar si es necesario, hermano Argón.

—Sin duda, pero el fuego del desierto acabaría contigo antes de que pudieses darles alcance.

—¿Puedes darme alguna información sobre su estado?

—¿Preguntas si tu presa está viva o muerta?

—¿Va acompañada?

—Sí. Llevan dos dragones, dos humanos de sangre mixta y una diosa menor.

—¿Los dioses le han encontrado? —Shenak sintió que el alma le caía a los pies.

—Una diosa a la que tú conoces: Mitgard-Iörmungandr.

—Malditas sean mis escamas. ¿Puedes acercarme a ellos? Necesito...

—No. No amenazaré a una diosa. Demasiados dependen de mí para que yo arriesgue tanto. Lo siento, hermana sssemesstraka.

—Tranquilo. Bastante has hecho. Te lo agradezco.

—Al fin y al cabo —el pájaro pareció sonreír—, tu pueblo siempre me ha protegido y ayudado cuando yo he requerido ayuda.

Shenak sonrió amablemente y se arrodilló ante él.

—Que los dioses te amparen, hermano Argón.

—Igualmente, hermana sssemesstraka.

Röh y espíritu se alejaron, perdiéndose en la noche y dejando a Shenak sola con sus pensamientos.

Pensó en volver rápidamente al campamento y explicarle su situación al paciente y sabio licántropo. Luego pensó en Cris. Durante todo aquel tiempo de largas marchas su relación se había afianzado. Ignoraba el porqué, pero sí sabía sin duda alguna que ninguno de los dos querría dejarla sola e insistirían en acompañarla, aunque eso significase dejar atrás sus creencias y la protección de sus dioses. Ignoraba en quién creía Cris, pero si se enfrentaba a Mitgard acabaría muy mal, al igual que Luchían.

Se pasó una garra por la cabeza, dejándose caer pesadamente en la hierba.

A la luz de la luna miró sus manos llenas de escamas y sus dedos que parecían garras.

Recordó a Cris, con sus pupilas doradas y su rostro firme y hermoso, dulce, y se preguntó una vez más cómo sería amarle... aunque también se dijo que jamás se fijaría en alguien como ella. Era un monstruo a sus ojos. Sabía que los humanos solían pensar eso cuando se cruzaban con alguien de su raza. Había visto la mirada de repugnancia en el pueblo en el que había recuperado a *Sais* y no quería verla en Cris. Algo le decía que aquel humano no era como los demás, que se trataba de una buena persona, que merecía mucho más que una monstruosidad verde.

No, decidió, no arriesgaría la vida de sus compañeros. No podía, su maestro le había enseñado a respetar las vidas ajenas y a protegerlas, intentando anular los pensamientos egoístas de su sangre sssemesstraka. Normalmente nadie de su raza se plantearía siquiera el hecho de que algo malo que pudiese ocurrir a sus poco importantes compañeros fuese relevante.

Miró al cielo y vio la Sonrisa de Fígaro. Era una luna que, según las leyendas del Norte, traía mala suerte. Muerte, enfermedades, desgracias. Antiguamente los asesinos habían sido expulsados de Sesser-Law las noches en las que lucía la Sonrisa de Fígaro y, según se decía, éstos habían oído las carcajadas del casi olvidado dios menor.

Un escalofrío le recorrió la espalda. Algo horrible iba a ocurrir y dependía de ella el que sus amigos participaran en ello o no. Para bien o para mal, Shenak había recibido la educación de un maestro que no se parecía en nada a los sssemesstraka y a la chica sí le importaba lo que pudiese ocurrirles a sus compañeros.

Con un suspiro se levantó y echó a andar en dirección a las montañas de Arroz, que se alzaban como dientes de una bestia salvaje en la lejanía. Al cabo de unos metros descubrió de nuevo al negro röh sobre el que se había posado Argón. Estaba allí, esperándola a ella.

Sonrió al acariciar su lomo y saltó sobre sus anchas espaldas. El caballo se puso en marcha a gran velocidad, rasgando el aire como si llevase alas en los cascos.

A cierta distancia, Cris la contemplaba ensimismado, envuelto en su capa de pieles negras. El pelo castaño claro, largo y desgreñado, los ojos brillantes del color de la miel reflejada a la luz del sol y los rasgos finos y señoriales, semiocultos por una barba de guerrilla. Llevaba los brazos llenos de maderos para la hoguera, pero parecía haberse olvidado por completo de que tenía que regresar al campamento.

Había visto y oído toda la conversación entre el pájaro y la sssemesstraka y algo le había oprimido las entrañas al verla partir. Sabía que los sssemesstraka eran independientes y no solían preocuparse por nadie que careciese de poderes o no fuese de su misma raza, pero, después de tantas semanas, se había hecho a la idea de tenerla cerca. La miraba con fascinación y era incapaz de imaginarse su vida sumida de nuevo en la soledad.

Una parte de él deseaba seguir su ejemplo y alejarse del grupo desde hacía muchos días, pero otra se lo impedía: una parte de él que solía mantener encerrada y atada en el rincón más remoto de su alma gimoteaba triste y penosamente al verla marchar.

Nunca había tenido problemas con reprimir a aquel ser de su interior, pero en ese momento la balanza se inclinó a favor de la bestia y, cuando la perdió de vista, dejó caer la leña, echó la cabeza hacia atrás y lanzó un largo y angustioso grito que atravesó el aire como una cuchillada. Pudo oír cómo un caballo relinchaba asustado, cómo los pájaros dejaban sus refugios en desbandada e incluso las estrellas se estremecieron. Sabía que el grito iba dirigido al único ser que no se asustaría, y que éste le seguiría sin pensárselo más veces, así que miró en todas direcciones antes de dejar salir a la bestia que anidaba en su interior. Luego se puso a cuatro patas y echó a correr.

El monstruo que anidaba en su corazón gruñó feliz y le impulsó con fuerza sobrenatural a través de los campos, siguiendo con destreza el invisible rastro que el röh había dejado tras de sí.

El Paso Gruh era el único camino más o menos seguro que atravesaba las montañas de Arroz, pero a Mitgard no le hacía ninguna gracia pasar por entre aquellas montañas que los contemplaban amenazadoras desde su majestuosa altura.

Estaba amaneciendo cuando, lentamente y en fila de a uno, el grupo empezó a pasar por el estrecho desfiladero, sintiendo cómo la montaña les observaba. Cuando ya estaban lejos de la entrada, algo cayó sobre ellos, impidiendo su avance o retroceso.

Una lluvia de flechas cubrió el cielo, y hombres armados corrieron hacia ellos desde la retaguardia y la vanguardia, impidiendo cualquier tipo de huida. La trampa se cerró en torno a ellos como un cepo se cierra alrededor de una garra de oso. Las alas rojizas de un inmenso dragón taparon el sol por un instante, antes de que el alado les lanzase una bocanada de fuego. James obligó a Kirk a ir al encuentro de Zur. Los antiguos compañeros no frenaron su embestida.

A su izquierda, Drawen rugía furioso y lanzaba pequeñas bolas de fuego y hielo, mientras Soran ensartaba con su arco a todo aquel que se atreviera a acercársele; Apry derribaba a cuanto ser vivo se pusiera al alcance de su sable; y Mitgard lanzaba ataques mágicos hacia las montañas, intentando alcanzar a los atacantes invisibles. Mientras, en el cielo, dragón contra dragón, garra contra garra, Kurt y James guiaban con mano firme a sus monturas en una peligrosa batalla a vida o muerte.

Cuando el caos llegó a su punto álgido, Shenak apareció en el campo de batalla con el aliento de la muerte en los ojos y *Sais* desenvainada, centelleando a la luz del sol naciente.

Buscó con la mirada a James y lo encontró en el cielo, luchando a muerte contra Kurt. Siseó furiosa y ya iba a saltar hacia delante cuando un soldado se plantó ante ella, haciendo girar sobre su cabeza un hacha de guerra. El röh se encabritó y Shenak cayó al suelo. No necesitó más de un instante para incorporarse y matar a aquel hombre. Luego batió sus nuevas alas furiosamente, no terminaba de acostumbrarse a su presencia.

—Vamos, hermano —gruñó—, tengo que llegar hasta él.

Nunca antes había probado su nueva capacidad y no sabía exactamente cómo levantarse del suelo, por lo que rogó ayuda al espíritu del aire y éste no pudo negarle una brisa favorable que la alzase. Shenak batió con fuerza las alas y ascendió, poco a poco hacia la batalla aérea.

—¡La sssemesstraka! —chilló Mitgard, señalándola—. ¡Apry, Soran, derribad a la sssemesstraka!

—¡No la matéis! —ordenó a su vez Kurt, ahora a cierta de distancia del dragón azulado y su montura, y con los ojos fijos en Shenak.

La espada de Apry fue más rápida que la flecha destinada a hacer caer a la joven. Atravesó la membrana de una de sus alas, y la joven se vio obligada a sujetarse al flanco de Kirk.

—¡Jamesss! —gritó desesperada, intentando aferrarse con más seguridad—. ¡James, por favor! ¡Ayúdame!

—Vaya. La traidora. Has cambiado mucho, Shenak. —James casi masticó su nombre entre dientes—. Dime, ¿por qué iba a ayudarte, asquerosa serpiente?

Shenak alzó la vista hacia él y le aterrorizó tanto el odio que encontró en los ojos del muchacho que tuvo que bajarla de nuevo.

—Por favor —gimió, hundiendo las garras negras entre las escamas del dragón, que gruñó de dolor e intentó sacudirse la dolorosa presa.

James cogió a la joven por el cuello y la miró atentamente, luego deslizó la otra mano en el interior de la camisa y arrancó parte de la escama de plata que le había regalado. La soltó con violencia, pero la sssemesstraka pudo sujetarse a Kirk en el último segundo y alzó de nuevo la vista hacia James.

—Te prometí llevarte ante Muna. Te prometí cualquiera que fuese tu deseo. ¡Yo te saqué de la cloaca en la que vivías! ¡Te dí libertad! ¡Es la verdad!

—Y Mitgard me da la seguridad que tú no me dabas. Mitgard no me ha traicionado —replicó él. Las flechas del bando de Kurt aún rasgaban el aire sobre su cabeza, pero parecía que un escudo invisible las desviaba permitiéndole centrar toda su atención en su presa.

—¡Yo no te he traicionado! —protestó Shenak, pero ya no estaba tan segura de la inocencia de James. ¿Qué sabía el chico exactamente sobre su jugada?—. ¡Por favor, Jamesss! ¡Te quiero! —gritó, en un intento de recordarle los sentimientos que habían florecido en su alma humana la última vez que se habían visto. Obviamente aquello sólo era verdad en parte. Pero podría decir que le quería vivo hasta cierto momento.

—Adiós, Shenak. —Le escupió a la cara—. Púdrete en el infierno.

Y le pegó tal patada con su bota revestida de metal que le arrancó el aliento y la tiró del lomo al que se había aferrado. Las garras de Kirk ni siquiera intentaron sujetarla. Kurt, que había visto toda la escena en su vuelo hacia ellos, fue más rápido y consiguió asir a la joven por una de las púas del cuello.

—Debiste haberte quedado conmigo —le susurró al oído mientras la contemplaba pensativo—. Es una verdadera lástima. Tal vez aún podamos llegar a un acuerdo.

Cris entró al galope en la batalla y buscó a Shenak con la vista.

La divisó colgando de las garras de un hombre montado sobre un dragón rojo en el cielo. Una espada atravesaba las alas, impidiéndole volar, y la sangre azulada resbalaba por la ropa. Luego vio cómo la sssemesstraka se movía rápida como el viento: en sus manos brilló un cuchillo que se hundió en el cuello del humano que la sujetaba. El hombre abrió mucho los ojos y la soltó antes de caer él mismo. El dragón rojo intentó atraparla, pero el cuerpo se escurrió entre sus garras, y el azulado se lanzó sobre él, distrayéndole de la sssemesstraka.

Debilitada por la pérdida de sangre y las heridas, la princesa perdió el conocimiento y cayó del cielo sin que nadie pudiese hacer nada por evitarlo.

—¡Shenak! —El aullido que cruzó la garganta de Cris no era ni humano ni animal. Todos los que le oyeron se estremecieron de terror y tres dragones volvieron sorprendidos la cabeza hacia aquel sonido.

Incapaz de volar, inconsciente y con la camisa manchada de sangre, la princesa se precipitó al vacío, hacia la muerte y aquella certeza atenazó el corazón de Cris y lo paralizó durante una fracción de segundo.

Sin pensar dos veces en lo que hacía se puso de pie y saltó.

Se podría decir que voló y que la sensación anuló el miedo de la caída. Colisionó con el cuerpo escamado de la princesa y lo recogió cuidadosamente. Guareciéndole en sus brazos, y para no acabar aplastándola, luchó contra sus músculos y contra la razón que intentaban hacerle caer de frente, antes de inclinarse hacia un lado, abrazando a Shenak por su delicada cintura, y cerrar los ojos para no ver el brutal aterrizaje que le aguardaba. Y entonces una voz potente rugió en su cabeza: *No eres un humano, ¡deja de comportarte como tal!*

Abrió los ojos y una llamarada relució en sus pupilas. Recogiendo con cuidado el delicado cuerpo en el brazo derecho, alargó el izquierdo, dispuesto a parar el golpe. Dispuesto a salvar sus vidas.

Cayó a plomo sobre su mano izquierda, dio una voltereta y aterrizó de pie, con Shenak inerte pero viva en sus brazos.

Se ocultó entre las rocas, sabiendo que aquella batalla nada tenía que ver con ellos y que si se enzarzaba en una pelea no podría protegerla. Mientras la lucha empezaba a calmarse, oyó llegar los refuerzos del grupo, que muy pronto quedó engullido por el desierto, dejando atrás tan sólo un superviviente: un espléndido dragón rojo.

Cuando se decidió a salir de su escondrijo, ya había caído la noche.

Shenak estaba muy malherida y temblaba de forma violenta. No sabía qué hacer, le abrió la camisa en busca de la herida que la había empapado y descubrió en el pecho una que parecía negarse a sanar. Las otras se cerraban lentamente.

Cogió de sus alforjas plantas medicinales e intentó cubrir el daño, vendándola con cuidado, pero las compresas que aplicaba se llenaban constantemente de sangre y Cris temió que se desangrase entre sus manos impotentes. Aquel pensamiento le aterrorizó. Le horrorizaba la idea de poder quedarse solo de nuevo, le asustaba tanto que hizo algo que no había hecho nunca antes: confió en los dioses.

Rezó a los Mayores. A los Menores que nunca le habían ayudado ni habían hecho nada por él. A todos los dioses que habían jugado con su destino y con su vida, burlándose de él y arrebatándole cuanto había amado. Suplicó por la vida de Shenak y lloró como un niño. Besó la frente y la herida de la sssemesstraka, encendió fuego para calentarla y la veló, jurando que no permitiría que nadie se la arrebatara. Amenazó a los dioses y rogó a la princesa para que aguantara.

Y, como si los Mayores hubiesen escuchado sus súplicas incansables, pasada la medianoche, la herida del pecho dejó de sangrar. Aunque esto causó mucha alegría a Cris, no tardó en percatarse de que ésta no sanaba. Entonces fue consciente de que necesitaría un milagro para que Shenak se curase. Un milagro para que recuperase la conciencia, para que volviese a ser la de antes.

Cuando Luchían llegó ante el Paso Gruh temió lo peor. Había seguido a Cris a hurtadillas y le había estado vigilando. Sin embargo le había perdido la pista unas horas antes de la salida del sol, por lo que no había llegado a tiempo para la batalla. Y ahora que ésta había pasado, los peores pensamientos cruzaban su mente a toda velocidad.

Atravesó el silencioso paso, esquivando cadáveres de hombres armados y caballos. Un dragón sobrevolaba la zona, buscando algo con la mirada. Al verle aterrizó con elegancia e hizo una reverencia al contemplar las majestuosas alas plegadas sobre el lomo del licántropo, como reconocimiento a ese símbolo de su realeza.

—Majestad.

—¿Qué ha pasado aquí?

—Una masacre, mi señor. Ha sido una masacre, breve pero fatal.

—¿Qué ha ocurrido?

—Se suponía que debía ser una tarea sencilla. Al parecer sólo esperábamos a ese humano y una cría sssemesstraka. En su lugar aparecieron dos dragones, tres humanos y una diosa menor. Las cosas se complicaron bastante y, cuando llegaron los refuerzos del desierto, mi compañía no tuvo ninguna oportunidad.

—¿No había ninguna sssemesstraka?

—Ninguna con el grupo.

Luchían suspiró aliviado, tal vez no había conseguido llegar a tiempo, después de todo, y se había salvado de la masacre. Sin embargo el respiro le duró poco, pues las siguientes palabras del dragón le hicieron levantar como movido por un resorte.

—La cría ya se había convertido en adulta.

—Pero acabas de decir que no venía ninguna sssemesstraka con el grupo.

—Y no venía. Llegó cuando la batalla ya había empezado. Montaba a caballo, creo que recordaré esa escena durante el resto de mis días. —Alzó la cabeza como viéndola ante sus ojos—. Un animal gigantesco, un röh. Ella vestida con ropas negras, nada habituales entre los de su raza y con la espada de los Reyes en alto, brillando con las primeras luces de Oldra. Alzó el vuelo como si fuese su elemento, con una repentina ráfaga de viento que casi me arranca del cielo. Y la espada atravesando sus alas...

—¿Qué?

—Consiguió agarrarse al lomo de mi enemigo, sin embargo, y entonces ese humano... No, no era humano, parecía humano, pero era mucho más poderoso. Él la tiró. Le arrancó algo que llevaba en el cuerpo. Intenté recogerla, pero mi jinete fue más rápido. Quería salvarla para aprovecharse de ella, pero las sssemesstraka son indomables. Le mató.

—¿Mató a tu jinete?

—Así es, señor. —Y no había dolor en su voz.

—¿Y ella dónde está?

El dragón agachó la cabeza.

—Lo siento.

Luchían retrocedió un paso, sintiendo que le faltaba el aire. Abrió el hocico y lo cerró con rabia, los dientes emitieron un chasquido horrible. Volvió a abrirlo pues no podía respirar.

—He buscado su cuerpo, pero no hay rastro de él. No la vi caer, pues el jinete de Kirk le mandaba atacarme, incluso después de que yo intentase dejar la pelea, así que me vi obligado a defenderme. No obstante, tampoco ha podido sobrevivir a la caída. Por lo que creo que no ha quedado nada que podamos enterrar. —Respiró hondo—. Realmente lo siento.

Luchían gimió, se alejó un poco del dragón y, en lo alto de un peñasco, se levantó sobre sus patas traseras con los ojos fijos en el cielo enrojecido con las primeras llamas del amanecer y aulló. Aulló con todas sus fuerzas, haciendo que el dragón se estremeciera. Pero algo detuvo el llanto del licántropo. Una figura acababa de aparecer entre las rocas lejanas. Una figura vestida de negro.

Saltó de lo alto de la roca y cayó a algunos metros de un personaje que recogía el cuerpo de la sssemesstraka.

—¡Tú! —gruñó furioso, pero sus ojos quedaron clavados en la joven.

—Está viva —dijo la figura sin más, llevando en sus brazos a Shenak.

—Imposible. —El dragón rojo se acercó al trote—. No ha podido sobrevivir a esa caída.

Él había luchado en el cielo, más allá de los picos de las montañas de Arroz, donde había suficiente espacio para maniobrar. Debía de haber por lo menos veinte metros; ningún ser podía sobrevivir entero a una caída tal contra afiladas rocas.

—Está viva —repitió el humano. Luego le dedicó una mirada extraña y húmeda, antes de tender el cuerpo en el suelo para que Luchían pudiera examinarlo.

—¿Cómo sabes que está viva? —objetó el dragón, que fue inmediatamente acribillado por una estremecedora mirada del humano. Éste sujetaba una de las garras de la chica mientras Luchían la inspeccionaba—. Puede estar muerta. No se mueve.

—Porque no es una estatua. Todo el mundo sabe que los sssemesstraka, al igual que los licántropos, se convierten en estatuas al morir.

Menos de quince minutos después, el dragón lanzaba sus llamas sobre la pila de maderos que habían recogido y Cris acercaba al fuego el cuerpo de la joven, que no dejaba de temblar.

—¿Qué le pasa? —preguntó Zur, mientras Luchían calentaba algo de agua con manos expertas, convertido en humano por primera vez en más de un mes.

—Está en trance —gruñó él—. No sé qué le hizo ese engendro del vientre árido de Hel, pero está en trance.

—¿Los sssemesstraka entran en trance?

—Sólo para protegerse. O cuando están muy malheridos y necesitan de todas sus energías para curarse. —Se inclinó sobre el cuerpo de la princesa comprobando la reacción de sus pupilas y maldiciendo por lo bajo.

—¿Y ahora qué?

Luchían alzó la vista un momento, cogió una bolsa que tenía cerca y echó algunas hojas secas en el agua caliente.

—Hay que sacarla de ese estado cueste lo que cueste —murmuró, mientras abría la camisa de ella y observaba detenidamente las múltiples heridas que cubrían su piel verdosa.

Cris le dedicó una mirada de odio al licántropo.

—Tú lo sabías —le acusó el humano—. Sabías que se iba a marchar.

—Lo sabía —confirmó en voz baja y sin dejar de trabajar.

—¿Y por qué no la vigilaste? ¡Si lo hubieses impedido...!

—Tú estarías muerto y ella seguiría en trance. —Luchían habló sin levantar la voz, tranquilo, pero con una llama de rabia reflejada en sus ojos argénteos, fijos en el cuerpo de la sssemesstraka—. Tenía que solucionar unos asuntos y no nos quería a nosotros allá para molestar.

—¿Cómo te atreves?

—Mira, Cris, no tengo ganas ni fuerzas para discutir contigo. Estoy intentando concentrarme en un hechizo, así que, o te callas o te largas, pero déjame trabajar.

Cris iba a replicar, pero se topó con las esferas de plata que centelleaban misteriosamente y no osó abrir la boca.

Luchían apartó un poco la camisa y descubrió el lugar en el que debería estar la escama de plata. Frunció el ceño.

—Zur. —El dragón levantó la cabeza—. Dime qué ves.

El inmenso animal se acercó al licántropo y observó la herida.

—Falta una escama.

—Mira las otras heridas, no están curadas del todo, sin embargo se van cerrando. Lentamente, sí, pero se cierran.

—¿Crees que...?

—Aquí estaba la escama de plata.

—Ese muchacho hizo que apareciese sobre su piel cuando mi jinete los atrapó a ambos y se enfrentó a ella —recordó el dragón rojo—, antes de que la cría sssemesstraka huyese.

—¿Tú lo viste?

—Con mis propios ojos. Él se la dio. Y él se la ha quitado.

Luchían asintió levemente con la cabeza.

—La está matando.

Cris alzó la cabeza con el ceño fruncido, se levantó luego y se alejó.

—¿Adónde vas? —Zur inclinó la cabeza, cortándole el paso con su majestuoso cuerpo.

—A matarlo.

—No harás tal cosa. —Luchían se puso en pie—. Necesitaré tu ayuda para mantener viva a Shenak. —Cris dudó un instante.

—Traeré la escama de plata de vuelta. La arrancaré de los fríos dedos de su cadáver si es necesario. No voy a permitir que...

—Eso no serviría de nada. Es como si le amputas a alguien una pierna y luego pretendes que vuelva a andar con sólo traérsela de vuelta. Lo que Shenak necesita es poder, muchísimo más poder del que nadie puede proporcionarle.

—¿Qué clase de poder?

—El Poder de la Vida. Los suyos construían las ciudades en las Cumbres de Vida. Allí su poder fluía como el agua por un río. La más poderosa es Sesser-Law, la capital. Dado que Shenak nació allí, lo más probable es que allí sea capaz de recuperarse... Aunque también es posible que no vuelva en sí jamás.

Cris se mordió el labio inferior con tanta fuerza que lo hizo sangrar.

—Te necesito para devolverla a Sesser-Law.

Los ojos centellearon ferozmente, la expresión de su rostro se enturbió.

—Si en Sesser-Law tiene alguna posibilidad de recuperarse, te acompañaré hasta allí.

Libro Segundo

11

Decisiones

—Por lo menos ha dejado de temblar.

Cris se había repetido aquellas palabras una y mil veces, pero nada podía cambiar el hecho de que Shenak parecía muerta. Según Luchían aquello era una mejoría, pero él prefería que temblara a verla en aquel estado. Quieta, callada, catatónica. Sin que nada la alterase, como si estuviese muerta.

Ambos sabían que en aquel estado era muy vulnerable, y ninguno quería abandonarla a su suerte, pues sentían que Shenak era parte de ellos como lo sería cualquier miembro de una manada.

Luchían había decidido explicarle a Cris todo cuanto conocía acerca de los sssemesstraka.

Sabía que habían sido un matriarcado. Sabía que eran de costumbres muy parecidas a las de los licántropos, a pesar de estar siempre en guerra. Y sobre todo, conocía cientos de leyendas de su pueblo.

—Siempre prefirieron la pluma a la espada —dijo Luchían en una ocasión—, aunque pobre del desgraciado que se metiera con ellos. Los pueblos más pacíficos tienen la extraña manía de contar entre sus filas con los mejores guerreros. —Sonrió con pesar—. Sin lugar a dudas, sus espadas eran las mejores de todo el Continente.

—¿Cuándo crearon a *Sais*? —preguntó Cris sin mucho interés, pero luchando por distraerse.

—¿La espada de los Reyes?

Asintió.

—Bueno. Hay una leyenda que dice que *Sais* fue en su día un bravo guerrero que cometió una ofensa muy grave contra los dioses. En castigo decidieron convertirle en algo tan frío, pero a la vez tan fuerte, que no existiera nada capaz de derrotarle. Fundieron su sangre, que resultó ser brillante como la de un unicornio, y con su carne forjaron una espada capaz de contener el poder de cualquier reina sssemesstraka. No hay arma capaz de derrotarla, si quien la maneja es la reina de los sssemesstraka.

Cris frunció el ceño y luego preguntó con voz trémula:

—¿Cuál fue su ofensa?

Luchían se detuvo. Miró primero a Shenak, sobre el lomo del unicornio negro que acompañaba a Cris allá donde fuere, y luego al chico, de pie, con la brida de Rayo en la mano. Suspiró.

—Sólo es una leyenda —se apresuró a decir.

—Pero ¿cuál fue el insulto? —repitió el humano con más fuerza.

Luchían dudó.

—¿Qué pasa? Ni que te fueran a cortar la lengua por decirlo —se burló—. Si quieres puedes susurrármelo, así nadie se enterará.

Cuando Luchían le miró, una marca de profunda tristeza cruzó sus ojos argénteos.

—Se enamoró de un snom, un ser no-mágico.

—¿Y qué?

—Los sssemesstraka no aman como lo harías tú o yo. Y, bueno, enamorarse de un snom es... complicado.

—¿A qué te refieres con «no-mágico»?

Luchían le miró a los ojos durante unos largos segundos.

—A un humano.

Cris jadeó perplejo.

Luchían no añadió nada más, dio media vuelta y continuó palmeando tiernamente el cuello de Madagascar.

«Un humano —se dijo Cris, mirando a Shenak—. Un

humano. Un monstruo.» Tiró dulcemente de la brida de Rayo, obligando al unicornio a acelerar su ritmo. Quiso preguntarle algo a Luchían, pero las palabras no acudían a sus labios. ¿Por eso seguía Luchían con ellos? ¿Porque sabía que él, Cris, no tenía ninguna oportunidad y quería aprovecharse? No le resultaría difícil, al fin y al cabo, después de arriesgar su vida por salvarla, la sssemesstraka estaría en deuda con él. Miró con odio al licántropo, pero éste no se volvió. Simplemente continuó su camino sin echar la vista atrás.

Luchían se mordió el labio inferior, preocupado. Tal vez había sido demasiado directo. Tal vez tendría que haber dejado que el chico se hiciera ilusiones. Tal vez tendría que haber mentido, haber dicho que no sabía cuál era el insulto del guerrero. Pero su código le impedía mentir, su código, su educación y su credo le impedían mentir, aunque se tratase de una mentira piadosa como aquélla.

No, lo mejor era poner las cartas sobre la mesa. Aunque había habido muchos sssemesstraka que habían conocido el amor, la mayoría había muerto de forma horrible. Incluso la poderosa reina Madash había muerto al enamorarse de un humano.

«Además —se dijo—, los humanos sólo traen desgracias. Mejor para los sssemesstraka si no pueden sentir por ellos más que lo que ellos sentían por cualquier otra raza: odio y desprecio.» Aunque algo le decía que en el corazón de Shenak anidaban otros sentimientos.

Llevaban varios días caminando hacia el oeste cuando encontraron una pequeña taberna en la que guarecerse del frío.

El invierno caía implacable en las zonas altas, y Viadjar era el reino en el que, gracias a las Draja, las infranqueables montañas que cubrían todo el reino, el invierno era especialmente crudo.

El tabernero, un hombre rechoncho y jovial, se encargó personalmente de procurar que los caballos reposaran bien aquella noche, y mientras Cris y Luchían comían, no le quitó los ojos de encima a Shenak, a la que habían cubierto con capucha y pieles.

Cris no dejaba de echar miradas de reojo a su compañera, que cada vez se asemejaba más a una estatua.

—Shenak. Por favor, come algo —suplicó en un susurro por enésima vez—. Sólo un poco.

—¿Qué pasa, nene? ¿Tu muñeca no come? —tronó una voz desconocida, y Luchían, en su forma humana, levantó la cabeza por primera vez en toda la noche.

—¿Quién te crees que eres para insultar así a una princesa? —gruñó Cris, mostrando los dientes.

—¿Una princesa? ¿Qué princesa? —Pronto tuvieron a la mitad de la taberna mirándoles con curiosidad.

El hombre que se había metido con Shenak se puso en pie y se acercó con paso decidido a la mesa. Se inclinó sobre Shenak, que no hizo movimiento alguno, y le acarició la cabeza.

—Hola, alteza. Quizá yo pueda liberarte de tu sufrimiento. Tal vez lo que necesitas sea un hombre de verdad...

No acabó la frase.

Luchían se había lanzado hacia delante desenvainando un cuchillo que apareció de pronto entre sus manos y le arrinconaba contra la pared con los brillantes ojos plateados fijos en los de aquel hombre. Éste sonrió con sorna y le arreó tal guantazo que tiró al licántropo al suelo.

—¿Te atreves a amenazarme, vasallo de la princesa?

—Luchían...

—¿Crees que te tengo miedo, despojo de vida? —Luchían temblaba violentamente, y el pelo empezaba a recubrir sus facciones.

—Luchían...

—¡Vamos! —incitó el hombre pasando el peso de un pie al otro—. He luchado contra cientos como tú. ¡Acércate si te atreves!

—Luchían. —Cris, que a duras penas podía controlarse

a sí mismo para no lanzarse sobre el humano, le agarró por el brazo—. No hagas nada de lo que puedas arrepentirte.

El licántropo no escuchó.

Miró por la ventana y descubrió que la hermosa luna del Este estaba llena. Sin pensarlo dos veces terminó de transformarse, se levantó sobre sus patas traseras, se arrancó la camisa que llevaba y aulló con todas sus fuerzas.

Cris frunció el ceño.

Le pareció ver cómo relucía sobre el pecho del licántropo un medallón dorado con el emblema de los Tres Mayores: el Sol de Solaris, la Luna de Muna y el Reloj de Tempus, rodeados los tres por Anwara, la Serpiente de la Eternidad mordiéndose la cola, símbolo del ciclo interminable de la existencia. Pero aquello era imposible: sólo los sacerdotes de la Jigad, la Iglesia de los Tres Mayores, poseían medallones semejantes... Y la Jigad había caído siglos atrás.

A Cris no le dio tiempo a seguir meditando sobre el extraño significado de aquel dilema, pues con un rugido de rabia, Luchían se lanzó hacia delante y cerró las mandíbulas a un palmo del cuello de su oponente.

El hombre retrocedió aturdido.

Tras unos segundos, Luchían volvió a la carga, pero esta vez su enemigo estaba preparado. Sacó un cuchillo de su bota y lo hundió en el brazo del licántropo.

—¡Vuelve a las minas, animal!

Arrancó el cuchillo del brazo y lo levantó para hundirlo en su garganta.

Fue Luchían el primero en oler el fuego, y el instinto le hizo retroceder de un salto y encogerse. Una bola de fuego atravesó la estancia a toda velocidad y se estrelló contra el pecho del humano agresor, que soltó un grito de dolor y salió al exterior a toda velocidad, mientras trataba de sofocar las llamas que lamían su camisa y abrigo. Se hizo un profundo silencio en la estancia y todos volvieron la cabeza. Detrás de Luchían estaba Cris, de pie. Alto e imponente, con las piernas separadas y una mano en la empuñadura de su espada. Los ojos relucían con un brillo sobrenatural y tenía los labios tensos y las mandíbulas firmemente apretadas. Un fino hilo de sangre rodaba por la comisura de sus labios y los teñía de rojo.

Sin decir ni media palabra tomó a la princesa por el brazo, la ayudó a levantarse y la escoltó hasta la habitación, seguido por el licántropo.

—¿Quién te mandaba entrometerte? —le gruñó mientras se enroscaba en la cama—. ¡Sé defenderme solo!

—No te necesito medio muerto, ni me sirves muerto del todo —contestó Cris, furioso.

—¿Cómo diablos iba a saber que utilizaría un arma?

—Se te abalanza un animal de más de dos metros, con los ojos brillando y buscando tu cuello con unos colmillos más largos que un dedo, ¡y lo más lógico es que intentes matarlo antes de que él te mate a ti!

—De acuerdo, puede que fuera un poco impulsivo.

—A estos humanoides no hay que hacerles caso; ahora, si no te importa, ven a mirar este mapa conmigo, porque tenemos que marcar una ruta. A poder ser, una en la que no nos maten por el camino.

Luchían se acercó a regañadientes y miró el mapa.

—Cogeremos la ruta junto a las Draja para esquivar las montañas. Atravesaremos las Loras por el Paso Trin-Jad-Lora, y cuando veamos el viejo templo abandonado iremos hacia el Sur hasta cruzar el Selver-Sesser a la altura del Sic-Sesser. Tras dejar atrás las pequeñas Cumbres de Vida, afrontaremos la Cordillera Transparente por el centro. Ascenderla resultará lo más complicado, porque será pleno invierno cuando la alcancemos.

—¿Crees que tardaremos tanto? —preguntó Cris.

—Sí. Bien, ahora que ya tenemos una ruta, ¿puedo seguir quejándome?

Cris vio cómo Luchían se tumbaba de nuevo en su cama, enroscándose en sí mismo mientras murmuraba palabras en el idioma de los licántropos y no pudo evitar sonreír.

No era tan mal compañero, a fin de cuentas.

Pasaron unos instantes en silencio, al cabo de los cuales Cris murmuró:

—¿Por qué te has deshecho del dragón?

—Quiero que Sesser-Law sea un lugar seguro para Shenak. Le he mandado por delante para que reconozca el terreno.

El humano asintió con la cabeza y Luchían cambió de posición.

No le había dicho toda la verdad... pero su código le permitía cierta flexibilidad a la hora de callar: no sólo pretendía que Zur vigilase el terreno, sino también que reclutara un ejército. Necesitaría toda la ayuda posible si quería hacerse con el Trono Caído del Cielo.

Diez días.

Llevaban diez días recorriendo aquella tierra y Luchían empezaba a estar hasta las narices de tanto humano junto. Por suerte habían encontrado a un grupo de elfos que no tuvieron reparos en acogerles hasta el Paso Trin-Jad-Lora. Entre los elfos había un licántropo semisssemesstraka que decidió darles cobijo bajo su tienda. El semisssemesstraka era un anciano de pelo verde y ojos irisados. Por las noches dejaba que los hijos de sus compañeros de viaje se sentaran a su alrededor junto a una hoguera y les contaba leyendas del norte y el oeste. Pues según él mismo aseguraba, se había criado en las inhóspitas tierras de Lora-Metsartas, donde la magia fluía por todas las criaturas y los bosques azules estaban repletos de bestias salvajes.

Aquella noche, también Cris se acercó para escuchar la triste historia de amor de Sirah, que narraba cómo del amor entre una sssemesstraka y un licántropo nacía el primer semisssemesstraka de la historia. Los amantes fueron muy felices pero, cuando regresó a su hogar, la princesa Sirah fue rechazada por todos. La obligaron a vivir en el exilio, donde murió de pena, ya que su enamorado había muerto abatido por los hermanos de la princesa. Se decía que de sus lamentos había nacido un río que cubría todo el paso por el plateado Bosque del Unicornio, donde, según la leyenda, Sirah había conocido al licántropo. El Paso Sirah terminaba ahora en el lago del mismo nombre, donde las lágrimas habían aislado una de las Cumbres de Vida que cubrían todo el territorio sssemesstraka en el norte, y, aislada en aquella cumbre, Sirah había dejado que sus lamentos se convirtieran en bruma y nadie que se atreviera a cruzar el lago en barco había vuelto para contarlo.

Cuando los niños se alejaron, el anciano cuentacuentos encendió una pipa y miró a Cris al tiempo que daba una buena calada. El humano seguía sentado, junto a la hoguera, profundamente ensimismado.

—¿Te preocupa algo, muchacho?

Cris alzó la cabeza, y se encontró con los brillantes ojos del semisssemesstraka fijos en él. Había algo de retorcido y cruel en su mirada, pero él lo relacionó con su mezcla de sangre.

—La historia que habéis contado...

El anciano arqueó una ceja y se acomodó en el tocón sobre el que se había sentado aquella noche.

—¿Qué le pasa?

—¿Todas las uniones entre sssemesstraka y otro tipo de ser terminan así?

—No, muchacho. —El hombre rio estruendosamente, como todos los licántropos—. Claro que no. Si así fuera no habría semisssemesstraka, y, como puedes comprobar, yo soy uno de ellos. Lo que pasa es que un sssemesstraka es un ser demasiado poderoso y, bueno, no ven a los demás como a iguales. Sobre todo si no tienen poderes. —Suspiró—. Verás, muchacho, un sssemesstraka no se enamora. Su amor es algo así como una forma de proteger la magia. Un sssemesstraka siente el poder, y después, decide protegerlo, pero no puede enamorarse, porque es un sentimiento demasiado intenso. Demasiado irracional. Si se enamorara, podría incluso traicionar a los suyos. Sólo por un sentimiento.

El anciano se puso en pie y le miró desde arriba con el

ceño fruncido, luego dio media vuelta y le dejó de nuevo sumido en sus pensamientos..

Vete, dijo una vocecita cruel en su cabeza. *Olvídala, y deja que el licántropo se ocupe de ella. Al fin y al cabo, él es un príncipe, y tú sabes que los príncipes y las princesas suelen durar más que las princesas y los vagabundos, ¿no es cierto?*

Cris agitó la cabeza. ¿Era él un simple humano sin poderes? Sí, era mejor que Shenak sólo conociese esa parte de él. Porque si llegaba a averiguar lo que era en verdad, jamás volvería a mirarle a la cara, y la habría perdido para siempre. Suspiró apesadumbrado.

Arrastró los pies hasta su tienda y abrió la lona. Luchían contemplaba a la princesa con los ojos entrecerrados y ni siquiera se movió cuando él se dejó caer junto a ella. Tal vez fuese lo mejor, al fin de cuentas, Luchían era un licántropo, un príncipe y...

Cerró los ojos y una lágrima se escurrió entre la barba.

Miró a Shenak, sentada muy recta en el suelo, con los ojos abiertos e inexpresivos, las manos caídas sobre el regazo, frías y muertas.

Tal vez lo mejor para todos era que la olvidara, pero sabía que era demasiado tarde para eso.

Demasiado tarde. Se puso en pie de nuevo y se alejó del campamento.

—¿Se puede saber adónde diablos vas?

Cris se mordió el labio inferior.

La voz de Luchían le sorprendió cogiendo las bridas de Rayo. Estaba ante él, y el joven le miró con rabia, deseando cerrar su mano en un puño y partirle el hocico. Ahora que había conseguido reunir el valor suficiente para alejarse de ellos, Luchían se interponía en su cobarde huida.

—¿Y bien? Estoy esperando una respuesta. —El licántropo plantó los cuartos traseros en el suelo, indicando así que tenía toda la intención de esperar una respuesta, daba igual cuánto tardara.

—Y-yo... —Respiró hondo—. Creo que estoy haciendo lo que debo.

Luchían arqueó una ceja.

—¿Lo que debes? —Asintió lentamente—. Comprendo. Dejándonos en mitad de la noche, sin dar explicaciones. Descubriendo nuestras espaldas mientras dormimos y poniendo a Shenak en peligro.

Cris apartó la mirada de sus ojos acusadores.

—Sé que no es la mejor manera. Pero es lo mejor para todos. No me interpondré entre Shenak y tú. —Le temblaba la voz y tuvo que hacer un esfuerzo para retener las lágrimas. Se sentía avergonzado, por su actitud y por decir aquello frente a aquel gran licántropo alado.

—¿Que no harás qué?

—No me interpondré entre Shenak y tú —repitió el chico con algo más de firmeza en la voz—. Me voy, Luchían.

—Vale, sólo intentaba asegurarme que había oído bien —dijo más para sí que para su interlocutor—. Bien, entonces no me equivocaba. —Le miró a la cara—. Hijo mío, eres idiota. Tenía mis dudas, pero ahora me lo acabas de confirmar.

Aquello le hirió. ¿Por qué tenía que poner las cosas más difíciles de lo que eran? ¿Por qué no podía aceptar su victoria sin restregársela por las narices? ¿Sin darle esperanzas vanas?

—¡No estoy ciego! —aulló con rabia y los ojos encendidos por una poderosa llama dorada—. ¡He visto cómo miras a Shenak! Y entre tú y yo, creo que tienes bastante claro a quién va a elegir. —Su voz se tornó un susurro—. Sabes perfectamente que no tengo ninguna oportunidad.

Luchían inspiró y no pudo dejar de mirarle con respeto y cariño.

—Realmente, chico, el gesto te honra. Pero eso que acabas de decir es una tontería. Yo tengo compañera y un cachorro, a los que quiero muchísimo. Es posible que mire a la princesa, pero los sssemesstraka nunca han sido para mí más que enemigos... Aun cuando ahora tenga a la princesa como amiga. Tal vez a ti te haya parecido que era algo diferente, pero no estoy interesado en ella y, francamente, dudo que ella llegue a estarlo por mí.

El licántropo hizo una breve pausa para que su mensaje calara.

—De una cosa puedes estar seguro, Cris: no se me pasaría ni por la imaginación inmiscuirme en un sentimiento tan profundo y tan bello como el que tú profesas por ella. —Negó con la cabeza—. Pero no te hagas ilusiones, muchacho, la decisión no es tuya sino de Shenak. No voy a retenerte contra tu voluntad, pero creo que, ahora más que nunca, Shenak te necesita. No habría querido protegerte de no haber sido importante para ella, Cris. Si no hubieses sido importante, te habría llevado con ella al Paso Gruh, arriesgando tu vida y, sin duda, llevándote a la muerte. Ten siempre presente que nos dejó atrás para protegernos.

Dicho esto, Luchían pasó junto al muchacho y se alejó en dirección al campamento.

El humano suspiró.

No había pensado en que las cosas pudieran ser de esta manera, y al cabo de pocos segundos todas las razones que había tenido para huir se habían desvanecido.

Miró a su alrededor, a la noche oscura, la pálida luna y las múltiples estrellas que cubrían la sábana negra en la que se había convertido el cielo y se preguntó si había algo en aquel campamento que le retuviera en aquel helado paso.

Pensó en Luchían y en Shenak, incluso en Madagascar, y descubrió sorprendido que había aprendido a convivir con ellos y a quererlos. Descubrió que les necesitaba tanto como necesitaba la libertad. Durante toda su vida había estado solo, nunca había tenido una manada, una familia o un lugar al que regresar, tampoco había creído que necesitase eso, pero ahora descubría que sí. No quería volver a estar solo, quería proteger a Shenak, acompañar a Luchían, aprender de él.

Por otro lado, la libertad tiraba de él con un irresistible canto de sirena, recordándole que Shenak era una princesa y él un errante que no se aceptaba a sí mismo. ¿Tenía algún tipo de poder? ¿Algo que ofrecer? No, entonces, ¿por qué iba a escogerle la sssemesstraka?

Se sentó en la nieve y enterró la cabeza entre las manos, desesperado, sin saber qué hacer.

Y así le encontró Luchían al amanecer.

12

El desierto de Kopthar

El grupo se detuvo en mitad del desierto, donde tres personajes, cada cual más extraño que el anterior, habían acudido en su rescate.

Una mujer de pelo negro y tez morena los observaba impasible. Vestía una túnica del color de la arena del desierto y cientos de brazaletes decoraban sus brazos, símbolo de su jerarquía como sacerdotisa.

Junto a ella se hallaba un chico cojo, apoyado en una prótesis, con ropajes negros de pies a cabeza: un compendio de pantalones, túnicas y capas raídas y asquerosamente empolvadas. Era de tez morena y pelo castaño, oculto bajo la capucha. Lo único visible eran sus brillantes ojos, ocultos tras un antifaz también negro. Llevaba un generoso arsenal de armas encima y escrutaba con atención los rostros cansados de los presentes.

Detrás de él, una joven con un vestido marrón claro y fuertemente armada les contemplaba con curiosidad. Tenía el pelo recogido en cientos de trencitas y rastas. Los brillantes ojos eran del mismo color que la arena del desierto, pero carecían de pupilas.

Los tres montaban sobre gigantescas hienas del tamaño de caballos. Los tres estaban sucios, pero parecían muy contentos y nada preocupados por su desgreñado aspecto.

—Bienvenidos a Kophtar, Mitgard, hija de Loki. La Gran Katana se reunirá con nosotros cuando Oldra se oculte detrás del Desierto Negro. Nuestro viaje seguirá por Kopthar hasta que veamos alzarse a Mass-Sessla, luego no os quedará más remedio que cruzar las Loras, pero para entonces Muna ya os buscará lejos. Para estar completamente seguros deberíais cruzar el viejo territorio de los sssemesstraka, pero eso ya lo hablaréis con la diosa.

Mitgard asintió con la cabeza y la sacerdotisa hizo un ademán hacia sus compañeros.

—Estáis ante Mimí, la tech, hija del desierto. El compañero —señaló con un vistazo fugaz al que ocultaba su rostro tras el antifaz— se llama Cojo. Y yo soy Adín, sacerdotisa de Katana, diosa y señora de estas tierras.

—Mis compañeros —dijo Mitgard haciendo un ademán hacia los que la seguían— llevan por nombre James, Apry y Soran.

—¿James? —preguntó Cojo—. ¿Al que debemos proteger?

—No será tarea fácil. Muna quiere conseguir al chico y hay que impedirlo.

—El lugar más seguro para él sería el palacio sssemesstraka, ahí ni siquiera Muna podría entrar.

—Es allí adonde vamos.

Mitgard no añadió más y nadie quiso profundizar en los porqués. James y Cojo se miraron. Luego este último asintió e indicó al pequeño grupo el camino hacia su campamento, situado en el interior del desierto de Kopthar.

La comitiva de la hija de Loki había sufrido las consecuencias de la emboscada del Paso Gruh, y esto no sólo resultaba apreciable en su número. Cuando James espoleó a su dragón contra Zur, algo se rompió entre ellos. Muerto Kurt, el azulado había sido plenamente consciente de que Zur no quería luchar. Conocía al rojo desde que eran crías y sabía lo mucho que odiaba los enfrentamientos contra los de su propia raza.

No obstante James le había azuzado sobre el otro una y otra vez y las heridas que oscurecían su piel habían terminado por empujarle a defenderse. Kirk había visto el dolor del dragón cada vez que le obligaba a atacarle y llegó un momento en el que no pudo soportarlo más y dejó de oponer resistencia.

A pesar de las indicaciones de James, que le gritaba sus frías órdenes, se limitó a ofrecer sus flancos al ensangrentado oponente. La sangre de oro de Zur no tardó en mezclarse con la platina del azul, el cual comprendió que su antiguo amigo quería liberarle de su jinete de la única manera que se le ocurría: matándole.

Permitió que lo hiciera. Cuando los dientes del rojo se hundieron una última vez en el cuello de su viejo compañero, James fue plenamente consciente de que Kirk se había dejado ganar y aquello le enfureció. Maldijo al dragón y detuvo el tiempo en torno a él, para que reviviese durante toda la eternidad aquel último segundo de su vida.

¡Maldito traidor! ¡Primero le juraba lealtad con tal de honrar la muerte de su hermano a manos de la sssemesstraka! ¡Y luego le vendía a aquel demonio rojo!

Se teletransportó al suelo cuando el azul se precipitó contra los riscos.

Vio cómo una flecha mataba a la montura de Mitgard y le rebanó al asesino la cabeza con la facilidad con la que se parte una manzana en dos. No tenía remordimientos mientras se deslizaba por el campo de batalla con el destello de la muerte en los ojos.

Los refuerzos habían traído con ellos el poder del desierto y la tormenta de arena en la que Apry, Soran, Drawen, James y Mitgard se habían refugiado para entrar en Kopthar se había encargado de barrer la vida del resto.

Durante los primeros momentos que pasaron en el desierto, Mitgard no prestó tanta atención a sus oportunos rescatadores como a James.

Podía ver el cambio que el poder estaba obrando en él. Aquella arrogancia, que al principio había sido injustificada y marca de cierta inocencia infantil, se había apoderado de él definitivamente. Sus rasgos se habían endurecido y ya no atendía a razones. Él hacía las cosas porque así lo deseaba.

Y aquello le daba miedo.

Como Mitgard, que en ese momento se preguntaba qué pasaría por la cabeza de su protegido, también Adín parecía centrada en leer más allá de las duras facciones del misterioso muchacho.

Mientras caminaban en cabeza, la sacerdotisa se aproximó al líder del grupo.

—No me fío ni un pelo, Cojo.

—Ni yo, pero Katana no pondría todo en peligro si no fuera por...

—¿Por algo importante? Cojo, por favor, Katana lo ha hecho porque Loki se lo pidió.

—No cuestiones a Katana, Adín. —La voz de Cojo era firme y dura como una roca—. En todos estos años, ¿cuándo te ha fallado? Es inteligente, sabe cuándo hay que guardar las armas y cuándo hay que luchar. No pondría a todos los habitantes del desierto en peligro sólo porque Loki se lo pidiera. Hay algo que ganar con todo esto. —Miró a la sacerdotisa con cariño—. Pero no te preocupes, no permitiré que los Mayores te toquen un solo pelo de la cabeza. Ni a ti, ni a Mimí.

—Aunque no lo parezca, eso me tranquiliza.

—Claro que te tranquiliza, Adín. A fin de cuentas —sonrió horriblemente— sabes quién soy yo.

Adín sonrió asintiendo.

—Sí, lo sé.

Callaron a una señal de Mimí, que levantó la cabeza husmeando el aire.

—Patschar —dijo a media voz.

—¿Patschar? —Drawen miró a sus guías asustado—. ¿Qué es patschar?

—¡Acercaos a mí! —ordenó Cojo, haciendo avanzar a su montura—. ¡Deprisa!

Nadie osó desobedecer, y de pronto oyeron como si cientos de mosquitos se abalanzaran sobre ellos. Nadie vio nada. El sonido se iba haciendo más y más fuerte y de pronto, silencio.

Soran miró a Cojo interrogativamente, pero éste estaba

concentrado en algo, y sujetaba una de sus espadas con tanta fuerza que los nudillos se le volvieron blancos y en sus ojos brillaba la concentración y la tensión.

Cuando el patschar surgió del suelo, el estruendo pareció el de una bomba y una gran cantidad de arena voló por los aires. Cojo saltó hacia delante, y el resto retrocedió un paso, sobrecogidos. El patschar era una especie de lagarto gigante. La piel arenosa, la cabeza tan grande como un röh. Su cuerpo salía cuatro metros del suelo, pero era muchísimo mayor porque, de pronto, la cola golpeó la retaguardia del grupo. Las patas, finas como las de una hormiga gigante. Cuando abrió la boca, resultó ser un agujero lleno de colmillos y dotado de una lengua larga y pegajosa con la que intentaba hacer presa en Cojo. Avanzó un paso, intentando agarrar al chico con los siete espolones que tenía en cada una de sus patas. Cojo se escurrió ágilmente y golpeó con la espada. Furioso, el patschar abrió la cresta que parecía envolver toda su cabeza de reptil, y se lanzó hacia delante. Todo parecía perdido para el muchacho cuando, de pronto, algo lo detuvo a escasos milímetros de Cojo.

El líder había alzado su espada con determinación, y en su interior parecía arder el fuego de los soles. La hoja se inflamó y el patschar gimió impresionado.

El gigantesco insecto se desenterró y se mostró en su inmenso esplendor ante Cojo, que sostuvo su arma en alto, las llamas lamiendo el acero con devoción. Las seis patas del animal temblaron un instante, antes de que se levantara sobre las cuatro traseras y cayera de nuevo sobre las delanteras, que se doblaron en una especie de reverencia animal.

El monstruo tembló un momento y se mostró luego tan inofensivo como un gatito, dejándose incluso tocar por el líder del grupo. Antes de ponerse de nuevo en pie para, segundos después, abrir su inmensa boca y emitir un sonido extraño que hizo revolverse las tripas de los componentes del grupo.

Cojo asintió, volvió a envainar su espada y el patschar se enterró de nuevo en la arena y se alejó a toda velocidad, reptando por el suelo y produciendo aquel extraño sonido como de mosquitos volando en un furioso enjambre.

Lo vio partir antes de montar de nuevo sobre la hiena gigante y continuar hacia el interior del desierto, seguido por el resto del grupo anonadado. Adín no tardó en acercarse a él, sonriente, y ambos se sumieron en una acalorada discusión en voz baja.

Anochecía ya cuando llegaron al poblado.

Era un pueblecito de casas de arcilla, recubiertas de arena pardusca. Las casas redondas salían de la tierra como iglúes en un grupo compacto y muy grande, seguramente para protegerse de posibles ataques de patschar.

Los habitantes del pueblo estaban encendiendo una gran hoguera en el centro del poblado. Las mujeres vestían pesadas capas con capucha, y los hombres llevaban túnicas gruesas y cubrían sus cabezas con pañuelos y turbantes.

Cojo consiguió que les acogieran en una casa y pronto se vieron cenados y aposentados. Sin embargo, Mimí insistió en que debían ir a la fiesta que se preparaba, por lo que bajaron al inmenso círculo de fuego. Descubrieron que las mujeres y los hombres habían cambiado sus atuendos y, al son de una música de tambores, empezaban a bailar.

Mimí fue la primera en quitarse los ropajes que la cubrían, y quedando vestida con unos pantalones y un top que dejaba al descubierto su barriga morena. Se lanzó a la pista de baile y Adín la siguió al cabo de un momento, arrastrando a Cojo al frenético baile. El chico bailaba con un ritmo propio, marcado por su cojera, pero nadie pareció notarlo. Muy pronto se vio obligado a despojarse de la camisa que llevaba, y James tuvo que reprimir una exclamación de sorpresa. La mitad diestra del chico estaba intacta, muy morena, con los músculos muy marcados. Sin embargo, el lado izquierdo, incluyendo la mano con la que sostuviera la espada al enfrentarse al patschar, no existía. Allí sólo había vacío.

La música se detuvo de pronto y todos los bailarines se

quedaron en el sitio. Jadeando y sudando. Y entonces un chico de grandes ojos negros pidió a Mimí que bailara.

—¡Baila como sólo los tech saben hacerlo!

Muy pronto la joven, ligeramente ruborizada, asintió, y subió a lo alto de la hoguera. La música retomó un ritmo veloz y jovial, mientras ella danzaba sobre las llamas, dejando que éstas lamieran su cuerpo, y moviéndose como si también ella fuera una más de las lenguas de fuego.

—¿Dónde está Soran? —preguntó Mitgard de pronto, arrancando la vista del ligero y brillante cuerpo de la tech.

Apry se levantó sorprendido y asustado mirando en todas direcciones, y fue Drawen el que puso una zarpa sobre su hombro para tranquilizarle.

—Baila, como le indican sus costumbres de adle.

En efecto, Soran se había lanzado al baile, y su cuerpo moreno brillaba con tintes dorados a la luz de aquella hoguera. Agitó la cabeza para apartar uno de sus rizos de la frente empapada de sudor, y todos pudieron comprobar que era feliz. Las preocupaciones parecían haber desaparecido por completo de su mente y ahora, al son de aquella música primitiva, se reencontraba con sus raíces maternas.

Dejaron el pueblo adle cuando empezaba a levantarse el sol.

Las cumbres de arena les parecían completamente idénticas las unas de las otras, y muy pronto el grupo se vio perdido, siguiendo a Cojo, que parecía conocer a la perfección aquel paraje yermo e inhóspito.

Al mediodía encontraron un diminuto oasis, en el que se detuvieron para que el dragón pudiera refrescarse un poco en un pequeño lago. El agua, a la sombra de inmensas palmeras, estaba limpia y fresca y era abundante, por lo que pudieron llenar sus cantimploras sin problemas. No habría más oasis entre aquél y el campamento.

Unas horas más tarde, volvían a encontrarse en mitad del desierto, trepando por una duna inmensa. Cuando consiguieron alcanzar la cima, el alma de los forasteros sufrió un sobresalto, pues ante ellos se extendía la inmensidad de un desierto de arena muy fina, pero no del color dorado que había tenido hasta ahora, sino completamente negra. Negra como la vestimenta de Cojo, que sonreía feliz.

—Bienvenidos al Neegar-Kopth, hogar de Katana, diosa del Desierto.

Espoleó a su hiena y comenzó el descenso lento y pesado de aquella duna.

—Ésta es la Montaña de Vishz. En realidad Vishza es una cordillera, por lo que Vishz sólo es uno de sus innumerables picos, el más alto de ellos —explicó Mimí alegremente, junto a Soran—. Una vez cada cientos de años, el Vishz cambia de color y ubicación. Pero es el más seguro de atravesar mientras está quieto. Los asaltantes del desierto prefieren lomas que se mueven y les entierran y desentierran con facilidad; el Vishz está lleno de rocas afiladas como cuchillas, así que no sirve para ocultarse. Por eso es tan seguro. Si no te mata la subida, estás seguro de que no te matará ningún depredador.

—Me gusta este desierto —comentó Soran, mirando las interminables dunas negras.

—A todos los adle les gusta, aunque hay pocos oasis, y por eso las ciudades están más cerca las unas de las otras, pero el Neegar-Kopth es el más bonito, sobre todo si hay eclipse.

—Me gustaría verlo. El eclipse, quiero decir.

—Oh, te encantará. Lo mejor es la fiesta que se celebra en honor a Solaris. Porque entonces la arena brilla plateada y el cielo se vuelve rojo y negro, y las hogueras simulan al mismísimo Oldra. Es magnífico. Mira, ya verás, cuando caiga la noche. La arena será plateada y te arrebatará el aliento.

—Mimí —llamó Cojo entonces y la joven se adelantó—. ¿Ves algo?

La hiena de Mimí se puso de pie sobre sus patas traseras y la joven miró por encima de la cabeza del animal. Hubo un momento de silencio, antes de que la hiena cayera de nuevo a cuatro patas y Mimí se volviera hacia el grupo.

—El patschar hizo bien su trabajo —comentó—. No hay nada a la vista. Una manada, pero está muy lejos de nuestra ruta. —No pareció muy contenta cuando añadió—: Será un viaje tranquilo y aburrido.

—No te preocupes, Mimí. Apuesto a que tendremos algún que otro percance para amenizarlo.

La tech miró a Adín con escepticismo antes de continuar adelante.

Según Cojo llegarían a una zona segura antes de que cayera el sol, pero Oldra empezaba a ocultarse en el horizonte y ninguno veía un lugar que pareciese seguro.

Al anochecer, cuando el sol se arrastraba perezosamente por el horizonte y nada indicaba que habían llegado al famoso «lugar seguro», Cojo alzó una mano y dejó escapar un polvo dorado que se alejó con la brisa, bañándola de tintes rojizos.

Y ante ellos aparecieron las ruinas de una inmensa torre.

Se trataba de una torre octogonal, por lo que, seguramente, pertenecería al viejo pueblo casi extinto de las hadas, las criaturas de Afrodita: las creadoras de los hombres lobo. Y aquella torre que se alzaba ante ellos no podía ser sino uno de los pocos vestigios que quedaban de la existencia de vida anterior al Neegar-Kopth: una Torre de Hechicería.

Se instalaron en su interior muy a regañadientes. Ataron a las hienas, encendieron un fuego y Apry se quedó en el patio central con ellas y con Drawen. El resto, guiados por Cojo, caminaba ahora entre las ruinas, descubriendo aquí y allá algún cuartucho donde las runas antiguas y los extraños símbolos de hechicería seguían intactos. Así fue como llegaron a las mazmorras. Se trataba de un sitio muy húmedo, y a pesar de encontrarse en mitad del desierto, crecían entre las piedras distintas plantas.

—No os separéis —ordenó Cojo—. Este sitio es peligroso. Puede que las hadas ya se hayan ido, pero sus conjuros perduran. Y os aseguro que no os gustaría caer en una de sus trampas.

Todos se miraron con recelo. Adín fue la primera en adentrarse en aquel laberinto, mientras sacaba una pequeña navaja del cinturón. Cojo la siguió llevándose la antorcha con él y el resto del grupo continuó por otro pasadizo formando pequeños grupos.

James siguió a Mitgard por un estrecho corredor, y, cuando creyó que estaban suficientemente aislados, se atrevió a hablar. Era la primera vez que se quedaban solos desde que se unieron a Apry y a Soran.

—Mitgard...

La diosa volvió hacia él sus ojos, interrogadora. Sabía que el chico llevaba tiempo queriendo preguntarle algo.

—Cuando nos encontramos en las lindes de Kophtar, le dijiste a Cojo que nos dirigíamos al palacio de los sssemesstraka...

—Sí. —La mirada de la diosa se mantenía a la espera.

—¿Por qué allí?

—Cuenta la profecía que es en ese palacio donde se reunirán los tres Hijos y lucharán hasta que sólo uno se alce con el poder del Trono que Cayó del Cielo, y en el que se sentará el Mayor Supremo. El Mayor de los Mayores.

La mirada de James era fría. Mitgard cada vez sentía al joven más distante, pero no quiso forzarle y esperó hasta que él retomó la palabra.

—Si he de enfrentarme a los otros Hijos, ¿qué le hizo pensar a Loki que los habitantes del desierto, adoradores de Solaris, moverían un dedo por ayudarme?

—Loki y Katana son hermanos gemelos y se tienen mucho cariño. Además, aunque resulte un poco extraño, el hecho de que te esté ayudando puede salvar la vida de uno de los hijos de Katana. Sossarth sigue en busca y captura por los dioses, Tempus es uno de sus mayores enemigos; por esa razón, Loki pudo convencerla. Una buena manera de proteger a Sossarth es congraciándose con Tempus. Eso no significa que Sossarth vaya a mostrar ningún agradecimiento, ni que su lucha contra ti vaya a ser menos encarnizada... No obstante, puedes estar tranquilo, James. Nada hay que te haya de preocupar en la sacerdotisa, el muchacho y la tech... Salvo quizá la proverbial hambre de la raza de esta última...

—¿Los tech? ¿Qué son?

—Hijos del desierto. Tienen poderes extraños y son muy difíciles de tratar y de alimentar. Eso si no te come por el camino.

—¿Por qué?

—¿Te fijaste en Cojo? Tiene la mitad del cuerpo invisible.

James asintió.

—¿Por qué crees que es?

—¿Ella se alimentó de él?

—Exacto. Los tech suelen alimentarse de almas, pero a veces, en algunos casos muy poco habituales, encuentran un alma demasiado fuerte, y de lo único que pueden alimentarse es del cuerpo.

—¿Y eso no mató a Cojo?

—Apostaría a que ese chico esconde mucho más de lo que muestra... pero nosotros también —se volvió hacia él—, ¿no es cierto?

James sonrió y asintió.

—¿Qué opinas de Adín?

—Que es bonita para ser adle. —Mitgard miró de reojo a James—. Pero tampoco deberías fijarte demasiado en ella. Es una sacerdotisa.

—¿Y qué? Cualquiera puede dejar de serlo. Además, si es una sacerdotisa, ¿no profesa respeto a los dioses?

—Así es. —Mitgard frunció el ceño, intentando descifrar los pensamientos de James.

—¿Y no se supone que yo soy la creación de un Mayor?

—Sí.

James sonrió altanero.

—Entonces, ¿qué problema hay?

Mitgard no contestó. Se limitó a inclinar la cabeza apesadumbrada.

Soran y Mimí se detuvieron perplejos, los ojos abiertos de par en par, y se agarraron de la mano con más fuerza de la necesaria.

—Santo cielo —murmuró Mimí apartando la vista de

Cojo y Adín, los cuales parecían haber encontrado algo mejor que hacer que buscar plantas.

—Qué asco —puntualizó Soran retrocediendo un paso.

Segundos después corrían a toda pastilla para alejarse de la visión de Adín y Cojo, tendidos en aquel suelo húmedo y temblando ante el contacto del otro. Se detuvieron riendo junto a una pared cuando creyeron que estaban lo suficientemente lejos.

—¿Has visto lo que estaban...?

Mimí asintió y ambos rieron más fuerte.

—Cielos. Sabía que había algo entre ellos, pero ¿tanto?

—Ostras —murmuró el joven adle—. Espero que los demás no se den cuenta; bastante desconfían ya, como para que ahora se los encuentren retozando como cachorros.

—Antes preferiría besar a un sapo.

—¿Por qué? Vuestro líder no está tan mal.

—¡Anda ya! ¡Cojo es un...! —Se detuvo justo a tiempo, mordiéndose la lengua y tapándose la boca con nerviosismo.

—¿Qué es? ¿Una especie de patschar disfrazado?

La tech le sonrió y se alejó del chico.

—¿Qué ocurre?

—Nada.

—¿Qué es, Mimí? ¿Qué te pasa?

La joven alzó la vista hacia los profundos ojos de Soran y tembló ante él como una hoja seca. Abrió la boca para decir algo, pero las palabras se negaban a salir de su garganta. Volvió a cerrar la boca, de pronto se sentía muy extraña. Alzó una mano para tocar el rostro del chico que la miraba preocupado. Sus dedos rozaron su mejilla apenas un segundo antes de que ella los retirara, veloz como la alegre danza de Muna.

—¿Qué ocurre? —preguntó asustado.

Mimí le dedicó una mirada indescifrable antes de negar repetidas veces con la cabeza y echar a correr por el largo pasillo.

—¡Espera!

La persiguió como pudo, pero la tech era muy rápida y desaparecía cada vez que Soran creía haberla alcanzado. Agitó la antorcha de derecha a izquierda, completamente perdido.

—¿Mimí?

Un ruido a su espalda le hizo volverse.

—Mimí, ¿qué te pasa? ¿Por qué te escondes? ¡Mimí, por favor! ¿Dónde estás?

La joven salió de su escondrijo para desaparecer por un corredor, pero esta vez Soran consiguió cogerla por un brazo antes de que la oscuridad la engullera de nuevo. La chica forcejeó por liberarse, y la antorcha cayó de las manos del muchacho que intentaba retenerla.

Mimí se volvió hacia él con los ojos llenos de lágrimas.

—Suéltame, por favor. ¡Suéltame!

—¿Qué te pasa, Mimí?, por favor. Sólo dímelo.

Sus dedos perdieron fuerza, y la joven se escabulló alejándose unos pasos de él. El rostro convertido en una máscara de terror. Miró a la oscuridad del corredor.

—Déjame marchar —gimió aterrorizada—. Por tu bien. —Agitó la cabeza y su melena se sacudió en el aire—. No quiero hacerte daño, Soran. —Retrocedió un paso y la oscuridad empezó a devorarla—. No quiero hacerte daño.

—No tengo miedo. No te tengo miedo, Mimí.

—Pero yo sí que lo tengo.

Y sin añadir una sola palabra más huyó y la perdió de vista, porque ningún tech se deja ver si no quiere ser descubierto.

Soran permaneció solo en el corredor, sintiéndose perdido, y cayó de rodillas, maldiciendo cualquier cosa que pudiera haber dicho o hecho para asustarla de aquella manera. Porque el terror que había visto reflejado en los ojos de Mimí habría conseguido detener incluso el corazón del más descorazonado de todos los seres sobre la faz de aquel Continente.

13

La llegada al palacio

Tras tres horribles e interminables meses se encontraron en la cumbre de la imponente Cordillera Transparente. Sin embargo, ni Cris ni el licántropo se sentían a salvo. Tenían la inquietante sensación de ser observados por las viejas casas, vacías y silenciosas, de la que fuese la capital del mayor imperio del Continente: Sesser-Law.

La ciudad otrora floreciente y hermosa se había convertido en un inmenso y macabro cementerio que contemplaban tristemente las calles vacías y estatuas de miradas llenas de sabiduría. Los jardines, en otro tiempo luminosos rincones, se habían convertido en grises mortuorios donde los troncos ennegrecidos de los árboles quemados y las plantas muertas se retorcían en todas direcciones. Las calles adoquinadas que antaño habían estado cubiertas de cuidados y coloridos mosaicos se hallaban ahora resquebrajadas, destrozadas, cubiertas de malas hierbas que también parecían tener algo de gris.

Los restos de la Última Batalla, ocurrida dos décadas atrás, estaban todavía patentes en los muros quemados, las ventanas rotas, las cortinas raídas y el silencio sepulcral que envolvía la ciudad como un velo oscuro, que parecía apagar incluso los rayos del sol que lucía en el lejano cielo. Y más horrible que los destrozos materiales era la presencia misma de las estatuas, las múltiples estatuas que habían sido en vida fuertes sssemesstraka y que cubrían las calles y asomaban por las ventanas. Algunas se habían roto a causa de los elementos o la huida precipitada de los que escaparon a la masacre, pero aquellas que permanecían intactas hacían estremecer: niños llorando, hombres y mujeres con expresiones del más absoluto terror en los rostros, sssemesstraka que habían perecido en la huida y ancianos que no se habían movido de sus asientos. Algunos empuñaban todavía sus armas. Un joven estaba ensartado en una lanza, clavado a la pared de una casa, con un montón de libros prácticamente deshechos entre sus brazos. Una mujer había escondido a su bebé a su espalda, atrapándolo así al morir en unos dedos pétreos que sostenían a la criatura con fuerza y desesperación.

Aquello parecía un museo, expuesto para describir el horror de la caída de Sesser-Law.

Se encaminaron hacia el palacio en el más absoluto de los silencios. A aquel lugar le sobraban las palabras. Sintiéndose intrusos, atravesaron las silenciosas calles mientras resonaba en sus oídos el eco de sus pasos y de los cascos de los caballos, golpeando sobre el pavimento, con el pelo de la nuca completamente erizado.

El palacio se alzaba en el centro de aquella ciudad fantasma como el más tétrico de los edificios. En mitad de su esplendor, alguien parecía haber arrojado polvo y decadencia sobre sus muros y nada hermoso en aquel lugar perduraba sin una marca de profunda tristeza. El viento aullaba de forma horrible, agitando las hojas marchitas de los árboles como si pretendiera dejarles contar lo ocurrido en Sesser-Law.

Rodeado de hermosos balcones y magníficas balaustradas, se hallaba situado en el centro de un suntuoso jardín, protegido por un alto muro tocado por dos inmensos leones alados de oro macizo que, sin embargo, habían perdido su brillo tiempo atrás. Frente a la casa se alzaba una fuente en mitad de una hermosa rotonda llena de flores mustias, y de la fuente surgía un ángel guerrero que sostenía en alto una lanza de bronce verdoso, rodeado por tres sirenas y tres licamar que le rendían culto. Todos los que formaban aquella suntuosa imagen estaban, no obstante, demacrados y estropeados, a algunos se les habían caído las extremidades, a otros parte de los rostros... Custodiaban la entrada un par de hipogrifos montados por dos soldados vampiros y cientos de gárgolas talladas al pie del tejado.

Algo intimidados, los recién llegados abrieron las puertas y se detuvieron en el umbral, sin aliento.

El recibidor estaba iluminado por un inmenso rosetón que lanzaba luces de todos los colores al interior y se reflejaba en el suelo, cubierto por una gruesa capa de polvo. Frente a ellos se alzaba una majestuosa escalera de mármol veteado, custodiada por ninfas. Si levantaban la vista se encontraban con los balcones del segundo hasta el quinto piso, con las barandillas talladas magníficamente en forma de todo tipo de animales y plantas de un realismo exquisito.

Cris tomó a Shenak en brazos y siguió a Luchían en busca de un lugar en el que la chica pudiese descansar.

Llegaron a la sala del trono, igualmente suntuosa. Siete ventanas ojivales dejaban entrar en cualquier momento luz natural y los sitiales situados sobre una plataforma tenían preciosas tallas. Uno, el más grande, tenía en el respaldo una magnífica serpiente alada, los brazos eran suaves y la madera oscura y brillaba misteriosamente.

A la derecha había un trono con el símbolo de la magia tallado en el respaldo: una varita, una bola de cristal y un caldero, los tres símbolos unidos por un fino hilo de estrellas de cinco puntas. A la izquierda, un sillón precioso con una hermosa serpiente tallada en el respaldo: el símbolo de la Iglesia; ahí debía de sentarse el sacerdote o la sacerdotisa mayor de la iglesia de Mitgard-Iörmungandr, diosa y señora de los sssemesstraka... y ahora enemiga de Shenak, su princesa.

Subieron al segundo piso y encontraron una galería repleta de tapices y cuadros empolvados. En el piso siguiente hallaron lo que debían de haber sido los salones de recepción. En el cuarto descubrieron al fin las habitaciones.

Abrieron puertas en busca de un cuarto mínimamente aceptable para Shenak. Cris, que cargaba con la joven, fue el que se decidió por una habitación rectangular, desde cuya ventana se podía ver el jardín. Tendió a la joven en el lecho adoselado y echó un vistazo. Era una cámara grande, un hermoso armario de madera se recostaba contra una pared, un tocador a dos pasos del lecho y un escritorio junto a una inmensa librería constituían la mayor parte del mobiliario. También se podían encontrar una silla de aspecto confortable, un sofá, una mesita baja y una mesilla de noche. A los pies de la cama, un baúl de madera, sobre cuya tapa se contaban seis muñecas con cabeza de porcelana y hermosos vestidos deslucidos y sucios. Encontró un piano en la parte más alejada de la cama, y un arpa junto a la ventana. Muy a su pesar, sonrió.

Los sssemesstraka adoraban la música y el hecho de que sus hijos aprendieran a dar vida a algún instrumento a temprana edad siempre era bien recibido entre los adultos.

Todo se encontraba en perfecto estado; sin embargo, la habitación necesitaba un buen repaso. Sin dudarlo un instante abrió todas las ventanas, sacudió las alfombras, limpió el polvo de los muebles y de las muñecas. Sentó un instante a Shenak en la silla recién limpiada y se dirigió a la cama. Gracias a la cobertura se habían salvado las sábanas del polvo, y con unos ramilletes de lavanda habían pretendido mantener los piojos a raya y darle un buen aroma al lecho para cuando su dueña volviese a acostarse. Aunque eso había sido hacía años y los ramilletes se habían desintegrado. Deshizo la cama y se fue a la ventana para sacudir las blancas sábanas de lino.

En la silla, Shenak miraba hacia el infinito, pero pareció escuchar un sonido que le hizo volver a la realidad durante un instante.

Un instante en el que en lugar de ver un pozo negro frente a ella vio a un muchacho de cabello revuelto que se esforzaba por cuidarla. Un humano que la miró por encima del hombro con unos brillantes ojos dorados y le sonrió con tristeza. Un humano que volvió a girarse y continuó con su tarea en la ventana. No un humano, un...

Sin embargo la oscuridad que la había estado envolviendo durante tanto tiempo volvió a ganar terreno a su lucidez y borró sus pensamientos de un plumazo. Lo último que consiguió fue pensar, antes de que su mente dejase de pertenecerle una vez más, que aquella habitación le resultaba extrañamente conocida y aquel muchacho muy cercano al corazón. Aquel respiro duró apenas un instante, y pronto se vio engullida de nuevo por un torbellino de oscuridad.

Cris, que no se había percatado de aquel segundo que le habría hecho tan feliz, volvió a hacer la cama con cuidado y cariño y acostó a la sssemesstraka sobre el colchón de plumas. Shenak cerró los ojos, parecía cansada después de su larga odisea, contenta y tranquila al encontrarse de nuevo en casa.

Acercó la silla a la cama y la contempló.

Quizá lo mejor era que volviese en sí en aquella habitación. Que despertara de su largo letargo como si jamás se hubiese ido de casa. Como si la guerra jamás hubiese existido. Tomó una de las manos de Shenak entre las suyas y cerró los ojos.

Habían sido unos meses agotadores, estaba cansado.

—Ojalá —dijo en voz baja—. Ojalá vuelvas pronto, Shenak.

Hizo una pausa, buscando valor para decirle lo que sabía que no se atrevería a decir cuando estuviese despierta.

—Espero que sepas que yo... —Se interrumpió.

Nunca antes había declarado sus sentimientos abiertamente, nunca. No sabía qué palabras debía utilizar, ni de qué modo debía ordenarlas para no sonar ridículo; para que ella, a pesar de su estado, entendiese lo que tenía que decirle.

—Tú sabes que yo no soy un humano. Sé que lo sientes, como también lo siente Luchían...

Se detuvo. No le parecía que mencionar al licántropo en aquel momento fuese lo más adecuado. Luchían no tenía nada que ver con todo eso. Lo intentó de nuevo respirando profundamente antes de puntualizar.

—Soy un monstruo, Shenak. Pero, si me das una oportunidad... ¡Puedo cambiar! Si me das una oportunidad seré un perro a tus pies para toda la eternidad. Enterraré en el lugar más oscuro mi... —¿cómo describirlo para no aterrarla?— ... mi lado asesino. Confieso que sólo he cometido un crimen. No obstante es un crimen que me persigue por las noches, que me grita, me acusa, me tortura. Jamás quise hacerlo, ¡lo juro! Yo no quería matarla, Shenak, ¡fue un accidente! Pero ahora puedo controlar al monstruo que habita en mi interior. Si me das sólo una oportunidad, te juro que nadie volverá a hacerte daño.

Se detuvo y se pasó una mano por el pelo revuelto. Tal vez era mejor confesar todo antes de decir nada más, así que tras un leve suspiro dijo:

—No le he matado. Dije que iría a matarle, que te vengaría. El monstruo me pedía sangre y mi alma me pedía venganza. Pero no podía dejarte. No pude alejarme de ti, no en este estado. Te quiero demasiado como para marcharme y pensar que puede pasarte cualquier cosa si no estoy para protegerte. Te quiero demasiado como para que mueras sin estar a tu lado para prestarte apoyo, para morir contigo... Yo... —Contempló el rostro verdoso de la joven y se estremeció.

Díselo ahora o no se lo digas nunca, ordenó una voz en su interior. Jamás supo de dónde sacó el valor para decirlo, pero el hecho es que lo hizo.

—Yo te amo. —Las lágrimas le empañaban la vista, por lo que no vio el ligero temblor en el párpado de la sssemesstraka—. Te lo digo ahora porque en otro momento no tendría el valor para hacerlo. Pero aunque sea un cobarde te amo. Aunque no tenga fuerza o valor para decírtelo a la cara te amo. —Bajó la mirada avergonzado—. Y tengo miedo. Miedo porque también quería a esa persona a la que maté sin quererlo.

»Sin embargo, creo que puedo controlar a la bestia. Si me aceptas, me marcharé en cuanto ya no pueda hacerlo. Si me aceptas, permitiré que me encierres en una jaula para el resto de la eternidad en caso de que me quieras a tu lado. ¡Me encadenaría yo mismo si llegase a ser peligroso para ti! Pero una cosa es segura: te seré fiel. Seré tu esclavo y tu sirviente más humilde. La única petición que oirás de mí será que me dejes seguir a tu lado y que despiertes.

Respiró hondo, intentando controlar las lágrimas.

—¡No! Lo único que te pido a cambio de mi más humilde servidumbre es que despiertes. Shenak. Te ofrezco mi vida, mi libertad y mi alma, a cambio de que despiertes. Porque puedo entender que me apartes de tu lado, pero no puedo verte así ni un día más. —Le besó la frente y la mano con desesperación, y sus lágrimas empaparon la piel escamosa de la princesa, uniéndose con las que ya habían empezado a fluir por el rostro de ella.

Cayó de rodillas junto a la cama, sin darse cuenta de que, lentamente, la vida volvía a llenar el cuerpo de la sssemesstraka. Al cabo de un rato, el cansancio le venció y durmió tendido en el suelo como un perro.

No quería dejarla sola, ni alejarse.

Quería estar presente cuando ella despertara, si es que lo hacía. Pero lo cierto es que durmió como un lirón y no se despertó cuando Luchían se alejó del marco de la puerta, agitando la cabeza apesadumbrado por lo que acababa de escuchar y que confirmaba sus sospechas; ni cuando Shenak abrió los ojos horas más tarde.

Shenak agitó la cabeza y miró a su alrededor, como si despertara de una pesadilla y estuviera feliz de que ésta hubiese terminado. Había oído una voz que la llamaba desde la distancia, una voz que requería su presencia. Había oído las palabras más dulces que nadie le hubiese dirigido. Lentamente una sensación de calor había roto el velo de negrura a su alrededor.

Recordaba imágenes confusas que la mareaban, girando a toda velocidad a su alrededor. Recordaba el olor de los caballos, mucha gente a veces y luego la soledad más absoluta. Recordaba nieve y árboles, recordaba las montañas y un licántropo enfrentándose a un humano, otro humano con la llama de los dragones en los ojos. Pero todo era confuso y no sabía ubicarlo en el tiempo o el espacio. Miró a su alrededor. Aquel lugar le resultaba extrañamente familiar, pero más familiar le resultó el joven tendido a sus pies.

Se apoyó en el borde de la cama y le miró con infinito cariño durante un instante. Luego se deslizó fuera de las sábanas, besó su frente y salió sin hacer ruido de la habitación y de la casa. Algo tiraba de ella hacia fuera. Quería oler el aire invernal y sentir el viento en el rostro. Recuerdos de su niñez la asaltaron y se encontró de nuevo en los jardines en los que había jugado durante su niñez, antes de que apareciese su maestro.

Cuando despertó, muchas horas después, Cris se asustó al no ver a Shenak en su cama. La buscó por todas partes, sorprendido, hasta que sus ojos se quedaron clavados en la ventana y la vieron sentada en un viejo y oxidado columpio. Bajó las escaleras a toda prisa, maldiciéndose en silencio por no haber estado despierto cuando ella volviera en sí, y preguntándose cuánto rato haría que había salido de su catatonia. Salió de la casa y se detuvo sin aliento a algunos metros de la joven.

La princesa se mecía en un columpio colgado de un gran manzano. Ante él, un mirador les ofrecía una magnífica vista sobre un bosquecito de abetos. La princesa parecía absorta, pero cuando habló, lo hizo consciente de que Cris estaba allí, a pesar de no haberse vuelto al advertir su llegada.

—La guerra terminó con esta ciudad cuando era una niña —dijo sin dejar de mecerse suavemente—. No sé exactamente cómo conseguí salvarme, esa época es muy confusa. Hace algún tiempo me encomendaron una misión. También esa misión resulta confusa, lejana, como si fuese parte de un sueño. Lo último que recuerdo es que caía. Caía hacia los brazos de la Muerte. Pero no he muerto, Crisss. Dime, ¿por qué?

—No podía dejar que murieras, Shenak.

Ella asintió levemente con la cabeza.

—Debí haber muerto, pero tú me salvaste. Sabías que yo no quería que me siguieras, pero aun así lo hiciste. Me protegiste de la muerte, y recogiste los pedazosss destrozados, lo que quedaba de una sssemesstraka que ha fallado en su misión. Los has vuelto a unir y me has traído de regreso a casa. ¿Eso es lo que hacéis vosotros sólo por un sentimiento retorcido y traicionero?

—No todos lo hacen.

—Y dime una cosa. ¿Vale la pena?

Cris se acercó a ella, tomó suavemente su cabeza entre las manos y le obligó a alzarla para mirarla a los ojos. Tocó sus mejillas de extraordinaria suavidad con un roce ligero y casi inexistente y dejó que el pulgar acariciara sus labios.

—Si tú estás bien, yo también.

Ella sonrió con pesar. Le apartó un mechón de pelo de la cara y buceó en sus ojos dorados durante un segundo.

—Es una locura, Crisss. Sabes que no puedo amarte.

—¿Quién te ha pedido que me ames, Shenak? Soy yo el que te ama. Y te amo con locura.

La sssemesstraka se estremeció.

—Y es una locura —repitió en voz baja apartando la vista. Tomó impulso para seguir balanceándose y Cris se apartó un poco.

—Puedo irme. Si tú quieres, me iré y no volverás a saber de mí. Todo lo que deseo es que seas feliz.

Shenak le miró largamente.

—Debería pedírtelo. —Hizo una pausa—. Soy una criatura mala, Cris.

—¿Por qué fuiste al Paso Gruh?

—Iba a buscar a alguien.

—¿Quién era?

—James. Mi misión consistía en llevarle hasta Lunar-Haial y entregarle a Muna.

Cris apartó la vista.

—¿Sirves a la Maldita? —En su voz había una nota peligrosa, pero Shenak no pareció notarlo.

—Sirvo a mi maestro, Cris. ¿Y tú? ¿Por qué fuiste al Paso Gruh?

—Para protegerte.

Shenak suspiró. Notaba la sinceridad en la voz del muchacho y sintió que después de todos aquellos años, entendía lo que su maestro le había querido decir cuando le contaba historias de amor. Entendía qué significaba que a uno le ardiese el corazón.

La sssemesstraka sonrió e inclinó la cabeza, sin mediar palabra. Cris permaneció allí de pie, junto a ella y respetó su silencio.

Desde la distancia, una figura se asomó a una ventana y apoyó la cabeza contra el marco. Un suspiro abandonó los labios de aquel personaje envuelto en sombras al ver a los dos jóvenes en aquel jardín de hojas marchitas y árboles de todos los colores, en el frío y hermoso invierno sssemesstraka.

—Maldita sea, humano —gruñó—. Espero que sepáis lo que estáis haciendo.

Sin embargo se sintió extrañamente feliz y en paz.

Todo estaba bien.

14

La frialdad del tiempo

Su primer encuentro con Katana, siete semanas atrás, había salido según lo previsto.

La diosa había conferenciado largamente con Mitgard, encerradas ambas en una tienda de pieles marrones. Los temas que se trataron durante la conferencia de las dos diosas no son de importancia relevante, salvo la confirmación de los temores de Mitgard: se avecinaba una gran guerra y James y ella misma estaban siendo buscados por los dioses.

Cuando, horas más tarde, salieron al fin las dos diosas, casi todos se arrodillaron impresionados como muestra del respeto que merecían. Sólo aquel extraño muchacho, James, había permanecido en pie, imitando a Cojo, quien, sentado en la arena, se había limitado a hacer un gesto con la cabeza en dirección a la inmensa bestia. Y es que Katana se había presentado bajo la forma de una formidable hiena de dos metros de altura increíblemente hermosa, con el pelaje marrón claro veteado de negro y los brillantes ojos irisados reflejando la luz del sol.

Apry tuvo que admitir que se había equivocado al dudar del buen juicio de Cojo: aunque su paseíto por el desierto había durado algo más de lo previsto, al final habían llegado a su destino. Se hallaban aún a varias jornadas de Sesser-Law, pero Katana había decidido, junto con Mitgard, que aplazarían su marcha del Neegar-Kopth hasta que hubiera pasado la época de migración, pues así encontrarían los campamentos adle establecidos y tendrían menos dificultades y mayor protección. Aquella decisión había sido bien acogida por todos menos por Cojo, que seguía sin confiar en James. El resto del grupo, sin embargo, había encajado a la perfección en la compañía de Katana.

Drawen y Soran habían sido los primeros en granjearse el respeto y amabilidad de sus nuevos camaradas, ya que el dragón se mostraba abierto y risueño, y solía sentarse cerca para escuchar el canto de Mimí con los ojos abiertos como platos. Dado que Soran era en parte hijo del desierto, no resultaba extraño que cayera tan bien al resto del grupo. Se comportaba como un joven servicial y amable con todo el mundo, aunque no era un secreto que era él quien alteraba a la tech.

Cojo había tenido que dejarla ir por delante después de abandonar la Torre de Hechicería, al encontrarla excesivamente descontrolada. No dejaba de repetir una y otra vez que tenía miedo de hacerle daño a sus invitados, cosa nada común en la siempre fuerte y confiada tech. El chico admitió ante Katana que no la veía así desde hacía años, cuando devorara accidentalmente parte de su cuerpo.

«Mimí, sabes que puedes confiar en mí. No permitiré que le hagas daño», le había dicho intentando tranquilizarla, antes de que partiese. «Vi el terror en tus ojos cuando me volví contra ti, Cojo. No quiero verlo en los suyos», le replicó ella. El líder tuvo que asentir y dejar que se fuera.

Desgraciadamente, Soran había malinterpretado aquel gesto y le había echado en cara un buen puñado de cosas acerca de sus propias relaciones sentimentales. Por suerte para todos, fue lo suficientemente discreto como para mantener su discusión en privado.

Una semana después, una interminable y eterna semana después, Mimí volvió, mucho más calmada y segura de sí misma. No era difícil adivinar que había ido al Oráculo del Tech, situado en algún recóndito lugar del desierto, que sólo los de su raza conocían. En el oráculo, las vestales daban consejos y ayudaban a todo aquel que lo necesitase a controlar sus poderes, tan inestables cuando los sentimientos se encuentran muy a flor de piel. Las jornadas que siguieron al regreso de Mimí habían transcurrido de forma muy tranquila.

También Apry consiguió ganarse su respeto, y pronto quedó descubierto que aquel gigantón tenía increíbles conocimientos del desierto, lo que no dejaba de resultar fascinante, pues carecía de sangre adle, y tech muchísimo menos. Apry era bueno reconociendo el terreno y en Kopthar siempre venía bien un par de ojos más.

Una noche, después de la cena, y cuando ya la mayoría se había retirado a descansar, el misterioso joven del antifaz negro se sentó sobre la arena bruna y contempló el cielo plagado de estrellas. Junto a él, una gran hoguera lanzaba largas lenguas que parecían querer competir con el brillo de aquel mar de puntos blanquecinos.

—Cojo —llamó una voz amable y preocupada, sacándole de su ensimismamiento.

El chico agitó la cabeza y apartó los ojos de la preciosa bóveda.

—Cojo. —Adín se le acercó a toda prisa—. Está buscándote.

La sacerdotisa venía muy alterada. Se había retirado un rato antes para rezar y meditar un poco, como hacía todas las noches, y normalmente no volvía hasta mucho después.

—¿Por qué?

Sabía bien de quién hablaba.

Desde el primer momento habían decidido, en una muda conversación que nunca llegó a producirse, que no pronunciarían aquel nombre en voz alta, siempre que pudieran evitarlo. Adín creía que decirlo en voz alta traía mal fario.

—No lo sé.

Cojo la miró, hacía tiempo que no la veía tan nerviosa y eso no era bueno, porque las sacerdotisas siempre tenían todo bajo control, o eso aparentaban. Si no era así, algo no iba nada, pero que nada bien.

—¿Dónde está?

—Fuera del campamento. —Le miró nerviosa—. No hay nadie allí, Cojo.

Una fina sonrisa cruzó su rostro, que pareció de pronto extrañamente deformado, como si con aquel gesto hubiese querido dejar libre algo que se hacía fuerte en su interior, algo que estaba furioso.

—Muy bien. Vamos a buscarle.

Se puso en pie de un salto y las arenas del desierto parecieron estremecerse. Al pasar junto a Adín, ésta levantó algo que había ocultado entre los pliegues de su capa, deteniéndole con ello: se trataba de la espada que había empleado para ahuyentar al patschar hacía unas semanas.

Se puso de puntillas y le besó la comisura de los labios.

—La vas a necesitar —susurró.

Él le devolvió el beso y asintió.

—Vamos a ver qué quiere ese desgraciado.

—Ten cuidado —murmuró mientras él se alejaba.

—Te dije que no era de fiar. —Fue la única respuesta mascullada que recibió, y no era tranquilizadora.

Desapareció entre las sombras, dejando a Adín plantada en su sitio, indecisa durante unos instantes. Luego se recuperó e hizo lo que todas las sacerdotisas hacen cuando se sienten perdidas o inseguras: ir a hablar con su diosa. Avanzó con decisión entre las tiendas de pieles, hasta llegar ante la más grande, apartó la lona y entró. Katana alzó la cabeza y la miró seria y con el ceño fruncido en su rostro animal.

—Te esperaba, Adín, pero me temo que no sé para qué. Tú y el chico guardáis demasiado bien vuestros secretos.

—No tan bien como desearía, mi señora —murmuró Adín, haciendo una profunda reverencia.

Katana se incorporó, e indicó a la joven que tomara asiento. La sacerdotisa no solía andarse con formalidades.

—¿Qué ocurre, Adín? ¿Qué te preocupa?

—Se trata de uno de vuestros invitados. Percibí su poder desde el primer día, pero... —Se le quebró la voz.

—También a mí me desagrada, pero se lo debemos a Loki y es lo mejor para nuestros hijos.

—Lo sé, mi señora. Es sólo que desde hace tiempo siento un fuerte interés hacia mí por su parte.

—¿Le correspondes?

—¡Nada más lejos de la verdad! —exclamó indignada—. Amo a Cojo, y lo sabéis.

—Bien, entonces ¿cuál es el problema?

—Él desconocía la existencia de mi relación con Cojo.

—¿La ha descubierto?

—Sí. —Adín estaba al borde de un ataque de nervios.

—Bueno. Tu relación con Cojo tiene mi aprobación. Sé que él te es leal y que tú le correspondes. No veo el problema...

—Él no ha dado su aprobación —gimió Adín con voz temblorosa—. Y le ha retado.

—No creo que sea lo más sensato por su parte enfrentarse a Cojo.

—Sabéis que es poderoso. Incluso en su cobertura humana, destila poder por todos sus poros.

—¿Adónde quieres llegar a parar? —Katana estaba prácticamente en pie y con todo el pelo del lomo erizado.

—Si un humano se enfrenta a James... No quiero saber lo que puede ocurrir.

—Cojo no es un humano —rugió la diosa, saltando sobre sus patas y mostrando su increíble tamaño.

—Sólo gracias a eso tendrá algún tipo de oportunidad. No le conducirá por fuerza a la victoria.

—¿Qué insinúas, Adín? Cojo sabe defenderse.

—Insinúo que ese... ser... va a enfrentarse a Cojo y que está decidido a matarle. —La voz le tembló—. Me ha dado un ultimátum. Dice que le matará si no cedo a sus exigencias.

—Cojo le cortará la lengua por semejante ultraje y yo le arrancaré el corazón si es que tiene alguno.

—Cojo no hará tal cosa, Katana. No tiene poder suficiente para luchar contra él.

Katana gruñó furiosa.

—¿Pretendes hacerme creer que no sé cuál es el poder de mi propio hijo, Adín?

—¡Mi señora! —Los ojos de Adín estaban llenos de lágrimas y había unido las manos en señal de oración—. ¡Os lo ruego, mi señora! Amo a Cojo. Sé que preferiría morir antes que verme sometida a la voluntad de otro. Pero he recibido una visión de los Mayores, ¡y ese desconocido juega sucio! ¡Tiene el beneplácito de Tempus y va a utilizar sus poderes contra Cojo! ¡Debéis impedírselo!

—¿Qué estás diciendo? —El terror tiñó la voz de la Menor y las patas le temblaron. Retrocedió un paso.

—El Gran Solaris me ha hablado mientras meditaba, alteza. Me ha mostrado un retazo del futuro. Y lo que me ha mostrado... —La joven perdió la voz en un sollozo y Katana avanzó de un salto.

—¿Qué te ha mostrado, por los Mayores?

Adín procuró tranquilizarse un poco. Alzó la mirada hacia los ojos irisados de la majestuosa hiena, pero la voz le temblaba terriblemente cuando habló de nuevo.

—Me ha mostrado a ese engendro matando a vuestro hijo.

Cojo encontró a su adversario en el lugar en el que esperaba hallarlo. En aquella parte del campamento aún había algo de luz y las estrellas apenas eran visibles. James contemplaba los últimos rayos de sol como si fuera el fenómeno más irrisorio del mundo. Como si él, con sólo levantar un dedo, pudiera detener aquel hecho tan natural y sobrecogedor. Se volvió hacia Cojo al oírle llegar y la luz rojiza del astro rey se arrancó perezosamente de la negra arena, de la que empezó a ascender un suave resplandor plateado.

—¿Precioso, no te parece? —Hablaba con ironía y burla.

—Sí, me lo parece —contestó con seriedad

—Así que ¿de verdad admiras a ese dios? Solaris, el Mayor del Sol.

Cojo pestañeó perplejo.

—¿Cómo dices?

—¿Admiras de verdad a quien no es sino un imbécil con una antorcha?

Cojo le miró con rabia.
—Es un Mayor, deberías mostrar más respeto.
—Lo que tú digas. —James le dio la espalda y continuó hablando—. He oído que tienes una bonita pareja...
—¿Y a ti qué diablos te puede importar mi vida sentimental?
—Sabes una cosa, Cojo, no me gusta que me interrumpan cuando hablo. —Cerró el puño diestro y el chico sintió que le faltaba el aire.
Inspiró profundamente, pero sólo entraba vacío en sus pulmones; volvió a intentarlo, con el mismo resultado, una y otra vez.
Gruñó por lo bajo.
—¡Para! —ordenó—. ¡Para!
James dejó pasar un interminable segundo antes de relajar de nuevo los músculos y permitir que el aire regresara a Cojo, pero había dejado bien claro que, en aquel juego, él tenía la sartén por el mango.
—No ha sido una noticia que me haya gustado recibir. Tal vez si estuvieras con la tech, pase. Pero —se volvió hacia él— ¿con Adín?
—¿Qué quieres?
—Esta tarde he hablado con tu sacerdotisa. Le he propuesto un trato.
Cojo no pudo contener un gruñido amenazador. Aquel miserable se había atrevido a amenazar a Adín; con razón estaba tan nerviosa.
—¿Qué clase de trato?
Sonriendo horriblemente dijo con tal ligereza que parecía que estuviesen hablando del tiempo.
—O pasa esta noche conmigo, o no la vuelve a pasar contigo en lo que le quede de vida. Dado que estás aquí, debo suponer que su respuesta sigue siendo negativa. —Se encogió de hombros—. Tal vez tú seas más sensato y logres convencerla de qué es lo que más le conviene.
Cojo arrugó los labios y mostró los colmillos, como si fuese un lobo... o una hiena.

Lo cierto es que James no vio venir a Cojo, tan rápido fue su movimiento.

Había olvidado la espada, había olvidado el intenso poder que emanaba su enemigo, e incluso la sensación de impotencia que había sentido apenas unos segundos antes cuando James le había privado del aire con sólo cerrar un puño. Lo único que sabía era que aquel desgraciado había osado amenazar a Adín, y que la había asustado y que estaba amenazando la estabilidad de su familia. Lo único que cabía en su mente era el odio y la rabia hacia aquel individuo.

Saltó sobre James y le tiró al suelo de un cabezazo. Antes de que su contrario se diese cuenta, Cojo había saltado sobre él como un gato y le mordía el antebrazo con ferocidad. Su cuerpo no había acabado de transformarse, por lo que todo cuanto vio el resto del grupo al llegar fue a un inmenso ser, mitad humano mitad hiena, atacando a uno de los suyos. Intentaron ir a defender a James, pero se encontraron con el escudo que ambos chicos habían creado en torno a ellos, para protegerse el uno del otro, y que también mantenía a los demás fuera de su alcance.

James consiguió desembarazarse enseguida de su contrario y desenvainó a *Loodsh*, la Muerte del Sol. En ese momento, Cojo presintió que no tenía nada que hacer contra él. La rabia hizo que le hirviesen las venas y los ojos chorrearan un reguero de sangre. Abrió las fauces y vomitó fuego en dirección a su enemigo, esquivó una estocada y le arañó la espalda con unas garras ardientes como teas.

Sabía que estaba atacando con todo lo que tenía; sabía también que James era consciente de que no tenía oportunidad de vencerle y que aquél sólo era un ataque desesperado, fruto de la rabia y el odio. Pura ira desatada, un monstruo liberado. Una parte de Cojo (la que no estaba ocupada por la rabia) rogó por que surtiera efecto, rogó por que James se acobardara y recapitulara antes de quedarse sin fuerzas. Y así, esquivando y atacando, intentó cansar a su enemigo. Pero a James pronto dejó de divertirle el juego y decidió probar la magnitud de los poderes concedidos por el mismísimo Tempus.

James se concentró como no se había concentrado en su vida y sintió aquel inmenso poder latiendo en su interior. Sabía gracias a Mitgard que los dioses Menores no eran inmortales como los Mayores. Si bien su vida era mucho más larga que la del común de los mortales, muchísimo más larga que la del más longevo de los dragones, llegaba a su fin al cabo de muchos siglos.

Sonrió para sí mimo.

El tiempo debilitaba a los Menores.

Respiró hondo y exhaló una bocanada de aire hacia el atacante, captando durante un segundo su mirada dorada llena de odio y regodeándose prematuramente en su victoria. El monstruoso ser se detuvo en el aire, incapaz de terminar de efectuar el poderoso salto, con las fauces casi desencajadas y las garras listas para atacar. Y entonces, con mucho cuidado, concentrándose indeciblemente para no crear un desastre que también le arrastrase a él al interior de su hechizo, movió los relojes del tiempo, haciendo que en el interior de la burbuja en la que había metido a Cojo el tiempo avanzase a mayor velocidad. El pelaje se volvió blanquecino, las patas le temblaron y la mirada se le enturbió.

Cuando James hubo terminado su hechizo y liberó a su presa, ésta cayó a plomo al suelo, no muerta, pero increíblemente débil. El peso de los años que habían transcurrido en apenas unos segundos sobre sus espaldas.

El hijo de Katana abrió y cerró las fauces en busca de aire, intentando recuperarse. El odio y la rabia seguían latiendo en su corazón y ahora parecían haber redoblado su intensidad.

Reunió las patas bajo su cuerpo y saltó con todas sus mermadas fuerzas. Apenas podía ver más allá de un palmo de sus narices y estaba convencido de que si probaba el frío mordisco de *Loodsh* moriría sin remedio.

—¡Cojo, cuidado! —chilló una voz desde el límite de su campo de visión.

Consiguió esquivar el ataque y cayó al suelo junto a James. Lanzó una llamarada que salió pálida y sin fuerza y maldijo para sus adentros, esquivando con menor agilidad que la acostumbrada la estocada de su enemigo.

Los combates nunca habían sido lo suyo. Él era bueno en peleas cortas, cuerpo a cuerpo, o en reconocer terrenos y rastrear. Pero la magia se le daba muy mal y no sabía más que un par de trucos que en aquellos instantes no le servían de mucho.

Analizó velozmente sus opciones: su enemigo tenía la posibilidad de controlar el tiempo, una espada y una envidiable destreza. Antes él poseía una fuerza física envidiable, pero la batalla mágica le había robado parte de ésta y su agilidad. Su mayor tamaño podría haber llegado a convertirse en un aliado, de no haber sido por la jugarreta de James. Aún le quedaba su acero; desgraciadamente tenía que renunciar en parte a su apariencia de hiena completa para emplearlo y la transformación requería un poco de tiempo del que él no disponía.

Cojo maldijo en silencio.

—¿Así es como pretendes vencerme, sabandija inmunda? ¿Usando trucos tan viles? —Se puso en pie con mucha dificultad, el aire seguía siendo muy pesado a su alrededor. Sólo podía utilizar sus llamas contra él. El fuego del desierto contra el poder del tiempo, la balanza seguía inclinándose obstinadamente a favor del mocoso—. Pues yo te voy a enseñar que mi poder no reside en trucos y hechicerías invisibles. —Alzó las garras y el suelo tembló. «Ahí va la carta más poderosa que tengo», pensó lleno de angustia—. ¡Mi poder es visible como la luz del sol!

Rogó por que surtiese efecto incluso a pesar de su mala forma.

Un cegador rayo de fuego surgió del suelo y fue a chocar contra el pecho de James. Cojo se preparó para formular otro ataque, pero apenas tuvo tiempo de levantar una defensa mágica contra el rayo que, de alguna extraña e inexplicable manera, había rebotado contra el atacante. El fuego chocó contra la barrera y formó un anillo de fuego en torno al muchacho.

Las llamas danzaron reflejadas en el pelaje de Cojo como si llevaran horas ardiendo sobre la plateada arena del desierto. Aquello era protección más que suficiente.

Cojo abrió las fauces y rugió de ira y una pequeña llamarada asomó como una lengua de su hocico, extinguiéndose casi al punto.

—¿Has visto alguna vez a la Gran Varnar sometida, Cojo? —preguntó James con desprecio—. ¡Pues hoy la verás, y la sentirás, porque voy a ordenarle que te lleve al otro mundo! —Rio con arrogancia—. ¡Yo voy a someter a la Emisaria de la Muerte a mi voluntad!

Cojo pestañeó. Haciendo un soberano esfuerzo, levantó de nuevo las defensas que James tan fácilmente había destruido segundos antes. Intentó que el fuego que ardía en su interior, el fuego del desierto, alzara de nuevo aquel círculo de fuego protector en torno a sí, pero sus esfuerzos fallaron una y otra vez hasta que, agotado, se dejó caer sobre la arena.

—Se acabó, Cojo, hijo de Menores. ¡El descendiente del Gran Tempus, el Mayor de entre los Mayores te muestra su poder!

Y alzó las manos murmurando en una lengua que nadie salvo Mitgard conocía. Pero su hechizo jamás alcanzó a Cojo, indefenso en el suelo. Sino a Mimí, que, en un rápido movimiento, había conseguido atravesar las defensas muertas del caído, interponiéndose entre el ataque y su víctima.

Soran chilló desesperado, saltó hacia delante con intención de rescatar a Mimí, Apry le cogió por un brazo antes de que lo lograse y le sujetó con firmeza, pese a los tirones que pegaba. Cojo intentó apartar a la tech con sus últimas fuerzas, pero no bastaron. Drawen gimió, Adín se llevó las manos a la boca al ver a su niña en aquel torbellino de color e intentó avanzar hacia ella, pero Mitgard la detuvo, consciente de que era humana y que entrar en aquel poderoso campo de batalla podía acabar con su vida. Katana se quedó paralizada de terror.

Lo que vieron a continuación, como el morir de una estrella, fue lo más bello y lo más horrible de sus vidas. Ante ellos, Mimí absorbió el poder necesario para matar a un dios Menor, el poder que James había puesto en juego. Un instante después, la tech, con los ojos cerrados, cayó al suelo.

Se hizo un profundo silencio sobre el campo de batalla. James alzó la cabeza con orgullo y sonrió con frialdad mirando a sus dos víctimas inconscientes sobre la arena plateada del desierto. Volvió con soberbia la cabeza hacia los impotentes espectadores. Adín lloraba abiertamente, pero había dejado de tirar de la presa de la diosa, cuyas garras se hundían con fuerza sobre sus hombros, mientras lágrimas de fuego rodaban por sus peludas mejillas. ¡Con cuánto placer hubiese descuartizado a aquel miserable que había hecho tanto daño a los suyos!

Apry y Mitgard apenas mostraban sus sentimientos. El gigantón, normalmente alegre y amable, mostraba en el rostro pétreo una mueca de decepción y tristeza. Había jurado proteger a ese muchacho, pero ya no le parecía tan buena idea. Aquella criatura era todo lo contrario a aquello en lo que creía y confiaba: el amor, la justicia y la lealtad. Mitgard miraba aquello en lo que se había convertido su última esperanza sin saber bien qué pensar. Drawen estaba paralizado, las patas delanteras sobre los hombros de Soran, lo único que impedía al único que aún se movía en aquel grupo acercarse y arrancarle las tripas a James.

El semiadle tiraba y se retorcía con tal de abalanzarse sobre el otro, sin importarle el hecho de que él no tuviese el poder necesario para derrotarle. James se burló de él y le incitó a atacarle. Amenazó a todos los presentes y les acusó de cobardía por no aceptar su reto y estupidez por negarle el reconocimiento que merecía.

Él era el Mayor de los Mayores.

Se oyó un susurro y el suave crujido de la arena bajo los pies de alguien que, amparado en la oscuridad, se acercaba al campo de batalla.

Una figura alta y esbelta, de largo cabello dorado que le

llegaba hasta los codos, se deslizó sobre el desierto silencioso como una sombra. Se oyó el agradable murmullo de la hoja de una espada al ser desenvainada lentamente y Mitgard emitió un aterrado gemido al ver aparecer a aquella inmensa sombra. Adín exhaló una oración de agradecimiento y Katana mostró los dientes complacida cuando el acero del recién llegado chocó contra *Loodsh*.

James apenas había tenido tiempo de alzar su espada cuando le llegó el ataque. Su enemigo se movía a la velocidad del pensamiento.

Encadenó varias fintas con una habilidad envidiable. En la oscuridad casi completa en la que se había sumido de repente el campo de batalla, lo único que delataba al agresor eran los ardientes ojos. Dos puntos como estrellas incandescentes que le miraban con un odio indescriptible.

Al cabo de los primeros instantes de confusión, James fue capaz de recuperar la compostura y captó la mirada de su oponente, con tal de detenerle como había hecho momentos antes con Cojo. Dado que el otro retrocedió de un salto y no le atacó mientras se concentraba duramente, pensó que había surtido efecto y se preparó para volver a poner los relojes en movimiento.

No obstante, antes de que hubiese podido siquiera terminar un único movimiento de las manecillas, su atacante volvió a saltar sobre él. Ahora también su espada relucía y la temperatura del desierto pareció ascender de forma anormal.

James esquivó a duras penas una estocada de la llameante espada y se propuso volver a congelar el tiempo de aquel desgraciado. Lo inmovilizaría y luego le atravesaría de parte a parte. ¡Basta de sutilezas!

No era difícil captar su mirada. Sin embargo, en el mismo momento en el que sus ojos se fijaron en los de él, un terror sobrecogedor le invadió. Su espada estuvo a punto de no aguantar la poderosa llamarada que iluminó las hermosas aunque sucias facciones del recién llegado.

Invocó todo el poder del Tiempo que conocía y lo acumuló en el filo de *Loodsh*. Cuando volvió éste para arrojarlo sobre su oponente, descubrió que no era el único que había aprovechado los últimos tres segundos para cargar su arma y que a la misma velocidad que su ataque invisible se lanzaba sobre el enemigo, un rayo luminoso como la más brillante luz del sol se lanzaba sobre él, demasiado rápido como para que él pudiese levantar sus defensas mágicas.

Cerró los ojos asustado y consciente de que no tenía manera de evitar aquella centella mortal.

No obstante la muerte no llegó para ninguno de los dos. Cuando las estelas chocaron, apareció en torno a ambos una estela de luz multicolor y en aquel instante todos sintieron la presencia de tres seres muy poderosos: el poder de Tempus, la llama de Solaris y la cálida luz de Muna. Una voz dividida en tres tonos se alzó como si un coro gritase a la vez las mismas palabras, una y otra vez, una y otra vez.

—¡El Poder debe llegar al Trono que Cayó del Cielo!

Y repentinamente, todo acabó y se sumió en el más absoluto de los silencios.

15

La calma anterior a la tormenta

Al amanecer del segundo día Cojo y Mimí abrieron los ojos.

Para la tech aquello había supuesto una suerte de inmenso «empacho» de poder. Había absorbido demasiada energía y casi le cuesta la vida, pero su pueblo era fuerte, ahora sólo necesitaba canalizar todo cuanto había ingerido y sentir cerca una mano amiga al despertar... Y Soran no se había alejado de su tienda ni un solo minuto en todo ese tiempo.

La joven aún estaría muy débil unos días, quizá semanas. Cojo, sin embargo, se recuperó enseguida y salió de la tienda en cuanto pudo mantenerse en pie. No soportaba estar encerrado, ni aunque fuese en una tienda y menos todavía, sabiendo que él se hallaba cerca.

Aspiró el dulce aroma del desierto y anduvo con los pies descalzos allá donde cualquier otro se hubiera abrasado.

Dejó que el aire ardiente del desierto desterrara los restos del agotamiento que todavía le quemaba las entrañas. Alzó la cabeza hacia Oldra y sonrió.

—Buenos días, mi señor.

Una suave brisa le revolvió el pelo y entonces lo vio.

Una nube dorada se acercaba a toda velocidad hacia el campamento. Frunció el entrecejo y se agachó un poco, alejándose del campamento. Encontró su espada, abandonada en el viejo terreno de batalla.

La recogió y aguardó a la llegada de la nube. Y entonces algo cayó del cielo y, antes de que Cojo pudiera atacarle, mostró su rostro, deteniendo al chico en seco.

Una sonrisa cruzó el hocico del recién llegado, antes de que agitara la cabeza con un gesto y se transformara en un humano, alto, delgado, y de movimientos fluidos y elegantes, como los de una serpiente.

Unos ojos negros brillaron en mitad del rostro, y agitó la cabeza para apartarse el pelo de la cara. Una larga mata de cabello castaño le llegaba hasta los codos, y a pesar de estar enmarañada, seguía teniendo la textura de un velo de seda. Echó la cabeza hacia atrás y sonrió apenas lo justo para que se notara que estaba contento.

—¿Ibas a matarme, hermano?

Cojo sonrió ampliamente mientras envainaba la espada.

—¿Cómo pretendes que cometa semejante barbarie?

Avanzó un paso, y ambos se fundieron en un abrazo fraternal. Había desaparecido antes de que se extinguiera el eco de las voces de los Mayores tras la pelea con James. Llevaba horas aguardando a que Cojo despertara. Quería hablar con él antes de acercarse a Katana y al resto del campamento.

—Que feliz me hacer verte, hermano —decía Cojo en ese momento—. Ya te creía muerto y enterrado.

—No exageres, que sólo he estado lejos unos años.

—¿Que no exagere? Nada sé de ti desde hace un siglo y apareces así de pronto. —Se encogió de hombros—. ¿Cómo quieres que me sienta? He oído los rumores del campamento: creo que tu entrada fue magnífica... Naturalmente, no puedes hacer las cosas como cualquier otro; tienes que llamar siempre la atención, ¿no? —se burló antes de ponerse serio nuevamente—. Ya conoces a nuestros invitados, ¿eh?

El hombre puso los ojos en blanco y dejó entrever una sonrisa.

—Fue un buen golpe de efecto —reconoció.

—¿Por qué has vuelto? ¿Muna, la Grande, se ha rendido al fin?

—Aún me busca, pero —se inclinó hacia él como si fuese a contarle un gran secreto— otro me arrebató el primer lugar en su lista.

—James...

Cojo frunció el entrecejo, pero no tuvo mucho tiempo para preocuparse, porque enseguida una voz alegre y cantarina se le acercó por detrás.

—¡Cojo! ¿Qué haces fuera de la tienda?

Al ver al misterioso protagonista de todos los rumores que barrían el campamento, la sacerdotisa no pudo evitar que una sonrisa iluminase su rostro.

—¡Soss! —Echó a correr hacia él y se le lanzó al cuello, abrazándole con fuerza—. ¡Soss! ¿Por qué desapareciste tan rápido?

—Huía de un empacho de familia. —Rio, y miró a Cojo por encima del hombro de Adín—. ¡Naturalmente!

El extraño cambió el tono para preguntar:

—¿Qué hay de mi pequeña, hermanos? ¿No siente mi presencia o la has echado ya de casa?

—Tu pequeña está descansando. Sobrealimentada, me temo.

—¡Estupendo! Si está sobrealimentada, no hay ningún peligro de que acabemos con la cola chamuscada, ¿verdad, querida?

Adín rio y tiró de la visita en dirección a las tiendas.

—Deberías ir a ver a tu madre, Soss. La tienes preocupada.

—¿Yo? ¿Por qué iba a estar preocupada por mí?

—Tanto tiempo sin verte y de pronto irrumpes como una tormenta del desierto para desaparecer al instante siguiente... como una tormenta del desierto.

Soss rio. No parecía en absoluto preocupado por las reacciones de la Menor. Se volvió hacia Adín.

—Por cierto, pequeña, ¿sigues compartiendo algo con Cojo o has comprendido al fin el error tan grande en el que estabas?

—Sigue con Cojo, hermano. Así que o quitas las manos de ahí o te las corto.

—Sí, Soss. —Suspiró con fingida resignación—. Aún sigo aguantándole.

—Bueno, ten en cuenta que mi hermano no es muy celoso, ha aprendido a compartir conmigo desde pequeñito, ¿verdad? —Se inclinó sobre ella y le besó el cuello con cariño y malicia.

—¿Debo dejaros solos o sabéis comportaros?

—Anda, sabes que Soss sólo lo hace para molestar.

Los chicos se miraron de reojo y se dedicaron una sonrisa cómplice por encima de la cabeza de la chica. Cojo hubiese rematado el trabajo con un comentario sarcástico, pero ya estaban junto a la tienda de Mimí, y el visitante se inclinó hacia el interior

—¿Estás ocupada, criatura?

Aparentemente sí estaba ocupada, pues Adín y Cojo oyeron una maldición, algo pesado que caía al suelo con una exclamación —muy posiblemente Soran—, y la voz clara y alegre de Mimí que saltó fuera de la tienda abrazando fuertemente al recién llegado.

—¡Tío! —Le cubrió la cara de besos antes de que él pudiese desembarazarse de ella.

—Pensaba que tenías mal el estómago.

—¡Oh! Sí, pero me cuidan muy bien.

—Sí, ya me he dado cuenta. ¿Me presentas a tu amigo, Mimí?

—Claro. Él es Soran, es un adle.

El chico se levantó, poniéndose bien la camisa, colorado como un pimiento. Aguantó, no obstante, la mirada del recién llegado y eso pareció alegrarle.

—¡Un sangre-adle! ¡Siglos hace que no veo a uno de tu raza! Me alegra mucho conocerte. —Soran hizo una inclinación y el otro se volvió hacia Cojo—. Bueno, será mejor que me lleves junto a Madre, quiero saludarla.

—Claro, acompáñame. Y vosotros no hagáis nada de lo que podáis arrepentiros.

Los tres se alejaron, dejando a Soran y a Mimí de nuevo solos en su tienda.

—¡Es el hombre que se enfrentó a James! ¿Le conoces? —preguntó Soran cuando la puerta de la tienda se cerró tras su marcha.

—¡Claro! Es mi tío. Bueno, no es mi tío de sangre. Es el hermano de Cojo. Hacía siglos que no le veíamos. Seguro que Katana lleva horas preguntándose si en esta ocasión iba a desaparecer durante tantos años como la última vez que partió de Kophtar. Debe de estar hecha un manojo de nervios. —Y luego, para sí—: Hubiese odiado no verle sólo porque un estúpido empacho me dejó inconsciente...

En efecto, Katana se alegró mucho de tener de nuevo a su hijo junto a ella, pero comprendió muy bien lo que significaba su reaparición. Los Mayores habían estado como locos buscándole, y le habían infligido un castigo muy duro años atrás. Desde entonces no había vuelto a ser el mismo, y llevaban mucho tiempo sin noticias suyas.

Ahora que había vuelto, ninguno quería dejarle marchar.

—Sabéis que Muna está como loca buscando al Tercero.

—Todos están como locos buscándole.

Apry y Mitgard se habían unido a la reunión por deseo explícito de Katana.

—La cuestión es ésta —gruñó Adín—: ¿Por qué?

—¿Por qué qué? —Mitgard miró a la sacerdotisa con el entrecejo fruncido.

—¿Por qué deciden los Mayores soltar a esa criatura en el Continente, por ejemplo? —especificó Cojo, que seguía negándose a llamar a James por su nombre.

—No cuestiones las decisiones de los Mayores y te ahorrarás muchos quebraderos de cabeza.

—Resulta que la última decisión de los Mayores está suelta por nuestro desierto, Madre, y ha intentado matarme. Creo que estoy en mi derecho de exigir saber el porqué.

Se armó un gran revuelo en el que las Menores intentaban hacerse oír por encima de las demás voces.

—Si me permitís el atrevimiento. Creo que todos sabemos muy bien que la guerra predicha por los oráculos de Tempus es la razón de todo esto.

Todos se volvieron hacia la delicada figura que no había abierto la boca hasta entonces. Su voz, a pesar de ser un susurro casi inaudible, se coló en sus oídos como un ladrón y les hizo callar súbitamente.

Mitgard había empezado a preguntarse quién era aquel desconocido capaz de hacer despertar la voz de los Mayores para sofocar una pelea. Su identidad ni Katana, ni Cojo, ni mucho menos Adín, la habían revelado tras su marcha, y tampoco al comenzar la reunión. Se sentía inquieta bajo su negra mirada y su actitud aparentemente calmosa y controlada.

—¿Quién eres tú? —exigió la hija de Loki.

—Yo soy Sossarth, hijo de la diosa Katana y Solaris, el Mayor de los Soles.

El silencio se hizo palpable.

Suspiró y continuó hablando, sin alzar su voz grave y vibrante más allá de un susurro, por lo que el resto debía guardar un mutismo absoluto para poder captar sus palabras.

Sossarth sabía que su simple presencia podía amilanar al más valiente, conocía el poder de su voz y tenía cada uno de sus gestos pensados y calculados, sabedor del efecto que éstos iban a producir en los que le rodeaban.

—Muchos me consideran parte de esa profecía relativamente estúpida, pero que ha mantenido a los dioses, en especial a los Mayores, alerta durante, ¿cuánto ha sido?, ¿cuatrocientos?, ¿quinientos años?, ¿un milenio? No lo sé. No me importa. Pero lo que sí sé es que esa profecía dice que los Tres Hijos de los Tres Mayores lucharán en la Cima Transparente, donde cayó el Trono del Mayor hace tanto. Dicen que el vencedor matará a los otros dos y se coronará supremo, el Mayor entre los Mayores.

»Eso hablaron los oráculos y por esa razón los sssemesstraka están al borde de la extinción, y los licántropos han sido esclavizados. Por eso fui perseguido y por eso Tavath, el hijo de Muna ha desaparecido.

—¿Tavath? —Apry frunció el ceño—. Muchos te dirían que ha muerto.

—Ni lo sueñes, Apry. Tavath sigue vivo y, es más, está en el Continente. —Se volvió hacia Mitgard—. Tu protegido haría bien en cubrirse las espaldas cuando se enfrente a él. Hablando del maldito. Espero que te quede muy claro, Mitgard, que en cuanto llegue a la cima de la Cordillera Transparente me volveré contra James. Una alianza con Tavath será mi estrategia para derrotarle, y te aseguro que ningún truco podrá salvarle entonces.

—Pero ¿sabes dónde está el hijo de Muna? —inquirió Cojo, sentado en un rincón.

—Sí, lo sé. Pero es James quien me preocupa. ¿No os habéis encontrado con Anwara todavía?

—¿Anwara? ¿Quién es Anwara? Su nombre me suena. —Adín agitó en el aire un amuleto que colgaba de su cuello.

—Se trata de la Eterna Anwara. La que hace girar el mundo con su fantástico cuerpo de serpiente.

Apry se estremeció involuntariamente.

—La que rige el destino de todos los seres.

—¿Es una sssemesstraka? —inquirió Apry.

—La Eterna... —Cojo miró a su madre y a Sossarth alternativamente—. Creí que sólo era un mito.

—¿Por qué habríamos de encontrarnos con ella? —gruñó Mitgard con fastidio.

—Porque trabaja para Tempus. Tiene cierto interés en James. Quiere tener poder sobre él y controlarle. Pretende hacerle subir al Trono Caído antes de que se produzca un enfrentamiento leal. Lo cual no consta en la profecía, por lo que no lo conseguirá. Además, Anwara tuvo su parte en la creación de esa criatura.

—¿A qué te refieres?

—Es su madre.

Se hizo un tenso silencio. Todos intercambiaron miradas, mudos de asombro.

—Entonces es el más poderoso de los Hijos —murmuró Katana sobrecogida.

—No de los Tres. Por orden de jerarquía yo soy el más débil, porque soy hijo de un Mayor y un Menor. Pero Tavath es el más poderoso, porque es hijo de dos Mayores. Anwara es más poderosa que un Menor —miró a Katana—, pero menos que un Mayor.

—En tal caso, de no haber intervenido hace dos días la voz de los Mayores... James habría tenido la posibilidad de acabar contigo —murmuró Mitgard.

—Eso ya lo veremos.

Era una noche preciosa.

La luna brillaba sobre sus cabezas, y a sus pies ardía una buena hoguera. Katana y Mitgard yacían sobre la arena conversando en voz baja. Ambas respetarían las leyes del oráculo con sus propias vidas, pero resultaba forzado incluso para ellas fingir tal sosiego y comodidad en compañía de la otra, sabiendo como sabían que Sossarth y James habrían de enfrentarse a muerte.

Adín y Cojo compartían un cigarro a base de hojas secas y polvo de arena, Drawen intentaba convencer a Apry de que contara una historia para calentar un poco el frío ambiente que se cernía sobre el campamento, y James, que apenas había dicho más de dos palabras desde la batalla que le enfrentó a Cojo y al hijo de Solaris, contemplaba las estrellas embelesado.

—¿Intentando contarlas? —se burló Sossarth acercándose al fuego. James ni siquiera le dirigió una mirada: a Mitgard le había costado horas convencerle de que el enfrentamiento pertenecía a un lugar determinado. Si no era en Sesser-Law, no sería en ningún sitio. Aun así, odiaba compartir el mismo aire que los habitantes del desierto, y al rato se fue de allí sin mediar palabra. Sossarth lo observaba con la cabeza ladeada, suspiró y se dirigió a la tech, ya bastante recuperada:

—Mim, ¿por qué no nos cantas algo?

—Sí, anda, cántanos algo —corroboró Apry, viendo una

posibilidad de librarse, al menos durante un rato, del cargante dragón.

—Bueno.

Sossarth sacó de algún lugar algo parecido a un tambor y poco a poco comenzó a golpearlo, primero despacio, luego más y más deprisa.

Mimí trepó al interior de la hoguera, despojada de nuevo de su vestido incómodo para bailar entre las llamas, y vestida con aquel top y pantalones bombachos.

Cerró los ojos, dejando que el ritmo corriera por sus venas, mientras el fuego danzaba a su alrededor, y de pronto lanzó un alarido que rasgó la noche, haciendo que James, en la distancia, se sentara de golpe. Comenzó a patear las llamas y las teas ardientes sobre las que se encontraba, mientras profería gritos de indio, con una mano apuntando hacia las estrellas y la otra sobre la boca, golpeándose los labios de tanto en tanto.

Apry vio cómo Soran temblaba, embelesado, deseando acercarse a las llamas, y bailar, al igual que Adín y Cojo; incluso Sossarth parecía tener sus problemas para no saltar hacia delante y lanzarse al frenético baile de Mimí.

Al final fue Katana la primera que se dejó llevar por la música: saltó hacia delante, transformándose en el aire en una joven de rostro intemporal y corto pelo rubio, veteado de negro. Vestía igual que las mujeres que habían visto tiempo atrás en la aldea adle, y en sus ojos brillaban las llamas. Soran no tardó en unirse, arrojando lejos de sí la camisa al cabo de un rato, cuando el fuego y el baile la acabaron pegando a su sudoroso cuerpo. Adín y Cojo les siguieron después, y, al cabo de un rato, Adín dejó el baile para ser sustituida por Sossarth, que se acercó al fuego con los ojos brillantes y un grito de alegría. Junto a su hermano pateó las llamas, dejó que el fuego danzara sobre sus hombros e hizo juegos malabares con antorchas encendidas, balanceándolas muy cerca de sus cuerpos. Katana dejó paso a Adín un rato después y ésta volvió, permitiendo que el fuego creara un círculo incandescente en torno a ella y Cojo.

Cuando al fin cesó la música y los bailarines y Mimí dejaron el fuego, todos sudaban de forma considerable y jadeaban con pesadez, pero reían y estaban contentos. Su felicidad pareció contagiarse rápidamente a todos los demás, salvo James, que se había aproximado de nuevo y miraba asqueado a Mimí.

—¿Acaso tenéis por música eso que por fin se ha silenciado? —No tuvo reparos en preguntar.

—Te agradecería —le gruñó ella cortante— que te abstuvieras de insultar la música del desierto y la lengua de mis antepasados, pues son costumbres que amo y el desierto no aprecia a aquellos que desprecian a los tech.

Todos notaron lo cargado del ambiente, hasta que Drawen decidió poner fin a la conversación.

—¿Nadie conoce alguna historia digna de mención?

—Ya que lo comentas —comentó Sossarth con tranquilidad—, alguien podría explicarle al niño cómo se creó ese mundo que llamamos la Tierra.

Hubo una breve pausa antes de que Apry hablara, con voz grave y tranquila. Paciente y adormecedora, perfecta para crear imágenes en el fuego, a la luz cambiante y relajante de la hoguera, las estrellas y la arena que emitía suaves brillos dorados.

—Fue cuando Tavath era apenas una cría. Tavath es el último hijo de Solaris y Muna, dicen que él lo mató por ser tan diferente. El primer licántropo de tantos. Yo no lo creo. Solaris quería demasiado a esa bola de pelo, y no lo hubiese hecho por desprecio ni por despecho. En fin, cuando mató al pequeño, fuera quien fuese el culpable, el cadáver desapareció. Y reapareció tanto tiempo después en la tierra de Solaris.

»Por aquel entonces, era una tierra alumbrada por trece soles. Once eran ancianos, uno muy joven, y el último estaba apagado. La tierra misma era un yermo paraje deshabitado y ardiente. Muna quedó atrapada en ese reino de luz y fuego, y lloró el cadáver de su hijo. Trescientos sesenta y cinco años se estuvo llorando el cuerpo, y, cuando se quedó sin lágrimas, descubrió que los soles habían muerto, y tan sólo restaba uno. A su alrededor se había apagado el fuego y tan sólo había agua y tierras con altibajos. Miró el cuerpo de su hijo entre sus brazos, y supo que debía resucitarlo.

—Pero ¿quién podría hacerlo? —preguntó Drawen, entregado.

Sossarth y Apry se miraron entre sí y luego el nomaad dedicó un intencionado gesto de cabeza hacia James.

—Un Mayor, por supuesto. Muna fue a hablar con Tempus, que es capaz de dar la vida y quitarla.

Drawen interrumpió de nuevo:

—Pero si Tempus es capaz de dar y quitar la vida, entonces...

Fue Sossarth quien matizó las palabras de Apry:

—También los Mayores tienen un poder por encima de ellos: si se hubiese tratado de cualquier otro, el Grande no habría consentido que Tempus empleara sus esferas con tal fin, pero el vínculo que unía a Muna y a Solaris, el presunto asesino de Tavath, se estaba debilitando y la propia Muna podía volverse inestable y dejar de participar en su delicada unión y el equilibrio del Poder quedaría destruido. De manera que, con tal de afianzar el poder de Muna y proteger a todas las criaturas que dependen de la Luna como del oxígeno, el Grande permitió que Tempus resucitara a Tavath, forjando así un vínculo diferente al que unía a Muna con aquel que se consideró culpable del asesinato de Tavath.

—En cualquier caso —retomó Apry el discurso—, Muna solicitó ayuda a Tempus y éste no le falló, porque no es un secreto que el dios del Tiempo ama a la danzante, y por eso le da noches más largas cuando el sol es más frío y más pálido. Cuando tiene menos poder. Así que Tempus le devolvió la vida y Muna creó un paraíso para su hijo, la Tierra, y puso en ella todo cuanto Tavath pudiese desear.

»Al final, sin embargo, Tavath deseó ir a un sitio en el que nadie le conociera, y en el que hubiera más como él. Vino aquí, al Continente, y permaneció perdido durante años. Ha sido rey en varias ocasiones, pero nadie ha creído nunca que Tavath fuera realmente el mismo que creó el Día de la Sangre.

—¿El Día de la Sangre?

—Ese día en que los licántropos rinden homenaje a Tavath, hijo de Muna. Según sus costumbres ése es el único día en el año en el que todo el mundo debe ofrecer un sacrificio, y nadie puede cometer un crimen.

—Así es como cayó Luparia en manos de los humanos —escupió Sossarth.

—¿Luparia?

—La capital de los licántropos.

—¿Y cómo cayó?

Sossarth miró largamente a Soran antes de avanzar y extender una mano ante las llamas en un amplio ademán.

El fuego cambió súbitamente de color y en un tono amarillo brillante expuso una ciudad de colores cambiantes. Vieron todos un templo majestuoso al final de unas escaleras, y delante de esas escaleras, un pedestal y un licántropo sentado sobre el pedestal, aguardando algo. No se veía a nadie, pero había estatuas.

Bellas estatuas de piedra en lo alto de pedestales. Y por un momento el licántropo de delante del templo también les pareció una estatua.

La voz pausada y monótona de Sossarth les llegó como si les hablara desde el otro lado del mundo. E incluso los que ya conocían la historia la escucharon de nuevo, porque era una historia trágica y triste y porque también era épica y real y la voz de Sossarth les transportó hasta allí guiándoles de la mano por el campo de batalla.

—Tavath no había conseguido convencer a los suyos de que olvidasen por una vez en su vida la Fiesta de la Sangre, aunque los sacerdotes habían cedido al menos y consintieron en trasladarse a los túneles subterráneos que les proporcionaban algo de protección, en vez de celebrar su fiesta en el templo. Todos sabían que pasarla por alto habría sido una grave ofensa para Muna. Todos menos Tavath, que decidió hacer frente a los humanos, pues hacía tiempo que éstos sitiaban el último reducto de la resistencia licántropa. Era uno, pero era fuerte y había hecho frente a la muerte otras veces. *¿Estás conmigo, Varnar?*, le preguntó a la Emisaria de la Muerte, que ya se había sentado en lo alto de uno de los edificios de la ciudad fantasmal. *Sabes que sí*, fue la respuesta. *Bien, porque voy a necesitar algo de ayuda.*

»Los humanos atacaron cuando el sol se hizo fuerte y brilló a las doce en punto sobre sus cabezas. Solaris mantenía el día con bruma para ayudar a su hijo y él sabía bien cuáles eran sus posibilidades de vencer. Pocas, se dijo, pero no se desanimó. Los hombres entraron como gigantescos patschar en un campo de flores, arrasándolo todo a su paso, y se detuvieron en seco ante el imponente templo con su único enemigo sentado y aguardando pacientemente la llegada de sus verdugos y, seguramente, de su muerte.

»*¿Dónde están los otros? ¿Dónde están los que quedan?*, preguntó el capitán, un hombre de mandíbula cuadrada y ojos saltones.

»*Yo soy los que quedan. Es conmigo con quien habéis de luchar.*

»Una sonora carcajada sonó como un ladrido en la quietud de la ciudad muerta. Todos los soldados enmudecieron, y contemplaron las estatuas que los observaban con sus ojos pétriles.

»*¡Registrad las casas!*, ordenó el hombre de mandíbula cuadrada, *quiero un informe completo de la situación.*

»Un puñado de hombres se alejó por la derecha; un puñado por la izquierda; veinte se quedaron con su capitán y Tavath.

»El licántropo no se movió, ni hizo ademán alguno de estar dispuesto a hacerlo, pero cuando la flecha salió disparada de una ballesta en dirección a su corazón, Tavath desenvainó su espada, que brilló con la luz de Solaris, y la flecha acabó partida por el medio en el suelo, junto a la cabeza del capitán. Era un aviso de lo que podía ocurrir si a alguno de los demás se le ocurría acercarse, pero los humanos no atienden a avisos, y el ver muerto a su líder trajo tal caos que muy pronto los veinte atacantes se vieron muertos. Muy pocos superan a Tavath cuando maneja a la Nacida de la Noche, *Travath*, la espada más bella jamás forjada, ligera como una pluma si el que la porta se nombra Tavath, pesada como un lastre si se trata de otro. Dicen que tiene alma propia y que es capaz de volar si su amo se ve en apuros.

»Cuando regresó el resto del escuadrón y vieron muertos a sus compañeros, el cuerno sonó con fuerza, y los humanos apostados en torno a Luparia entraron como una estampida en la ciudad y se abalanzaron, algo sorprendidos, contra su único enemigo. Pero por un instante creyeron tenerlo acorralado y al siguiente Tavath había desaparecido.

»Encontrar al licántropo entre todas las estatuas fue difícil, porque los licántropos no tienen estatuas simplemente para hacer bonito. Saben esconderse entre ellas y aparentar ser de piedra durante horas, tal vez días. Así que la idea de Tavath era mantener a los humanos ocupados buscándole en la superficie, mientras que, en las entrañas de la tierra, los suyos celebraban su fiesta. Pero no contó con la traición.

—¿La traición? —preguntó Soran con un hilo de voz.

—Sí, la traición, porque, aunque los licántropos se apoyan entre ellos, uno de ellos abrió las puertas de los túneles subterráneos para los hombres y señaló a Tavath, que se vio obligado a cambiar de estrategia y plantar cara en la entrada al túnel mayor. Fue el primero en caer esclavo, pero tuvo la inmensa satisfacción de matar al traidor.

»Aunque para él no fue más que una herida en el corazón, pues había vivido desde el principio de los tiempos, y verse traicionado por uno de los suyos le dolía profundamente. Desde entonces nadie sabe nada de Tavath, pero una cosa es segura. Él sacará a los suyos de la esclavitud. Y muy pronto. Oirémosle aullar de nuevo, y será un aullido tan fuerte que removerá la Tierra y convertirá la piedra en vida, y los licántropos se lanzarán a la batalla con la misma rabia que hace quinientos años. —Los ojos de Sossarth brillaron en la oscuridad—. Y nada podrá proteger a los traidores de su ira.

Se hizo un pesado silencio cuando Sossarth calló. Y nadie osó romperlo.

Aquella noche, Adín y Cojo durmieron muy abrazados, temblando ante las horribles imágenes que el fuego les había mostrado. Katana y Mitgard se dieron apoyo mutuamente, pues, aunque ya habían oído la noticia de la caída de Luparia anteriormente, ninguna había estado presente, y verla tan real en el fuego les ponía los pelos y las escamas de punta, y ambas temían por la suerte de su hijo y protegido, respectivamente. Drawen y Apry se tendieron en su tienda uno junto al otro, sin palabras. Soran y Mimí se acostaron y cuando se durmieron mucho rato después, prácticamente uno encima del otro, sus pensamientos seguían una misma línea: muy probablemente su final no sería muy distinto al de aquellos licántropos; aunque a ellos no les matarían encerrados en una ratonera, sin capacidad de escapatoria. A ellos no les tocaría oír los gritos desesperados de las crías de licántropo al ser brutalmente asesinadas.

James se quedó mucho rato en su tienda, solo, y cuando salió, vio a Sossarth sentado algo alejado de las tiendas. La luz de la luna brillaba sobre el pelo enmarañado, que dejaba en sombras su rostro, dándole un aspecto terriblemente tétrico. Los ojos brillaban en la oscuridad, escrutándolo todo, pero aunque no hizo ningún gesto, ni dijo nada, James supo que le había visto.

—Sabías perfectamente lo que decías —comentó James con fastidio—. Sabías perfectamente qué efecto causarían tus palabras.

—Sabía perfectamente que tú no conocías la historia. Es importante que sepas contra quién luchas. —Su mirada se perdió en el horizonte—. Y, además, es muy posible que acabemos igual. Si vence uno de los tres, se romperá el equilibrio.

—No vas a convencerme para que no luche, Sossarth. Yo no soy un cobarde.

El hombre no contestó, al menos no enseguida.

Se puso en pie con tranquilidad y se volvió hacia él, clavando la vista en los ojos de James. Su gesto era serio, como siempre, pero más sombrío de lo normal.

—A veces el valiente se retira y el necio lucha. A veces la decisión más cobarde es la que aparenta ser la de más valor.

James se quedó sin palabras y sin aliento.

Al día siguiente, nada más salir el sol, desmontaron el campamento y continuaron hacia el noroeste, en dirección a Sesser-Law.

En dirección a su destino.

16

¡Salvaje!

Cris se despertó nada más salir el sol.

No estaba acostumbrado a dormir sobre un colchón de plumas y con un edredón cubriéndole. Tampoco estaba acostumbrado a encontrarse entre cuatro paredes y lejos de su unicornio negro. Pero tampoco quería salir fuera. Hacía frío, y el viento aullaba como jamás antes había oído. Y al otro lado de la pared estaba Shenak. No habían retomado la charla que tuvieron días atrás, cuando ella despertó, y por momentos el joven se preguntaba si alguna vez habría tenido lugar.

Un movimiento en la entrada de la habitación le hizo levantarse de un salto, llevándose la mano a la empuñadura de la espada. Pero enseguida volvió a apartarla de allí, porque era Luchían quien le observaba desde las sombras del umbral.

—¿Puedo confiar en ti? —preguntó con voz neutra.

Cris pestañeó perplejo.

—¿Qué haces aquí? Me has asustado.

—¿Puedo confiar en ti? —repitió él sin hacer caso a la pregunta del interlocutor.

Cris guardó silencio de nuevo.

—Deduzco por tu actitud que no es así. —Avanzó un paso, y un destello amarillento centelleó en los ojos argénteos—. Pero tengo que hacer un pequeño viaje.

—¿Un viaje?

—La guerra está ya demasiado próxima, muchacho. Se acercan hordas enteras de enemigos. Vamos a tener que defender el castillo y toda Sesser-Law de enemigos que no puedes ni imaginarte. ¿Y con qué cuento? Con una sssemesstraka, que no es mala en la batalla. Y con algo parecido a un hombre, de quien no sé si puedo fiarme. Dime, ¿crees que es bueno empezar una guerra con estos números? ¿Tres contra tres mil?

—Los números no ganan batallas —opinó Cris con sencillez.

—Puede que no, pero te aseguro que ayudan.

—Fuiste tú quien envió al dragón por delante, y cuando llegamos no estaba. Tú, quien decidió deshacerse de nuestro guerrero más valioso.

Luchían guardó silencio durante un instante sin apartar los ojos de Cris hasta que éste retrocedió inseguro.

—Mi espada puede matar a más guerreros que cualquier llama de dragón. Shenak luchará con la fiereza de los sssemesstraka.

—Entonces parece que soy yo el único que sobra.

—No has entendido la gravedad de la situación, ¿verdad? —Suspiró exasperado—. Vamos a necesitar toda la ayuda posible para la batalla, te vamos a necesitar.

—No estaré aquí cuando comience.

—Pero ¿es que no entiendes lo afortunado que eres de...?

—Me iré antes de la batalla —atajó con voz cortante—. Os ayudaré con los preparativos, pero no me quedaré a luchar.

—¿Por qué?

Cris siguió encogiéndose hacia las sombras. Había visto en lo que se podía convertir Luchían, pero presentía que el licántropo escondía algo muchísimo más poderoso detrás de aquella máscara de impasibilidad. No añadió ni una palabra más, y procuró mantener un rostro inexpresivo, pero su rostro estaba tenso y mostraba una mueca de tristeza.

Luchían no insistió. Se alejó un paso y asintió.

—Muy bien. Conserva tus secretos. Espero que comprendas que para mí es hiriente lo que acabas de decir, pero aun así, todo lo que puedo hacer es esperar a que Shenak despierte. Cuando ella se levante nos reuniremos en el salón. Tengo algo importante que comunicaros.

—¿Sobre tu partida?

Luchían asintió y se alejó.

—Sí, sobre mi partida.

Shenak tardó aún un rato en salir de su habitación. Para entonces Cris se había puesto ropa limpia y había bajado a desayunar. Cuando se encontraron con Luchían en el salón, llevaba el pelo revuelto y la ropa llena de polvo.

—He ido a inspeccionar el terreno —fue todo cuanto dijo el licántropo al respecto. Luego les mostró un hermoso mapa del Continente y se volvió hacia ellos con los ojos brillantes—. Bien, tengo que hacer un pequeño viaje de aquí a unos días. Me dirigiré en busca de ayuda hacia las Tierras Licas. Nuestra misión es proteger el Trono.

—¿El trono?

—Mi... —Se detuvo un instante como si pensara que había hablado demasiado—. Los dioses me han obsequiado con una visión. Una visión acerca de un ejército —sus ojos de plata se fijaron en Shenak— ... conducido por James. Vienen hacia aquí con la intención de apoderarse del Trono. Tu misión como sssemesstraka no es matarle, sino proteger el Trono del Grande. Si él llegase a apoderarse de él...

—¿Qué? —bufó Cris—. ¿Sería el fin del mundo?

—El Tiempo sería más poderoso que el Sol o la Luna. Tempus sería más poderoso que los otros dos Mayores juntos. Podría cambiar las estaciones, los días y hasta los ciclos lunares, y eso, amigos míos, no puedo permitírmelo. Sería terriblemente difícil adaptarse a los nuevos ciclos, y nuestras transformaciones serían incontrolables. Algunos nos adaptaríamos al nuevo curso lunar, pero otros no podrían hacerlo, y los hombres lobo correrían descontrolados por el Continente, matando a voluntad, desgarrando y conjurando nuevos híbridos. —Sus ojos se fijaron en los de Cris por un instante—. Sería el caos. Por no hablar de lo que puede llegar a ocurrir entre los dioses si eso sucediera.

—¿Qué pretendesss? ¿Que luchemos contra la voluntad de los dioses?

—No, Shenak, pretendo unir un ejército lo suficientemente fuerte como para que no puedan alcanzarlo. Al menos hasta que los dos restantes tomen cartas en el asunto. Puedo convencer a los licántropos para que me ayuden. Fui su rey a fin de cuentas, tampoco lo hice tan mal.

—¿Quiénes son los dos restantes, si es que puede saberse?

—Tavath y Sossarth, por supuesto.

—¡Ja! Estamos perdidos.

Luchían fulminó al humano con la mirada.

—¿Por qué deberíamos estarlo, Crisss?

—¡Vamos, Shenak! ¡No pensarás que dos héroes de leyenda van a venir a salvarnos de ese aspirante a dios como en esas historias estúpidas! Esto es la vida real, me niego a creer que esos dos mitos saldrán de sus polvorientas tumbas para luchar contra ese maldito James, sea quien sea.

—Ya lo has dicho antes, no vas a luchar. —Luchían se encogió de hombros—. Es tu decisión, no te lo voy a echar en cara. Pero algunos vamos a luchar y créeme, los dioses no se dedican a gastar bromas como ésta.

—¿Por qué? ¿Por qué te han enviado a ti esa premonición? ¿Por qué llevas el símbolo de los Tres Mayores como si fueses uno de los viejos sacerdotes olvidados, Luchían?

El licántropo no se sorprendió, y si lo hizo, contuvo su asombro.

—No soy sacerdote. Nunca lo he sido. Pero creo en Sossarth, sé que Tavath es real, y siento que vamos a necesitarlos a ambos. Y una buena dosis de metal licántropo, ya que no vamos a contar con el tuyo.

Cris gruñó con rabia y les dejó solos, mascullando palabras que ninguno de los dos llegó a oír.

Los días pasaban lenta y parsimoniosamente, sin nada nuevo, pero Cris estaba cada día más tenso, y solía alejarse de todos durante largas jornadas.

Por un lado se sentía considerablemente celoso, porque al silencio de Shenak se unía el hecho de que Luchían y ella solían entrenarse día sí y día también. Eran duros entrenamientos a los que él no estaba invitado por no ser más que un «simple humano» y no poseer el poder o la majestuosidad que los otros dos parecían destilar por todos sus poros.

Por otro, se sentía incapaz de quedarse a solas con Shenak. Algo en su interior se hacía fuerte a cada minuto y el miedo a hacerle daño crecía hasta tal punto que por las noches se deslizaba fuera de la cama y se encadenaba a la pared de su cuarto, o la observaba desde las sombras, intentando convencerse de que jamás le haría daño.

Un día, cuando regresó de uno de sus paseos rutinarios, en los que se agotaba cuanto podía físicamente, se quedó plantado en el sitio al ver a Luchían luchando salvajemente contra Shenak. Ambos blandían sus magníficas espadas y jadeaban con fuerza. Se batían con fiereza. Lo cierto es que era una delicia verlos pelear, pero Cris se tensó de manera automática.

Tras una complicada finta, Luchían desarmó a Shenak y la tiró al suelo. La joven intentó escabullirse, pero él la arrinconó y levantó la espada con una sonrisa de triunfo. En ese instante, Cris se volvió prácticamente loco. Olvidó que Luchían era un amigo, que necesitaba a Shenak para su guerra y que jamás le haría daño. Olvidó el control al que se sometía. Olvidó en lo que podía convertirse si se descuidaba. Olvidó al monstruo encerrado, que también rugía de ira. Lo olvidó todo y sólo vio a Shenak arrinconada e indefensa. Imágenes de una hermosa mujer a la que había querido y traicionado acudieron a su mente y encolerizaron a la bestia más si cabe. No permitiría que algo parecido le ocurriese a Shenak.

Saltó hacia delante, desenvainando dos magníficas armas que llevaba atadas a la espalda, empujó a Luchían lejos de la princesa y atacó con un rugido de ira en la garganta;

los ojos brillantes, iluminados por una llama de aspecto metálico y los dientes, largos y curvados, asomando entre los labios. Aquello no era un ser humano. Parecía haber crecido unos palmos, tenía el cabello alborotado y el rostro centelleaba a la pálida luz del sol con destellos dorados.

Golpeó su espada contra la de Luchían, completamente ciego de rabia, controlado únicamente por el increíble poder que anidaba en él. Un poder que parecía alegrarse de estar libre al fin.

La técnica de Cris, si bien no tan perfeccionada como la del licántropo, resultó ser de lo más eficaz, gracias a la fuerza sobrenatural que le movía. Sin previo aviso, Luchían efectuó un movimiento imprevisto, con tal brusquedad que arrancó las espadas de las manos del chico.

Hundió una espada en un tronco grueso, a un lado de su cuello, y la otra acariciándole la yugular. Pero los furiosos ojos de Cris delante de él le detuvieron en seco. Jamás había visto tal poder, ni tal odio en el interior de...

«No —pensó Luchían—, no es sólo eso.»

Un sonido parecido al cristal al romperse quebró el pesado silencio en el que se había sumido el área de entrenamiento. Nadie se había atrevido a moverse hasta aquel instante en el que Cris, desarmado ya, alzó una mano veloz como el pensamiento.

Luchían sintió cómo algo parecido a una garra se cerraba en torno a su cuello. Había visto muchos monstruos a lo largo de su vida, pero la locura que descubrió en los dorados ojos de Cris superaba cuanto había conocido hasta entonces. Respiró hondo, dispuesto a defenderse si su contrario perdía completamente el juicio y cerraba la presa con más fuerza. Sin embargo, Cris consiguió recuperar el control justo a tiempo para no cometer una locura.

Pestañeó como si saliese de un letargo, escaneó rápidamente su situación, abrió mucho los ojos y Luchían creyó verle agachar las orejas un poco. Le soltó repentinamente, como si hubiese recibido una descarga eléctrica y saltó hacia atrás mirándole como un perro apaleado.

Estaba... gimiendo.

—¿Crisss? —murmuró Shenak.

El humano no contestó.

Miró en todas direcciones, como si buscase una salida. Se alejó un poco más de Luchían, que se había llevado una mano al cuello, donde aún era posible apreciar las marcas de la garra que le había sujetado. El otro sacudió la cabeza, estaba jadeando y tenía el entrecejo fruncido. Daba la impresión de que algo le torturaba por dentro.

—¿Crisss?

Shenak avanzó un paso hacia él, lo que captó su atención. Durante un instante ambos se miraron, parecía que fuera a avanzar hacia ella, pero en realidad no se movió. Se balanceó un instante hacia delante y hacia atrás, agitó la cabeza, con los ojos entrecerrados y...

... echó a correr hacia la inmensa ventana ojival que había a su derecha. Atravesó de un salto la vidriera. Cuando la princesa se acercó a la carrera, él ya había desaparecido.

—¿Qué le ha passsado? ¿Y por qué ssse ha ido asssí? —El siseo de Shenak era más evidente ahora, su corazón latiendo por el esfuerzo e incluso el miedo—. ¡Y si no volvemos a verle!

—Volverá. Y no dejará que nada te haga daño. —Luchían se acercó lentamente y le cogió la cara. Luego susurró a su oído—: Es capaz de suicidarse antes de permitirse el lujo de perderte.

Sonrió, recogió su espada y empezó a dirigirse a las caballerizas.

—Está despertando —murmuró más para sí que para la sssemesstraka. Suspiró y añadió para que ella, que le seguía casi a la carrera, pudiese oírle—: Lo mejor sería no forzarle a decir nada. Cuando esté preparado ya hablará. No puedo retrasar más mi partida.

—¿Te vasss? —inquirió la joven alarmada—. Pero ¿qué pasa con Crisss? ¿Y si se vuelve peligroso?

—Ya has visto que sólo es peligroso para aquel que intente hacerte daño. —Le dedicó una sonrisa torcida e irónica—. Y es posible que mi viaje dure una luna, tal vez dos si llego para la Fiesta de la Sangre. —Suspiró—. No puedo permitirme el lujo de perder mi tiempo en celebraciones. El ejército se acerca a pasos agigantados y nosotros seguimos completamente desprotegidos.

—Sssí, pero... Temo por Crisss. ¡Tú sssabes lo que le pasa! ¡Tienesss que ayudarle! ¡Cómo puedes darle la esss-palda en un momento como éste!

—No me necesita a mí, Shenak, sino aceptarse a sí mismo. Yo no puedo ayudarle en eso, créeme, nada me gustaría más que poder hacerlo.

Le acarició la mejilla con ternura, dedicándole una cálida sonrisa

—Toma esto. —Le tendió un puñal plateado—. Si se vuelve peligroso, hazle un favor: utilízalo.

Dio media vuelta y salió con la capa ondeando a su espalda, dejando a Shenak sola con el puñal. La chica pestañeó un par de veces y salió corriendo detrás del licántropo.

—¡Essspera!

Le alcanzó en las caballerizas. El licántropo ya estaba a lomos de Madagascar, y ambos parecían impacientes por emprender el galope.

—Volveré lo antes posible —prometió mientras calmaba a su montura, y la hacía girar sobre sus patas traseras—. Sólo intenta controlarlo hasta que vuelva. No permitas que cometa una locura. —La miró con tristeza antes de añadir—: Y procura no hacer ninguna tontería. Os necesito a ambos.

—¿Una tontería?

—Como enamorarte de un humano con tendencias asesinas —comentó con sorna antes de ponerse serio de nuevo, la voz grave—. No entregues tu corazón a la ligera, Shenak. No estáis hechos para estos sentimientos.

La sssemesstraka no supo qué decir, sólo observó en silencio cómo Luchían asentía con un gesto, hincaba los talones en los flancos de Madagascar y partía al galope. Sintió una angustia extraña en el pecho, como si supiera que no debía haberle dejado marchar. Presentía que algo estaba a punto de ocurrir, algo que no tenía nada que ver con Cris, ni con Luchían, ni con la guerra, sino con Sesser-Law y los sssemesstraka.

Volvió pesadamente a la casa.

Aquella noche cenó sola ya que Cris no volvió hasta casi el alba. Shenak añoró su compañía. Se sintió sola y tuvo frío, durmió mal, con un sueño ligero y lleno de pesadillas que mezclaban recuerdos desagradables. Despertó en mitad de la noche, no pudo evitar estremecerse, recordando su más tierna infancia, cuando todavía no había ido a vivir con su maestro, cuando los sssemesstraka estaban en guerra, a punto de caer...

Durante los días siguientes ninguno de los dos cruzó una palabra. Cris se escabullía en cuanto encontraba ocasión y no regresaba hasta mucho después de que el último rayo de sol desapareciese en el horizonte; los ruidos que salían de la habitación contigua la hacían estremecer, manteniéndola la mitad de la noche en vela: ruido de cadenas, gruñidos escalofriantes y bufidos rabiosos. Cada vez se decía que miraría qué provocaba aquellos ruidos, pero nunca encontraba el valor para salir de la protección de sus cuatro paredes e inspeccionar lo que habitaba al otro lado del muro. Y cuando por la mañana empujaba la pesada puerta veía a Cris colgado de cadenas, inconsciente y manchado de sangre. Pero nada que diese algún indicio de lo que le ocurría.

Ésos eran los escasos momentos en los que estaban a solas. Shenak solía descolgarle, tenderle en la cama y curar sus heridas. Mientras hacía esto le hablaba en voz baja, le cantaba y acariciaba el rostro con infinita delicadeza.

Pasaría una semana antes de despertarse en mitad de la noche por un ruido muchísimo más cercano de lo habitual. Cuando abrió los ojos no pudo evitar contener el aliento.

Un par de pupilas amarillas la acechaban desde las sombras.

—¿Cris? —susurró insegura.

—Tengo que hablar contigo —gruñó con voz temblorosa.

Shenak se incorporó en la cama, con el corazón latiéndole con fuerza.

—Aquí no —dijo él—. Coge el cuchillo que te dio Luchían y acompáñame.

Shenak se estremeció al coger el puñal, ¿cómo conocía Cris su existencia? Echó su abrigo por encima del camisón.

Cuando salió de la habitación, pudo ver a Cris a la luz del pasillo. Se tambaleaba como un borracho y temblaba de forma alarmante.

—Cris, ¿qué te pasa? —Había preocupación en su voz.

No recibió más respuesta que un gruñido animal y mayor velocidad del chico. Le siguió hasta la cocina con el corazón en un puño y cuando vio el cadáver descuartizado de aquello que en otro tiempo fuera un caballo no pudo evitar soltar un grito aterrorizado.

El humano se refugió en un rincón oscuro y la miró con desesperación.

—Soy un monstruo, Shen —dijo al fin.

No supo qué decir.

Se inclinó sobre el cadáver terriblemente mutilado, y comprobó que las marcas eran de dientes humanos y los arañazos de dedos, muy fuertes, pero humanos también. Alzó la vista hacia los ojos vidriosos de su compañero.

—Vamos —intentó quitarle importancia con un gesto, pero su voz temblaba—, ¿quién no descuartiza un animal de vez en cuando?

—¡La maté!, ¿es que no quieres entenderlo? —aulló—. ¡Murió y fue culpa mía!

Shenak se acercó, con toda la intención de abrazarle, pero Cris le gruñó alejándose. Sus ojos brillaron amarillentos con una llamarada que la dejó clavada en el sitio, preguntándose qué era aquel a quien quería tanto.

—¡No te acerques! No te acerques. —Agachó la vista, y cuando sus ojos se encontraron de nuevo con los de ella estaban llenos de terror y lágrimas. La llamarada había dado paso a un miedo tan real, tan palpable que resultaba contagioso.

—Cuéntamelo... por favor.

Hubo una pequeña pausa antes de que Cris se relajara un poco.

—Yo era muy pequeño cuando esa cosa me mordió. Mi madre hizo lo posible por ayudarme. Intentó recordarme lo que era antes de que me mordiera. Cuando me volvía demasiado salvaje me ataba en el sótano. Tuvimos que mudarnos a un lugar con mucho bosque y poca gente para que no se me viera demasiado.

»Mi madre cazaba para mí. Podía pasarme varias semanas en ayunas si una de las noches bebía suficiente sangre. Ella creyó que si limitaba poco a poco la sangre que me daba, iría acostumbrándome a ser más dócil. Funcionó bastante bien, hasta que dejó de cazar.

»Cada noche, cuando salía Muna, la Maldita, me tenía que atar. Cada noche. Y un buen día las cadenas no fueron suficientes. Mi madre entró porque yo aullaba. —Sonrió con pesar y los ojos llenos de lágrimas, que rodaban copiosamente por sus mejillas—. Lloraba. Tenía hambre, frío y estaba solo, una parte de mí añoraba la libertad. Ella no podía soportar oírme aullar. Siempre era prudente cuando me tenía atado, pero esa noche se acercó demasiado y... la sed de sangre se hizo más fuerte que nunca. Podía ver cada una de sus arterias, podía oírlas palpitar, podía oír correr la sangre. Una sangre que ansiaba, que deseaba. Estaba ahí al alcance de mis garras. Retenida por una piel suave y dulce.

Shenak escuchaba el relato con el rostro paralizado por la angustia.

—No podía pensar en nada. Salté sobre ella, las cadenas consiguieron detenerme la primera vez. Si hubiese huido podría haberse salvado, pero estaba paralizada. Cuando lo intenté de nuevo, las cadenas cedieron un tanto pero volvieron a frenar mi salto. Una parte de mí deseaba que huyese, la otra se regocijaba en su terror.

»No resistieron mi tercer intento. Mi madre vio lo que iba a hacer, le quedó clarísimo. Creo que pensó que podía controlarlo, que podría recuperar la cordura. No se movió. Permaneció ahí, quieta como una estatua. Mirándome.

Cris hizo una pausa y clavó los ojos en Shenak.

—Las heridas que me provocaron las cadenas siguen en torno a mis muñecas y mi cuello. Todavía oigo sus súplicas cuando la atrapé, todavía oigo sus gritos cuando... —Se le quebró la voz—. Y siento el sabor de su sangre y de su carne. Oigo quebrarse sus huesos, el suave gorjeo agónico de los últimos instantes. Veo sus ojos suplicantes cuando cierro los míos. «Hijo mío», fue lo último que dijo, pero su fantasma sigue apareciendo en mis sueños y me atormenta día sí y día también.

»Nada más matarla, apareció mi padre. Me disparó. Me disparó varias veces y yo hui con mi presa entre los colmillos. Desde entonces he vagado por el mundo, aterrorizado. Me he alejado de los míos. Aprendí a controlarme, demasiado tarde para salvarla, pero aprendí. Gracias a mi maestro. Él me salvó la vida. Me salvó de los humanos que me perseguían y me enseñó a refrenar a la bestia. A controlar mis sentimientos. Desde entonces no han vuelto a afectarme. Cuando él murió me quedé solo, al menos hasta que encontré a Rayo. Mi tutor me enseñó a mantenerme alejado de los humanos, ellos son peligrosos y me persiguen allá donde voy.

En el exterior, todo seguía en calma, ajeno al episodio que tenía lugar dentro del palacio sssemesstraka. Cris se echó la mano al cuello y tendió la palma abierta hacia la muchacha.

—Me dio esto. —Mostraba en su mano un colgante de cristal en forma de lágrima—. La lágrima de un dragón —sonrió con tristeza—, un símbolo de fuerza para que no olvide qué soy, ni de dónde provengo. Él consiguió aquello que mi madre no pudo hacer: amansarme. Encadenar a la bestia, al monstruo. Me enseñó cómo mantener esas cadenas. Me basta con matar una vez al año, con eso tengo suficiente para aplacar a la bestia. Ni siquiera hace falta que sea una presa humana, sólo ha de ser suficientemente grande. —Hizo una pausa y se secó las lágrimas con rabia—. No he dejado de huir del pasado desde entonces. Temo encontrarme en una aldea con mi padre humano. Temo los sentimientos que hacen vulnerable mi parte humana. La bestia en mi interior crece, Shenak. Hace menos de un año desde mi última víctima, acababa de cobrarla cuando te encontré. Y mira, he cazado de nuevo, cada noche desde que se fue Luchían. Y no basta.

»Les he traicionado a ambos. He traicionado a mi tutor, que me pidió que no olvidara ni arrinconara lo que soy. He traicionado a mi madre, que murió para que fuese un animal amansado. Nada de lo que haga será suficiente para mantenerlo encadenado. Y nada de lo que haga será suficiente para aceptarlo. Necesito más sangre, el monstruo me pide más de lo que puedo permitirme darle.

—Tal vez deberías comértela —sugirió Shenak.

—No es hambre sino sed de sangre lo que tengo. Dentro de nada Muna, la Maldita, volverá a hacerse fuerte y cuando ascienda plena en el cielo... —Se estremeció—. Tengo que alejarme, Shenak. Si te hiciera algo, yo... No soportaría oír tus gritos ni sentir el sabor de tu sangre. No quiero hacerte daño, Shen.

La sssemesstraka no supo qué decir.

Dudó un instante antes de ignorar sus instintos y las advertencias de Cris y acercarse a él. Le abrazó con fuerza, intentando ocultar las lágrimas que rebosaban de sus ojos. Él correspondió tímidamente al abrazo, hasta que, de pronto se alejó con un grito de dolor. Miró aquello que acababa de tocar y descubrió aterrorizado que se trataba del puñal de nuro y no del de plata que Luchían le había dado a la princesa para protegerla.

La miró desconfiado, con el ceño fruncido. Algo en él estaba cambiando, su instinto animal le decía que si alguien podía ocultarle un arma tan peligrosa para usarla en su contra cuando estuviese despistado, ese alguien se convertía inmediatamente en su enemigo. Por otro lado, una poderosa parte de él la quería demasiado como para escuchar su instinto y, de esta manera ambas mitades entraron en una cruenta batalla por la supremacía, y el frágil cuerpo humano se estremeció.

—No te acerques a mí, Shenak —le dijo de nuevo al tiempo que retrocedía un paso, incapaz de adivinar si su siguiente movimiento la heriría o no; en sus ojos volvió a brillar aquella llama amarillenta.

Sin siquiera darse cuenta Cris adoptó una posición inhumana. Shenak no supo descifrar qué clase de movimiento era aquél. Como un perro acorralado arrugó los labios y le enseñó los dientes manchados de sangre, pero pareció ahuecarse, hacerse más grande. Estiró el cuello y alzó la barbilla en gesto desafiante.

Shenak comprendió de pronto: se estaba defendiendo. Temía que ella le atacara. La princesa le miró con atención y vio que tenía una mano en carne viva. La mano que había tocado el cuchillo de nuro. Frunció el ceño. Cris le ocultaba algo, una parte esencial de la historia.

—¿Temesss el nuro?

Desenvainó el puñal y lo dejó centellear a la tenue luz nocturna.

—¿Es esto lo que te asusta?

—No te acerques más —le advirtió enseñándole los dientes, que eran repentinamente largos y curvados. Su piel parecía brillar con el reflejo de sus ojos dorados. De nuevo aquella llama, una llamarada que crecía y se hacía fuerte mientras hablaban.

—¿Por qué tienes miedo de mí, Crisss?

Avanzó un paso más y él retrocedió otro tanto hasta que quedó arrinconado contra la pared.

—¿Crees que yo te haría daño?

—¿Por qué vas armada contra mí y no contra la bestia?

Aquello la dejó clavada en el sitio.

La voz de Cris le heló la sangre en las venas. La tristeza, la desnudez con la que había expuesto aquella realidad. Era ella la que empuñaba el arma. Él sólo se defendía. Sin embargo, era él quien le había pedido que cogiese el cuchillo de plata. ¿Por qué la plata sí y el nuro no? ¿Qué diferencia había?

—¿Quién eres?

—Soy Cris.

Mil preguntas se arremolinaban en su cabeza.

¿Por qué temía el nuro? ¿Por qué llevaba una lágrima de dragón? ¿Por qué no olía como los hombres lobo? ¿Por qué se sentía tan atraída por él?

—¿Qué eres?

—Un monstruo.

Suspiró.

—Hay muchos monstruos en el mundo. ¿Cuál de ellos eres tú?

—Para lo que yo soy no se han inventado palabras, Shenak.

—Entonces, ¿no eres humano?

Algo sabio y extraño fue a anidar en aquellos ojos dorados. Algo que nunca había aparecido en los ojos de un hombre. Shenak sintió una fuerte familiaridad con él, sabía que conocía el olor que emanaba, un olor a fuego y azufre, pero no era capaz de ubicarlo.

—Uno de mis peores monstruos es mi parte humana.

—¿Confías en mí, Cris?

—Sí —dijo sin pensárselo dos veces.

—¿Crees que yo te haría daño?

Esta vez dudó un poco más.

—Vas armada.

Dejó a un lado el cuchillo de nuro.

—Ahora estoy indefensa ante ti. ¿Crees que yo te haría daño?

Inclinó la cabeza, el destello dorado seguía creciendo en sus ojos y la princesa se sentía cada vez más fascinada.

—No.

—¿Me harías daño tú a mí?

—Sí. —Su rostro era una máscara de seriedad y en la mirada seguía creciendo la sabiduría.

—¿Dejarás que me quede a tu lado?

—No te pondré en peligro. Me marcharé cuando sea una amenaza.

—Cris, he escuchado tu historia. Sé lo que significan tus palabras. Sé lo que has hecho, aunque no lo que eres. Sin embargo, ya es tarde para alejarme de tu lado... Te quiero.

—No estás hablando en serio —murmuró.

—Nunca he hablado más en serio. Escucha, Crisss, entiendo qué es que te miren mal, que te discriminen, que te persigan, que te den caza, que te odien. No sólo lo entiendo, sino que lo he vivido, sé lo que es sentirse un monssstruo. Pero si te niegas a ti mismo, lo pierdes todo. No puedes vivir eternamente en un mundo sin sentimientos.

—¿Es que no lo entiendes? —gritó desesperado, con una voz más grave de lo que era habitual en él—. ¡Maté al ser que más quería! ¡Lo descuarticé y...! —Se detuvo un instante—. Cada segundo que paso cerca de ti, siento más ganas de volver a hacer lo mismo. Shenak, créeme si te digo que te amo y me importas. Pero precisamente por eso debes dejarme. —La tomó por los hombros y clavó sus ojos de oro en los de ella—. No podría soportar hacerte daño.

Había algo en sus ojos, algo majestuoso, algo que le dio muchísimo miedo. La princesa nunca sabría qué fue exactamente, pero sí que no quería verlo de nuevo. Shenak retrocedió un paso antes de volverse y salir corriendo.

Cris asintió lentamente.

—No voy a hacerte daño, Shenak —murmuró de nuevo en voz muy baja—, y tampoco no voy a permitir que nadie te lo haga. —Levantó la cabeza—. Aunque me cueste la vida, nadie pondrá una sola mano, zarpa o garra sobre ti sin haber pasado antes por encima de mi cadáver.

Shenak corrió hasta su cuarto y cerró de un portazo. Miró a su alrededor buscando algo sobre lo que descargar su rabia, y acabó lanzando un puñetazo sobre la fina superficie de un espejo, que se hizo añicos y le mostró su imagen distorsionada. Con gesto de dolor miró sus nudillos en los que se habían incrustado trozos de cristal y maldijo en silencio. Se sentó abatida sobre la cama y acarició con suavidad la capa que yacía a los pies. Todo había ido de mal en peor desde que había conocido a Cris. ¿Por qué tenía que ser tan complicado?

Aspiró el aroma que desprendía aquella prenda. Olía a él. Un olor extraño. De humano. Pero con un toque de otra cosa que no sabía identificar. Un olor excitante, misterioso. Los humanos no solían oler así y aquello la atraía a él como un imán.

En realidad no había tocado las prendas sssemesstraka que había en los armarios de la casa. Seguía llevando aquella extraña combinación de ropa licántropa y humana. Aquella que Luchían y Cris le habían cedido el día de su transformación en adulta.

Unos pantalones de cuero del licántropo, una camisa vieja de Cris, sucia y raída, un cinturón ancho que Luchían había trabajado para ella y aquella capa, tan grande que debía ponérsela a modo de toga. Pero de un estilo tan característico al del humano que era incapaz de separarse de ella.

Se puso la prenda y se tendió en el lecho, ocultando la cara en el interior de la capucha para que la oscuridad no la viera llorar.

Estaba abatida. No comprendía por qué aquel humano era tan complicado. Según su maestro, el amor era algo complejo. Pero él también aseguraba que los sssemesstraka eran incapaces de enamorarse. Entonces, ¿por qué había tenido que hacerlo?

17

Guerra y paz, una decisión sencilla

Cris abrió los ojos en mitad de la noche. Hacía varias horas que había hablado con Shenak, pero el sol se resistía a alumbrar aquel lugar muerto y tenebroso.

No era la demora del alba lo que le hacía sentirse inquieto. Era el hecho de estar solo con Shenak en un caserón con tantas ventanas y tantas sombras. No le gustaba, pero tampoco se atrevía a acercarse a la habitación de la princesa, porque todavía sentía al monstruo retorciéndose en su interior.

Un ruido le hizo erguirse de pronto.

Sus ojos barrieron la oscuridad antes de decidirse a dar una vuelta por el palacio en busca del autor de aquel sonido. Se deslizó en completo silencio por la casa y al llegar al hueco de la escalera lo vio.

Fue apenas un instante.

Una sombra borrosa que ascendía rápidamente hacia el tercer piso.

Hacia Shenak.

Con un gruñido furioso echó a correr hacia la escalera y saltó. Con los músculos tensos saltó de la barandilla del primer piso a la del segundo y luego a la del tercero. Entró como una exhalación en el cuarto de la princesa y los vio.

Eran cuatro.

Cuatro inmensos personajes que habían inmovilizado a Shenak aun antes de que ésta pudiera alcanzar la espada. La levantaron y dejaron su rostro al descubierto.

—Esss ella.

Los cuatro se volvieron hacia la entrada a tiempo de ver al humano, de pie recortado contra la oscuridad del pasillo.

Los ojos ardientes como llamas en la negrura.

Uno de los personajes cargó con la sssemesstraka inconsciente y a una señal suya los tres restantes se acercaron a Cris con el claro propósito de matarle.

Cris no los vio.

No distinguió las caras de sus víctimas cuando las mató. Una a una. Apenas les dejó tiempo para reaccionar, sólo la tercera consiguió alzar su espada y herirle, pero cayó muerta antes de darse cuenta de que la furiosa mirada del humano estaba clavada en él, con el destello de la muerte brillando en las cuencas.

Cris se acercó corriendo al cuarto personaje, pero éste fue más rápido y más fuerte. Le tiró al suelo de un golpe y echó a correr mientras el humano intentaba recuperarse.

Aturdido y furioso le siguió los pasos pero no le alcanzó. La bestia estaba cada vez más furiosa en su interior. Gruñía, rugía, tiraba y exigía su inmediata liberación.

Se subió a la barandilla de la escalera y saltó, mientras su enemigo bajaba a toda prisa los últimos escalones del primer piso. Cayó de pie al suelo y corrió como corre el viento en pos del fugitivo que parecía tener alas en los pies. Al llegar a la entrada le vio montar a lomos de un caballo escoltado por otros diez y salir al galope más allá de los límites de la ciudad fantasma.

Y Cris fue incapaz de controlar al monstruo por más tiempo. Lo liberó, volviéndose majestuoso, grande y poderoso como el mayor de los dragones. La lágrima de dragón pareció brillar con luz propia, mientras el cuerpo humano se curvaba y convulsionaba, desataba sus instintos y le hacía cambiar. Con un rugido echó a correr en pos de los caballos y cuando extendió las alas membranosas no tenía más que un objetivo en su mente: Shenak. Debía rescatarla, debía morir en el intento, debía acabar con todo aquel que se interpusiera en su camino, y saciar su sed de sangre.

Extendió las alas y se alzó del suelo con una facilidad asombrosa. No volaba desde que era un niño pequeño, pero volver a surcar los aires le hizo increíblemente feliz, y el corazón latió con fuerza mientras iba ganando altura, a la caza de los raptores. Al llegar al estrecho desfiladero frente a Sesser-Law, los jinetes se detuvieron.

—¡Sesser-isar! —gritó aquel que había capturado a Shenak desde las profundidades de su capucha.

—¡Devuélveme a la princesa!

Aquella respuesta no era la que se esperaban. Los jinetes se removieron, y once lenguas bífidas palparon el aire en busca de algún olor extraño. No tardaron mucho en captarlo, tensaron sus arcos, dispuestos a disparar en cuanto apareciese su enemigo.

No tuvieron que esperar mucho.

Una inmensa bola de pelo, garras y colmillos cayó sobre ellos, buscando siempre al portador de la sssemesstraka. Los tres primeros cayeron de las monturas asustadas de un coletazo. Otros cinco pudieron ofrecer algo de resistencia y con los primeros rayos del sol cincuenta jinetes más salieron de las entrañas de las montañas en ayuda de los dos que restaban.

El sol también debilitó al monstruo, que cayó al suelo convertido en un exhausto humano, que se aferraba aterrorizado al talón de Shenak. La muchacha cayó del caballo, prácticamente sobre él.

—Sogas —bufó el que la había secuestrado—. Atadle y encerradle. Mámsss tarde nos ocuparemos de él.

Los jinetes obedecieron sin chistar, ataron firmemente al joven y lo arrastraron al interior de las montañas.

Cris se revolvió con rabia contra las cadenas que le despellejaban las muñecas. La sed de sangre había desaparecido, la bestia dormía enroscada en algún rincón de su ser. Ahora era el chico humano el que se retorcía e intentaba desasirse. El humano al que los sssemesstraka habían encerrado en aquella cárcel.

Gruñó y volvió a tirar de las cadenas.

Se suponía que no quedaban sociedades sssemesstraka, todas llevaban veinte años disueltas. ¡Craso error! En cinco minutos había visto a suficientes como para montar una armada.

Maldita sea, Cris, mascculló la voz de su maestro en su interior. *Deja de actuar como un humano solo y desvalido y libérate.*

Siempre había odiado estar atado, había buscado la libertad por todos los medios y ahora... ahora la había perdido y todo por culpa de los sssemesstraka a los que se suponía a las puertas de la extinción. Al parecer se habían escondido bien en su Cordillera Transparente, habían dejado caer la magnífica Sesser-Law y se habían dado por muertos. ¿Para qué? No lo sabía, y tampoco parecían muy dispuestos a contestar sus preguntas.

Pero no sólo había sssemesstraka en el grupo. Al menos en el que había visto se encontraban otras razas. Magos, alguna que otra hada, elfos, enanos y demás. Todos revueltos. Delante de la puerta de su celda había un par de gigantes. Podía olerlos desde ahí. Eran jóvenes, apenas dos metros, pero sus rostros feos y sus miembros bastaban para amedrentar a cualquiera. Por lo que había oído hasta entonces parecía que mucho más abajo se alzaba una ciudad entera. Si agudizaba el oído podía oírles trajinar. Pero eso no le importaba. Lo que quería era ver a Shenak, saber que no le habían hecho nada.

Se dejó caer exhausto sobre el suelo de fría piedra y contempló la inmensa puerta de hierro que acababa de abrirse para dejar paso a un sssemesstraka joven escoltado por otros dos fornidos soldados: un elfo, con aquella gracia y sutilidad tan propia de ellos, y un mago.

El sssemesstraka le miró desde arriba y enarcó una ceja.

—Veo que tienes los modales propios de un sssalvaje —comentó.

—Llevo todo el día intentando soltarme. Ahora he decidido que estoy mejor en el suelo.

—En fin, no es de eso de lo que veníamos a hablarte. Queremos información.

—¿Y qué te hace suponer que te la daré? —escupió y le miró con toda la arrogancia que su posición permitía.

—Nos la darásss —el sssemesstraka le sonrió casi con amabilidad—, porque si no tendremos que sacártela a la fuerza.

Cris se irguió un poco y frunció el ceño. ¿Qué podía querer un sssemesstraka de él?

—¿Qué clase de información?

—Nosotros hacemos las preguntas —contestó el mago, tajante, apuntándole con su báculo—, no tú. Ahora, ¡habla! ¿Qué queríais hacerle a la princesa, tú y ese bárbaro del norte?

Le costó un poco entender que se referían a Luchían, pero aun así no tenía ninguna intención de contestar, a pesar de que el mago sostenía su báculo de forma amenazadora ante él.

—Preguntádselo a ella —replicó Cris, intentando apartar la vista del utensilio mágico para fijarla en el rostro del sssemesstraka.

Debía ser bastante joven, tenía la piel hermosa, con escamas de un verde muy oscuro y los ojos escarlata llenos de concentración.

—Creo que no tienes muy clara cuál es tu situación en este momento, jovencito.

—La tengo clarísima. Soy tu prisionero y en cuanto te dé la más mínima información dejarás que tu amigo el mago haga experimentos conmigo.

El sssemesstraka agitó la cabeza con elegancia y la trenza en la que había recogido sus cabellos se agitó levemente en el aire. Cris no pudo evitar pensar que poseía una gracia envidiable, más propia de los príncipes que de los soldados.

—Nosotros no hacemos esas cosas, humano. Si es que lo eres... Lo único que queremos es algo de información. Aunque es cierto que no puedo asegurarte tu libertad después de conseguirla... Has destruido a buena parte de mi compañía y eso no quedará sin castigo. Además has secuestrado a nuestra princesa, algo que tampoco te podemos perdonar así como así. No obstante, puedo conseguirte un poco más de comodidad, si así lo prefieres.

Cris lo pensó durante unos instantes. ¿Creían que él había secuestrado a Shenak? ¿Él? ¿Era otra trampa?

—¿Por qué debería fiarme de vosotros? No me habéis dado ninguna prueba de que vayáis a cumplir vuestra palabra.

El otro asintió como si comprendiese su dilema.

—Permite que me presente, tal vez entonces podamos hablar de forma más tranquila y con menos desconfianza. —El humano murmuró algo con desgana y el sssemesstraka continuó con voz calmada y amable—. Yo sssoy Sold, líder del ejército Wind y de la resistencia de Sesser-Law. Resistencia que, me temo, nadie había podido franquear hasta que tú y tu amigo la cuarteasteis hace cinco días.

—¿Resistencia? ¿Resistencia frente a quién? —Aquello empezaba a interesarle.

—¡Frente a los asquerosos asesinos como tú! —exclamó el elfo antes de que Sold pudiese contestar.

El líder abrió la boca, pero de nuevo se le adelantaron, esta vez el mago:

—Tranquilo, Gadrel. —El mago avanzó, apuntándole con su báculo—. Es poderoso en realidad, pero no tiene nada que hacer contra mi magia. Ni siquiera detecto su fuente, lo que quiere decir que si llegase a atacarnos, cosa que dudo, podría bloquear cualquier hechizo con sólo pestañear.

—Qué ilusión, gran mago —escupió Cris, la mitad arrogante y animal de su interior dudaba que aquel mago tuviese ni siquiera tiempo de pestañear si a él se le ocurriese mostrarse en todo su poder.

Maldita sea, la voz de su interior parecía indignada, *a no ser que quieras que te maten controla esa lengua.*

—Para ser justos, ahora tú deberíasss contestar a mi pregunta. ¿Qué queríais hacerle a la princesssa?

Cris guardó silencio.

No pretendía traicionar a Luchían ni a Shenak. Y la magia no iba a cambiar eso. Aquella gente no se había mostrado digna de confianza y el hecho de que hubiesen secuestrado a Shenak en mitad de la noche lo demostraba con creces.

Cerró su mente, cerró sus recuerdos y cerró los ojos. No permitiría que se aprovecharan de ella.

Alguien le zarandeó con furia y gritó palabras en la lengua de la magia, pero nada surtió efecto. Había invocado el poder y la fuerza de su bestia recién alimentada y ésta no se aplacaba con hechizos ni fórmulas mágicas. Podía ver a Sold hablando con el mago, intentando decirle algo, pero éste le apuntaba con su báculo ignorando al líder de la resistencia con obstinación.

En su interior, el monstruo se hizo fuerte, se resguardó en su pellejo de escamas infranqueables y se mantuvo firme ante cualquier ataque que sufriese su débil envoltura humana, guardando sus recuerdos para sí mismo.

Un hada vino a interrumpir a los tres:

—Ha despertado.

Le soltaron con brusquedad sobre las baldosas y salieron a la carrera.

Luchían había llegado sin problemas a Luparia.

La ciudad estaba desierta, porque a los humanos no les gustaba estar cerca de ella y las minas eran subterráneas, pero él sabía bien adónde tenía que ir y no tardó en encontrar el viejo y derruido Gran Templo de Muna.

Suspiró apesadumbrado antes de deslizarse al interior. No había gran cosa que hubiese sobrevivido al ataque. Los grandes espejos que antaño iluminaban la estancia estaban rotos y esparcidos por el suelo; el muro norte había desaparecido por completo y ahora sólo quedaba la magnífica estatua de Muna, recortada contra la clara noche del exterior.

—Serebil sel euq, rarebil Seroyam Sert sol ed azreuf al otisecen, ejed em euq redop el otisecen. Erba et neiuq ed euq redop le otisecen. Erba et nieuq oy yos, atreipsed et neiuq oy yos, Muna, erdam.

Se acercó a la gigantesca estatua y cayó de rodillas ante

ella, sacó del interior del cuello de su túnica el colgante y lo estampó contra el pedestal de la diosa. Al instante se abrió un pequeño agujero en el suelo. Descendió a través de él hasta llegar a una habitación circular en la que se alzaba de nuevo una estatua de Muna, pero no estaba sola. Junto a ella se encontraban Solaris y Tempus, y sostenían entre los tres a la gran Serpiente, la que unía a los Tres Mayores y la que hacía girar a los tres Mundos. A los pies de la magnífica estatua se hallaba una hendidura redonda, y al acercarse a ella sintió que se le ponían todos los pelos de punta.

Aquél era el Templo Oculto. Un templo subterráneo, erigido por los sacerdotes de los Tres, cuya iglesia había caído tanto tiempo atrás. Nadie había estado ahí desde hacía más de cinco siglos, nadie se había atrevido a invocar el poder de los Tres Mayores desde que Sossarth había llegado suplicante a la antigua Luparia.

Por aquel entonces Tavath ya había caído en el olvido, pero su hermanastro dio con él y no había dudado en ayudarle. Juntos habían descendido hasta las entrañas de ese planeta que Muna creó para él y habían puesto en juego todo cuanto tenían para conseguir un milagro.

Lo habían logrado, habían abierto un Portal que conducía a la Tierra, el lugar en el que Tavath había pasado tantos siglos, y Sossarth huyó. Naturalmente a nadie le había hecho gracia aquella actuación, pero ¿qué podían hacer? Sossarth estaba a salvo, lejos del alcance de los dioses, y nadie podía hacer nada para evitarlo. Sossarth era el único que podía abrir el Portal, el único que podía volver. Pero Sossarth no sería tan tonto como para volver, ¿verdad?

Muna en persona se había presentado ante Tavath. Muna en persona le había preguntado por qué lo había hecho.

Ésa era una buena pregunta. ¿Por qué había puesto tanto en juego? ¿Por qué se había arriesgado a ser castigado? No lo había hecho así sin motivo, sino porque Sossarth le dio una buena razón para hacerlo. Una niña. Un bebé. Una criatura que se aferraba a aquel monstruo tan perseguido, con la naricita sucia y los ojos llenos de lágrimas.

«Sólo es una cría, Tav. No puedes dejar que la encuentren. Luparia ha caído hace ya tanto tiempo... Y ahora Sesser-Law no es más que un cúmulo de cadáveres. Tú mismo apenas has podido librarte de la esclavitud. No puedes permitir que crezca aquí.»

«¿Qué quieres que haga?»

«Déjame llevarla conmigo a la Tierra. Siempre ha sido un lugar seguro. Construiré un nido para ella. Construiré un hogar, le daré cuanto pueda.»

«Necesita estar con los suyos.»

«Están muertos, Tav. Han muerto todos, como en Luparia. Los humanos se están quedando con el Continente como en la Profecía. La Guerra ha empezado. Muy pronto irán a buscar el Trono Caído.»

«La Profecía sólo puede cumplirse si hay Tres Herederos, Soss. Sólo estamos tú y yo.»

«Por eso. Si yo me voy, si me llevo a la pequeña, la Profecía jamás se verá cumplida. Pero si no es así, nada podrá detener la Guerra.»

Luchían agitó la cabeza.

Parecía mentira que tan sólo hubiesen pasado veinte años desde aquello. Parecía mentira. Aquella decisión que casi les había costado la cabeza había retrasado la Guerra y el cumplimiento de la Profecía durante dos décadas. Había bastado para que la pequeña creciese y en vez de morir rodeada de los suyos se viera obligada a vivir sola.

Cerró los ojos intentando concentrarse en lo que tenía que hacer en vez de navegar en recuerdos. Y entonces sintió el poder. Un poder olvidado, un poder que no se utilizaba desde mucho tiempo. Quizá demasiado. El poder de su verdadera naturaleza.

Abrió los ojos y desenvainó la espada.

Había llegado el momento de liberar a su pueblo. Había llegado el momento de acabar con aquellos humanos.

Con un gruñido en la garganta y el aliento de la muerte en los ojos salió de nuevo al exterior. Encontró a un único guardia patrullando las salidas de una de las minas en las que los licántropos se veían obligados a trabajar.

—¡Eh! —gritó—, ¿qué haces ahí, animal?

No le dio tiempo a retroceder o a dar la alarma, la hoja de su espada le seccionó limpiamente en dos y antes de que el cadáver cayese al suelo, Luchían había entrado como una exhalación en los túneles y mataba a todo aquel que se interpusiese en su camino.

El poder que parecía destilar por todos sus poros le confería una fuerza sobrenatural, sobrehumana, divina. Un poder que no había poseído en la caída de Luparia, un poder que había visto palidecer mientras revivía los duros momentos en la Fiesta de la Sangre, porque era en ese día, el día de su muerte, en el que sus poderes flaqueaban como flaquea la fuerza de un hombre lobo una noche de luna nueva. Pero ahora el poder que se había visto inutilizado durante años estaba acumulado y hervía por salir al exterior. Ahora tenía la fuerza de un dios.

Cuando entró en las cuevas en las que los licántropos dormían amontonados como animales, el aullido que cruzó su garganta resonó por todos los rincones de las minas y cientos de voces se unieron al grito de guerra. Y la liberación fue una masacre.

Murieron hombres y mujeres, humanos que vivían en las minas y trabajaban supervisando la extracción de diamante bajo la gran Luparia. Murieron licántropos, abatidos por los aterrorizados guardias. Murieron crías y ancianos que no lograron ver la luz de Muna.

Pero también sobrevivieron muchos, y éstos se alimentaron de la sangre de sus captores y enviaron hordas enteras a distribuir el mensaje de la liberación de Luparia y el inicio de la Guerra.

Luego siguieron a Luchían, su rey, de vuelta a Sesser-Law, aullando, cazando, y corriendo como hacía años que no sucedía.

—Algo se acerca —gruñó Apry en voz baja.

—Anwara —murmuró Sossarth junto al gigantón—. Anwara viene a buscar lo que es suyo.

—¿Anwara, la que lo une y separa todo? —Adín se volvió hacia Sossarth—. ¿Esa Anwara?

—Sí. —Sossarth se apartó un poco de sus compañeros y lanzó una llamarada hacia Cojo, que intentaba encender un fuego en la nieve que cubría las Estepas Loras.

Habían alcanzado aquellas heladas estepas que separaban el Kopthar del desierto sssemesstraka hacía dos días y todo a su alrededor era blanco. Los que peor lo llevaban eran los adle, Soran y Adín, y Cojo, el cual solía caminar cogido del brazo de Sossarth. Katana podía aguantarlo bastante bien, en cuanto a Mimí no le importaba el frío o el calor. Sossarth no tenía frío. La nieve se fundía a sus pies, víctima del calor que él mismo desprendía.

—¿Por qué iba Anwara a molestarse en bajar al Continente? —inquirió Soran mientras ayudaba a Cojo a encender la hoguera con la bola de fuego que Sossarth les había lanzado.

—Pregúntaselo tú mismo —gruñó el otro.

—¿Cómo se supone que tengo que hacer eso?

—Simplemente date la vuelta y pregúntaselo.

Convencido de que le tomaba el pelo, Soran gritó.

Ante ellos se alzaba una inmensa e imponente mujer intemporal de rostro hermoso y aterrador al mismo tiempo.

—Veo que tus modales no han mejorado nada, Sossarth. —La figura de tez pálida y largos cabellos verdes sonrió—. Esperaba que los años de exilio te enseñasen algo.

—Lo lamento, Anwara. —Se encogió de hombros—. Pero deberías haber aprendido que a mí nada es capaz de enseñarme modales.

Contempló a los presentes con sus profundos y sabios ojos y su mirada se detuvo en James, el cual se la devolvió con prepotencia. La mirada se le llenó de ternura al verle.

—Mi pequeño. —La diosa sonrió—. Te he echado tanto de menos.

—¿Quién me ha echado de menos? —exigió él, sin mostrar el menor ápice de respeto.

—Eres igual que tu padre. —Agitó la cabeza y la melena verde cobró vida para convertirse en un millar de serpientes que se retorcieron y sisearon—. Sin ningún respeto hacia los demás. —Las serpientes gruñeron encolerizadas y Anwara agitó su falda escamosa que se había llenado de nieve—. Pero cuando le veas ya mostrarás respeto. Él te enseñará a respetar.

—Anwara —interrumpió Sossarth.

Las serpientes que formaban su larga cabellera fueron las primeras en reaccionar, volviéndose veloces hacia la voz.

—Tú tampoco eres mucho mejor, Sossarth. Alguien debería darte una lección.

—Antes de enseñarme modales, por qué no me aclaras una cosa.

—¡Habla! —escupió.

—Deberías ser neutral, ¿cómo es posible que seas la madre de ese engendro?

Un murmullo se extendió por el campamento.

—¿Y quién, si es que se puede saber, te ha dicho que yo soy la madre de James?

—El hecho de que puedo oler tu sangre en él a una milla de distancia.

—¿Entonces?

—Has de permanecer neutral, Anwara. No puedes mostrarte parcial en la Guerra. En el momento en el que tomes partido, la balanza se desequilibra.

—A favor de James. —Sonrió—. No tengo problema alguno con eso.

—Pero la Profecía...

—¡Al cuerno con la Profecía, Sossarth! ¿Crees que las cosas pueden seguir así como hasta ahora? La guerra a punto de estallar cada dos por tres, esto es el caos más absoluto que he visto desde el inicio de los tiempos. He estado durante años en el exilio, pero los rumores de la destrucción del Continente y las batallas entre los dioses me llegan de todas partes. ¡Da igual adónde vaya!

—La Profecía dice que no se puede desequilibrar la balanza —protestó Sossarth.

—La Profecía dice que no se puede obligar a nadie a tomar partido en un bando u otro. Yo no obligo a nadie. —Se volvió hacia James—. Simplemente tendrá mi apoyo si con ello le ofrezco el mundo. Le ofrezco el reino de su padre. El reinado sobre los Mayores. Dime, Sossarth, ¿tienes algo mejor que ofrecerle al Continente?

Sossarth no contestó enseguida.

Estaba sentado en una roca con la vista clavada en las llamas danzarinas del fuego que Cojo al fin había conseguido encender.

Anwara sonrió con suficiencia e iba a añadir algo más cuando la suave y susurrante voz de Sossarth la interrumpió.

—La paz.

—¿Qué?

—Le ofrezco la paz. —Alzó la vista—. ¿Qué hay mejor?

—La paz es para cobardes que no se atreven a hacer la guerra —interrumpió James—. La guerra es la solución.

—La paz —repitió Sossarth ignorando la explosión de James—. Esa maravillosa sensación de estar en un lugar en el que todos te quieren, en un lugar con tus amigos, con tus seres amados, poder ver a tus hijos crecer, y amar tanto a otro ser vivo que crees morir cuando te alejas de él. La paz, algo que va más allá de «no hacer la guerra». Algo que va más allá de lo que jamás podrá ofrecerte una batalla o una carnicería.

Anwara sonrió con dulzura.

—Para ser un engendro sin corazón hay muchos sentimientos en ti. Me pregunto si Solaris te hizo tan descorazonado como dicen.

Él no dijo nada, se limitó a sostener su mirada con decisión.

—¿Bien, hijo? ¿Qué decides? La paz o la guerra. En realidad todo depende de ti.

James les miró alternativamente.

—¿Que si prefiero su endeble paz al poder? ¿La posibilidad de ser alguien o la de esconderme en algún agujero apestoso como aquel del que he salido? —Se volvió hacia Anwara—. ¿Crees que es necesario que lo diga o puedes imaginártelo?

—La guerra puede significar tu muerte —argumentó Mitgard—. Puede significar la pérdida de todo aquello que quieres, de todos los que te importan.

—Creo que es más honroso una muerte luchando por ser el mejor que morirse viejo en algún lugar dejado de la mano de los dioses.

—Sea pues. —Anwara miró a Sossarth—. Ha elegido por propia voluntad. La balanza no se ha desequilibrado.

—Lo ha hecho —convino—. Todos lo hacemos tarde o temprano, ¿no?

Ella alzó la cabeza con orgullo.

—Nos veremos en el campo de batalla.

Se volvió para marcharse, pero la voz suave de Sossarth la detuvo.

—El Trono será ocupado por un descendiente del Grande, Anwara, ¿lo sabes, verdad?

—¿Qué se supone que quiere decir eso? —La diosa inclinó la cabeza.

—Que con la guerra envías al chico a la muerte. Todos moriremos a no ser que el Grande determine un Descendiente que ocupe ese trono.

—No —intervino James mientras Anwara permanecía en silencio—. Sólo los débiles morirán. Morirán ante el poder del Mayor de los Mayores, Tempus.

El muchacho se acercó a la diosa y la miró.

—He tomado una decisión, llévame ante Tempus. Que los débiles se queden aquí.

Pocos segundos después también se les unió Mitgard, y juntos desaparecieron de aquel lugar, sin duda para reunirse con Tempus, que aguardaba impaciente la llegada de su hijo.

Libro Tercero

18

El sacerdote

Sin duda el despertar de Shenak fue menos desesperante que el de Cris, aunque se llevara un susto mayor que el de su compañero.

La princesa había sido instalada en un cuarto de piedra, amueblado al estilo de los de su raza y tratada con toda la pompa que requiere un personaje real. Dos hadas se encontraban junto a ella; le habían quitado las prendas y la habían vestido conforme a los gustos sssemesstraka. Mientras dormía la habían bañado, y humedecido su piel escamosa en las zonas más resecas.

Cuando abrió los ojos, una de sus guardianas corrió a dar la nueva y muy pronto estuvo ante un sssemesstraka bastante apuesto, un mago y un elfo.

—*Sisser-path-kalash* —dijo el soldado haciendo una reverencia ante la anonadada princesa.

—*Koshtress-kaltriunph-sssisssesssoh* —contestó al tiempo que pestañeaba un par de veces—. *Ssissssskalah*.

—*Grohssh Sold* —se presentó entonces el soldado, que tomó suavemente el brazo de la princesa y depositó un beso sobre su hombro—. *Winder-lisssahh, ressesss Sesser-Law*.

—*Glis-mandree, puvjshed-goldar*. —Hizo una pausa en la que escrutó seriamente el rostro de su interlocutor—. *Minoo golom gotakc mel·lash*.

—*Gotakc mel·losh. Jostrap-homosssh?*

Se hizo un tenso silencio.

—¿Qué ha dicho? —inquirió el elfo en un susurro.

—Pregunta por el humano.

—*Minoo golom! Zsuuk ssshaisssah!*

Shenak apartó a los guardias y abrió la puerta de la pequeña celda con furia. Al irrumpir en la habitación de piedra sintió cómo se le encogía el corazón. Cris yacía medio inconsciente en el suelo, rodeado de un charco de sangre y con la cara amoratada. Las cadenas se habían hundido dolorosamente en su carne y algunos gusanos empezaban a retorcerse en las heridas.

Ignorando las protestas de Sold, la princesa se acercó al humano y se arrodilló junto a él. Los ojos se le llenaron de lágrimas cuando una mueca de dolor borró la temblorosa sonrisa que había aparecido en su rostro al verla.

Shenak miró por encima del hombro al sssemesstraka, que había detenido al elfo y al mago que intentaban entrar para arrastrarla por la fuerza lejos de aquel peligroso humano. Frunciendo los labios con rabia, abrió las cadenas y arrancó las esposas del muchacho. Luego apartó los gusanos que se retorcían en las heridas y la sangre reseca, sintiendo cada estremecimiento de dolor en el cuerpo de su compañero como una puñalada. Como si ella misma fuese la responsable de aquellas heridas. Como si ella misma se las hubiese propinado.

—¡Sold! —ordenó como si se hubiese pasado la vida dando órdenes en vez de recibiéndolas—, ¡trae una palangana con agua y traposss!

El soldado pareció sorprendido ante la repentina furia de la joven, además del hecho de que acababa de hablarle en una lengua que no era la de los sssemesstraka, pero se apresuró a enviar al elfo y al mago para que trajeran lo solicitado y al cabo de unos minutos estaba junto a la princesa, procurando, no obstante, mantener una distancia prudencial con el reo.

Contempló anonadado cómo la princesa desnudaba rápidamente al humano semiinconsciente y arrojaba la camisa desgarrada y ensangrentada sobre las baldosas de la celda. Empapó un trapo y limpió las zonas más desgarradas. Sus dedos acariciaron algunas heridas, para verter sobre ellas parte de su propio poder de curación. Pero aun así, éstas mostraban una crudeza tal que no se curaron ni siquiera con esa ayuda mágica.

—Bárbarosss —se oyó murmurar a la princesa—. Malditosss sssalvajesss.

No tuvieron tiempo de sentirse ofendidos, porque entonces la heredera al trono sssemesstraka hizo algo que ningún otro sssemesstraka hubiese hecho jamás por un humano: apoyó la cabeza de Cris sobre sus rodillas, le abrió ligeramente la boca y se cortó las venas con un pequeño cuchillo. La sangre empapó los labios del muchacho y resbaló luego al interior de su cuerpo, recorriéndolo entero y aportando más magia para la regeneración del tejido. Cris empezó a respirar un poco mejor y, cuando la herida de Shenak hubo cerrado, ésta se sentó de espaldas a la pared abrazando el cuerpo con fuerza, mientras cerraba los ojos y se balanceaba delante y atrás.

Sold no osó mover un músculo. Su instinto le decía que se alejase cuanto antes de aquel humano; su deber, que salvase a la princesa del peligro potencial que presentaba aquel ser.

—¿Qué está pasando aquí?

El soldado se puso rígido, imaginándose perfectamente la cara del recién llegado, que sin duda estaría muy indignado por la imagen que tenía ante los ojos.

—¡Señor! —exclamó Sold, poniéndose en pie con tal celeridad que estuvo a punto de caer de nuevo sentado—. Puedo explicárselo si...

—No sé quién esss usted, ni tampoco me importa —cortó una voz de ultratumba, la de Shenak, mientras ésta volvía lentamente a la conciencia, tras haber estado inmersa en la difícil tarea de sanar a otro ser vivo, sorteando barreras mentales y corporales que un humano no debería poseer—, pero estoy intentando concentrarme.

Alzó la cabeza con orgullo, mientras dejaba caer dulcemente a Cris sobre el suelo de piedra para poder levantarse.

—Princesa Shenak —dijo el hombre que vestía con los colores de los dioses sssemesstraka—, ¿se puede saber qué hacéis aquí con este animal?

—Intento salvarle la vida. —Todo el porte real que poseía la joven pareció salir a la luz en aquel instante—. ¡Me habéis tenido cinco días encerrada, diciéndome que estoy demasiado débil para verle! Y cuando al fin logro entrar, ¿cómo me lo encuentro? ¡Desangrándossse y apaleado como un perro!

—Princesa —aquel ser de aspecto extraño, que pertenecía sin duda a algún tipo de gigante-enano, de los que abundaban por el oeste, alzó el morro lleno de indignación—, habéis crecido lejos de las costumbres y enseñanzas de Sesser-Law... Sin embargo, esperaba que supieseis diferenciar entre animales desvalidos y humanos asesinos.

—¡Diferencio muy bien a los animales de los humanos! ¡Y este hombre no es un asesino!

—¡Claro que es un asesino! ¡Y un secuestrador y un caníbal, que devoró no sólo a los caballos, sino también a ocho de los nuestros!

—¿Y a quién secuestró, si es que se puede saber?

—A vos, naturalmente.

—¿Qué?

El sacerdote retrocedió instintivamente, pero recuperó enseguida su compostura.

—Os secuestró y embrujó, de alguna manera. ¡Miraos! Vais hecha un desastre.

Cris se revolvió.

—Alejaos inmediatamente de ese monstruo. Yo me encargaré de que reciba su justo castigo por lo que ha hecho.

—Que es nada. Estaba con él por voluntad propia.

—¡No os encontráis en disposición de tal sentencia, alteza! He visto a muchos de los de su calaña, sobreviví a la mismísima guerra y vi a un humano torturar y matar a vuestra madre, sé lo que estos seres son capaces de hacer. ¡Y no toleraré que este animal mate a la princesa que tanto hemos añorado!

La agarró por el codo tirando de ella para alejarla de Cris.

—¡Yo no voy a ninguna parte! —exclamó la joven, intentando zafarse de la poderosa presa que había hecho el gigante-enano.

Ya casi había conseguido arrastrarla hasta la mitad de la celda cuando un gruñido le detuvo en seco.

—Ha dicho que no quiere ir contigo —gruñó Cris, que se había puesto en pie y miraba al sacerdote con un odio tan intenso que habría hecho retroceder al héroe más valiente.

Se podía masticar la tensión en el ambiente; Shenak confiaba en que Cris no atacara al sacerdote, porque eso podía poner a todos los demás en su contra y no era algo que necesitasen en aquel momento.

—No te atrevas a amenazarme, humano.

Sold, que en aquellos instantes estaba demasiado cerca del chico, gimió aterrado al comprobar cómo los rasgos de aquel misterioso individuo empezaban a cambiar y el recuerdo de aquel monstruo abatiéndose sobre sus hombres en la oscuridad del desfiladero le hizo retroceder.

—Crisss. Si te ves con fuerzasss, acompáñanos a un lugar más cómodo, para que podamos explicar lo que estábamos haciendo en el palacio de mi madre.

Ante los anonadados ojos de la multitud congregada en la puerta de la pequeña celda, Cris sonrió, se relajó y la transformación remitió por completo. Se acercó tambaleándose hasta el lugar en el que su camisa había caído, se la puso con cuidado para no desgarrar las frágiles costras que cubrían sus heridas. Luego avanzó hasta el sacerdote y Shenak, tomó al primero por la muñeca, obligándole a soltar a la princesa, antes de aguardar a que el resto del grupo se sintiese con ánimos de dejar aquella pequeña y maloliente habitación.

Se encontraban en una gran sala ricamente trabajada y amueblada según el estilo sssemesstraka. Tras una mesa de madera verdosa adornada con algunos instrumentos de metal retorcido, el sacerdote llamado Cáian, se sentaba con los codos apoyados sobre la lisa superficie y el rostro semioculto tras las manos que mantenía con las yemas de los dedos unidas.

Sold y Shenak estaban sentados en dos sillas de la misma madera verde. Cris se había acomodado en el alféizar de la ventana, como le gustaba hacer, y miraba atentamente a los otros tres con los ojos entrecerrados. El soldado sssemesstraka detectó enseguida que en lo más profundo de éstos había una extraña fuerza que analizaba todo cuanto sucedía a su alrededor, que calculaba los movimientos que aquel envoltorio humano debía hacer y todo lo que debía decir. Se trataba de algo mucho más complejo que el poder que había demostrado tener al enfrentarse a sus compañeros. Parecía poseer algo de... dragón.

—... esto es completamente intolerable, princesa. Este monstruo ha matado a muchos de los nuestros.

—¡Pero sólo lo ha hecho para protegerme! —exclamó Shenak—. Llevamos muchas jornadas juntos y nunca ha intentado hacerme nada.

—¡Porque quería a los sssemesstraka! He visto lo que esos bárbaros son capaces de hacer. —El sacerdote se puso en pie con impaciencia—. Si seguimos existiendo es porque los dioses han sido benevolentes con nosotros, y han sido capaces de perdonar los insultos que cometíamos contra sus órdenes y voluntades. ¿Qué creéis que pasará si llegado el momento...?

—¿Los dioses? —susurró la voz ronca de Cris, mientras la mirada, perdida ahora en las montañas que se veían a través del alto ventanal, vagaba de un pico a otro, inquieta—. ¿Desde cuándo se preocupan los dioses por los de aquí abajo? —Enmudeció de pronto, tenso como una cuerda de piano con la cabeza un poco alzada. Luego se volvió hacia el gigante-enano con un destello de rabia en sus ojos brillantes de ira—. ¡Cómo puedes insultar a los humanos y acusar a los demás si tú mismo guardas al mayor asesino en tu casa!

—¿De qué hablas, Crisss? —Shenak se volvió hacia el joven, pestañeando un par de veces.

—Aquí hay un humano —dijo en voz muy baja—. Le han escondido bien —entornó más los ojos, clavando la vista en los verdes de Cáian—, y si no me equivoco está a punto de entrar aquí.

No se equivocaba, tres segundos después se oyó un golpe seco en la puerta que se abrió bruscamente: una mujer sssemesstraka, seguida de una niña pequeña que podría pasar por su hija y con un bebé agarrado a las costillas, apareció arrastrada por un hombre de hombros anchos y brillante armadura. Shenak no tardó en decidir que aquel hombre no le gustaba. Se trataba de un ser muy alto y de pelo castaño húmedo por el sudor; los ojos brillaban con un color verde intenso bajo las pobladas cejas y su mandíbula cuadrada estaba dominada por unos labios extremadamente finos. Tenía una nariz del tamaño de una patata con oscuros pelos asomando de las grandes fosas.

Resoplando como un búfalo, el hombre cerró la puerta y soltó a la mujer, que temblaba de pies a cabeza. No tardó en reconocer al segundo humano como aquel al que habían encerrado en las mazmorras que había sobre la ciudad y el terror se hizo más fuerte en sus entrañas.

—¿Qué quieres, Jos? —El sacerdote parecía molesto.

—Esta mujer —contestó el otro con voz neutral— quería robar del templo.

—Muy bien. —Cáian dudó un instante antes de clavar su mirada en Shenak—. ¿Qué proponéis que hagamos, alteza?

—¿Por qué queríasss robar? —preguntó la joven con suavidad.

—*Jusss-brinak-malehra, koohkarderih.* —Y la mujer cayó de rodillas, alzando las manos al cielo... unas manos llenas de cortes, como si le hubiesen propinado golpes con una fina vara.

—¡Esta ladrona miente! —exclamó Jos con rabia.

—Sólo pretendía conseguir comida para sus hijos —murmuró Shenak con voz suave. Frente a ella, una extraña mirada turbaba el calmado semblante de Cris, para convertirlo en una máscara indescifrable.

El momento en el que Jos, capitán y protector de las reliquias del templo, alzó la vista hacia el humano quedó grabada a fuego en la mente de todos los presentes, pues por un instante el imperturbable capitán pareció completamente descolocado, para luego enfurecerse de una forma tal que olvidó a la presunta ladrona y se acercó a grandes pasos a Cris, que se apretujó cuanto pudo contra la pared antes de que Jos le golpeara con fuerza. El chico gimió y cayó de espaldas al suelo. Quedó allí, retorciéndose de dolor, mientras intentaba protegerse en la medida de lo posible de los furiosos golpes de aquel hombre.

—¡Basssta! —exclamó Shenak, interponiéndose entre uno y otro, pero fue apartada por un furioso golpe que no dio en el blanco y lanzada lejos de ahí. Esto enfureció a Cris de una forma que nadie esperaba. Gruñó, mostró los dientes y al cabo de media fracción de segundo, en el lugar en el que debería encontrarse un chico de ojos color miel, apareció un pequeño dragón de dos metros de largo, enroscado sobre sí mismo, y protegiendo su cuerpo dorado con las grandes alas. Todos se quedaron mirando a aquel extraño animal mudos de asombro, hasta que de nuevo Jos quebró el silencio, temblando de rabia.

—Así que esto es lo que escondía la fulana de tu madre. No eres más que un monstruo. Un apestoso monstruo. Un híbrido. El híbrido que la mató.

—Padre —murmuró el dragón temblando de pies a cabeza como una hoja—, permíteme explicártelo.

—¡Y aún tienes la desfachatez de llamarme padre! —aulló el hombre levantando una vez más la mano, dispuesto a golpear al dragón con la misma saña con la que había golpeado al muchacho.

—Ella sólo quería protegerme —gimió el dragón escurriéndose rápidamente lejos de su padre—, por eso me entregó a él.

—¡Maldita furcia! —rugió Jos abalanzándose detrás del dragón.

Cris se detuvo como si le hubiesen congelado, y se volvió con una llamarada de odio y orgullo herido en los ojos de color miel.

—Gracias a él, padre —gruñó acercándose al hombre con paso extrañamente firme—, soy capaz de estar con el resto de los seres vivos la mayor parte del tiempo.

—¡Y aprovechas esos poderes para matar sssemesstraka, ¿no es eso, engendro?!

Cris se detuvo de pronto con la cabeza erguida y su concentración se alejó de su padre, que temblaba de furia ante él. Agitó la cabeza y se dirigió hacia la ventana, y abriéndola de par en par saltó a lo alto del alféizar.

—Justo a tiempo —murmuró con una sonrisa antes de volverse completamente satisfecho hacia Shenak y dedicarle una mirada intensa y llena de significado—. Alteza —dijo con suavidad dulzona y melosa—, creo que estabais explicando lo que tramábamos en Sesser-Law, antes de ser brutalmente interrumpidos por este ser salvaje. —Le dedicó una mirada de desdén a Jos antes de volver a fijar su intensa mirada en la princesa—. Si fueseis tan amable de continuar...

Shenak pestañeó perpleja, intentando recordar en qué punto de la conversación con Cáian habían sido interrumpidos. No recordaba haber explicado nada respecto al plan de Luchían, ni siquiera sabía si realmente había llegado a decir lo que estaban haciendo en Sesser-Law, pero Cris la había conducido directamente a aquella parte del relato por alguna razón, y no era aquél el lugar más idóneo para preguntar.

—Por supuesto. Nuestra misión era proteger el trono sssemesstraka de los enviadosss para ultrajarlo.

—¿Cómo se os ha ocurrido pensar que alguien...?

—Porque con nosotros viajaba un custodio de la antigua Iglesia de los Tres Mayores —dijo Shenak, al recordar de pronto cómo Luchían había negado en palacio ser sacerdote de esa Iglesia extinta. «Por supuesto», se dijo, «es un guerrero, su papel había de ser otro...»—. Los dioses le enviaron la visión de la guerra, y partió rápidamente en busca de un ejército.

—¿Un ejército?

—Piénsalo, Sold —comentó Cris con una sonrisa torcida en los labios—. Un ejército que se acerca a grandes pasos hacia aquí. No creo que tarde demasiado en llegar. Y cuenta con Shenak y conmigo para...

—¿Qué clase de loco querría tenerte en un ejército?

Una voz irrumpió en la sala, quebrando el eco de la pregunta:

—Yo.

19

Algo que ocultar

Todos se volvieron sobresaltados hacia la puerta y descubrieron a un hombre inmenso, con un extraño brillo argénteo en sus pupilas. Venía acompañado por una mujer alta y pálida, envuelta en pieles negras, y un muchacho de aproximadamente diez años vestido todo de negro.

—Me alegra ver que no os habéis matado los unos a los otros en mi ausencia —comentó socarrón—, pero me hubiese gustado más que no perdieseis el tiempo con estúpidas visitas de cortesía a vuestros vecinos sssemesstraka. —Suspiró—. Supongo que no se os ocurrió preparar la defensa de Sesser-Law en mi ausencia.

—Nadie es perfecto —dijo Shenak acercándose a Luchían con elegancia y haciendo una leve inclinación de cabeza.

Él asintió con una sonrisilla y le besó la frente con algún tipo de galantería licántropa antes de volverse hacia Cris, aún convertido en un hermoso dragón de pequeña alzada, y someterle a un intenso escrutinio.

—Me alegra ver que, al fin, has conseguido asimilarlo.

Avanzó a grandes pasos hasta él y le puso una mano en el cuello escamado.

—De verdad me alegro de que seas uno de los nuestros.

El dragón intentó contener las lágrimas, pero no pudo engañar al licántropo, que intensificó su sonrisa y le dio un golpe amistoso.

Cáian bufó furioso y se encaró con el extraño, mientras el niño que acompañaba a Luchían se sentaba junto con la mayor de las hijas de la sssemesstraka ladrona y entablaba con ella una rápida conversación, trabándosele de tanto en tanto la lengua con las difíciles palabras sssemesstraka.

—¿Se puede saber quién eres tú para irrumpir así en mi despacho? ¡Y para tomarte esas libertades con nuestra princesa!

—Mi nombre es Luchían —contestó él con suavidad—. Vengo de muy lejos, de las Tierras Licas, y mi ejército licántropo está acampando entre los valles de la Cordillera Transparente, para gozar de su relativamente nueva libertad.

—¡Todo el mundo sabe que los licántropos prácticamente se extinguieron hace siglos! El abuelo de mi padre estuvo en la caída de la gran Luparia. Y ya sólo restan despojos. Con todos ellos no se lograría conformar sino un ejército de cadáveres.

Por primera vez el licántropo se volvió hacia Jos y clavó sus ojos plateados en los del humano, que no parecía convencido, pero enmudeció al fijar la vista en los grandes ojos del licántropo.

—Muy bien. Shenak, ¿existe algún problema por el que nuestro querido Cris presente un estado tan lamentable, o simplemente es que le ha dado por golpearse a sí mismo?

Naturalmente, el licántropo sabía perfectamente que ni siquiera Cris era tan imbécil como para golpearse a sí mismo, y mientras hablaba no apartó la vista de Sold, que se removió incómodo.

—Ya está todo solucionado, no te preocupes, Luchían.

—Estupendo. En tal caso no os importará acompañarme para hablar acerca de la estrategia.

—¡Extranjero! —interrumpió Cáian molesto por ser ignorado durante tanto tiempo—. ¿Cómo te atreves a interrumpir así una conversación? ¡Estábamos decidiendo qué hacer con una ladrona cuando de pronto has aparecido, interrumpiendo la condena a...!

—Para ser un sacerdote, encuentro que tienes mucho

metido en política —comentó Luchían con fastidio—. Primero acerca de cómo he de tratar a Shenak, luego sobre condenar a pobres sssemesstraka medio muertas y por último insultándome con acusaciones completamente falsas.

—¡Cómo te atreves! ¡La ira de los dioses caerá sobre ti como no muestres más respeto!

—¡Muestro el respeto que mereces! ¡Y más ira de la que ya ha caído sobre mí dudo que caiga! Tengo todo el derecho a interrumpir una reunión, puesto que he pasado un mes a lomos de un caballo, yendo de aquí para allá tan rápido como mi pobre Madagascar podía moverse, sólo para buscar un ejército que proteja vuestra ciudad. ¡Si por mí hubiese sido, la habría dejado caer como vosotros dejasteis caer Luparia! ¿Por qué tendría yo que meterme en este lío, por todos los dioses?

—No te alteres, cielo. —La mujer que había venido con él sonrió.

—Entonces, ¿por qué no recoges a tu apestosa manada de perros y la devuelves allí de dondequiera que haya salido? ¡Nadie aquí ha pedido tu ayuda!

—Yo la he pedido. —Shenak habló con firmeza y furia, mirando altanera a Cáian—. Y si no recuerdo mal, yo soy la princesa de este reino. La protección de Sesser-Law se dirigirá bajo mi mando. Supongo que nadie tendrá nada que objetar.

—Sssupongo que su alteza contará con nuessstrosss ssserviciosss —dijo Sold, poniéndose prontamente en pie.

—Cuanta más ayuda tengamos, mejor que mejor. ¿No contaréis en este hermoso búnker con un lugar en el que podamos decidir la estrategia sin tantos ojos mirándonos?

La habitación donde Sold se encargaba de las estrategias era redonda, sin ventanas, y la dominaba una gran mesa rodeada de sillas muy cómodas. Shenak no dudó en sentarse junto a Cris, y el soldado sssemesstraka se apresuró a tomar asiento al otro lado de la joven, ganándose una inquietante mirada por parte de Luchían. El licántropo se apartó del elfo y el mago y tomó asiento junto con el niño y la mujer al lado de Cris. Éste se había ganado muy pronto la confianza y amistad del chico: ambos se enzarzaron en una conversación en voz baja y se rieron entre dientes de la expresión de uno y otro, ajenos por completo a las explicaciones de las estrategias que Luchían proponía, mientras contaba soldados, se rascaba la nuca y discutía con el resto de los presentes.

Luchían tenía clarísimo que debía dejar sus tropas fuera de la ciudad al menos durante los siguientes dos días.

—No quiero que se vean encerrados tan pronto. No tengo nada en contra de vuestras ciudades —añadió mirando a Shenak—, pero debéis comprender que hace muy poco tiempo que son libres de nuevo, y para luchar contra nuestros enemigos tienen que recargar sus pilas al cien por cien.

—¿Cómo lograste liberarles? —preguntó el elfo con desconfianza—. Quiero decir que, después de tantos años teniendo esclavos, los humanos no decidirían donártelos para la guerra.

—No, pero Luparia la Impenetrable no tiene ese sobrenombre por capricho. El Gran Templo a Muna esconde en su interior la base de nuestra civilización, a ella van dirigidas nuestras súplicas y nuestra fe. Nada ni nadie ha encontrado jamás lo que esconde. Y si se le sabe hablar con «Dadiledif y Roma» —sonrió misteriosamente—, entonces puede que Muna te otorgue algo de ayuda.

—¿Y Muna te entregó la libertad de los ejércitos? —bufó el elfo—. ¿Por quién nos tomas? ¡Menuda sarta de estupideces!

—Yo creo en Muna. Llevo muchos años rindiéndole culto. No veo por qué iba a traicionarme ahora.

—Tal vez porque nadie protegió a tu propio pueblo cuando cayó en manos de los humanos.

—En esa ocasión no la necesitábamos.

—¿Qué?

La mujer que acompañaba a Luchían y que hasta aquel momento había permanecido en silencio se puso ceremoniosamente en pie y apoyó sus enguantadas manos sobre la porosa madera de la mesa. Sus ojos centellearon misteriosamente y cuando habló, su voz sonó extraña, como si procediera del fondo de un pozo.

—Lo que Luchían quiere decir es que en aquella ocasión no había tantas cosas en juego como ahora. Ni Muna ni ninguno de los tres Mayores volverían la espalda a un asunto que significa tanto. Y menos aún a Luchían.

—¿Por qué no a este licántropo? —gruñó el mago con fastidio—. ¿Por qué a él no y a los sssemesstraka sí?

—No me malinterpretes, te lo ruego.

—¡Por qué iban a manifestarse los dioses a un simple lobo! ¡Cáian es sacerdote! ¿Por qué no se le han manifestado los dioses a él?

—Tranquilízate —pidió Sold con talante conciliador—. Sssin lugar a dudasss Luchían no tardará en explicarssse. O esssta joven que le acompaña y de la que, de momento, no sssabemosss nada.

—Ruego disculpéis esta indiscreción —Luchían se irguió cuan alto era, poniéndose en pie para hacer la presentación—, con las prisas olvidé mis modales. —Unió las palmas de las manos ante el pecho e hizo una pequeña inclinación de cabeza—. Esta joven que me acompaña no es otra que mi areñapomc, Varnar. Y él —señaló al chico, que alzó la cabeza rápidamente—, nuestra cría, Nurâi.

—¿Varnar? ¿No es ése el nombre de la Emisaria de la Muerte?

Varnar y Luchían intercambiaron una mirada de soslayo antes de estallar en carcajadas.

La esposa de Luchían era una mujer muy alta, de piel blanca como la leche. Una maraña de pelo negro le caía por los hombros y los ojos eran tan negros como la noche. Sus labios rojos parecían teñidos de sangre, y sus largas y sedosas pestañas envolvían sus ojos en un halo de misterio. Vestía completamente de negro, al igual que su compañero. Llevaba un largo vestido ceñido al pecho, con un corpiño ribeteado de seda. Las amplias mangas ocultaban casi por completo sus brazos y sus manos asomaban enfundadas en negros guantes de cabritilla, cuyos botones sufrían constantes tironcitos despreocupados. Una pesada capa envolvía toda aquella belleza ajustadamente, su silueta magnífica quedaba contoneada con aquella prenda. Apenas se podían distinguir las hermosas botas negras, dotadas de altos tacones, por debajo de todas aquellas faldas y prendas; sin embargo, también éstas tenían un precioso aspecto de elegancia que, a los ojos de la mayoría de los presentes, carecía de comodidad.

Nurâi había heredado la piel blanca y los hermosos rasgos de su madre, y los brillantes ojos plateados de su padre. La melena negra le caía hasta los hombros, sucia y revuelta a causa del viaje. Vestía con pieles, típicas de su pueblo. Unos pantalones de cuero negro, una camisa de lino y una pesada capa de pieles, muy suaves. Complementaban su atuendo unas botas de piel de suela blanda y flexible, y un cinturón ancho del que colgaban una espada y varios saquitos.

El chico tamborileó con los hermosos dedos, largos y esbeltos, cargando con orgullo con todas las miradas de soslayo que caían sobre él. Sin lugar a dudas había heredado el temple de su padre, y también aquel extraño aspecto, de saber siempre más que los demás, mientras paseaba su mirada orgullosa por toda la sala.

—Volviendo al tema de la manifestación divina. No soy quién para dudar de las palabras de Muna. Sólo cumplo con mi deber.

—Aun asssí, nos insssultasss e insssultasss a Cáian al insssinuar sssiquiera que él no esss digno de una profecía...

—Yo no he insinuado eso, Sold. Pero comprenderás que los dioses son muy quisquillosos a la hora de entregar visones de futuro a alguien, y no creo que tu querido Cáian, que no duda en dejar morir de hambre a un obligado o que aparta a los humanos de cara a la galería pero los atrae y coloca bajo su protección especial, cumpla con los requisitos necesarios para...

—¡Insultas a nuestro sacerdote! ¡Tú, licántropo, que no nos conoces, y te afirmas a ti mismo como respetable para recibir profecías! ¿Cómo te atreves? ¡Te acogemos y tú nos desprecias una y otra vez!

—Tranquilízate, Gadrel —rogó Sold una vez más dirigiéndose al elfo—. Sssin lugar a dudasss no hemosss interpretado bien a Luchían. —Y le dedicó una mirada de súplica al licántropo, que, aun así, no se amilanó cuando golpeó la mesa con un puño cerrado, y la sala entera se estremeció.

—No creas lo que digo, si no quieres, elfo, pero no pongas en duda lo que sé de los dioses. No he pedido vuestra hospitalidad y, créeme, no tengo ninguna intención de venir a instalarme a vuestra pequeña prisión-ciudad, porque acabo de sacar a las manadas de una y no os las voy a entregar tan fácilmente.

—¡Por qué ibas tú a saber más de los Mayores que Cáian! ¡Por qué dices saber tanto de las voluntades de Muna, cuando en realidad no eres más que un simple y martirizado esclavo!

—¡Porque él es su hijo!

Nurâi se tapó la boca con las dos manos, mirando aterrorizado a su padre, que había agachado la cabeza y dejado que el pelo le tapara la cara.

El tiempo que siguió a aquella frase se convirtió en piedra y durante unos instantes reinó un silencio sepulcral.

—¿Qué hasss dicho? —inquirió Shenak, mirando alternativamente a Luchían y a Nurâi.

—Nada —murmuró el chico mirando todavía a su padre con ojos desorbitados—. No he dicho nada.

—Ya da igual, Nurâi —sentenció su madre—. Di lo que estabas diciendo.

Negó repetidas veces con la cabeza sin apartar las manos de la boca.

—Acaba de hablar, Nurâi. —La voz de Luchían les llegó cavernosa, como si procediese de un lugar muy lejano, y sus ojos centelleaban detrás de la maraña de pelo que le cubría el rostro—. Ya da igual.

Nurâi no se decidió. Seguía contemplando a su padre

con los ojos desmesuradamente abiertos, y las manos frente a la boca, como si quisiese que sus palabras impulsivas volvieran a su garganta. Pero poco a poco pareció tranquilizarse, hasta que, al final, retiró poco a poco las manos de delante de la boca y dijo, lentamente, como si le costase un soberano esfuerzo:

—Papá no es otro que el Predilecto de Muna, Tavath.

Se oyó un gruñido y, con una fuerte explosión, Luchían desapareció para dejar paso al Señor de los Licántropos, el Hijo de la mismísima Muna.

Se mostró como un semidiós, ataviado con los ropajes que, segundos antes, había llevado Luchían. El rostro estaba provisto de un pelaje castaño oscuro, fino y muy corto, que parecía salir de la punta del hocico. Sus ojos de plata brillaban fantasmagóricamente en un rostro cuya mitad diestra pretendía ser todavía humana. Las patas que asomaban por debajo de los bordes de la túnica, rodeadas por una larga y peluda cola de lobo, eran completamente caninas, y, a pesar de que una mano seguía siendo más o menos humana, la otra no era más que una poderosa garra.

Todos los que se vieron repentinamente ante aquel ser retrocedieron cuanto pudieron, excepto su compañera y su hijo, que se mostraron inalterables. Se volvió hacia Gadrel, que retrocedió instintivamente.

—Me preguntabas hace apenas un minuto acerca de por qué tu apreciado Cáian no tiene el poder necesario para recibir profecías de Muna. Espero que conocer al fin mi identidad te resuelva el misterio. Muna no pierde el tiempo enviando profecías a miserables que ni siquiera la honran y que se rinden a un culto que no tiene nada que ver con los representantes de los Tres Mayores.

—Pero si no quedan representantes de esa Iglesia —murmuró el mago—. No es posible que siga viva.

—Sigue viva, porque todavía hay dos seres sobre este Continente que le rinden culto a los Mayores, sin importarles demasiado lo que ellos piensen acerca de nosotros. Y mientras haya alguien capaz de transmitir su sabiduría, ten por seguro que su culto sobrevivirá.

»Bien, Cris —dijo al fin—, supongo que, ahora que estás ante uno de aquellos que nombra la Profecía de la que te hablé, no dudarás de que Sossarth vendrá, tarde o temprano, para enfrentarse también él contra James.

20

La orden del amo

Habían pasado muchas horas desde que descubrieran que Luchían era Tavath, y que, por lo tanto, quedaba un rayo de esperanza para los sssemesstraka. Desde entonces, de nuevo los allí reunidos habían decidido que Cris podía perfectamente colaborar con los sssemesstraka y el resto de refugiados de las montañas en la lucha contra sus enemigos. A pesar de las protestas de todos, tanto Tavath como Shenak impusieron su voluntad. La una, irrevocable por venir del hijo de una diosa de tal importancia; la otra impuesta por venir de la indiscutible heredera del imperio caído. Así pues, aquella noche, con la bestia saciada de nuevo y durmiendo profundamente, y sin penas de muerte sobre sus hombros, Shenak invitó a su cuarto al muchacho, que no dudó ni medio instante en acudir.

Les había costado bastante librarse de todos aquellos que querían consultar cualquier tipo de cosa con la princesa y al final la joven había optado por echarlos a todos de allí, sin el menor asomo de decoro. Una vez a solas en la habitación de la joven, los dos se miraron desde la distancia. Shenak recuperó una conversación que llevaba mucho tiempo esperándoles:

—Siempre has estado ahí... En el Paso Gruh, cuando Soran y el resto vinieron a por mí en Sesser-Law... —Tenía la boca seca—. Eso... fue una imprudencia y una tontería por tu parte. Podrías haber muerto, podrías...

Cris la miró con el ceño fruncido. Llevaba esperando ese momento demasiado tiempo.

—Seré un inconsciente, alteza, pero permíteme una tontería más.

Y antes de que Shenak pudiera contestar, se había aproximado a ella y sellaba sus labios con los suyos.

Shenak jadeó perpleja antes de lanzar los brazos en torno al cuello del chico y cerrar los ojos, disfrutando del roce. Se arrimó más a él y sintió su sangre, habitualmente fría, ardiendo como el fuego del dragón, calentada por la imponente presencia de él y cualquier pensamiento desapareció de su mente y no existieron las preocupaciones, ni la misión, ni los dioses, ni la guerra. Se abalanzaron el uno sobre el otro, con una pasión desmedida que hubiese hecho caer sentado a Cáian. Por suerte para ambos, éste estaba siendo ferozmente juzgado por un muy divertido Tavath. El licántropo no dudaba de que el hecho de no hallarse en el mejor de los escenarios no limitaría la pasión de Shenak y Cris por más tiempo.

Y tenía muchísima razón, pues entre besos y caricias, tanto la sssemesstraka como el híbrido de dragón, lobo y hombre estaban decididos a recuperar de forma radical el tiempo perdido.

—Esto es una completa locura —murmuró Cris mientras Shenak, harta de desabrochar los incómodos botones de su camisa, la arrancó literalmente—. Shen, ¿estás segura?

—Sí. —La chica le besó, acariciando la piel llena de cicatrices de su espalda.

Él empezó a desabrochar rápidamente el corpiño que ceñía a la joven, mientras besaba apasionadamente sus hombros. La delicada prenda tardó un rato en dejar de ofrecer resistencia, como si estuviese radicalmente en contra de lo que estaba a punto de suceder, pero al fin, ante los insistentes tirones de la pareja, no tuvo más remedio que rendirse para ser desechada junto con la hermosa falda.

Los amantes cayeron, rasgando el dosel del lecho entre

las plumas y las sábanas de seda, besándose y acariciándose el uno al otro, absortos en el pequeño mundo que en aquellos instantes representaba la intimidad del dormitorio, seguros de que allí nada ni nadie les iba a molestar durante la noche.

Seguramente nunca advirtieron que una figura, en el umbral de la puerta, volvía a cerrar el resquicio que acababa de abrir, como para asegurarse de que sus sospechas eran verdaderas. No sabrían nunca que aquella figura que se deslizaba siseando furiosamente por los pasillos acababa de descubrir que aquel idilio había llegado lo suficientemente lejos como para que al sacerdote Cáian le diera un bonito ataque de histeria, o como para ver a la recién reencontrada princesa, asesinada y mutilada por las leyes inquebrantables, para aplacar la ira de los dioses sssemesstraka.

Sin lugar a dudas, los padres de Shenak debían de estar revolviéndose en sus tumbas al comprobar que poco antes de la batalla su hija, heredera al trono, estaba enredada en un juego de sábanas con un humano.

¡Ni más ni menos!

La lengua bífida batió con furia el aire.

—Maldita sssea —murmuró el espía para sí mismo—, maldita sssea una y mil vecesss.

La oscuridad engulló al sssemesstraka, igual que las dudas que lo corroían y le machacaban. ¿Debía informar de lo que había visto? ¿Debía traicionar a su princesa o debía traicionar a su religión?

Maldijo una vez más al humano y trepó a lomos de su montura para hacer la ronda de reconocimiento nocturna.

Era muy tarde cuando Shenak abrió los ojos y descubrió a Cris yaciendo a su lado, con un brazo rodeándole la cintura y una expresión de profunda paz que no recordaba haberle visto nunca. Sonrió con ternura, le apartó un mechón de pelo que caía por encima de su rostro y le besó la comisura de los labios.

Recogió su corpiño y su falda, se vistió rápidamente antes de echarse la capa de Cris por encima de los hombros y alejarse en silencio de su lado. Miró con preocupación por encima del hombro antes de arrodillarse en tierra y echar unos polvos blancos sobre el suelo. Aguardó un instante y al siguiente vio aparecer a su maestro reflejado en el suelo. Inclinó la cabeza en señal de respeto.

—Me has tenido muy preocupado, pequeña —le reprochó él—. Hace meses que espero tener nuevas tuyas.

—Lo sssiento maessstro —murmuró la joven, sorprendiéndose de que él empleara el mismo tono—. ¿Dónde estás? Se te oye muy bajo.

—Es que estoy hablando bajo, cabeza de chorlito. ¿Se puede saber por qué no estás con ese humano?

Shenak no pudo evitar dedicarle una mirada a Cris, que dormitaba tranquilamente a su espalda.

—Me refiero al otro.

—¡Shh! —La joven hizo un gesto con las manos para indicarle que bajara la voz, y miró directamente a Cris, que se revolvió en sueños, pero no despertó—. Maessstro, por favor.

—¿Sabes lo preocupado que me has tenido? Debiste haberte quedado con James. ¿Qué crees que pensé cuando les alcancé y no te vi con ellos?

—No lo dirás en serio, maestro. Jamesss intentó matarme.

—¿Qué te hace pensar que éste no lo hará?

—Pues... —Sus ojos se fijaron en la silueta envuelta en sábanas de Cris, y no pudo evitar sentir que se le reblandecía el corazón—. No sssé qué me pasa, maestro.

—Este humano no tiene tanto poder como James. ¿De qué te sirve embaucarle?

—No le he embaucado, maessstro.

—Entonces, ¿qué has hecho?

—Eras tú el que siempre me hablaba del amor, lo hermoso que era y todo eso.

—Pero no me refería a que... bueno, te liases con el primer vagabundo que se cruzase en tu camino. Escucha, pequeña, lo que yo deseo es que seas feliz. Y ese mortal no puede hacerte feliz. No puede darte la libertad, y eso lo sabes, ¿verdad?

—Le quiero, maestro.

—No puedes estar hablando en serio. —Parecía exasperado—. Shen, si no consigues tu libertad y debes volver al exilio, ¿qué harás? ¿Te lo llevarás contigo?

—Siempre me has contado historias sobre el amor, maestro. Siempre me has dicho que no hay nada más hermoso, ¿por qué me lo niegas a mí, ahora que he descubierto que todo eso es verdad?

—El sufrimiento que te causa el ser rechazado por el ser amado es algo capaz de matarte, Shenak. Los humanos tienden a deshacerse de aquellos a los que ya no quieren. El amor de un humano es muy endeble, y la vida de un humano increíblemente corta. ¿Qué harás cuando él muera? Porque morirá dentro de ¿cuánto?, ¿cincuenta?, ¿cuarenta?, ¿treinta años? Para entonces tú estarás en la flor de la vida.

—Este humano es diferente. Hay algo diferente en él —dijo Shenak, pensando en que en realidad había demasiado extraño en él: dragón, humano, lobo....

—Recuerda que eres una sssemesstraka, que eres una princesa y que tienes un deber para con tu pueblo.

—¿Qué deber tendré si me vuelven a desterrar?

—Si te destierran no podrás llevarlo contigo y si no te destierran serás una princesa, que debe ocuparse de un país.

—Puedo encargarme de mis deberes y amarle a la vez.

El maestro cerró los ojos con cansancio y un suspiro dejó sus labios.

—Te voy a pedir una cosa, Shenak, una única cosa y la cumplirás.

—¿De qué se trata?

—Sé que puede sonar increíblemente cruel, pero quiero que sepas que sólo lo hago por tu bien.

—Maestro, no pienssso hacer nada que perjudique a Crisss.

—Aléjate de él.

Shenak parpadeó perpleja.

—No lo entiendo, maestro, ¿después de todo lo que me has contado acerca del amor...?

—Hay algo que no te he contado acerca de los sssemesstraka, niña, y es en realidad la razón por la que te ordeno esto.

—¿Qué es?

—Las leyes de tu pueblo prohíben la unión entre sssemesstraka y humanos.

—¿Qué? ¿Qué clase de...?

—Por eso no me dejas otra opción, Shenak, aléjate de ese humano, o tendré que hacerte algo que en realidad no quiero hacer.

La ira hirvió en sus venas y la hizo temblar.

—Da igual lo que hagas, Crisss me seguirá y querrá, siempre.

—¿Crees que él aceptará que seas una esclava? ¿Crees que te seguirá cuando te despoje de todos tus derechos? Me perteneces, Shenak, tu vida no sería nada si yo no te hubiese salvado años atrás. Los dioses crearon una ley para este tipo de casos: el salvador tiene derecho sobre la vida del salvado. Nunca he querido restringir tu libertad lo más mínimo, pero si no cumples con este único deseo que tengo, poniéndote así en peligro ante las leyes de tu pueblo, te restringiré todo lo que sea necesario. Te ataré con la cadena más corta que puedas imaginar, Shenak, y sabes que lo digo en serio.

Estaba rígida, parpadeó perpleja. Aquello no podía ser verdad.

—¿Es eso lo que soy para ti, maestro? ¿Una esclava?

—Si tiene que ser, sí. Si es la única manera de protegerte, te encadenaré con toda la fuerza de mis poderes. No quiero ser cruel contigo, pequeña. Sabes que te quiero, pero si no le dejas, si no te separas de él, no me dejarás otra opción.

Una rabia desconocida hasta entonces inundó su corazón de pronto, haciendo que su alma se revelase furiosamente contra aquel pronóstico.

—¡Yo le amo! No permitiré que me separes de él.

—No. No le amas, por el simple hecho de que no sabes lo que es eso.

—¡Claro que lo sssé! ¡Tú siempre me hasss hablado de ello!

—Shenak, no me obligues a hacer algo que no quiero hacer.

—No me vas a convencer.

—Sea pues. Si no es por las buenas, será por las malas.

—No puedes hacerme esto.

—Shenak, por el poder que me ha sido conferido, te ato a mí.

—Por favor.

—Mi voluntad será tu ley...

—¡Maestro!

—... y mi voluntad es...

—¡No!

—... que te alejes del humano.

Su maestro le dedicó una media sonrisa triste, y de nuevo la rabia se apoderó de la joven, llenándola de una cruel y dura impotencia.

—Tus hechizos no tienen poder sobre mis sentimientos.

Por un instante creyó que le iba a contestar con una respuesta hiriente, pero una mirada salvaje apareció en los brillantes ojos de aquel hombre, cuando habló de nuevo, fuerte y seguro de sí mismo.

—¡Demuéstralo!

Con un gruñido de rabia, Shenak esparció el polvo de un manotazo, y cuando se volvió el aliento huyó de sus pulmones y el corazón se detuvo.

Ante ella se alzaba Cris, medio desnudo y con el ceño fruncido. Los ojos le brillaban de una forma que jamás antes había visto.

—¿Cuánto rato llevas escuchando? —alcanzó a decir con voz temblorosa.

—El suficiente.

—Puedo explicártelo.

—¿Quién es tu amo?

Se mordió el labio inferior.

—Eso no puedo decirlo.

—¿Quién es? —había un gruñido salvaje en el fondo de su garganta.

Le temblaban los labios cuando habló de nuevo.

—Es mi familia.

—No me parece muy fraternal lo que te ha dicho.

—Crisss, por favor. Tienes que entender...

—¿Harás lo que él te ha ordenado?

—Es mi señor. Y ha impuesto su voluntad sobre mi alma.

—Entonces ya no hay nada más que decir.

Se volvió para marcharse, pero se detuvo cuando oyó su nombre.

—Crisss, no quiero que...

—Shenak, lo último que deseo es que te pase algo por mi culpa. —La miró con ternura—. Tranquila, tendrás siglos por delante para olvidarte de este mortal. —Alargó una mano para acariciar su rostro, pero se contuvo en el último instante—. No me interpondré en tu camino. —Suspiró—. Ha sido hermoso, pero tu amo tiene razón, es imposible.

Y salió de la habitación dejándola aturdida ahí.

—¡Cris! Espera.

Cuando se recuperó se apresuró a seguirle por el oscuro corredor. Alcanzó a verle salir para ir a ocupar el puesto que Tavath le había indicado la noche anterior, pero cuando iba a llamarlo una figura se cernió sobre ella, impidiéndole el paso y unas manos fuertes como puños de hierro la agarraron por las muñecas, arrastrándola lejos de la salida.

—¡Cómo has podido hacer esto a la comunidad! —Cáian estaba fuera de sí—. Obligarnos a aceptar al humano ya era bastante degradante, pero esto. —Agitó la cabeza de un modo entristecido a la par que furioso—. ¡Podías haber escogido a cualquier otro! ¡Y te acuestas con el humano! ¡Vergüenza debería darte!

La sangre seguía hirviéndole a causa de la conversación con su maestro, por eso no dudó en verter en el sacerdote toda la ira que la carcomía por dentro.

—¡Me da igual lo que puedas pensar, sssacerdote! ¡Y aunque tenga que renegar de todos los dioses del universo, mi corazón está con Crisss!

Un tortazo le giró la cara antes de que pudiera preverlo.

—¿Cómo te atreves a hablar así, jovencita?

Y entonces toda la sangre real que llevaba y los modales cuidados y refinados que su maestro había puesto tanto cuidado en que aprendiera quedaron relegados a un alejado plano, y los años de vagabundeo y salvaje educación en la dura lucha de supervivencia a la que su maestro la había condenado se hicieron fuertes en la joven que, de un furioso manotazo, tiró al hombre al suelo.

—¡No me he pasado todos estos años en el exilio para que ahora un sacerdotucho venga a regañarme como a una niña! ¡Tengo edad sssuficiente como para essscoger a mi compañero! Convenceré a mi maestro de que es lo correcto. ¡Y ten por seguro que lucharé contra todo aquel que se interponga entre Cris y yo!

Y se volvió con toda su elegancia y porte real, dispuesta a dejar aquel tema zanjado.

—¡Tu traición traerá la miseria y la desgracia a tu pueblo, Shenak! —aulló Caian todavía desde el suelo—. ¡Nadie se salva de la ira de los dioses! ¡Has traicionado a tu pueblo!

Shenak no se volvió, no contestó, y no hizo ademán alguno de haber oído las protestas del gigante-enano.

—¿Qué te pasa, chico? ¿Vuelves a tener al lobo fuera de control? ¿Sería mucho pedir que me contestaras? Muy bien, lo que tú quieras.

Tavath anduvo un instante en silencio junto a Cris, antes de volver a la carga, atolondrándole con preguntas, hasta que éste se detuvo fastidiado y se volvió hacia el licántropo.

—Shenak y yo lo hemos dejado —dijo al fin, dejando a su interlocutor plantado en el sitio con cara de alelado.

Con un gruñido de ira siguió andando, hasta que, algo más recuperado del golpe, Tavath le detuvo sujetándole por el brazo.

—¿Por qué?

—Por su amo.

—Creía que sabías que Shenak servía a Muna. —Los músculos de Cris se tensaron al oír aquel nombre, pero no interrumpió al licántropo—. Por eso quería entregar a James, para recibir su libertad.

—Lo sabía, al menos en parte. Pero no lo hemos dejado por eso.

—De todas formas, estoy seguro de que no es algo que le haga sentirse orgullosa.

—Aun así, a no ser que la Maldita haya decidido travestirse, te aseguro que no era ella.

Por una breve fracción de segundo, Tavath no supo a quién se refería su amigo, pero al entenderle no pudo evitar contestar de forma más cortante de lo que debería.

—Agradecería que no llamases así a Muna, ya que no sólo la ofendes a ella.

—No veo por qué debería guardarle algún tipo de culto. Al fin y al cabo por su culpa me veo obligado a matar.

—No sería así de aceptar de una vez por todas lo que eres.

—Siento no poder ser tan bueno como tú, hijo de los dioses.

—Bueno, ya está bien —atajó el licántropo saltando a lo alto de un saliente que dominaba una preciosa vista—. Así no ayudaremos a Shenak.

—Shenak no quiere ni necesita ayuda, Tavath.

—Luchían —murmuró, atrayendo la vista de Cris.

—¿Perdona?

—Llámame Luchían, como si no supieras quién soy.

Aquella petición descolocó un poco al muchacho, que trepó hasta el saliente para sentarse junto al licántropo.

—¿Por qué?

—Así, puede que los dos olvidemos un poco que soy hijo de Muna. Y puedas dejar a un lado ese resentimiento que le tienes, al menos así no lo pagarás conmigo.

Cris bufó.

—Muy bien, Luchían. Antes de que sigas fingiendo que me escuchas, podrías contarme por qué, después de tantos años fingiendo ser otro, te cuesta volver a ser tú mismo, ¿no?

El licántropo le dedicó una media sonrisa y una mirada de soslayo.

—¿Resulta tan evidente?

—Bastante.

—¡Ja! Bueno, la verdad es que tienes razón. —Hizo una pausa—. Es que no soporto ver a todo el mundo pendiente de mí. Soy un superviviente, yo también fui un esclavo, en casa de un mago bastante benévolo, pero aun así no es fácil. Pelear durante tantos años para... En fin, me cuesta recordar que soy quien soy y que tengo más responsabilidades y deberes ahora que antes, cuando simplemente era Luchían, o cuando era el rey. Esperando a que volviera Tavath, en el momento oportuno. Y que tan rápido como viniera se fuera.

Ambos se quedaron en silencio, contemplando la magnífica vista que se ofrecía ante ellos, con los campos bañados por una hermosa luz plateada.

—No creo que sea peligrosa —dijo al fin el licántropo.

—¿Quién?

—Tu sssemesstraka. Shenak. No creo que nos venda.

—No tengo miedo de que nos venda.

—¿Entonces?

—En estos momentos lo único que quiero es atravesar a su maestro con mis garras.

—No creo que eso la hiciera muy feliz.

—Me haría feliz a mí.

Luchían respiró hondo.

—Escucha, Cris. No sé por qué estás tan furioso con ella. Sabías que tenía un maestro, sabes lo que eso significa: ella le pertenece. Dudo que ella te dejara escapar si no fuese por eso.

—Los sssemesstraka no pueden amar a los seres humanos, Luchían.

—Creo que... —Se interrumpió—. Creo que algo es diferente en esta princesa. Y también sabes que hay algo en ti que te hace muy diferente a un simple humano.

—¿A qué te refieres?

—Estoy casado, Cris. Tengo un hijo, y creo que un futuro cercano me depara otro. Sé lo que es tener una familia, amar a alguien, y proteger a ese alguien contra viento y marea. Los licántropos lo llamamos Zomunàe.

—¿Zomunàe?

—Un sentimiento que los sssemesstraka no suelen tener, pero que es importante.

Cris le miró con el entrecejo fruncido.

—Es algo mucho más poderoso que el amor, Cris. Creo que Shenak ha desarrollado ese sentimiento. Creo que ella podría amarte, si le das la oportunidad de demostrarlo.

—Eso lo sé, Luchían. El problema está en que su maestro ha impuesto su poder sobre ella. No quiero que él le haga daño por mi culpa. ¿Qué debo hacer? ¿Debo rechazarla para protegerla? ¿O arriesgarme? —Alzó la vista hacia los ojos plateados del licántropo—. Estoy completamente perdido.

—Escucha al único que te dirá la verdad. Ni ese maestro, ni Shenak, ni Cáian, ni siquiera yo tengo esa respuesta. Pregúntate a ti mismo cuál es la verdad. Aguarda, madura, cree en ti. Y cuando estés preparado sabrás cuál es el camino que debes seguir. Sólo correrás el riesgo de lamentar tu decisión si te dejas guiar solamente por lo que los demás te digan. Escucha a tu alma, Cris. Cuando lo hayas hecho, sabrás que, elijas lo que elijas, será lo correcto, porque será tu decisión.

—¿Quién diablos te dijo esto? —inquirió Cris frunciendo el ceño.

Luchían sonrió tristemente.

—Lo creas o no, Cris, esto me lo han dicho ya tres personas muy apegadas a mí.

—¿Quiénes?

—Mi compañera, Varnar. —No pudo evitar mirar tristemente al horizonte—. Y, aunque te parezca extraño, también mis padres: Solaris en una ocasión y Muna en otra.

—¿La Maldita te dijo eso?

—Así es. —Inspiró profundamente—. Y me alegra poder decirte que no se equivocaba. Puedo haber cometido errores, pero no me arrepiento de haberlos cometido. Los errores nos hacen más sabios, Cris, no lo olvides. De los errores aprendemos y podemos corregirnos.

21

Invitados inesperados

Durante los siguientes dos días tanto Shenak como Cris se estuvieron esquivando mutuamente.

Cris no encontraba tiempo para pensar en lo que Luchían le había dicho y aconsejado, puesto que los licántropos, lejos de sentirse incómodos en su presencia, le encomendaban a las cincuenta crías que había en la manada, a las que se sumaban las de los licántropos que, poco a poco, iban llegando al campamento. Atareado con los pequeños durante el día y atendiendo extenuado a sus interminables guardias nocturnas, seguía sin decidirse a hablar con Shenak.

Por su parte, la princesa estaba ocupada día y noche en poner orden entre los sssemesstraka y sus aliados. Dado que la política nunca había sido su fuerte, solía pedir consejo a Sold, que muy pronto se convirtió en su mano derecha y un buen amigo, dispuesto a cubrirle las espaldas. De este modo tampoco ella encontraba un momento para escabullirse de la bulliciosa ciudad subterránea y arreglar las cosas con Cris. Sabía que no podía evitarle eternamente, tampoco quería. Había llegado a la conclusión de que hablaría con su maestro en cuanto fuera posible: debía convencerle de su error pues ni siquiera la mayor de las cadenas mágicas podría impedir que su corazón latiera con mayor velocidad cuando veía a Cris a lo lejos, o que por las noches añorara el cálido fuego de dragón que latía en su interior.

Caían se convirtió también en un problema que no le daba un respiro: había encargado a Jos que la vigilara de cerca y le informase si ella intentaba acercarse al híbrido, pedía su consejo para cualquier cosa y la entretenía durante horas con temas que no eran de la menor relevancia.

La mañana del tercer día Cris luchaba contra el agotamiento cuando una voz junto a él le hizo dar un respingo.

—La sssonrisssa de Fígaro... Dicen que Muna no era muy generosssa con él.

Cris se volvió entre furioso y molesto, esperando encontrar a cualquier otro, pero junto a él estaba Sold, el soldado sssemesstraka, el cual parecía haber olvidado sus miedos hacia él.

—¿Fígaro?

—Fue uno de los vástagos de Sssolarisss y Muna, ssse creía capaz de sssuperar a sssussss padresss mucho antesss de tiempo. Para probarlo ssse coló una noche en la mansión de la diosssa y robó sssu cetro. Dicen que cuando Muna le dessscubrió, Fígaro sssonreía con superioridad. Como cassstigo y essscarmiento, ella le convirtió en un gajo de luna. —Sold sonrió con sorna—. Todo el mundo conoce esssa hissstoria, muchacho. —Se encogió de hombros—. Igual que todo el mundo conoce la tuya.

—¿Mi historia? —Enarcó las cejas. Dudaba mucho que alguien imaginase siquiera cómo habían sido sus últimos diez años—. ¿A quién podría interesarle?

—Partiendo de lo que cuenta Cáian, a muchosss de nosssotrosss. Al parecer pretendesss usssurpar el trono sssemesstraka.

—¿Usurpar? ¿Vuestro trono? —Agitó la cabeza—. No, gracias. No me encerraría de por vida en un palacio ni aunque fuese el más hermoso del universo.

—¿Ni sssiquiera por la princesssa?

Cris suspiró y contempló los lejanos valles, que se abrían amorosamente a los primeros rayos de sol. Un sol pálido y frío, pero que parecía dispuesto a calentar y mimar aquellas tierras como el más solícito de los amantes.

Iba a contestar cuando sus ojos se clavaron en el camino que llevaba hasta el cruce. El cruce que llevaba a Sesser-Law... o hasta ellos. Dos jinetes galopaban por ese camino, levantando una densa polvareda a su paso. El campamento licántropo estaba al otro lado de la montaña, por lo que habían pasado inadvertidos, pero desde la posición privilegiada en la que se encontraban, Cris podía verles perfectamente.

—¿Qué passsa? —gruñó Sold al verle palidecer.

Pero al haber pasado tantos años en la ciudad subterránea, la vista del sssemesstraka no era ni de lejos tan buena como la del híbrido; su olfato, por otro lado, era magnífico. Cris frunció el ceño al ver a los jinetes y pidió al soldado que corriese en busca de Tavath. Mientras se alejaba, Cris pudo estudiar a los visitantes.

Los dos poderosos animales se detuvieron al fin a alguna distancia que Cris acortó en pocos pasos. Uno de ellos era un animal fuerte y esbelto, con el pelaje completamente blanco y un pequeño cuerno en espiral que salía rompiendo la cascada que le caía por la frente. Sin duda era un mestizo. Hijo de algún unicornio blanco y un caballo, que conservaba lo mejor de ambas razas. Las patas y la cola se encontraban, sin embargo, sucias de barro y tierra, formando un extraño contraste con el perlino inmaculado del resto del sudoroso cuerpo.

Su jinete vestía una ceñida capa cuyos bordes también estaban sucios de tierra y polvo. La figura montaba de forma extraña, sentada de lado y apoyándose en un magnífico estribo de oro con tallas plateadas. Retenía las riendas a la altura de la cruz, y unos brillantes ojos le observaban como gemas azuladas desde las profundidades de la capa.

El caballo de su izquierda era un animal gigantesco, con una crin que llegaba hasta la mitad de las gruesas patas. La cola arrastraba un poco y la enorme testa sostenía elegante y orgullosa una hermosa brida de cuero y plata. Masticaba tranquilamente su bocado, pero cuando vio acercarse a Rayo y a Cris, arrugó un poco el hocico y mostró sus grandes colmillos combados al unicornio negro.

Su jinete era igualmente inmenso e igualmente majestuoso, vestía con pieles castañas cosidas con mala leche, cuyas costuras habían sido disimuladas por un entresijo de hilos de plata que semejaban una tela de araña.

—¿Quiénes sois? —inquirió Cris cuando llegó hasta donde los jinetes le aguardaban con impaciencia.

—Bien poco te importa —tronó una voz de debajo de la capucha de la izquierda, por lo que la atención de Cris se volcó en aquella dirección y descubrió, asombrado, que los labios de su interlocutor, no se movían al hablar—. Nosotros venimos aquí para hablar con tu amo.

—Yo no tengo amo —gruñó al tiempo que mostraba los colmillos.

—Entonces, ¿por qué vigilas? —Aquel que montaba el unicornio blanco se dirigió a él con una voz melodiosa y tranquila, aunque la espada que ceñía no le hacía para nada tranquilizador.

—Porque me da la real gana.

El vagabundo que había sido la mayor parte de su vida se impuso ante los modales y tuvo que hacer un esfuerzo para no mandarles a los dos a paseo.

—Qué grosero. ¡Debería darte vergüenza! —De nuevo el jinete de la izquierda tomó la palabra sin mover la boca—. ¡Que sepas que nos manda el rey licántropo en persona!

—¡Y a mí me envían los dioses! Mirad —bufó con rabia—, no he venido aquí a que me molesten, así que si queréis algo, me lo decís y punto.

El jinete de la izquierda se acercó con deliberada lentitud, hasta situar a su montura a escasos centímetros de Rayo. Y antes de que pudiera siquiera reaccionar, Cris tenía una espada en el cuello.

—¿Quién eres? —exigió saber el jinete sosteniendo firmemente su espada, y sin mover la boca—. ¡Habla o te esquilaré a la altura de la yugular!

—Mi nombre es Cris.

Mientras hablaba, con tranquilidad y una mirada fiera en los ojos, deslizó sus manos hacia el cuello de su montura con el fin de tranquilizarla.

—¿Qué hacías ahí arriba?

—Nada que sea de tu incumbencia.

La espada rascó el cuello del impertinente muchacho, que mantuvo la sangre fría a pesar de todo. Hasta que un fino hilo de sangre brotó de su garganta, aquel que le amenazaba fieramente no alzó la vista hacia los ojos color miel de su interlocutor.

El caballo debió de seguir la mirada de su amo, porque en cuanto sus miradas se cruzaron, el animal perdió el control, y se levantó de manos, pateando con furia. Tomado por sorpresa, el jinete se vio obligado a soltar la espada y sujetarse a la espesa crin negra del caballo y su capucha cayó un poco hacia atrás, dejando al descubierto una máscara de aspecto temible que sólo dejaba entrever los ojos negros como la pez.

—¡El maldito muchacho es un hombre lobo! —gruñó el jinete desde detrás de la máscara.

Los dos jinetes gruñeron e hicieron retroceder a sus monturas. Los licántropos no gustaban de tratar con hombres lobo, ya que los consideraban inferiores en todos los aspectos.

El más cercano alejó a su caballo, ¡no fuera a ser que lo ensuciase con sus asquerosas zarpas!; sin embargo, el jinete del unicornio blanco inclinó la cabeza encapuchada y el humano lo oyó husmear el aire con fuerza.

—Para ser un hombre lobo apesta a dragón.

—¡Eso sí que es imposible! ¡Las hadas jamás se atreverían a cometer semejante sacrilegio! —No obstante, el de la montura oscura desenvainó un cuchillo de nuro, sólo por si acaso.

—Envaina eso, forastero —pidió Cris, retrocediendo unos pasos.

Sabía que la única razón por la que hubiesen descubierto su secreto era por su reciente transformación, que dejaba en sus ojos y en su olor un rastro del curioso híbrido que le convertía en monstruo.

—Las hadas no han tenido nada que ver conmigo. Yo no soy ninguno de sus experimentos.

El jinete no envainó el cuchillo y, para desesperación del muchacho de pie ante ellos, el del unicornio blanco desenvainó dos cuchillos de nuro a su vez. Asustado, Cris fue incapaz de mantener tranquilo al dragón en su interior durante más tiempo. El nuro le aterrorizaba más que la plata, porque gracias al dragón la plata no era mortal para él. El nuro, sin embargo, sí lo era. En un abrir y cerrar de ojos, en el lugar en el que debería estar el chico, apareció un dragón de brillante cuerpo dorado, que mostró los dientes y agitó sus alas de forma rabiosa al tiempo que gruñía como un lobo.

Las dos bestias en el interior del muchacho solían aliarse cuando estaban amenazadas, por lo que no era de extrañar que cuando se convertía en dragón pareciese más bien un lobo grande y escamado. Al igual que en las noches de luna llena el lobo se comportaba como un dragón, por lo que era más fácil de tratar que otros hombres lobo. Los jinetes no parecieron impresionados ante el pequeño animal dorado, que en comparación con otros dragones presentaba una talla ridícula con sus escasos dos metros.

Tavath se acercó a la carrera justo antes de que Cris, en su nueva forma, se lanzase sobre los jinetes totalmente fuera de sí.

—¿Qué está pasando aquí? —inquirió el licántropo mientras miraba primero a los jinetes y luego a Cris. Éste luchaba por volver a poner a su dragón interno bajo control, por lo que su transformación retrocedía y avanzaba según ganaba terreno el uno o el otro.

—Ellos empezaron atacando —explicó el dragón con voz humana.

—Lo lamento, parece que tienes más de noble dragón —a pesar de que lo dijo con toda su buena intención, la voz del jinete parecía recordar la talla del dorado— que de apestoso híbrido de hadas.

Las pupilas argénteas de Luchían vagaron por los dos rostros encapuchados, antes de que una sonrisilla extraña apareciera en su rostro mitad humano, mitad lobuno.

—Mi nombre es Tavath —dijo con suavidad, zanjando el tema—. Dirijo los ejércitos licántropos que están apostados ante la Cordillera Transparente.

Y entonces los jinetes, que, en todo momento, se habían mostrado altaneros y orgullosos, inclinaron la cabeza en señal de respeto.

El más cercano se adelantó, y habló con voz clara y fuerte:

—Tavath, mi señor, mi nombre es Ratafia. *Sadanroj Eteis Sal ed Oir led redil.* En los últimos años me he tenido que ver en el exilio, ya que la guerra nos empujó, a mí y a mi compañía, hacia Thernof-Lonaw. Sin embargo, al recibir vuestra llamada, no pude menos que dejar todo lo que estaba haciendo para acudir en vuestra búsqueda. Uno de mis mejores y más veloces mensajeros ha ido a reclutar a todos los soldados que todavía me sean leales, a mí, al rey y a los dioses, señor.

Tavath sonrió complacido.

—Me alegra oír que la gran Ratafia sigue viva y dispuesta a ayudar, después de tantos años de exilio.

—Nunca debimos deponer las armas cuando nos vimos acorralados en Luparia, mi señor.

—Lo sé. —La atención del licántropo se volvió hacia aquel que montaba al unicornio.

Al captar la mirada de Tavath el jinete inclinó la cabeza de nuevo y avanzó a su vez. Tanto el unicornio blanco, como aquel a quien transportaba habían permanecido quietos durante toda la presentación e inclinaron la cabeza ante el licántropo, respetuosos.

—¿Y tú? —inquirió Tavath.

—Me temo que yo no tengo un historial importante como mi compañera. Era una cría cuando cayó Luparia; sin embargo, mis padres fueron rebeldes hasta el último día de sus vidas y llevé a algunas tropas contra los humanos, sin demasiado éxito y, tras años de esclavitud, conseguí huir de nuestra tierra hasta Lora-Metsartas, donde me instruyeron en el manejo correcto de las armas y me convirtieron en una guerrera.

—Supongo entonces que eres Asor, hija de Far y Rea,

ambos poderosos soldados y líderes de esta tierra. Y una de las guerrilleras más persistentes y con más éxito en las revueltas y acciones de liberación, según he oído.

—Vuestras palabras me halagan, mi señor. No hubiese conseguido nada de no ser por una compañía fiel y deseosa de venganza.

—No te quites méritos. Tus estrategias son muy conocidas en el Continente. Agradezco que también nos acompañes tú en esta cruzada. Necesitaremos de tus habilidades.

—Es un deber y un honor, mi señor.

El gesto de Tavath se suavizó, e hizo avanzar a Madagascar, hasta que éste se situó junto al unicornio. Luego le tendió una mano a Asor, y estrechó con delicadeza la que ésta le ofreció en respuesta.

—Recuerdo algunas rencillas protagonizadas por ti. Aun sin la preparación adecuada presentaste coraje y valor, mientras otros, más mayores y más fuertes, huían con el rabo entre las patas. Te mantuviste firme en tu puesto, y, a pesar de tu escaso conocimiento en el manejo de las armas y la dirección de soldados, supiste guiar bien a los tuyos; algo que continúas haciendo, espero.

Asor levantó la cabeza y fijó sus brillantes ojos azules en los de Luchían, antes de asentir tímidamente.

—Gracias, mi señor.

—Bien, hechas ya las presentaciones, y, teniendo en cuenta que ya habéis conocido a Cris, va siendo hora de que conozcáis a nuestro anfitrión, Sold, soldado y cabecilla de la resistencia sssemesstraka, a cuyo lado hemos de luchar.

Sold y las guerreras se inspeccionaron de cerca minuciosamente, antes de que Sold bufara nervioso.

—No esss fácil confiar en aquellosss que te ocultan sssu rossstro. Sssuelen ocultar también sssusss intencionesss.

—Quitaos las máscaras.

Ratafia y Asor se miraron de reojo, claramente en contra de aquella idea, sin embargo no tenían más opción que obedecer. Así que retiraron sus respectivas máscaras y echaron las capuchas hacia atrás.

Cris quedó francamente anonadado ante la extraordinaria belleza de las jóvenes. Ratafia tenía las facciones endurecidas y los pómulos altos, una larga y enmarañada melena castaña le caía hasta la mitad de la espalda. Los ojos eran de un extraño color malva, que iba cambiando de tono, dependiendo de cómo le diera la luz. Su rostro no era precisamente hermoso ni agradable, pero resultaba increíblemente seductor.

Asor era poco más que una niña de piel muy blanca y labios rosados, los ojos de un precioso azul cielo y la corta cabellera rubia, ligeramente rizada. La diminuta nariz tenía una curiosa forma respingona y la barbilla redonda no mostraba ningún hoyuelo. Lo único que enturbiaba su belleza era una cicatriz en forma de tridente que tenía en la mejilla diestra, donde los humanos la habían marcado como esclava.

Como era de esperar, a Cáian no le hizo ninguna gracia que las dos legionarias más poderosas del ejército licántropo hubiesen llegado ya para entrenar al nutrido ejército de Tavath, sin embargo se vio obligado a cederles alojamiento sin recibir absolutamente nada a cambio.

Cris detectó enseguida el interés del sacerdote por la más joven, Asor. Sin duda pensaba que, por alguna razón, ella tenía más posibilidades de mostrarse generosa y agradecida por las comodidades recibidas y no dudó en desplegar, de la forma más grosera imaginable, sus pretendidos encantos y sus buenas obras, ofreciéndose para guiarla por la ciudad subterránea. Con mucha habilidad, la licántropa logró desembarazarse de Cáian y aprovechó la primera oportunidad para salir de aquella cueva que la agobiaba, a tomar el aire. Se acercó lentamente hasta Cris que, sobre su saliente en forma de león, contemplaba el campamento licántropo con cierta envidia inexplicable.

—¿Por qué no estás abajo?

Cris suspiró.

—No soy uno de ellos y tampoco soy uno de —indicó con la cabeza la entrada a las entrañas de la montaña— ellos.

—Entonces, ¿de quién eres?

—De los híbridos, supongo. Aunque a ti no parece sorprenderte... —Cris guardó silencio durante un instante y luego añadió, sin mirar a la joven guerrera—: ¿Cómo lo supisteis?

—¿Qué llevabas sangre de dragón y de hombre lobo en las venas?

—Sí.

Asor rio suavemente.

—Ratafia no confía en los hombres lobo, porque se ve que uno la traicionó hace mucho, no merece la pena hablar de ello. Ha aprendido a buscar su olor en cualquier desconocido. Y tú tienes un olor muy extraño. Yo he detectado que eras un dragón ya que en Lora-Metsartas hay muchos. La familia que me acogió cuando escapé eran profesores de la lengua draconiana. Los magos siempre están dispuestos a aprenderla, ¿sabes? ¡Es la lengua de los sabios!

Cris no dijo nada. No le sorprendía que hubiese detectado su olor de dragón, pero le molestaba que la otra detectase el del monstruo que llevaba dentro. El monstruo que reclamaba sangre inocente...

—Pero creo que Ratafia confía en ti ahora que sabe que Su Majestad lo hace. Es de esos licántropos que confían en aquellos en los que confían sus superiores.

—¿Y tú? —inquirió más por decir algo que por verdadero interés.

—Yo te encuentro curioso. Me recuerdas a Lora-Metsartas.

La guerrera suspiró y los pensamientos de ambos vagaron sin rumbo durante unos minutos de silencio. Asor estaba sentada a su lado, con los ojos fijos más allá del horizonte.

—¿Crees que Muna estará de nuestro lado en la batalla? —preguntó de repente, cambiando el rumbo de la conversación.

—No lo sé. La Maldita tiende a no estar nunca cuando se la necesita. —Cris no miró a su interlocutora, pero sintió el movimiento alarmado de su hermosa cabecita—. Pero si contamos con Tavath, entonces no la necesitamos.

—¿Por qué la llamas Maldita?

—¿No está claro? Me ha convertido en un monstruo.

—Yo no veo ningún monstruo en ti.

—Entonces debes de estar ciega.

—¿Tampoco crees en los otros dos? Tempus y Solaris, me refiero.

—Creo en los tres pero no los venero.

—¿Por qué?

Esta vez fue él quien se volvió con un destello de rabia en los ojos.

—¿Qué han hecho ellos para que los venere? ¿Qué han hecho ellos por mí?

—¿Y qué has hecho tú por ellos?

—¿Qué?

—¿Qué has hecho tú por ellos? ¿Por qué deberían ayudarte, si nunca haces nada por ellos?

Cris sonrió a su pesar.

—Ésta te la guardo, Asor. No, tienes razón, parece que es recíproco.

Asor iba a decir algo más para asentar su triunfo, pero él la detuvo con un gesto y una mirada triste.

—Pero no creo que seas la más indicada para decirme que los dioses ayudan a los que les veneran. No fue mi pueblo el que cayó por respetar la veneración de la Fiesta de la Sangre. —Cris se puso en pie—. No fue mi pueblo el que murió por culpa de su diosa, sino el tuyo... a manos del mío, por cierto.

La joven quedó muda de asombro y no supo qué contestar. Simplemente vio cómo se marchaba furioso, y cómo se cruzaba con el rey licántropo sin dirigirle la palabra.

—Es raro —murmuró la joven cuando Tavath se hubo sentado junto a ella.

—Es un ser muy complejo.

—¿No teméis que os pueda traicionar?

—Cris es un ser misterioso y extraño en cierta manera —replicó él, seguro de su respuesta—. Pero confío en él, y creo que hago lo correcto.

Aquella misma tarde, Tavath llevó a Cris al campamento licántropo y lo condujo ante Ratafia, que lo miró de pies a cabeza, como evaluándolo.

—¿Qué queréis que haga con él, mi señor?

—Enséñale. Quiero que se convierta en un hombre lobo como mandan los dioses.

Ratafia enarcó una ceja, mandó a la cuadrilla con la que había estado hablando a desfilar y se desprendió de la capa.

—Como vos deseéis.

El semihumano intentó una protesta, pero Tavath se alejaba ya para reunirse con Shenak, así que no tuvo más remedio que volverse hacia la licántropo, que mantenía alzadas dos espadas.

—¿Empezamos?

Con un suspiro de resignación, Cris desenvainó su propia espada y se puso en guardia.

Ratafia lucía un extraño atuendo para una pelea. Un top que apenas cubría sus hermosos senos y una falda corta que llegaba hasta la mitad del muslo. A partir del final de la falda, las piernas se convertían en patas poderosas de lobo, y terminaban en formidables garras. La larga cola de lobo se enroscó en torno a sus piernas, antes de echarse hacia atrás y presentarse en guardia. La soldado arrugó los labios, en una mueca habitual entre los de su raza, mostrando los colmillos.

Cris le pegó una patada a un charco de barro que había entre ambos, y se lanzó sobre su oponente con un gruñido de rabia. Ratafia agitó la cabeza, detuvo la embestida y golpeó con su otra espada, pero ésta no alcanzó al chico, que se había apartado con la agilidad de un felino y volvía a la carga.

Al anochecer, cuando Cris regresaba de su agotadora clase, chocó literalmente con Shenak, con tanto ímpetu que casi cayeron los dos al suelo. Algo aturdidos por el golpe la pareja se miró a los ojos y ninguno se atrevió a decir nada. Pasaron varios segundos en completo silencio, antes de que se atrevieran siquiera a respirar.

—Que pases una buena noche, princesa —gruñó Cris, obligándose a recordar lo que el maestro de Shenak había dicho acerca de su poder.

Shenak no contestó, no se movió hasta que Cris estuvo a punto de ser engullido por la oscuridad. Sólo entonces osó llamarle y seguirle.

—Alguien tiene que aclarar las cosas entre nosotros —dijo con suavidad, una vez volvió a estar junto a él—. Y ya que, al parecer, no tienes ningún interés en hacerlo tú, más vale que sssea yo quien comience.

—No hace falta que aclares nada, Shenak.

—Pero yo quiero explicártelo.

—Shenak, lo último que quiero en esta vida es que te pase algo. Que sufras por mi culpa.

—¿De qué hablas?

—Tu amo dijo que...

—¿Que no puedo amar? ¿Es eso lo que te preocupa?

—Que te ataba a su voluntad. Su voluntad es que te alejes de mí, Shen. Si es por mí por lo que te ha de castigar o hacer daño entonces prefiero alejarme de ti.

Una sonrisa inundada de lágrimas cruzó el rostro de la sssemesstraka.

—Eso es lo más bonito que me han dicho en la vida.

Cris no supo qué decir. Se limitó a mirarla con cariño y tristeza. Ahora que estaba todo aclarado, sin duda ella se alejaría de él alegremente para protegerse.

—Pero tú no lo entiendes, ¿verdad?

—¿Entender el qué?

—Por mucho que él me ate a su voluntad yo no soy su esclava. Él todavía no lo sabe, porque en nuestros encuentros no puede verme, pero su poder sólo está activo mientras necesite de protección, mientras dependa de él para vivir.

—¿Qué quieres decir?

—Que ya soy adulta. Mi maestro ya no tiene poder sobre mí. No me puede decir lo que tengo que hacer o no hacer.

—¿Él no sabe que te has metamorfoseado?

—No. Es algo que olvidé decirle la última vez que le vi.

—Entonces...

—Entonces no hace falta que te alejes de mí.

—¿Por qué no me lo dijiste al principio?

—Porque no lo sabía. Pero Sold me ha hecho el favor de sonsacarle la información a Cáian, me lo ha dicho esta tarde.

—¿Eso quiere decir que eres libre?

Cris iba a avanzar hacia ella, pero la sssemesstraka retrocedió un poco y le miró con el ceño fruncido.

—¿Me quieres menos por no serlo?

—No.

Y había sinceridad en sus ojos y en su voz. Shenak sonrió ampliamente.

—¿Me abandonarás, Crisss? ¿Me abandonarás cuando te dé lo que quieres?

Esta vez el híbrido avanzó hacia ella, la tomó por los hombros y la miró directamente a los ojos.

—Jamás dejaré que nada te haga daño. Jamás te abandonaré si no es lo que tú deseas. ¿Me oyes? Jamás. —Respiró hondo—. Y tú, ¿me quieres a tu lado? ¿Me amarás como yo te amo a ti?

Shenak apartó la mirada, repentinamente azorada. Cuando alzó de nuevo la vista hacia los ojos color miel de su interlocutor, las lágrimas se deslizaron por sus mejillas.

—No importa lo que digan, Crisss. No importa en absssoluto. Yo te amo. —Y tan sólo fue un susurro que escapó de sus labios—. Los dioses saben que lo he intentado pero...

—¿Qué es lo que has intentado?

Shenak volvió apartar la vista de Cris, algo en los brillantes ojos del chico la hacía sentir terriblemente incómoda.

—He intentado dejar de quererte.

—Pero ¿por qué? —exclamó alarmado y completamente pálido.

Las alas que nacieron con su metamorfosis rodearon prácticamente todo el cuerpo de la sssemesstraka como una campana protectora y en el interior de su envoltura la princesa tembló como una hoja.

—No soy lo que se esperaban de una princesa —murmuró con una triste sonrisa en sus labios—. No esperaban que apareciera enamorada como una niña de un... humano. Digamos que no se lo han tomado muy bien y temía que alguien pudiese hacerte daño. —Inclinó un poco la cabeza, le temblaba el labio inferior cuando continuó—. Me han obligado a apartarme de ti, pero cada segundo que paso lejos de ti, me siento morir. Sé que no debería sentir esto, pero no puedo evitarlo. Y ahora comprendo que si he de alejarme de ti, Crisss, eres tú quien habrá de ordenármelo.

El muchacho se quedó sin aliento.

—Dime que no me quieres como yo te quiero a ti, y te juro por todas mis escamas que no volverás a saber de mí. Sólo tienes que decirme que me vaya y me alejaré de ti, como si nunca hubiese habido nada entre nosotros. Dime que no me amas, y nunca volveré a molestarte. Pero dime algo y no te quedes ahí parado como si no entendieras una palabra de lo que te digo.

Lentamente, Cris fue saliendo de su estado de catatónico anonadamiento y se acercó con paso vacilante a la temblorosa princesa, las alas se abrieron un poco, permitiéndole cogerla con firmeza por los hombros y clavar en ella su mirada dorada. Con suavidad alzó la cabeza de la princesa y hundió sus ojos dorados en los de ella y por una fracción de segundo, ambos bebieron de aquella mirada.

—No puedo mentirte, Shenak. No puedo apartarte de mi lado como si nunca hubieses existido. Porque te juro que te amo y me da igual lo que digan los demás, lo que piensen los sssemesstraka, o Cáian. Me da igual. —Secó con dulzura las lágrimas que corrían por las mejillas de su princesa y la abrazó con fuerza—. No voy a marcharme, nunca más. No permitiré que nadie te ponga una mano encima, ¿oyes, pequeña? Nadie.

Shenak le lanzó los brazos al cuello y le besó con apasionada ternura, dejando que él le acariciara la espalda. Y el fuego que sintieron en una ocasión volvió a apoderarse de sus almas, cuando entraron tropezando y sin soltarse en la habitación del humano.

Los dedos del chico intentaron desabrochar el ceñido corsé, pero volvieron a hacerse un lío con las cuerdas que lo ataban y maldijo en voz baja.

—¿Cómo diablos podéis respirar ahí dentro? —gruñó, mientras ella llevaba también sus dedos a las cuerdas del corsé.

—No tengo ni idea —murmuró ella, encontrando al fin la cuerda que buscaba.

—Espera, ya casi lo tengo.

—Ni de lejos...

—Vamos, las mujeres humanas los llevan desde hace siglos, no es tan difícil.

Shenak se separó un poco de él y le miró con el ceño fruncido.

—¿Has visto la ropa interior de muchas mujeres?

—Es cultura general. Mira, ya está. —Tiró de una de las cuerdas, pero de nuevo no era la que buscaban.

—Ya te lo he dicho, esto es imposible abrirlo.

—Pensaba que los de vuestra raza erais de inteligencia superior. ¿Cómo es que todavía usáis esto?

—Cosas de nuestro querido Cáian. No cree que lo que llevaba antes fuera apropiado para una princesssa.

—¡Oh! ¡Cielos! —Sacó una navaja de alguna parte—. Te voy a arrancar esta cosa de encima, de una vez por todas.

—Hazlo y serás mi héroe para toda la eternidad.

Cortó todas las cuerdas de un hábil movimiento y las arrancó del corsé de un tirón salvaje.

La joven le sacó la camisa y ambos cayeron rodando en la cama. Retozaron como niños. Al cabo de un rato se separaron riendo y mirándose con cariño, tendidos en la cama.

Cris se recostó apoyando la cabeza en una mano y acarició la piel suave del vientre de su pareja.

—Cuando muera —murmuró sin apartar los ojos de una escama especialmente brillante del sudoroso cuerpo de su compañera— quiero ser esta escama.

—Oh.

—Sí, ésta, que está cerca de ese corazón tuyo, que late a mil por hora.

—¿En ssserio?

—Y así podré oír constantemente los suaves latidos de tu corazón. Y subir y bajar con tu respiración.

La chica rio y se revolvió con un elegante y sinuoso movimiento.

—¿Conque esa escama?

—Sí.

—Muy bien, pero como tú no tienesss intención de morirte todavía, podemos esperar un poco másss.

—Oh, claro que no voy a morirme todavía.

—Pues no hablemos de cosas desagradables, ¿de acuerdo?

—De acuerdo —dijo acariciando todavía el estómago desnudo de la princesa.

—No hagas eso, que tengo cosquillasss.

—¡Oh! Cosquillas, ¿eh?

Los ojos de ambos se encontraron, y en los de él apareció una sonrisilla pícara y en los ojos un destello de malicia.

—No —exclamó Shenak retrocediendo un poco, pero él ya estaba muy cerca y le acariciaba la barriga, haciéndola estremecer—. No, no, para.

La joven se retorció intentando apartar al chico, que le saltó encima para impedirle escapar.

—Vamos, para, ¡para!

Algo ensombreció de pronto la clara y dulce mirada del humano, que detuvo sus caricias como si le hubiesen paralizado.

—¿Qué pasa, Crisss?

—Dioses, no sabes cuánto te quiero —murmuró apoyando su frente sobre la de ella.

—¿Qué te pasa, Crisss? No me asustes.

—Nada, es sólo que, cuanto más te miro, más te quiero. Es todo.

Shenak jugaba con la cadena que pendía del cuello del joven, y él cerró su mano en torno a la de la joven princesa.

—Te lo dije en el palacio, Shen. Este colgante me recuerda quién soy. Y ahora gracias a ti soy distinto: tampoco eso puedo olvidarlo.

Luego liberó la mano de su amante, y los dedos de Shenak rozaron la perla con cuidado.

—Es una lágrima de dragón. —Ahora que podía verla con más detenimiento, no le cabía lugar a dudas—. ¿Quién tiene la otra? —preguntó.

—¿Qué otra?

—Ya sabes. ¿Quién está destinado a enseñarte? ¿Quién es tu maestro?

Cris guardó silencio, pensando en el pasado, algo que nunca le había gustado.

Llevaba aquella lágrima desde que era un niño. Su madre, una hechicera humana, había tenido suerte al encontrar a un dragón dispuesto a enseñarle. Un dragón que la había querido y enseñado como a la hechicera del más alto rango. Le recordaba porque había sido él quien se había encargado de controlar a la fiera de su interior cuando se había quedado solo.

De maestros no sabía nada. Aparte de aquel dragón no había tenido otro. Lo único que sabía era que tenía que ser un medio-humano, o un humano hechicero ya que él mismo no era un dragón completo. El dragón, su verdadero maestro, le había dicho que aparecería en el momento oportuno y le enseñaría cuál era el camino correcto.

Había huido después de la muerte de su maestro hacía cinco años. Era vagamente consciente de que algún dragón podía entregarle a un semihumano, a un humano poderoso, una lágrima de dragón capaz de controlarle. Sin embargo, al paso que iban, no creía que eso fuese a ocurrir.

Había escogido su camino sin necesidad de ninguna guía.

—No he conocido nunca a nadie con una lágrima de dragón. Pero dicen que no tiene por qué haber ninguna relación entre los portadores.

—¿Cómo sabrás entonces de quién se trata? —preguntó ella inclinando la cabeza.

—Es un vínculo invisible. Cuando esté ante él, le reconoceré, igual que él me reconocerá a mí. Pero han pasado muchos años sin que aparezca, sería un poco extraño que lo hiciese ahora, ¿no?

—Tal vez. Los dioses nos marcan caminos inescrutables. —Sonrió besándole los labios—. Palabras de mi querido maestro.

22

Preparativos para la batalla

Pocos días después llegaron los dragones a los que Zur, el majestuoso dragón rojo, había ido a buscar.

—Quiero que cubráis el cielo, cuando se presente la batalla. No quiero un solo hueco libre por el que penetre la luz del sol.

—Como vos deseéis, alteza. —Zur se volvió hacia un dragón de suave pelaje dorado y cuerpo de león—. Yan, llévate a los tuyos a reconocer todo el terreno. Quiero saber dónde se encuentra cada piedra, cuántas ramas tienen los árboles y hasta cuántas hojas hay en las zarzas, ¿me has entendido?

El inmenso león inclinó la cabeza y echó a correr, seguido de uno que parecía un erizo de mar y otro que no tenía ni pelo ni escamas.

Zur quedó solo con Tavath, aguardando a que hablara.

—Me harías un favor si buscases a un dragón que estuviese dispuesto a enseñar a Cris.

—Si tu humano tiene una lágrima de dragón, será ella quien encuentre a su mitad —concluyó Zur.

—La tiene.

—¿En serio? Que curioso, nuestro James también.

—¿Una lágrima de dragón?

—Trk se la dio al morir.

—Ese maldito dragón. Shenak todavía cojea. Y mucho.

—¿Te preocupa, señor?

—¡Claro que me preocupa! Si se sigue acentuando su cojera muy pronto no podrá pelear.

—Es lo que tienen los de su raza —observó el rojo.

Tavath alzó la mirada.

—¿Perdona?

—Los *pinchos* como les llamamos. Todo el mundo sabe que tienen un veneno muy complejo, el cual jamás deja el cuerpo. Me temo que la princesa va a tener que cojear durante el resto de su vida.

Zur carraspeó nervioso al sentir la penetrante mirada de Luchían fija en él.

—Lo único que pretendo es que al menos despegue y aterrice sin romperse los huesos —se tuvo que conformar Tavath—. O que cuando ataque deje de hacerlo por instinto. Con un poco de suerte, Muna completará su ciclo para cuando lleguen nuestros enemigos. —Permanecieron en silencio un instante antes despedir al dragón con un gesto y volver al trabajo.

La defensa de Sesser-Law estaba resultando más complicada de lo que había parecido en un primer momento. Puesto que era una ciudad mucho más grande de lo que aparentaba y ascendía en espiral en torno a la montaña, de manera que el pico estaba coronado por el palacio. Además Cáian no dejaba de poner pegas a lugares estratégicos, en los que no se podían poner guardias. Solían ser lugares clave que les obligaban a cambiar todas las otras guardias para no tener ningún flanco débil.

Sold y Tavath no tardaron en hacerse buenos camaradas y muy pronto llevaron algunos asuntos completamente en secreto. Solían contar con la ayuda de Shenak, que se encargaba de utilizar sus bazas políticas, y cada vez más con Cris, cuyo entrenamiento diario con Ratafia por la mañana y con un dragón llamado Des por la tarde le dejaba agotado y de muy mal humor, razones por las que sus encantos se volvían radicales.

Una noche, mientras Sold y Cris compartían su guardia y comentaban el hecho de que Tavath cada día parecía más y más nervioso, divisaron una estela dorada que se acercaba a toda velocidad hacia ellos.

—¿Amanece más temprano esta noche?

—No, a no ssser que el sssol haya decidido cambiar el lugar de nacimiento —murmuró el sssemesstraka.

—Se mueve muy deprisa —observó Cris, inquieto—. ¿Qué crees que es? ¿Uno de nuestros dragones?

—Yan y tú sssoisss losss únicosss dragonesss doradosss de nuessstra compañía. Tú essstásss aquí y Yan no puede ssser, a menosss que le hayan crecido alasss.

—Avisa a los líderes.

Sold asintió y salió a toda prisa.

Tenía que avisar a Zur, a Grodlicht el mago y Gadrel, además de llamar a Tavath y Shenak, así que nada más cruzarse con uno de los dragones le puso sobre aviso y echó a correr en dirección a las habitaciones de los demás.

Gadrel y Grodlicht iban de camino a sus habitaciones contiguas, por lo que le ahorraron un viaje cuando le vieron llegar a toda prisa.

—¿Habéisss visssto a Tavath?

—No.

—Algo ssse acerca, la sssalida del oessste, daosss prisssa.

Se alejó por un corredor antes de que los otros dos pudiesen contestar, y llamó a la puerta de Shenak, para abrirla acto seguido sin esperar respuesta.

—¡Alteza! —exclamó, sobresaltándola—. ¡Rápido, tenéisss que venir!

Adormilada, la princesa alzó la cabeza de entre las mantas y frunció el entrecejo.

—¿Qué pasa, Sold?

—Algo ssse acerca.

—Ya voy —gruñó de mala gana, alargando las manos para coger su ropa.

Sold se alejó, cerrando la puerta a sus espaldas, continuó con su frenética carrera hasta la habitación del rey licántropo, golpeó con fuerza la puerta y la iba a abrir justo cuando Varnar salió.

—¿Pasa algo, Sold?

—Essstoy bussscando a Tavath. ¿Sssa...?

—Hace rato que ha salido —le interrumpió con suavidad la Emisaria de la Muerte—. Ahora iba a reunirme con él.

—Dile que algo ssse acerca por la sssalida del oessste.

Sold volvió a la carrera tropezando con Shenak, quien, al verse incapaz de atar de nuevo su corsé, se había puesto las ropas que llevara al llegar al refugio.

Cris se encontraba todavía solo cuando llegó el grupo hasta su saliente con forma de león. Se trataba de un conjunto bastante curioso, que venía dividido: la mitad por aire, la mitad por tierra.

Un monstruo, dorado cual rayo de sol, precedía a los demás.

Un conjunto de lo más variopinto, teniendo en cuenta la presencia, además, de un dragón con su jinete, un semigigante a lomos de un röh, una sacerdotisa del templo de Katana, la propia Katana en compañía de su hijo y un segundo dragón montado por una tech.

El monstruoso animal dorado aterrizó ante los demás, con una elegancia y sutileza envidiable y clavó sus profundos ojos negros en los de Cris, antes de sonreír y convertirse en algo parecido a un humano.

Tenía una melena de pelo castaño que le caía revuelta y enmarañada hasta los codos, por la cara y por la espalda, sus ojos negros brillantes como teas ardientes y sus rasgos dulces, que parecían intentar ocultar la monstruosidad en la que era capaz de convertirse. Era muy delgado y alto, extremadamente alto.

—Buenas noches tengas —dijo este personaje con suavidad—. Mi nombre es...

—¡Maessstro!

Shenak pasó como una exhalación junto a un anonadado Cris, dejando atrás al resto de líderes y se lanzó al cuello del recién llegado.

—¡Cuánto me alegro de verte, maestro! —exclamó separándose de él.

—Bueno, pequeña, déjame verte de cerca. —La observó con una amable y diminuta sonrisa en los labios y los ojos entrecerrados—. ¿Quién lo iba a decir, la princesita se convirtió al fin en reina? —El gigante la contemplaba de arriba abajo. Cris notó cómo un gesto de preocupación cruzó por los ojos del desconocido, cuando éste le dedicó una rápida ojeada; pero al instante sus ojos estaban de nuevo fijos en Shenak—. Y no sabrá esta belleza dónde está el viejo Tavath, ¿verdad?

—¡En nombre de todos los dioses, Sossarth! —El hijo de Muna apareció milagrosamente de algún lugar y se plantó ante el recién llegado—. ¿No te da vergüenza? ¡Revolucionarme a todo el personal! Deberías haber avisado de tu llegada en vez de presentarte en mitad de la noche como un delincuente.

—Tranquilidad, Tavath. Uno no ha acabado de aterrizar y tú ya me vienes con sermones. ¿Acaso no tienes un sitio de sobra para un viejo amigo y unos soldados?

Sossarth señaló a los que venían con él y Tavath se quedó mirando a Katana con los ojos abiertos como platos.

—¿Tía Katana?

—Hola, querido. Has crecido mucho desde la última vez que te vi.

La verdad es que la última vez que Katana le había visto, él se había marchado a la Tierra, por lo que era natural que su recuerdo fuese un poco vago.

Sonrió y abrazó a su tía, luego saludó a todos los presentes y entre él y Sossarth hicieron las presentaciones. Cuando los líderes volvieron a entrar en la montaña, guiando a sus invitados, Tavath condujo a Sossarth a la sala redonda en la que se discutían las estrategias.

—¿Traes noticias? —quiso saber el licántropo.

—Estamos perdidos.

—¿En serio?

—Sí. Solaris ha echado una ojeada a los planes de Tempus, no tenemos ningún tipo de posibilidad.

—Si es una broma, no tiene gracia.

—No es una broma, Tavath. Hace días que tengo esa

premonición. La premonición de que James no va a jugar limpio y que se apoderará del trono sin que nosotros dos podamos hacer nada. Por otro lado, la única manera de evitar que él se siente en el Trono Caído pasa por situar en él al Descendiente del Grande.

—Entonces aún queda un rayo de esperanza.

—Sí, si no pensamos en el hecho de que no tenemos ni idea de dónde, quién o qué es el Descendiente del Grande y que, teniendo en cuenta su increíble habilidad para gastar bromas, seguro que ha escogido un pájaro o una florecilla silvestre.

—Maldita sea. ¡Como si no tuviéramos bastantes problemas! ¿Y dónde dejaste a ese estúpido de James?

—Anwara se lo llevó.

Tavath miró a Sossarth, antes de dejarse caer pesadamente en un asiento.

—Por las garras de toda Luparia.

—Más o menos eso mismo dije yo. Pero él quería acompañarla y ya conoces la profecía: «Los hijos de los Mayores no serán forzados a un bando u otro o el Continente se irá a tomar por saco.» —Luchían enarcó una ceja—. Tampoco hace falta que me mires así. Los Oráculos lo formularon de otra manera, pero en esencia querían decir eso.

—Eres elegante como una piedra, lo sabías. ¿Podríamos volver a nuestro pequeño problemilla, por favor?

—Técnicamente no es un problema. —Sossarth se sentó a la mesa—. Tú lo sabes. Mejor ocupar el Trono que no dejarlo vacío indefinidamente. Especialmente con ese estúpido de James correteando por aquí como una cría.

—Parece que no te ha caído bien.

—Tienes razón. No me cae bien. —De repente pareció recordar algo y soltó un bufido—. ¿Podrías hacerme un favor, Tavath?

—¿Cuál?

—Dime que el último Descendiente del Grande no será como Cupido. ¡Necesito oír esas palabras!

—¿Cupido? ¿No fue Venus?

—No soportaría a otro como Cupido. ¿Qué le dieron

al Grande para que le escogiera a él? Quiero decir que, bueno, fue la temporada en la que hubo más enamoramientos del mundo, pero santísimos demonios, qué tío más plasta.

Tavath sonrió.

—Sí, la verdad es que era insoportable.

—¡Y no hacía más que insinuarme que mi destino era unirme con Mitgard!

—Hablando de Mitgard, ¿qué ha sido de ella?

—Se fue con James. Creo que tienen algo ellos dos, pero no me hagas mucho caso.

—Tranquilo, no pretendía hacerlo.

Sossarth levantó la mirada y sonrió.

—Por cierto, ¿qué tal con tu cría? Hace siglos que no la veo.

—Está muy mayor. —Su voz se tiñó de cariño—. ¿Y qué tal con Shenak? Verás a quién le ha echado el lazo —rio el licántropo.

—Shenak. ¿No podías decirme que estaba contigo desde el principio? Me tenía muy preocupado.

—Sí, siempre me ha gustado jugarte malas pasadas. Igual que hacías tú cuando yo era pequeño.

—¡No me fastidies, Tavath! ¿Es qué no puedes dejar a un lado eso ahora que estamos en guerra? Que seas tres siglos mayor que yo no te daba derecho a hacer lo que hiciste —gruñó Sossarth con un mohín fingido.

—¡Anda! Estamos en guerra. Además, tú también te reíste cuando congelamos los juguetes.

—Sí. Hasta que me enteré de que eran los míos.

Tavath sonrió con malicia, antes de que Sossarth se le lanzase encima. Ambos rodaron por el suelo de la pequeña estancia, golpeándose y mordiéndose como si fuesen crías.

Y así les encontró Cáian cuando entró en la habitación.

—Veo que estamos a salvo con estos dos protegiéndonos —murmuró para sí.

Sossarth levantó la vista y Tavath le propinó un fuerte mandoble para que se apartase de encima de él.

—¿Qué pasa, Cáian?

—Sólo quería preguntar si puedo retirarme a descansar o vais a necesitar de mi consejo para tomar alguna decisión referente a los sssemesstraka.

—Puedes retirarte, Cáian, si necesitamos algo hablaremos con vuestra reina o con Sold.

Cáian frunció los labios, pero hizo una reverencia y salió, cerrando la puerta a sus espaldas.

—No me gusta ese hombre.

—Ni a mí, te lo aseguro. —Tavath se sentó de nuevo y miró a Sossarth, que parecía husmear el ambiente—. ¿Qué pasa?

—¿Le cuentas todo a ese sacerdote?

—Yo no le cuento nada, pero siempre parece saberlo todo. ¿Por qué? ¿Crees que no deberíamos confiarle nada?

—Es sacerdote, ¿verdad?

—Sí.

—Es sacerdote de Mitgard, ¿verdad?

—Sí.

—¿Y aun así...?

—No sé, Sossarth. Parece un buen tipo. Se preocupa por los suyos, es todo.

—No me fío de él, Tavath. —Los oscuros ojos de Sossarth centellearon—. Y sabes que no me gusta trabajar con sacerdotes.

—Tranquilízate, Sossarth.

Cris tampoco se fiaba de Cáian, pero había algo más en aquella ciudad subterránea que no le gustaba: se sentía atrapado, rodeado y acorralado y lo único que mitigaba un poco aquel sentimiento era Shenak.

Cuanto más rato pasaba en los dominios claustrofóbicos del sacerdote, más crecía su incertidumbre y su desconfianza, por lo que se entregó en cuerpo y alma a sus entrenamientos y muy pronto supo controlar sus instintos y sus impulsos de convertirse en dragón. Lo cual aumentaba su claustrofobia cada vez que entraba en la ciudad.

El hecho de que su padre anduviera por la fortaleza tampoco ayudaba mucho, ya que cada vez que se encontraba con él, el odio y la discordia aumentaban en su pecho, obligándole a respirar hondo y a ignorar sus deseos de destriparlo.

Y gracias a sus voluntarias guardias nocturnas fue el primero en descubrir el ejército enemigo asentándose al sur y al oeste de las montañas. Ocupando las faldas de la Cordillera Transparente, con la bandera verde alzada. La guerra no había empezado. No hasta que se arriara la bandera verde y se alzara el estandarte de Tempus, que ahora era también el de James y Mitgard.

Era un ejército temible el que se reunía y crecía cada día, a cada hora que pasaba, hasta que una noche las antorchas llegaron más allá del horizonte, iluminando el Zelma con sus rayos de oro.

Pero no fue él quien divisó al ejército que se deslizaba lentamente desde el Zelma a través del Selver-Sesser para dividirse por el Sic-Sesser ocupando luego las ramificaciones hacia los lagos de Sirah y la Solitaria.

Sossarth, quien todos los días sobrevolaba el campamento de los ejércitos aliados, descubrió el brillo de las escamas de las sirenas y los licamar, y volvió tan rápido como fue capaz a su cuartel, donde informó de los cientos de seres acuáticos que, bajo el mando de la señora de Dorka, ascendían del Zelma para atacarles por la espalda. Cómo lograrían atacarles si no había ríos que atravesaran la Cordillera Transparente era algo que le gustaría saber... Así que Zur llevó a un puñado de dragones para que echaran sus llamas y sus lenguas de lava sobre los ríos, mientras Sossarth lanzaba, junto a Yan y otros fuertes seres, piedras que taparan las ramificaciones de cada corriente de agua, por pequeña que fuese. Y cuando ya no quedaron seres acuáticos en las secas cuencas de los ríos, volvieron y se hicieron fuertes en su refugio, aguardando a que se arriara la bandera verde y comenzara la batalla decisiva.

23

Entre la vida y el fuego

Aproximadamente una semana antes de que la nombrada bandera fuese arriada, los vigías sssemesstraka despertaron con el júbilo de las montañas de su cordillera. Todos y cada uno de los picos parecieron retorcerse de alegría mientras al sudeste una llama dorada se abría paso por entre las tormentas y remolinos de viento. Los vigías quedaron clavados en el sitio, y apenas uno tuvo suficiente presencia de ánimo como para entrar en la pletórica montaña en busca de los líderes.

Cáian, Grodlicht, Gadrel y Sold fueron despertados y, seguidos por Jos y Varnar, echaron a correr hacia el exterior, poniéndose las camisas, ajustando sus cinturones y calzándose las botas. Cris salió rápidamente en busca de Shenak, Luchían y Sossarth, que parecían haber desaparecido. Cris sabía que de vez en cuando los tres se marchaban de caza. Sossarth y Tavath pasaban mucho tiempo juntos y, durante las noches, aprovechaban para escabullirse a los bosques cercanos a Sesser-Law. Shenak les acompañaba de tanto en tanto ya que los hijos de los Mayores la tenían en gran estima y disfrutaban de su compañía.

A todas éstas, la serpenteante figura dorada seguía avanzando incansable, y nada salvo el viento parecía ser un obstáculo para ella.

Cuando alcanzó el segundo pico de la cordillera, se hizo un solemne silencio, casi religioso. Y, mientras se abría paso hasta el lugar en el que la esperaban, pudieron distinguir a un jinete envuelto en pieles que se sujetaba con fuerza al lomo de su montura ardiente. Lentamente el pájaro dorado se posó sobre la nieve que se había asentado en el pico de la montaña, y su jinete descendió despacio, temblando como una hoja seca que se resiste a dejar su árbol durante una ventisca. El fénix de fuego inclinó la cabeza y sujetó a su tembloroso jinete, mientras éste procuraba rehacerse. Se puso luego muy erguido y se volvió orgulloso hacia los expectantes líderes. Sus ojos centellearon a la luz del llameante plumaje del ave.

—He venido a ver a Sossarth —dijo una voz gutural y cavernosa desde el fondo de la capucha que llevaba.

El silencio tensó el ambiente que los envolvió a todos, hasta que la temblorosa figura se acercó con paso decidido aunque tambaleándose y se plantó ante su comité de bienvenida.

—He venido a ver a Sossarth —repitió con firme fiereza.

—¿Quién eres tú? —Cáian avanzó un paso mientras contemplaba altanero a la recién llegada.

—Mi nombre es Mov·wen, y he venido a ver a Sossarth.

Sold fue el primero en reaccionar. Sabía que Mov·wen era una montaña envejecida y que el largo viaje podía haberla cansado en exceso, por lo que avanzó un paso y se inclinó. Dado que las montañas eran fuentes de poder y sabiduría, los sssemesstraka siempre se guardaban mucho de mostrarse irrespetuosos ante ellas. De esta manera, el guerrero hizo una reverencia y habló con suavidad y respeto.

—Yo soy Sold, líder de la Resistencia Sssemesstraka. No hemos encontrado a Sossarth, al parecer él y Tavath han salido a cazar junto a nuestra princesa. Sin embargo podemos ofreceros una habitación cómoda en la que podáis descansar. En cuanto reaparezcan avisaremos a Sossarth de vuestra llegada.

Mov·wen sonrió debajo de su capucha y agradeció a Sold su ofrecimiento. Todos ignoraron a Cáian, que hervía de rabia mientras el líder de la resistencia guiaba a la recién llegada al interior de la montaña. El fénix de fuego fue acogido entre las otras monturas con entusiasmo y muy pronto se durmió, acurrucado y con la cabeza debajo de un ala.

La encapuchada visitante siguió a Sold a través de los corredores, hasta que le indicó una puerta.

—Podéis ocupar esta habitación para descansar y recuperaros del viaje, cualquier cosa que necesitéis, os ruego que nos la pidáis.

—Sólo quiero que me aviséis en cuanto vuelva Sossarth —contestó ella con suavidad.

—Claro. ¿Deseáis tomar algún refrigerio mientras tanto?

Negó con la cabeza.

—No, gracias, pero sí necesito descansar y darme un baño. Habéis sido todos muy amables, pero ahora agradecería estar sola un rato.

—Claro, me encargaré de que nadie os moleste.

—Gracias de nuevo, Sold.

Éste hizo una señal con la cabeza y se alejó rápidamente.

Tras un segundo de vacilación, aquella criatura entró en la hermosa habitación y cerró la puerta con un pasador para que nadie pudiera abrirla desde fuera. Se desprendió de la pesada capa y se encaminó con paso tembloroso al baño que había detrás de una puerta ojival de cedro.

Sus dedos acariciaron dulcemente la madera, pero en lugar de brotar vida, la parte tocada por sus largos y en otro tiempo hermosos dedos cayó muerta y seca.

Aquella criatura agachó la cabeza y entró en el cálido y perfumado cuarto de baño cerrando la puerta con cuidado. Las paredes estaban recubiertas de piezas de cerámica, y el suelo era de negro mármol veteado. A un metro de la entrada, unas escaleras descendían al interior de la bañera llena de agua caliente y perfumada que lamía con suavidad los escalones. A la derecha de la puerta había una pequeña pica llena de agua perfumada y una jabonera, ambas esculpidas en la misma pared. A la izquierda, otra puerta, de talla exquisita, era un armario, donde colgaban toallas limpias y había algunos enseres de baño, metidos en cestitas posadas sobre pequeños y hermosos estantes de madera.

Con una sonrisa de ternura ante el cuidado con el que alguien se había detenido a pensar en el más mínimo detalle, se desprendió de sus ropas; luego preparó una toalla y un hermoso vestido de lino blanco que encontró en el armario, y los puso en el suelo, para poder vestirse al salir del baño.

Se metió con cuidado en el agua, y descubrió que estaba en su justa temperatura, ni muy fría, ni muy caliente. La bañera se hacía muy profunda, de manera que se podía bucear sin grandes problemas de espacio. Se metió entera en el agua y braceó un poco, para luego sumergirse y nadar. Durante un rato, no pensó en nada, dejó que sus pensamientos, temores y dudas se disiparan, limpiando su alma y su corazón.

Cuando al fin se decidió a salir del agua, tenía las yemas de los dedos arrugadas, pero no le preocupó. Tras secarse cuidadosamente se vistió, dejando a un lado finalmente el vestido de lino y utilizó su propia ropa, con la que se sentía más cómoda.

Iba a salir ya de la habitación cuando sus ojos se posaron en el hermoso espejo. Con un suspiro de resignación se acercó al reflejo y se observó con detenimiento. En otro momento había sido muy hermosa. Había brillado, exuberante de vida. Bajó la mirada a los dedos que acababan de demostrar lo muerta que estaba. Ahora no había ni vida ni nada que se le pareciera. Estaba tan muerta como un tronco seco. ¡Hasta las piedras tenían más vida que ella!

Suspiró.

Alargó los dedos y cogió el cepillo de nácar y se lo pasó por el largo y plateado cabello.

No había nada que hacer. Había escogido su destino. Había...

Los ojos se le llenaron de lágrimas de dolor e impotencia al verse en aquel estado tan lamentable.

Dejó a un lado el cepillo y se llevó las manos a la cabeza, revolviendo sus rebeldes cabellos y los desordenó, como sabía que a él le gustaba que los llevara. Al menos así se mitigaba un poco su aspecto de muerta. Al menos así se parecía un poco más a lo que había sido en otra ocasión.

Se secó las lágrimas con rabia.

«Llorar no sirve de nada —se dijo—, sólo nos hace parecer críos insignificantes.»

Con un bufido de rabia se irguió y salió del cuarto de baño, decidida a no humillarse más por él. Había sufrido bastante, y no había razón por la que hubiera de hacerlo de nuevo.

Cerró la puerta con suavidad y se encaminó hacia la puerta, pero antes de haber tocado siquiera el pasador, una voz la detuvo, haciendo que se le pusiera la piel de gallina.

—Hola, Mov·wen.

Ella se volvió como movida por un resorte, entre indignada y sorprendida, pero cualquier cosa que hubiese querido echarle en cara, cualquier argumento que sirviese para hacerle sentir mal, cualquier ataque, murió en el fondo de su garganta y no llegó a herir a aquel que, apoyado contra la pared, la observaba con sus brillantes y misteriosos ojos negros, semiocultos detrás de una larga y revuelta mata de pelo.

—Sossarth —jadeó perpleja. Pero no tardó en recuperarse, y añadió con más firmeza—: No esperaba que tus modales hubiesen mejorado, pero tampoco que entraras como un ladrón en mi habitación.

—Yo también me alegro de verte, Mov·wen.

—Sólo he venido para informaros de lo que va a ocurrir. Porque todo el sur se ha movilizado y está cruzando ya la estepa de Zeraf y las Loras. Muy pronto os habrán rodeado y entonces ya no tendréis escapatoria.

—Es muy amable por tu parte atravesar el Zelma para avisarnos.

—No lo he hecho por ti, Sossarth, espero que lo sepas.

—Tampoco esperaba que, después de cómo me echaste de allí en aquella ocasión, hicieras gran cosa por mí.

Mov·wen bufó furiosa.

—¿Y qué pretendías que hiciera?

—No se trata de un reproche, Mov.

—No me llames así.

Sossarth enarcó las cejas y se encogió de hombros, mientras ella se volvía para salir de la habitación.

—¿Por qué no? Siempre te he llamado así.

El labio inferior le tembló mientras los ojos se le llenaban de lágrimas. Giró sobre sus talones y clavó en Sossarth una mirada de profunda tristeza.

—Porque Mov significa vida —contestó temblando de nuevo—. Y no volveré a dar vida a nadie más, Sossarth.

Con un destello de indignación en sus oscuros ojos, él se lanzó hacia delante, agarró a Mov·wen dolorosamente por el brazo y la hizo volverse, arrinconándola contra la pared y clavando en los de ella sus poderosos ojos.

—¿Crees que no me arrepiento día sí y día también de lo que te hicieron? ¿Crees que no me importa? Me odio a mí mismo sólo de pensar que tuve la culpa de lo que esos bastardos te hicieron. Pero no pude evitarlo, y sabes que hice cuanto estuvo en mi mano para que así fuera. Hubiese deseado mil veces que me impusieran a mí un castigo tan cruel como el que te impusieron a ti, Mov.

—Por favor, Sossarth.

—¡Pero no puedo, maldita sea! No puedo cambiarlo. —Hizo una pausa y retrocedió un paso, librándola de su intensa mirada—. Como tampoco puedo cambiar lo que siento por ti. Mov, tú siempre serás mi vida. Y no importa cuánto tiempo pase, ni cuánto me alejes de ti. Esperaba que todos estos siglos fuesen bastante para apartarte de mi corazón, pero no han bastado. Te amo, Mov. —Levantó las manos y le mostró las palmas blancas y vacías—. No tengo nada, no tengo nada que ofrecerte, no tengo poder suficiente como para cambiar lo que te hicieron. Lo único que tengo es un sentimiento horrible en el pecho, que no me deja respirar cada vez que tú estás cerca. Lo único que tengo, que me mantiene con vida, eres tú. Te amo.

Mov·wen apartó la mirada de aquella criatura, sintiendo que no podía seguir fingiendo. Sabiendo que no importaba cuántas veces le rechazara, que siempre volvería. Una y otra vez, volvería para mendigar su cariño. Y aunque tuvieran que pasar mil siglos hasta que ella pudiera entenderlo y aceptarlo, él siempre estaría ahí, esperando. Él volvería una y otra vez y le repetiría aquellas mismas palabras. Las mismas que, tiempo atrás le había susurrado al oído, justo antes de que ella le echara a patadas de allí, avergonzada y asustada.

No volvería a sufrir su ausencia, ni volvería a echarle. Ya había pasado tiempo suficiente.

Alzó la mirada y le encontró todavía ahí, con la cabeza agachada y el pelo cayéndole como una cortina por la cara.

Y, con una sonrisa de cariño en su rostro, le alzó la cara y le apartó el pelo enmarañado de la frente.

—Te amo, Sossarth —murmuró antes de que él se inclinara sobre ella y la besara.

Con un jadeo, Mov·wen enredó los dedos en el pelo de su compañero y se dejó abrazar y acariciar por él, con una fiereza y una pasión que hicieron que los corazones de ambos latieran acompasadamente al doble de velocidad. Arrimándose un poco más a él, apretó sus labios con más fuerza contra los de él, impidiendo que pudiera separarse enseguida.

Pero cuando al fin lo hicieron, sus miradas permanecieron unidas durante un interminable segundo, antes de que la cordura volviera a adueñarse de ambos, y volvieran a ser conscientes de que a pocos metros de ellos, una ciudad entera se preparaba para la guerra.

Mov·wen sonrió nerviosa y se alejó un paso, antes de que Sossarth volviera a acercarla con un suave tirón y depositara otro beso en sus labios.

—¿No deberíamos volver? —preguntó intentando no caer en la espiral de apasionado fuego al que Sossarth parecía decidido a arrastrarla.

—Que se fastidien —murmuró besando tiernamente el cuello y la cara de ella.

—Estamos a punto de entrar en guerra.

—Por eso. Mejor aprovechamos el tiempo —le murmuró al oído antes de morderle con ternura la oreja.

—No sé.

—No me vas a decir que tienes miedo, ¿verdad Mov?

—¿Miedo? ¿Por qué iba a tenerlo?

—No sé.

La mujer sonrió al sentir los cálidos dedos de Sossarth ascendiendo por su cuerpo, mientras se le erizaba todo el vello de la espalda. Aquélla hubiera podido ser la mejor noche de sus vidas, de no ser porque alguien entró en aquel preciso instante, interrumpiendo la concentración de ambos.

—¿Qué? —bufó Mov·wen con fastidio separándose precipitadamente de Sossarth.

—Mi señor —dijo el atolondrado mensajero—. La han arriado, mi señor.

—¿Qué? —Sossarth miró de reojo a Mov·wen, pero ninguno de los dos parecía lo bastante lúcido para entender aquella «complicada» frase.

—¡La bandera, señor! ¡La han arriado! —Hizo una pausa, pero al no detectar cambio alguno en los rostros de anonadamiento de sus interlocutores añadió con emoción apenas contenida—: ¡Ha empezado la guerra!

A aquellas palabras sí hubo reacción, pues Sossarth y Mov·wen, maldiciendo interiormente su mala suerte, se lanzaron hacia la puerta a la carrera y se reunieron con la atolondrada multitud de refugiados que se abalanzaban fuera de la montaña.

El espectáculo que encontraron en el exterior les dejó maravillados y sin aliento.

24

La canción de Arpenystryp

La fuerza con la que atacaron sus enemigos les dejó momentáneamente sin aliento.

Por todas partes surgieron fuerzas con poderes sobrenaturales, cada cual más letal que el anterior. Aterrorizados en un primer momento, atacaron con más rabia de la necesaria, pero enseguida obedecieron a sus capitanes, y tomaron sin grandes dificultades el flanco occidental de la montaña. El sol se ponía ya cuando los más adelantados salvaron las barricadas y llegaron al cruce de caminos que llevaba a Sesser-Law y al refugio sssemesstraka.

Los dragones salieron de sus escondrijos justo cuando los caballos de la primera horda se lanzaban hacia las puertas; no había rastro de James, ni de Anwara por ninguna parte, pero Mitgard ya había dejado ver su reluciente cuerpo en varias ocasiones.

Encabezados por Yan, los dragones que, como él, carecían de alas, se dirigieron lenta y cuidadosamente a la retaguardia del ejército atacante, mientras Zur enviaba a los suyos a abrasar todo aquello que luciera las insignias enemigas.

En Sesser-Law todo continuaba en silencio. Un silencio sepulcral que recordaba horriblemente al que reinaba en Luparia. Nada se movía, nada emitía el menor sonido. No había huellas sobre la nieve inmaculada, las hojas de los árboles no se movían. La ciudad estaba muerta. Y muerta la encontraron los que consiguieron atravesar las puertas de una pieza.

El silencio y la expectación se adueñaron también de sus filas, encogidas sobre sus monturas, o andando con las piernas entumecidas por la carrera que había supuesto para ellos el ascenso hasta la ciudad.

El terror les inundó desde que pusieron un pie en ella, y se fue acrecentando conforme avanzaban por las silenciosas y desiertas calles. Llegó a su punto álgido cuando las hermosas puertas se cerraron a sus espaldas sin que nadie las tocara y les hizo perder la batalla cuando les atacaron cientos y cientos de fantasmas, con aullidos insoportables y gritos que enloquecieron a más de uno.

La ofensiva terminó cuando el último miembro de aquella cuadrilla cayó muerto y los dobles batientes se abrieron de nuevo, para permitir la entrada al siguiente grupo, tras esconder los cuerpos en las casas vacías.

Entonces, algo que nadie se esperaba ocurrió, y golpeó al ejército como una maza, pues, al haber cubierto de piedras los afluentes de Sic-Sesser y la Solitaria, el agua se desbordó e irrumpió por encima de sus muros inundando toda la llanura y los pasos entre las montañas, uniendo sus aguas a los lagos Sirah y Pico-Ménor, convirtiendo en canales las faldas de la Cordillera Transparente; y, por ellos, cientos de sirenas, tritones y licamar se unieron a la batalla, con toda la furia de sus poderes. Animales acuáticos y anfibios, que se habían movido en silencio, saltaron de las aguas y atacaron por la espalda, cumpliendo el plan trazado desde el inicio: como Mitgard había dicho ya, el Zelma no se mantendría alejado de aquella guerra, y ahora atacaba con toda la rabia y la fuerza de sus traicioneras aguas que, como ya se había dicho, sacian la sed pero también ahogan.

A lomos de un impresionante delfín, provisto de majestuosas alas membranosas, el rey de las Profundidades lanzó a sus sirenas voladoras, las así llamadas arpías, sobre un grupo de licántropos que hicieron lo posible por desembarazarse de las poderosas garras de sus enemigas. Sobrevivió uno gracias a Cris, que se abalanzó, convertido en dragón, sobre una hermosa arpía de cola roja.

Los dragones parecieron encantados con la llegada de sus acuáticos antagonistas, ya que desde tiempos inmemoriales el agua ha sido el principal enemigo del fuego, y como tal, dragones y habitantes del Zelma han sido enemigos desde que el Continente era Continente.

Entonces un estruendo acalló momentáneamente la batalla, y Anwara y James hicieron su imponente aparición. Cabalgando a lomos de un impresionante gallo gigante, James contempló cómo se desarrollaba la batalla a sus pies, y una sonrisa de desdén cruzó su orgulloso rostro. Toda la inocencia que pudo haber tenido meses atrás, cuando Shenak le embaucó para llevarle a Lunar-Haial, había desaparecido. Todo el amor que hubo en sus ojos cuando besó a Shenak por vez primera se había desvanecido. Todo el dolor al enterarse de la traición de la sssemesstraka había quedado olvidado. Y ahora su rostro se mostraba impasible y altanero: arrinconados todos los suplicios, lo único que restaba era la soberbia y el orgullo, como el que hay en el rostro de un conquistador que contempla, desde lo alto de un elefante, cómo se ha apoderado de un mundo nuevo y lleno de posibilidades.

A su lado, y portando un búho sobre el hombro, Anwara contemplaba cómo aquel que era su hijo había olvidado todo cuanto aprendiera en sus años de duro trabajo y poco reconocimiento, y el corazón sangró por esa razón. Su hijo se había convertido en un tirano. Un tirano igual a su padre. Espoleó al enorme centauro que era su montura y se adentró en el campo de batalla, seguida de su hijo.

La batalla se desarrolló con mayor lentitud que las otras dos, en parte por culpa de Anwara, que conocía aquella forma de atacar, en parte por los poderes de James. Gracias a una parálisis general, distinguieron las estatuas de las que no lo eran, y pudieron decapitar a muchos sin que éstos lograran hacer nada por evitarlo.

Superada la primera barrera, James desmontó del gallo y atravesó la imponente doble puerta del castillo.

Por un instante pareció sobrecogido ante la majestuosidad del lugar, con sus hermosas tallas y sus esplendorosas vidrieras. Miles de columnas sujetaban el altísimo techo abovedado, donde el cincel experto había tallado en la piedra viva cientos de hojas que le daban un aspecto de gruta vegetal. Las ventanas ojivales aparecían como ojos que le observaban con fijeza, y los cristales, rotos y quebrados en su mayoría, dejaban pasar el viento helado, que aullaba como un demonio, arrastrando tristemente el clamor de la batalla.

Con un suspiro apenas reprimido, James pasó aquella sala y llegó al pie de la hermosa escalinata de mármol, custodiada por dos preciosas ninfas petrificadas que sostenían en sus brazos de fría piel blanca antorchas doradas, terminadas en retorcidas llamas de cristal. Y entre las dos magníficas esculturas, una criatura que permanecía quieta y suntuosa en el centro de la gran escalera de mármol. No se parecía en nada a las magníficas ninfas, de hermosura rayana en lo sobrenatural. Aquella criatura de rasgos en otro tiempo dulces y hermosos aparecía ahora con la piel grisácea de las montañas y el pelo plateado como los rayos de Muna. Sus ojos centelleaban bajo la luz del frío sol de invierno con una expresión de profunda tristeza y desasosiego. Vestía con sencillez y elegancia un vestido escotado y ceñido, y se abrigaba del frío con una capa sencilla de pieles. Se apoyaba con ligereza sobre un largo bastón con empuñadura de plata y piedras preciosas.

Al verla, inmóvil y majestuosa como una reina, James dudó, sólo un instante, pero luego recordó quién era él: el hijo de Tempus, dios del Tiempo, y sintió que se hacía más grande y más fuerte, mientras que aquella criatura se tambaleaba ante él, y seguramente huiría de miedo al saber a quién se enfrentaba.

—¡Tú! —dijo con altanería—. ¡Apártate de mi camino!

—¿Por qué debería? —inquirió ella, con voz suave y tranquila, a pesar de no poder mantenerse apenas en pie.

—¡Porque yo soy James, hijo de Tempus, y te lo ordeno!

El orgullo acudió a los ojos de la mujer como segundos antes había acudido a los de él, y la altanería que él demostraba se convirtió en una especie de fuerza en ella, pues su voz sonó dura como una piedra y salvaje como un bosque.

—¡Y yo soy Mov·wen! ¡Y no obedezco a tu dios!

Mov·wen. Aquel nombre le sonaba mucho, pero no supo averiguar dónde lo había oído con anterioridad, así que, sin darle mayor importancia, desenvainó su espada y se encaró con aquella que osaba desafiarle de una forma tan abierta.

—¡Voy a cortarte la lengua, insolente, por no mostrar el respeto que merece el dios Tempus!

—¿Por qué debería honrar al que me ha hecho esto?

Descendió un par de escalones y contempló abstraída la hermosa faz de la ninfa de su izquierda. Sus dedos largos y delgados como patas de araña acariciaron el hermoso rostro de la estatua y un suspiro escapó de sus labios.

—En otro tiempo, James, hijo de Tempus, no hubieras podido resistir mi belleza. Pero me la arrebataron. —No apartó la mirada de la ninfa, ni dejó de acariciar con ternura su piel—. Tal vez si te haces con el trono puedas cambiar eso —murmuró dedicándole una triste mirada con el rabillo del ojo.

—¿Por qué no? —escupió encogiéndose de hombros.

—No me fío de ti, hijo del Mayor.

—Dime dónde está el Trono del Grande, o te aseguro que no vas a necesitar belleza. —James empezaba a perder la paciencia.

Mov·wen se volvió con mayor agilidad que la que James había previsto y se situó a escasos centímetros de él.

—¿Es una amenaza, James, hijo de Tempus? —Su voz sonó realmente amenazadora. Tanto que James asestó un golpe con *Loodsh*, la Muerte del Sol, y chocó con tanta intensidad contra el bastón de Mov·wen, que la tiró al suelo.

Con un bufido de rabia levantó la espada sobre el cuerpo tendido de su oponente y ya iba a dar el golpe de gracia cuando otro acero apareció entre el suyo y el cuerpo indefenso de la mujer.

James alzó la vista contrariado y le vio. Plantado entre su víctima y él, con los ojos centelleando de rabia y el rostro completamente desencajado en una mueca de ferocidad que hubiese hecho retroceder al héroe más valiente.

—Mov·wen no tiene nada que ver con esto —dijo con suavidad, pero detrás de aquel susurro, que era su voz y que jamás se levantaba más allá del murmullo apenas audible, había una clara y concisa amenaza. Una amenaza tan poderosa que hizo retroceder un paso a James.

—Vaya, Sossarth, me alegro de verte de nuevo.

—No voy a repetirlo de nuevo, James, esta batalla no pertenece a Mov·wen.

—No veo por qué la defiendes de ese modo, hasta una piedra es más hermosa.

Sossarth no se dejó llevar por la rabia ni la provocación. Se limitó a permanecer quieto, defendiendo a su compañera con una firmeza inquebrantable.

—Quédatela, si es lo que quieres —dijo James con suavidad—. Yo tengo un trono que ocupar. —Y girando sobre sus talones, se alejó por una puerta situada al otro lado de la sala, decidido a localizar el trono por su cuenta.

Una vez hubo desaparecido la preciosa capa que James lucía, Sossarth se relajó un poco y se volvió hacia Mov·wen, que seguía temblando en el suelo, incapaz de levantarse de nuevo, agotada y desvalida.

—No debiste hacer eso —murmuró él.

—Toda la Cordillera está revolucionada —dijo con suavidad Mov·wen, aceptando la mano que él le tendía—. No podía permanecer quieta sin hacer nada. —Se apoyó en su hombro, exhausta, dejando que él la ayudara a sentarse en la escalera y recostarse contra la barandilla—. Quiero ser útil. Además —añadió al ver que Sossarth iba a protestar—, él es el hijo de aquel que me hizo esto. —Agachó la cabeza y una cascada de pelo la separó de los poderosos ojos del hombre—. Tiene razón. Podrías buscarte a otra mil veces más hermosa.

Sossarth se arrodilló ante ella y le alzó dulcemente la

cara, clavando su mirada en la triste y desvalida de la mujer.

—Yo te veo muy hermosa, Mov.

—Sólo lo dices para consolarme.

Sossarth sonrió con tristeza.

—Sin embargo, no importa quién se siente en el Trono. Ni lo que pase después. Los dioses van a devolverte tu vida, aunque tenga que subir hasta ahí y ordenárselo a golpes.

Hizo una pausa, viendo cómo era incapaz de ocultar una sonrisilla, halagada.

—Y volverás a sonreír como lo hacías antes. ¿De acuerdo?

Ella asintió.

—Muy bien, entonces voy a ver si Tavath necesita que le eche una mano, que ya conoces a estos licántropos: muy orgullosos y muy independientes, pero luego no saben quitarse a los parásitos sin ayuda.

En esta ocasión Mov·wen sonrió más ampliamente.

—Así está mejor. —Sossarth se alzó un poco y depositó en sus labios un beso dulce y tierno—. Ahora vuelvo.

Se puso en pie, y echó a andar en pos de James.

—¿Puedo ayudarte en algo?

Él se detuvo antes de volverse lentamente hacia ella y clavar en sus tristes y suplicantes ojos una mirada de indescriptible ternura, y una triste sonrisa cruzó sus labios.

—Preferiría que no lo hicieras, él es muy peligroso. —Al verla bajar los ojos, apesadumbrada, no pudo evitar sentirse culpable—. Acompáñame, pero mantente alejada de la pelea, ¿de acuerdo?

Radiante de felicidad, la montaña se puso en pie y se acercó a su compañero, andando con más seguridad de la que hacía tiempo demostraba.

James atravesó una nueva sala de exquisita hermosura y llegó, tras subir un tramo de escaleras, a la tan nombrada sala del trono.

En esta habitación se encontraba una figura, vuelta de espaldas a la puerta, acodada sobre el alféizar de la ventana ojival, y contemplando con tristeza el desarrollo de la batalla en el exterior.

Se trataba de un ser extraordinariamente alto, cuyo aspecto distaba de ser humano, pero no era del todo lobuno. Vestía con exquisita sencillez, algo que estaba lejos de hacer James, con sus prendas plagadas de oro y piedras preciosas. La túnica era de un sencillo color negro, un desgastado y ancho cinturón sostenía una larga espada; iba descalzo, ya que no había zapato capaz de ajustarse a sus garras. La capa de pieles negras cubría casi por completo sus alas oscuras. No había escudo ni arco, ni siquiera un carcaj a su alrededor, lo que le dejaba, en teoría, completamente indefenso ante un ataque traicionero por la espalda.

Con un suspiro, aquella criatura inclinó la cabeza, apoyando la frente contra el cristal de la ventana, las grandes orejas pegadas al cogote.

—¿Sabes una cosa, James? —preguntó con voz vibrante—. Nunca te quedes mirando a un licántropo por la espalda, durante tanto rato, si lo que pretendes es matarlo.

El hijo de Tempus pestañeó.

—Ése fue, en principio, el gran error de Sossarth, el que le impidió matarme la primera vez. Y, como puedo ver, es tu error también. Esperaba que Tempus te hubiese advertido sobre mí. —Suspiró—. Pero, desgraciadamente, veo que no lo ha hecho.

—¿Tú? ¿Tú eres Tavath?

—Noto cierto desdén en tu voz. ¿Acaso esperabas encontrarte a otro en mi lugar?

—Decían que eras un monstruo. Que eras un asesino experto. Y me encuentro con un... perro grande y feo.

—Cuidado, James, a ningún licántropo le gusta que le comparen con un perro.

—Creo que no tardaré mucho en acabar contigo.

—Supongo que pensaste lo mismo cuando te encaraste con Sossarth la primera vez.

—Sí, pero él por lo menos tiene un aspecto más... peligroso, con esos ojos y ese pelo.

—Vaya. Así que para parecer peligroso debo... ¿descuidar mi imagen? Muy interesante. La verdad es que para mí la vida ha sido más fácil que para Sossarth. Él ha tenido que pasar los últimos años escondiéndose y escurriéndose entre las garras de los dioses. Sí, me temo que mi vida ha sido mucho más tranquila, tal vez por eso mi aspecto sea menos salvaje. Pero no te dejes engañar por las apariencias, porque la verdadera fuerza se encuentra en el corazón de cada ser.

—¡Ja! Sigue con tu cháchara, porque muy pronto estarás muerto.

Tavath emitió un gruñido gutural, cerró los ojos, sin levantar la cabeza que tenía apoyada contra el cristal, y entonces la temperatura empezó a descender de una forma temible. Los cristales de la sala circular emitieron sonidos extraños al agrietarse y quebrarse por el repentino cambio de temperatura. Nieve y escarcha se adueñaron de la habitación, y la temperatura siguió bajando, hasta que el pelaje de Tavath estuvo cubierto de hielo y nieve.

James sonrió con altanería, y creó un espacio temporal, que hizo retroceder el aire en derredor, creando una burbuja de calor en aquel temporal helado que afectaba únicamente a aquel cuarto.

Sossarth y Mov·wen se detuvieron en la entrada, mirando anonadados a los dos que ya estaban allí, sin entender del todo lo que había ocurrido. Al sentir el aire helado a su alrededor, Sossarth cerró los ojos y, con una llamarada, se convirtió en el impresionante monstruo que James ya había visto en el desierto.

—Veo que ya os conocéis —murmuró el monstruo avanzando por el congelado suelo.

—¿Crees que por crear una helada vas a librarte de un baile de bastones?

Sossarth se detuvo donde estaba, esperando ver la reacción de Tavath, pero ésta no se produjo, al menos no de momento.

—¡Si te crees tan poderoso, defiéndete! —exclamó James, al tiempo que lanzaba algo contra el licántropo, cuyo pelaje pareció absorber el ataque, sin causarle daño alguno.

Con algo de perezoso fastidio, Tavath se volvió, y James no pudo reprimir un gemido de terror, al ver su rostro lobuno y sus preciosos ojos plateados. Las orejas estaban alzadas en señal de aviso y los belfos arrugados mostraban sus colmillos amarillentos. La corta crin que cubría toda su espalda se erizó haciéndole parecer más grande de lo que ya de por sí era.

En la puerta, Mov·wen, le dedicó una mirada de advertencia a Sossarth, que, sin embargo, no hizo el menor gesto de estar asustado, sino que se limitó a avanzar a su vez. Hacia James.

—¿Crees que te tengo miedo? —preguntó James, mientras retrocedía unos pasos—. ¿Por qué iba a tenerlo?

Con un bufido, Tavath saltó hacia delante, transformándose en el aire en un monstruoso lobo, de metro y medio de altura y dos de envergadura, con una cola igual de larga y una cabeza lobuna cuyos ojos encerraban una inteligente mirada.

Las orejas estaban pegadas al cogote, y la crin, que le cubría toda la columna vertebral, seguía erizada y endurecida.

Sossarth saltó también, dispuesto a colaborar garra con garra con Tavath y en la sala del trono hubo un destello de cegadora luz, y asfixiante oscuridad.

Había empezado a nevar copiosamente, tanto que apenas se distinguían las figuras que combatían furiosas.

Shenak miró a su alrededor abatida y emocionada al mismo tiempo. Se movió ligera como el viento y mató a un elfo que llevaba los colores enemigos. Patinó sobre el hielo y cayó rodando por el camino. Cuando al fin detuvo su descenso y pudo volver a ponerse en pie, sus ojos se toparon de frente con los de Mitgard.

—Vaya —siseó la serpiente, inclinando su inmensa cabeza triangular—. ¿Qué hacesss aquí, princessssa? ¿No tendríasss que essstar luchando por el Trono?

—Dejaré que los hijos de los Mayores se encarguen de sus asuntosss. —La voz de la sssemesstraka era firme, aunque había respeto en ella; no en vano estaba hablando con una de las diosas de los reptiles.

—No lo decía por essso, princesssa. —Reunió su cuerpo anillado y golpeó furiosamente con la cola a unos magos que pretendían tejer una red a su alrededor—. En fin, me tengo que ir. Vigila de cerca a tu humano. Puede que te necesssite.

Con una fuerza sobrenatural, la inmensa serpiente se alzó en el aire, en busca de un oponente de su tamaño, enroscándose en torno al tórax de un gigantesco dragón. Shenak, no muy segura de por qué Mitgard no la había atacado, ni por qué le había advertido sobre Cris, paseó la vista a su alrededor. Pudo ver a Ratafia al mando de un grupo de feroces licántropos y a Asor combatiendo cuerpo a cuerpo con una arpía de cola naranja.

Soran, a lomos de Drawen, ascendía de nuevo hacia el cielo encapotado. Formaban una estampa magnífica, para quien pudiera alzar la vista y contemplar a aquel elfo-humano-semiadle. El magnífico dragón abrió al máximo sus alas y se lanzó sobre sus enemigos con una brutalidad majestuosa. Aprovechando su larga y fuerte cola derribó a un grupo de hombres a caballo, y, pasando a ras de suelo, permitió que Soran matase a los hombres caídos.

Se alzaron de nuevo en el aire, paladeando ya su victoria cuando, al fin, los habitantes de Entrefshou, Rondra y Solnak, los magníficos jinetes, cabalgando a lomos de sus esplendorosos grifos e hipogrifos, atacaron con toda la fuerza y la ferocidad que les había otorgado la fama. También cayeron sobre ellos los jinetes de dragones, con sus feroces monturas, acorazadas en el interior de armaduras que ocultaban por completo sus cuerpos.

Soran y Drawen se miraron. Ahí debían de encontrarse cientos de antiguos compañeros de escuela, pertrechados bajo armaduras pesadas e incómodas, cuyo caro mantenimiento y poca flexibilidad a la hora de la batalla había llevado al joven a prescindir de ellas años atrás, dejándolas abandonadas en pleno desierto.

Con un grito de furia, sus nuevos oponentes, olfateando ya el clamor de la lucha, se lanzaron hacia delante y atacaron a los dragones, con una furia sobrenatural, mientras las serpientes eran abatidas por los magníficos grifos e hipogrifos.

Apry detuvo a su exaltada yegua, con un poderoso tirón de riendas. Hacía mucho tiempo que no peleaba. Hacía mucho tiempo que no veía aquella hermosa danza de fuego, hielo y muerte, que presentaban los dragones emplumados y escamados, luchando a muchos metros por encima del suelo. Sólo esperaba que Drawen supiera lo que se hacía y no pereciera en aquella locura.

Con un suspiro mató a un enloquecido hombre que se le acercaba gritando. Elfos, enanos, algún gigante de los lejanos Dientes del Diablo, en el reino de Serraf. Jinetes y dragones, enloquecidos magos que tejían trampas traicioneras para los sssemesstraka. Por ahí correteaba un niño aterrado, por allá un padre caía muerto sin posibilidad de defenderse. Sirenas, arpías y hasta licamares luchando contra enfervorecidos licántropos.

¿En qué se habían convertido?

Su montura se encabritó y pateó la cara de un elfo.

Y entonces Drawen se alzó en el aire profiriendo un rugido de dolor. Y al verle Apry sintió que se le partía el alma.

El joven dragón trataba de sostener a Soran, que, herido de gravedad, yacía sobre el lomo de su amigo con el dorado rostro apoyado contra las escamas del cuello de Drawen. Las alas del dragón mostraban terribles heridas, con sangre reseca sobre sus escamas y lesiones recientes y de sangre no tan seca, recubriendo su magnífico cuerpo.

El joven animal intentaba, a pesar del agotamiento y del

dolor que le recorría todo el cuerpo, mantenerse en el aire con un vuelo inestable y flaqueante. Ascendió uno o dos metros, esquivando la maza de un gigante, volvió a caer y ascendió de nuevo.

—Hijo mío, ojalá pudiera ayudarte —murmuró mientras lo miraba con los ojos vidriosos.

Su yegua relinchó, devolviéndole de nuevo a la realidad, para ver cómo una maza gigantesca les lanzaba contra la piedra de la rocosa montaña. Luego, cayó al suelo para no levantarse de nuevo, y Apry, por su parte, saltó sobre sus pies y contempló de nuevo a Drawen: había llegado ya al límite de sus fuerzas y, haciendo un soberano esfuerzo, luchaba contra el viento y la nieve, intentando alejarse de un grupo de dragones emplumados y jinetes con relucientes armaduras, que lanzaban inmensas lanzas sobre las alas del joven oponente. Una de las lanzas atravesó la ya de por sí rasgada membrana de una de ellas y el dragón, emitiendo un furioso rugido de dolor, cayó en picado hacia el suelo.

Apry gritó.

Y, a continuación, sucedió algo inesperado para él y para todos los que se encontraban a su alrededor.

Un rayo de luz dorada surgió de su pecho, al igual que el grito de terror que había proferido segundos antes, y le envolvió como un capullo envuelve a un insecto a punto de metamorfosearse. Pero su cambio fue mucho más rápido que el de cualquier otro insecto, pues, un instante después de que apareciese ese rayo de luz dorada, que cegó en la semipenumbra reinante a todos los que se encontraban a su alrededor, éste se desvaneció y en el lugar en el que se había encontrado un gigantesco nomaad se hallaba ahora un inmenso dragón, que emitió un chillido de libertad y reconocimiento al recuperar un cuerpo olvidado hacía mucho tiempo.

Extendió sus magníficas alas emplumadas y salió volando en dirección a Drawen, hasta atraparlo con sus poderosas garras, sosteniendo también a Soran, que permanecía inconsciente sobre el lomo del dragón.

Se trataba de un poderoso y magnífico animal de brillan

te y claro pelaje marrón. Tenía un afilado pico curvo, que brillaba con un brillo metálico, y el largo cuello emplumado mostraba dos franjas blancas que se unían a la espalda para luego dividirse sobre los omoplatos y extenderse, con un magnífico dibujo, por las alas. Las patas delanteras eran parecidas a las de las águilas, con la diferencia de que éstas tenían entre los dedos unas membranas impermeables para que pudiese nadar. Las traseras eran poderosas patas de león, provistas por curvos espolones. Sobre la magnífica cola de león, terminada en una afilada cuchilla octogonal oculta por un mechón de pelo negro, se encontraba una segunda cola de plumas, idéntica a la que tienen los gavilanes.

Nada más verle, todos los dragones que se encontraban en aquel lugar se detuvieron, haciendo oídos sordos de sus jinetes los que llevaban uno sobre sus hombros, e ignorando la batalla los que no llevaban ninguno. También cesó la nevada y entre los nubarrones aparecieron los rayos del sol, iluminando las plumas y el pelaje del inmenso dragón, que alzó al cielo su magnífica cabeza y rugió con toda la fuerza de sus pulmones.

Y los dragones se miraron y descendieron a tierra, arrodillándose ante aquel monstruoso dragón que sostenía entre sus garras a un escamado, y ascendía hacia el cielo, protegiéndole, aun a riesgo de morir él por salvarle. Y todos los que se encontraban ahí reconocieron al suntuoso dragón como Arpenystryp, el líder emplumado que había sido desterrado por los mismísimos dioses a vagar por el desierto, en busca de la forma de enmendar su grave ofensa.

Ahí se alzaba, grande y majestuoso, y ni una sola gota de sangre draconiana fue vertida por otro dragón.

25

Traición

Shenak se escurrió por entre la densa multitud y buscó a Cris con la mirada. El dragón dorado no aparecía, sin embargo, por ninguna parte, y la joven empezó a temer que le hubiese pasado algo.

Divisó a Mimí: parecía feliz absorbiendo el poder de los magos del ejército enemigo y destruyendo sus hechizos con la misma facilidad que una maga experta. Algo más allá, Adín manejaba sus machetes, la espalda contra la de Cojo, que lanzaba con su espada pequeñas bolas de fuego que relucían en la nieve.

En la otra punta del campo de batalla, Cris realmente tenía problemas: los jinetes, incansables y feroces, le acorralaban contra uno de los lisos muros que rodeaban Sesser-Law, y se disponían a acabar con su cuadrúpedo enemigo, que se defendía con furiosos arañazos y mordiscos salvajes, entre llamarada y llamarada.

En ese instante, un inmenso grifo, cabalgado por un humano igualmente gigantesco, se lanzó contra el pequeño dragón, y hundió en su costado las inmensas garras. El chillido que dejó la hermosa garganta del dragón hizo estremecer a los otros, pero ninguno impidió al grifo ensañarse con su presa, jugando con ella como lo haría un gatito gigante. Tumbó de espaldas al joven dragón y el jinete ató con fuertes cadenas mágicas las garras del animal, y clavó los extremos de la cadena al suelo, dejándolo panza arriba completamente indefenso.

—Adiós —sonrió triunfante el jinete, mientras soltaba un poco las riendas del grifo, para que diera el golpe de gracia.

Aterrado, Cris vio cómo su enemigo se levantaba sobre sus fuertes y poderosas patas de león, agitando las garras de águila en el aire, con un chillido triunfal, listo para hundirlas en su carne. Y aspiró aire con todas sus fuerzas, para dejar escapar entre sus fauces la llamarada más poderosa que jamás exhaló. Una vez chamuscado el grifo y su jinete, la saliva convertida en lava resbaló por la barbilla del animal, que, inclinando la cabeza sobre un costado, acabó rápidamente con el resto de sus enemigos, y procedió a la dura tarea de desencadenarse.

No había conseguido gran cosa cuando oyó una voz junto a él. Una voz desagradable, seguida de un olor desagradablemente humano y familiar. Jos, su padre, se encontraba a escasos metros de él, esgrimiendo una cruel sonrisa y un hacha, larga y afilada.

—¿Conque el dragoncito se ha quedado atrapado en una trampa cruel y mala de los humanos? —se burló con voz extrañamente infantil, para luego añadir, con tono normal—: ¡Mírate, dragón! Tumbado panza arriba, atado y humillado.

—Pues en lugar de quedarte ahí como un estúpido desátame —exigió Cris, tirando de las ataduras. Empezaba a estar francamente harto de las cadenas.

—¿Por qué iba yo a hacer eso?

—Porque estamos en el mismo bando —gruñó Cris, clavándose las púas de la espalda, dolorosamente, en la columna vertebral.

—¿En serio?

Y algo en el tono de voz de Jos le hizo dudar y desear apartarse de aquel hombre.

—Verás, muchacho, sabía que no eras un gran intelecto, pero esperaba que fueses lo suficientemente inteligente.

—¿Vas a traicionarnos?

—¿A quién? Yo sigo en el bando de Cáian. —Rio por lo

bajo—. El pobre diablo lo único que desea es deshacerse de los humanos. Y mientras pueda conseguirlo, que un humano sea su mano derecha no le importa.

—Pero estáis al servicio de Shenak —protestó Cris, agitando la cabeza para ponerse más cómodo.

—¡Esa estúpida! ¡En cuanto Cáian consiga deshacerse de ella, todo volverá a ser como antes! Y Sold volverá a estar a nuestras órdenes.

—¿Qué?

—¿Acaso no lo sabías? Una vez James situado en el trono, con Mitgard como su mano derecha y Cáian alabando sus hazañas, Sesser-Law será nuestra, y Sold pondrá a nuestro servicio su ejército y su protección. Y yo me llevaré un buen pellizco por mis acciones en esta noble guerra.

—Eres un... ¡un traidor!

—¿Traidor? —bufó Jos—. ¿Traidor hacia quién? ¿Hacia ti, dragón?

—¡Deja de llamarme dragón, por todos los dioses! ¡Soy tu hijo!

—¡Ja! ¿Mi hijo, dices? ¡Burda fachada de tu madre para que no la echara a la calle! ¡Todo el mundo sabe que no puedes ser mi hijo!

Cris pestañeó perplejo.

—¿Qué?

—¡Tu madre, que Hel la ahogue en las aguas de su reino de muerte, me engañó con su querido maestro! ¡Yo matándome en las guerras y ella de juerga con el gran dragón!

El chico inclinó la cabeza.

Él tenía dos años cuando el Imperio sssemesstraka se convirtió en desierto sssemesstraka. Y las guerras habían durado años.

—¡Exacto, pequeño ingenuo! Yo amé a tu madre. Pero ese bastardo, ese dragón, aprovechó mi ausencia para dar más pasos de los permitidos, maldita arpía, ojalá los dos ardan en las hogueras del Inframundo... Luego naciste tú, y cuando volví me encontré con la sorpresa. «Cariño, mira, tenemos un hijo.» ¡Un hijo bastardo con más sangre de dragón que de humano! —Jos aullaba con una expresión enloquecida en el rostro.

»¡Cada tanto iba a ver a su maestro con su hijo a cuestas! ¡Y en una de esas excursioncillas van y te muerden los apestosos hombres lobo! Cómo logró tu madre deshacerse de ellos sin que le pasara nada no lo sé, ni me importa. Supongo que el dragón le enseñaría a emplear la magia para algo. Lo que sé es que desde entonces pasaste a ser un monstruo además de un hijo bastardo. —Respiró hondo e intentó serenarse—. ¿Sabes una cosa, chico? Cuando devoraste a tu madre, no te perseguí porque estuviera muy dolido por su pérdida. No. Te perseguí porque al fin me la habías quitado de en medio y podía matarte a gusto. Y ahora voy a hacerlo y no tienes a nadie que te proteja.

Y alzó el hacha en el aire, dispuesto a cercenarle la cabeza, aunque se detuvo un segundo de más para mirar al paralizado dragón que yacía boca arriba frente a él. Cris cerró los ojos con fuerza para no ver el golpe y se concentró con toda la energía que le restaba. El hacha cayó.

—¿Cómo...?

Sin tiempo a suspirar aliviado, el muchacho se levantó convertido en humano: las cadenas, demasiado grandes para sus muñecas y tobillos, cayeron al suelo con ruidos metálicos y el híbrido desenvainó su espada y detuvo el golpe del hacha de guerra. Las armas chocaron con agudos sonidos chirriantes y los pies de Cris parecían bailar sobre la nieve.

El entrenamiento de Ratafia le había enseñado a moverse con más seguridad, a perfeccionar sus conocimientos en el manejo de la espada y a afianzar su juego de pies. Jos se movía como los soldados humanos, pero su hijo, gracias a su ascendencia no humana, tenía mayor agilidad y era más rápido. No hacía giros rígidos como su padre sino que todo él parecía fluir como el cuerpo de una serpiente.

Más veloz que el pensamiento, Cris encadenó varias fintas y desarmó a su adversario, arrinconándole contra una pared.

—¿No irás a matarme? —gimió Jos al verse sin escapatoria.

—¿Por qué no habría de hacerlo?

—¡Soy tu padre!

En la mirada dorada del joven apareció un destello de sabiduría.

—No, no lo eres.

—¡Pero...!

—No te canses, humano. Eres mi enemigo y estamos en guerra. Si no perdono la vida de otros, ¿por qué habría de perdonar la tuya?

—¡Los dos queremos preservar a los sssemesstraka! ¡No puedes matarme! ¡Te estarás volviendo contra ti mismo!

—Eso no sirve conmigo, humano.

—¡Hablas como si tú no fueses humano! —Empezaba a estar verdaderamente desesperado.

Cris inclinó la cabeza como si hubiese encontrado algo muy interesante en los ojos de aquel al que había considerado su padre.

—¿Cuándo he sido yo humano?

Jos tembló de pies a cabeza y cayó de rodillas ante él.

—Por favor, hazlo rápido.

El dragón suspiró. Apretó las mandíbulas con firmeza y movió la espada tan deprisa que el ojo humano no hubiese podido seguirla.

—Adiós, padre.

Alguien apareció repentinamente a su espalda y posó una mano sobre su hombro. Sorprendido, se volvió de un brinco y vio a Sold, cubierto de sangre ajena y heridas, ribeteadas de sangre azul.

—¿Cómo vamos? —inquirió Cris, volviéndole la espalda a Jos.

—No sssé. Esssto es un caosss.

—¡Genial! —exclamó con una sonrisa antes de apartarle de un golpe y atravesar a un atacante que pretendía ensartar a Sold con su lanza.

—Sserá mejor que sssiga buscando a nuessstra compañía. —Cris asintió y el sssemesstraka comenzó a alejarse velozmente entre la nieve.

—¿Has visto a Shenak?

—Hace un rato. Por allí. —Señaló por encima de su cabeza mientras se marchaba a toda prisa.

Encontrándose más cómodo en su forma de dragón, Cris envainó su espada y volvió a transformarse, luchó ferozmente contra otros oponentes antes de que una inmensa serpiente se alzara ante él. Inclinó su enorme cabeza triangular y batió la lengua en el aire y su rostro mostró una sinuosa sonrisa. Shenak apareció en el lugar en el que había estado la serpiente una centésima de segundo antes.

—Estaba preocupada por ti. Me alegro mucho de que estés bien.

—Yo también —dijo el dragón y con una de sus fuertes y musculosas patas rodeó la espalda de su compañera, apretando la cabeza contra su hombro y cerrando los ojos con fuerza.

Sólo un capricho del destino le llevó a abrir los ojos en aquel momento, y ver a Cáian, alzando la espada, dispuesto a acabar con Shenak, tal y como Jos había predicho.

Y la rabia que embargó al dragón fue tal que, apartando a la princesa sin mayores miramientos, se lanzó contra su enemigo, golpeándole con una de sus garras.

—Te tiene bien amaestrado —se burló Cáian, que había logrado esquivarla—, lástima que no vayas a poder hacer nada por ella, muchacho.

Cris mostró los dientes y se acercó lentamente a su antagonista.

Nunca le había gustado Cáian. Nunca había soportado a aquel sacerdote metomentodo y engreído, y al fin podía deshacerse de él.

Se movió veloz, pero tenía muy poca experiencia como dragón y, a pesar de sus instintos afilados y afinados, Cáian fue más rápido y extrajo una daga de nuro de alguna parte, abriéndole una brecha en las hermosas escamas doradas del pecho. Con un rugido ensordecedor, el dragón se levantó sobre sus patas traseras, loco de furia.

—Pierdes el tiempo, muchacho, yo mataba dragones cuando tú todavía eras una cría de teta.

Cris bufó y persiguió a su veloz presa.

—Deberías entender que yo soy el futuro de los sssemesstraka. Mi diosa me estará muy agradecida cuando le entregue el desierto sssemesstraka. Cuando gobierne a esta chusma por ella. —Sonrió de forma muy desagradable y su ya de por sí desagraciado rostro de semigigante se convirtió en una fea masa de carne rosácea con una mueca espantosa—. Dos mujeres no deben hacerse cargo de uno de los reinos más importantes del Continente sin la supervisión de un hombre.

Cris no le prestó atención, efectuó un nuevo y fallido atentado contra su vida antes de que Cáian palideciera mortalmente y se volviera aterrorizado hacia atrás.

Shenak estaba ahí, con las alas abiertas y una mirada más segura y más orgullosa de lo que jamás había mostrado.

—¿Y por qué ibasss tú a gobernar mejor a mi gente que yo missma? —gruñó ella, batiendo con furia su lengua bífida, y hundiendo a *Sais* más profundamente entre sus costillas.

Cáian balbuceó unas palabras inconexas e ininteligibles, antes de caer muerto al suelo ensangrentado.

Shenak le dedicó una última mirada inescrutable, antes de alzar los ojos de nuevo hacia Cris, que, convertido otra vez en un humano, la contemplaba lleno de curiosidad.

¡Qué poco quedaba ya de la joven sssemesstraka a la que había conocido! Ahora, en sus brillantes ojos negros había menos inocencia y más sabiduría. Era más madura y más fuerte. Sin duda ya estaba preparada para lo que tuviese que venir. Y de pronto se hizo la luz en la mente del muchacho.

—Shen —murmuró, acercándose a la joven que tenía delante—. Tú debes ocupar el Trono Caído.

—¿Yo?

Ahora se sumó la duda y el temor a aquellos inteligentes y maduros ojos negros, todo pupila.

—¡Sí! —exclamó, repentinamente excitado, y deseoso de contarle todo lo que acababa de recordar y conectar—. ¡Eres tú! ¿No lo entiendes?

—No.

Suspiró exasperado.

—La última vez que vine a Sesser-Law, cuando vine con los saqueadores y nos llevamos la estatua de la reina, recuerdo perfectamente que el trono no tenía ninguna talla en el respaldo. Era un magnífico asiento, completamente liso. Sin embargo, cuando vinimos con Luchían...

—... En el trono había una ssserpiente alada.

—¡El símbolo de los sssemesstraka!

Shenak inclinó la cabeza, empezaba a entender.

—Pero el único sssemesstraka con alasss...

—¡Eres tú, Shen!

La joven alzó la mirada y la clavó en los hermosos ojos color miel de Cris.

—¿Yo? —Negó levemente con la cabeza—. Es imposible. No puedo ser yo.

—¿Por qué no?

Ahora el chico se encontraba tan cerca de ella que podía sentir su cálido aliento cayendo sobre su frente. Alzó la vista, cuando él la obligó dulcemente a levantar la cabeza hacia él.

—¿Por qué no?

—Porque es el emisssario del Grande —murmuró apenas.

—¿Y qué?

Shenak suspiró.

—¿Cómo que «y qué»? —repitió ella en voz baja—. Crisss, soy una sssemesstraka. —Y enterró en su pecho la cabeza.

Por esa razón no vio la expresión seria y repentinamente furiosa que apareció en el rostro de su compañero.

—Entonces, estamos perdidos, Shen. Porque como acabas de decir, tú eres la única. La última sssemesstraka alada.

—Ningún sssemesstraka ha sido jamás Emisario del Grande, sólo custodios de su Trono en Sesser-Law. El representante del Grande debe poseer el Poder del Amor, está escrito —gimió ella, sin alzar la cabeza, mientras dejaba que Cris la abrazase con dulzura—. Y nosotros no podemos amar.

—¿Estás segura de eso, Shenak?

Hubo una breve pausa, en la que, para la pareja, todo lo que sucedía a su alrededor era superfluo.

No importaba que los sssemesstraka, junto a los licántropos, perdieran y ganaran terreno de forma desigual. Ni les importaban los muertos que caían a su alrededor. No prestaron atención a los dragones que, capitaneados por su viejo líder, Arpenystryp, habían arrojado sus armaduras y a sus crueles jinetes y se abalanzaban con toda su fiereza contra los inmensos gigantes y los desafortunados jinetes que con sus grifos e hipogrifos habían creído tener al cuerpo de caballería draconiano de su parte.

Nada importaba mientras se abrazaban en silencio en mitad de aquel caos. Y a tiro de piedra se alzaba la solución al conflicto. El castillo en la acorazada ciudad de Sesser-Law, donde los licántropos seguían masacrando a sus incansables enemigos.

Shenak apoyó la mejilla en el hombro de Cris y observó el horizonte, y allí apareció Muna. Una Muna llena y hermosa. Una Muna de plata y Shenak decidió que su pueblo bien merecía el beneficio de la duda.

Ella había encontrado aquello que los demás llamaban «amor». Tal vez fuese la única oportunidad de evitar que los últimos sssemesstraka muriesen en vano.

—No lo estoy —contestó al fin, y Cris asintió.

—Vamos, entonces.

Y separándose de ella, se convirtió en dragón. Un hermoso y majestuoso dragón dorado, que no parecía indefenso. Un dragón que no sufría, por primera vez en muchos años, los dolores y las torturas de su condición semilobuna.

—¿Te llevo?

Shenak enarcó una ceja, orgullosa.

—Creo que yo podré llegar, gracias.

Y desapareció, para dejar paso a una hermosa y gigantesca boa alada. Retorció sus anillos contenta y orgullosa de sus escamas, y extendió las alas al máximo, antes de darse impulso con su cuerpo recogido y dejar que una ráfaga de aire apropiada la llevase hasta las nubes.

Cris sonrió antes de seguirla con un vuelo hermoso y menos sinuoso que el de la gigantesca serpiente que tenía al lado, y que, sin duda, podría machacarle los huesos con sólo dos de sus anillos.

Desde aquella privilegiada perspectiva, pudieron contemplar horrorizados los escabrosos resultados de aquella contienda: muertos por todas partes; heridos enloquecidos que gritaban a la hora de cargar contra un nuevo enemigo; humanos envueltos en llamas que se abalanzaban sobre aterrorizados licántropos; gigantes que derribaban con sus imponentes mazas a jinetes de todos los tamaños; aquí y allí un dragón caía bajo los hechizos de algún mago, o los grifos atacaban a un grupo extraviado de sssemesstraka. Distinguieron a Sold, bañado en sangre, cayendo de su exaltada montura, sujetándose una herida que no tenía buena pinta. Adín y Cojo peleaban a alguna distancia del líder sssemesstraka, codo con codo: ella armada con dos machetes; él, con su hermosa espada que lanzaba furiosas llamaradas a sus enemigos. Un trozo de la montaña había quedado convertido en un campo de sal, allá donde Katana había transformado en estatuas de este mineral a sus enemigos. Mitgard había dejado un rastro claro de cadáveres convertidos en puré.

Shenak apartó la vista con un siseo.

Giró violentamente para esquivar una de las torres del castillo y buscó con la mirada la sala del trono. Descendió sobre la balaustrada de una gran terraza pensada para que los reyes y reinas sssemesstraka efectuasen sus vuelos y observasen, a vista de pájaro, lo que ocurría en su reino.

Cris la siguió de cerca, mientras la serpiente replegaba sus alas y se deslizaba silenciosamente por las escaleras. No le gustaron los sonidos que procedían de la sala del trono, y tuvo un buen presentimiento a ese respecto, pues los tres que se encontraban en la sala luchaban encarnizadamente.

Lo primero que descubrió Cris nada más poner una pata en aquella habitación fue el frío que hacía dentro. Todas las paredes, incluidos el techo, el suelo y la magnífica cristalera, estaban cubiertas por escarcha. El trono tenía pequeños carámbanos colgados de los brazos y la magnífica araña del techo temblaba con el hielo que tejía una mortífera tela en torno a sus brazos de cristal.

Pero a pesar del frío crepitaban las llamas. Fuego y llamas por todas partes. Alrededor de Sossarth, un permanente círculo de fuego parecía protegerlo del clima de su alrededor y ayudarle a mantenerse en su ambiente, y le servía, al mismo tiempo, de defensa y escudo. Alrededor de James, una barrera en la que no había nada. Ni fuego ni hielo, ni frío ni calor. Nada. No había aire, ni tiempo, no había vida, ni muerte.

Shenak retrocedió un paso al contemplar la magnificencia de lo que ahí estaba pasando, pero luego, sin dudar demasiado, se acercó lentamente aunque sin un titubeo hacia el trono central.

Ella era consciente de que aquel que se sentase en el trono pondría fin a la guerra. Tanto si era el Elegido del Grande como uno de los hijos de los Mayores. Cuando era pequeña, Sossarth solía contarle historias en las que aparecía el Trono Caído. «Si alguno de los Mayores llegase a ocuparlo —solía decirle en voz baja—, los poderes se desestabilizarían, y el futuro del Continente estaría en peligro. Por eso sólo puede ocuparlo el Grande o uno de sus Elegidos.»

Ésa era la razón de aquella guerra: detener a aquel que quería volcar en su beneficio la balanza de poderes. Ni Tavath ni Sossarth tenían intención alguna de ocupar el trono del Grande. Pero James, sí, y sólo el Delegado del Grande podía detener aquella batalla.

Shenak se mordió el labio inferior.

¿Era ella ese representante? ¿Estaba a la altura?

No tenía tiempo de averiguarlo. Avanzó insegura.

Si no era ella, por lo menos lo habría intentado. Quería que aquella guerra terminase, costara lo que costase. Si podía detenerla ella misma, entonces lo haría.

Avanzó un paso más, esta vez con mayor seguridad.

James, que al parecer fue el primero en percatarse de su incursión, lanzó un ataque feroz dispuesto a impedir siquiera la posibilidad de que alguien rozase tan preciado bien. Sin embargo, no se dirigió a ella, sino a Cris, quien apenas tuvo tiempo de apartarse del rayo.

Un gruñido surgió de las fauces del dragón, pero fue Sossarth quien arrojó una cegadora llamarada para atraer hacia su persona la atención de James. Pareció funcionar durante un instante, pero al momento siguiente éste atacaba de nuevo a Cris.

Esta vez, sin dejarle tiempo de reacción.

Shenak se volvió aterrada hacia el dragón, paralizado de terror.

—¡No! —aulló antes de interferir entre el rayo y su presa.

Se lanzó sobre Cris, protegiéndole con su propio cuerpo, pero el ataque nunca llegó a alcanzar a ninguno de los dos.

Con un rugido de ferocidad, Tavath alzó la espada, se interpuso entre el mortífero ataque y el delicado cuerpo de Shenak, y lo golpeó con todas sus fuerzas, captando la magia con el filo de *Travath*, la espada forjada por la mismísima Muna, con un rayo de la luna del Norte.

El hechizo tocó el canto del arma y se concentró en su filo, antes de ser devuelto a James, que lo recuperó alzando una mano.

—Tu guerra va con nosotros, James —bufó Tavath mostrando los colmillos.

—El Trono es mío.

—¡Pues ven a buscarlo!

Y una maraña de pelo dorado apareció por el rabillo del

ojo del muchacho y cayó sobre él con un arañazo salvaje que le arrancó los botones superiores de la camisa, junto con un trozo de piel y carne.

A la vista quedó la lágrima de dragón con la que Trk le había obsequiado.

—Venga —murmuró Cris, empujando levemente a Shenak en dirección al Trono del Grande—. Yo te cubro —añadió, guiñándole un ojo, al verla vacilar.

Seguía sin estar muy convencida cuando avanzó un paso cauteloso hacia el Trono. A su derecha la luna ascendía, mientras que a su izquierda el sol empezaba a despedirse del mundo. Y frente a ella la respuesta a sus preguntas y el fin de la guerra.

Cris se acercó unos pasos a los tres combatientes. Tampoco estaban las cosas tan claras para él. Pero debía protegerla. Y debían intentar terminar aquel enfrentamiento entre dioses que tantas vidas estaba costando.

Algo rompió una de las vidrieras, y todos se detuvieron, como si les acabasen de congelar.

Nurâi, la cría de Tavath, intentaba recuperarse del brutal impacto que acababa de recibir. El golpe había sido muy fuerte, pero al menos estaba vivo, y medianamente bien. Todos lo vieron, pero sólo uno decidió atacar a su padre casi inmortal e imbatible con un arma que afecta a todos los mortales e inmortales por igual: su cría.

El ataque fue cruel, retorcido e inesperado, inesperado como el golpe de suerte que acababa de tener James.

—*Nurâi iuqa ed etev, etahcram!* —gritó el padre, segundos antes de que el ataque se hiciese visible.

El niño iba a marcharse cuando de pronto se quedó quieto. Se llevó ambas manos al cuello, boqueando como un pez fuera del agua en busca de aire que no llegaba. Volvió el rostro hacia su padre, antes de poner los ojos en blanco y caer al suelo, pálido y frío como un espectro.

El ataque de James lo había aprendido del propio Tempus en el tiempo en el que había estado bajo su cuidado tras partir con Anwara. Se trataba de convertir al ser en mortal, destruyendo a través de un hechizo el reloj de su vida interminable y luego quebrar las manecillas del reloj mortal. Era la primera vez que lo empleaba y Tempus ya le había advertido que ese hechizo no serviría con Tavath ni con Sossarth ya que tenían una protección especial de los Mayores y el poder de Tempus sólo superaría al de Muna y Solaris cuando James se sentase en el Trono Caído.

Se alzó un grito, el de Varnar, su madre, la Emisaria de la Muerte, que no parecía capaz de creerse que su pequeño acabase de entrar en el reino al que ella servía. Y fue un grito tan desesperado y terrible que rasgó el Continente entero y se convirtió en el aullido que profirió el padre, al arrodillarse junto a la inerte cría, alzándola aterrorizado y estrechándola entre sus brazos.

—*Nurâi. Rovaf rop. On ut, Nurâi, rovaf rop, Nur...*

Entonces, Mov·wen cometió uno de los errores más terribles de su vida.

Se acercó unos pasos en dirección a Tavath, atrayendo la atención de James hacia su persona.

Los cuatro se volvieron hacia el alma de aquella lejana montaña, y Sossarth se lanzó hacia ella, al mismo tiempo que el hechizo alcanzaba su frágil cuerpo. Cayó en brazos del monstruo, que temblaba como una hoja al arrodillarse con la moribunda criatura en sus brazos.

Sólo quedaron en pie Shenak y Cris frente a James, en cuyos labios había aparecido una sonrisa de superioridad. Se había deshecho de los enemigos más peligrosos, así que acabar con una sssemesstraka y un dragón no sería tan difícil.

Miró al dorado y el ceño se le frunció. Le reconoció al instante como el portador de la otra lágrima de dragón. No sabía cómo, pero estaba convencido: su lágrima y la del cuadrúpedo estaban destinadas a ser la una de la otra.

También Cris sentía el poderoso vínculo que le unía con aquel despiadado asesino. Era inevitable, las palabras de su maestro resonaban con firmeza en su memoria: le reconocerás en cuanto le veas. Él te indicará cuál es el camino correcto.

Entornando los ojos, una sonrisa malvada cruzó el rostro del hijo de Tempus.

—Dragón —dijo con voz autoritaria—, como ves yo estoy destinado a ser tu maestro. Y, como prueba de fidelidad te ordeno —dejó que un corto silencio tensara los músculos, expectante— que mates a Shenak.

Los ojos de la princesa se volvieron hacia Cris, que le devolvió la mirada y avanzó un paso en dirección a ella. «Te indicará cuál es el camino correcto.» ¿Cómo podía ser aquél el camino correcto?

—Crisss —murmuró aterrada.

Él no contestó, pero en su mente, los recuerdos se mezclaron e inundaron su cabeza de una forma aterradora.

«Cris», oyó decir a su madre, a la madre que moría en las fauces de un monstruo. Vio a su maestro, a su padre. «Cris.» Le vio entregándole una lágrima, la lágrima de dragón. «Te ayudará a saber quién eres.» Él era un dragón, hijo de un dragón y una humana, cierto, pero un dragón. No necesitaba que nadie le enseñara a ser lo que era.

Sintió que le hervía la sangre en las venas.

Se volvió veloz. Arrancó la lágrima del cuello de James de un zarpazo prácticamente invisible; un borrón apenas.

El hijo del dios del Tiempo deseó hacer retroceder los minutos, deseó detenerlo, poder defenderse, pero se había quedado completamente en blanco. Pudo esquivar la poderosa llamarada en un acto de autodefensa básico, pero no pudo desintegrarla, lo cual le molestó profundamente.

Un chillido a su espalda le hizo volverse como movido por un resorte, y vio a la magnífica Mitgard, que se había acercado sorprendida por los estremecedores gritos de Varnar, y se había enroscado en el hueco de la rota vidriera a espaldas de James.

El fuego que la aterrorizaba desde pequeña no la hirió, pero consiguió asustarla lo suficiente, y desconcentrar al último hijo de los Mayores que quedaba en combate.

Con un furioso siseo, la hija de Loki golpeó a Cris con la cola, utilizándola a modo de látigo. El pequeño dragón se quedó sin aire, golpeó con la espalda la pared, antes de caer como un peso muerto sobre el pulido suelo y transformarse en humano.

—¡Crisss!

Mitgard, aún furiosa, golpeó con la cola el suelo, haciéndolo temblar de forma tan exagerada que tanto James como Shenak cayeron. El primero se apresuró a sujetarse a una de las columnas; la segunda, intentando correr hacia Cris, le había vuelto la espalda al Trono, tropezó y cayó sobre uno de los brazos, medio tumbada en el suelo, medio recostada sobre el asiento.

26

Los Mayores y el Grande

Una fuerte sacudida hizo temblar y estremecerse el edificio entero, y cinco llamaradas cubrieron las líneas que formaban un pentágono grabado a fuego en el suelo. Cada una de las esquinas apuntaba en dirección a uno de los cinco combatientes que habían participado en la reyerta: Sossarth, Tavath, James, Shenak y Cris. Los cinco contemplaban anonadados los acontecimientos.

Las llamas se unieron y ascendieron en espiral hacia el techo ligeramente abovedado para extenderse acto seguido por la cruceta, cuyas cuatro ramas de hermosos decorados cincelados en la piedra mostraban formas florales, y terminaban en delicadas columnas, situadas a espaldas de cada uno de los combatientes. Las llamas pasaron por detrás de cada uno de ellos y cayeron al suelo con una fuerza increíble, cegándoles con un brillo extraño.

Una vez desaparecidas las llamas, Cris se encontró con un espectáculo no mucho mejor, pues en el lugar en el que habían caído las llamas, ahora había cuatro personajes de lo más variopinto, y su temible aspecto no resultaba ni muy favorable para sus nervios, ni ayudaba a calmarle. Una muy alterada Varnar acababa de ocupar el lugar de Mov·wen en el umbral de la puerta, sabedora de su papel y guardando que nadie estropeara el sagrado ritual que estaba a punto de presenciarse en aquella sala ancestral.

Tavath seguía sosteniendo a su hijo y había vuelto a centrar en él su mirada, perdida en su pequeño rostro, medio humano, heredado de su madre, y medio lobuno, heredado de su padre, como si éste pudiese contener la respuesta a sus mudas preguntas. Justo detrás de él se encontraba Muna. Muna, la Maldita, se alzaba alta y orgullosa enfundada en un vestido negro como la noche, con la piel del color de la luna, los ojos de un profundo negro, centelleando como estrellas en la noche, una larga melena del mismo color y características cayendo por su espalda. ¡Cuánto orgullo y cuánta pasión en sus ojos de amante misteriosa!

Y ¿cuál de los otros dioses resultaba más aterrador?

Detrás de James, Tempus, grande y robusto, como un armario de doble puerta, no precisamente hermoso pero sí fuerte y seguro. Tenía en su melena recia y extraña algo de todas las edades, desde la pelusa de los niños al nacer hasta la blancura transparente de los ancianos. Cada mechón mostraba un color, y cada tantos centímetros empezaba una nueva edad. Sus ojos lucían como relojes de arena. Vestía con elegancia un traje recubierto de piedras preciosas, aunque resultaba menos ostentoso en su inmenso cuerpo que en el de su hijo, más pequeño y enjuto.

A espaldas de Sossarth, Solaris se alzaba como aquel que era, el dios de los Soles. El amante de la delicada y hermosa Muna. Su rostro era de rasgos suaves, aunque tensos e inflexibles, la piel era dorada, y su mirada parecía hábitat de los astros más brillantes de todas las tierras. Una mata de pelo revuelto le caía por la espalda a modo de llamas, y vestía una túnica blanquecina quemada en los bordes.

Pero, sin lugar a dudas, el más extraño y poderoso de los dioses allí reunidos era el que se encontraba junto a Shenak. La mitad zurda del Grande era la de una hermosa mujer, de pies a cabeza, mientras que la diestra era de hombre, fuerte y musculoso. La melena le caía por la espalda hasta la cintura, estaba bien afeitado y su piel, curtida por algún sol, se mostraba cuidada y brillante, con un suave tinte marrón. Vestía una túnica blanca con ribetes rojos que acababa a mitad de pantorrilla por la izquierda y a la altura del tobillo en la derecha. Calzaba sandalias con algo de tacón y tenía las manos cuidadas, las uñas se alternaban entre un leve esmalte rojo y el colorcillo rosa claro natural. Lo único que se podía contemplar en aquel rostro extraño era tristeza, y bondad; bondad y amor reflejados como en un espejo en sus ojos de un claro azul metálico.

Los tres Mayores se miraron con el entrecejo ligeramente fruncido, como preguntándose qué hacían ellos ahí, pero nadie abrió la boca para darle voz.

Nadie habló, hasta que lo hizo el Grande, y su tono resultó ser dulce y agradable como el sonido de un arroyo, chisporroteando a su alrededor con jovial alegría, pero imponente y majestuoso como el ruido de un rápido torrente, rasgando con su veloz sonido lo que el resto del mundo tenía que decir:

—Hoy ha llegado vuestro perverso plan a su fin. —Sus ojos vagaron por la sala durante una fracción de segundo y un rayo pareció transformar su voz en un trueno implacable—. Habéis utilizado vuestro poder para arrancaros el poder que yo os di. Habéis destruido lo que tanto nos costó construir, y habéis manejado a estas pobres criaturas como si de títeres se tratase. ¡Deberíais avergonzaros!

Hubo un breve silencio, antes de que el Grande continuara con voz más sosegada:

—Son vuestros hijos. Miradles a la cara y decid si lo son o no. ¡Muna! —Se volvió hacia la diosa con los ojos brillantes—. ¡Muna! ¡Con lo firme que es tu amor hacia el muchacho! ¿Cómo has podido hacerle esto?

Giró en redondo hacia Solaris cuando Muna agachó la cabeza apesadumbrada, dejando que una cortina de pelo la protegiera de la poderosa mirada del Grande.

—¡Solaris! ¡No fuiste capaz de matar al pobre chico cuando lo acorralaste en Mov·wen y lo envías a esta guerra horrible! —Se hizo una pausa incómoda mientras el Grande escrutaba el sereno rostro de Tempus—. Y en cuanto a ti —apretó las mandíbulas contemplando al Señor del Tiempo—, pensé que la idea de Anwara de enviarlo a convivir con los humanos para que aparecieran en él los sentimientos que tú no le diste era buena idea, pero... —suspiró con cansancio— ¿cómo pudiste traicionarme de esta manera, Tempus? ¿Acaso no te he enseñado nada?

—El amor no es más que una debilidad —sentenció el aludido sujetando a su hijo, el único de los combatientes que permanecía de pie, por los hombros.

—Te equivocas, Tempus.

El del Tiempo se rio con fuerza.

—¡Míralos! ¡Arrodillados y aterrorizados! ¡Mi hijo ha vencido, mientras que los demás están postrados y humillados! ¡Él debe gobernar!

—No, no debe gobernar. Ni sobre los habitantes de las tierras, ni en ningún lugar, precisamente porque no tiene los sentimientos apropiados.

Tempus apretó las mandíbulas.

—¿De qué sirven los sentimientos? ¡Sólo nos hacen más débiles! ¡Más...!

—¿Todavía —interrumpió el Grande— no has superado tu amor por Muna, Tempus?

La pregunta cogió desprevenido al Mayor, que miró con los ojos muy abiertos a su interlocutor, sin saber qué decir. Ante el silencio de Tempus, todos comprendieron que no podía negar aquella afirmación. La diosa de las Lunas le miró anonadada.

—¿Qué está diciendo, Tempus?

Intentó parecer altivo de nuevo, y su mirada se tornó de hielo al contestar:

—Tiene razón, Muna. —Avanzó un paso hacia ella, a la par que la diosa retrocedía intimidada—. Te amo. Desde el primer día.

—Pero...

—Solaris ni siquiera se había fijado en ti, pero yo sí, Muna. Yo estaba locamente enamorado. Desde el primer instante en el que mis ojos te vieron. Le pedí a Solaris que me ayudara, y me dijo que él lo haría. —Los ojos se tornaron de un color malva y sus pupilas se volvieron hacia Solaris, que le miraba desafiante—. Pero el muy traidor te sedujo, ¡y tuvo la desfachatez de hacerme creer que se había enamorado!

—No tienes poder sobre mis sentimientos, Tempus —dijo el Mayor con voz pausada, pero implacable—. Yo no tuve la culpa de lo que ocurrió en aquella ocasión. Como bien sabes, no tenía ningún interés en...

—¡Y qué si me dejé seducir por Solaris! —interrumpió Muna rehaciéndose—. ¡Qué más te da a ti! ¡Era nuestro destino!

—¡Destino! Los dioses marcamos el destino.

—Pero a nosotros también nos lo marcan. El Grande aprobó nuestra unión, y eso significa que no hicimos nada malo.

—¡Cómo puedes estar tan ciega, Muna! —aulló Tempus con rabia—. ¡Cada día te veía danzar en tus espejos, y veía a Solaris ascender y descender! ¡No te hacía caso, no estaba contigo! ¡De haber sido yo te habría colmado de atenciones! Pero jamás te fijaste en mí. ¿Por qué, Muna? ¿Qué tiene él que yo no tenga?

Se hizo un tenso silencio, en el que Muna contempló a su pretendiente sin expresión alguna en sus fríos ojos.

—La luna no puede enamorarse del tiempo. Jamás habría funcionado.

—¡Pero sí puede hacerlo del sol! ¡Maldita sea, Muna!, ¿qué bobada es ésa?

La expresión altiva de la diosa permaneció inalterable, mientras sus ojos se hundían dolorosamente en los de él.

—He amado a Solaris, y he sufrido las consecuencias. Le amo todavía y eso nos ha ayudado a impedir que se rompa el delicado equilibrio que existe entre los tres.

—¡Si jamás estáis a solas! ¡Tan sólo los eclipses os permitían acercaros el uno al otro!

—Ése, Tempus, es problema nuestro.

Él bufó con rabia.

—¿Y tú no tienes nada que decir, maldito traidor?

Solaris aguantó la escrutadora mirada sin amilanarse.

—Es difícil intentar esquivar al Grande. Cuando algo se

le mete en la cabeza, es prácticamente imposible salir del lazo. Sin embargo, hemos aprendido a aprovechar los eclipses, para demostrar que tú no serás jamás capaz de separarnos.

—¿A pesar de haber matado al predilecto de Muna, Solaris? —Tempus pronunció aquellas palabras con los ojos entrecerrados.

—Como dije ya, hace mucho, yo no tuve nada que ver con la muerte de mi hijo. Se me juzgó y todos coincidieron en su veredicto. Aunque me temo que nunca sabremos quién fue en realidad el asesino. —Y en su mirada ardió un instante apenas la cólera y la rabia, como si él sí supiera quién había sido responsable de la muerte de Tavath.

De nuevo se hizo un silencio incómodo en la sala.

—No más mentiras, Tempus —dijo el Grande con voz suave—. Hoy no.

Muna se volvió hacia él con los ojos abiertos de par en par.

—¿A qué os referís? —inquirió temblando.

—Tempus... —el Grande enarcó las cejas—. ¿No tienes nada que decir?

Los ojos de Muna pasaron de uno a otro sin saber qué creer.

—¡Tempus! —exclamó al fin, exigiendo una respuesta—. ¡Di que no es verdad! ¡Defiéndete de esas acusaciones falsas!

—Pero no son falsas, Muna. Fui yo quien se deslizó aquella noche en tu habitación. Fui yo quien robó uno de los cuchillos de Solaris. Fui yo quien mató a tu hijo.

Se hizo un silencio absoluto en el que Muna intentó asimilar aquellas palabras, temblando de pies a cabeza.

—¡No! —chilló al fin—. ¡No! ¡No me lo creo!

Las piernas le fallaron y fue a caer en brazos de Solaris, que se había acercado veloz como una centella.

—¡No es cierto!

—Es cierto, Muna.

La diosa se volvió como movida por un resorte hacia su compañero.

—¡Y tú lo sabías!

Con un suspiro, él asintió y la soltó cuando ella se revolvió para zafarse.

—¡Mi pequeño! —gimió abrazando al licántropo, que no había prestado mucha atención a la discusión de sus progenitores, ocupado como estaba en procurar no abalanzarse sobre James, y hacerle pagar por el cruel asesinato de su hijo inocente—. ¡Mi pequeño!

—Sin duda el padre es igual que el hijo —gruñó Tavath alzándose lentamente, mientras dejaba el cuerpecillo de Nurâi en el suelo—. Sin duda ambos disfrutan segando vidas inocentes. —Avanzó despacio hacia James—. ¿Por qué no me matas ahora que no soy una cría indefensa? —Sus ojos pasaron del padre al hijo—. ¿Por qué no me matas ahora y demuestras tu valor?

—¡No habrá más muertes! —ordenó el Grande, tajante.

—¿Por qué no? —Se volvió veloz hacia él—. ¡También él debe ofrecer un sacrificio! —aulló sangrando de dolor.

—No habrá más sacrificios esta noche, Tavath.

—¿Por qué?

—¡No habrá más sacrificios, así que toma asiento y escucha!

—¡No! ¿Por qué Sossarth y yo debemos ver morir a nuestros seres más queridos y él puede salir impune del castigo?

—Porque yo no estoy dotado de vuestras estúpidas debilidades.

Tavath gruñó furioso y abrió la mejilla del Grande con las garras.

—¡Por qué! —rugió con el pelo de la nuca erizado.

—Porque vosotros sí tenéis sentimientos y sois capaces de entender lo que significa el dolor. —En ningún momento el Grande levantó la voz, en ningún momento se mostró amenazador, sólo habló con claridad y hasta dulzura—. Y ahora escucha, Tavath, hijo de Muna.

»Tú conoces la muerte, has visto los Reinos de Hel, sabes lo que significa amar y ser amado. Conoces la satisfacción de tener una cría. Y has sabido reinar de una forma justa y honrada en tu pueblo durante cientos de años. Ahora, espero que comprendas que tus sacrificios y tus penas serán recompensados.

Se hizo un silencio extraño, en el que todos se miraron atentamente antes de que el Grande continuara con la misma voz tranquila y pausada que había utilizado durante toda la reunión.

—Tempus, supongo que querrás contar el porqué de tus acciones.

—Tú me obligaste a hacerlo. Los celos y el amor son cosa tuya.

El Grande asintió, como si comprendiera y aceptara su parte de culpabilidad en todo aquel embrollo.

—Nunca hubiese podido negarlo. Sin embargo, espero que hayas aprendido que, a pesar de todo, no podrás quebrar jamás mi poder, y que si te hice enamorarte de Muna no fue para que la obligaras a quebrantar su propio amor hacia Solaris, lo cual, teniendo en cuenta que su corazón es fiel al cien por cien, habría sido imposible... Fue para que vuestro delicado equilibrio, el equilibrio de vuestros poderes, no pudiera romperse. Veo que me equivoqué.

—Sabías perfectamente lo que iba a pasar.

El Grande le dedicó una extraña sonrisa.

—¿Tú crees?

Nadie contestó, así que, de nuevo, él continuó, con suavidad.

—De vuestro poder depende el Continente. Vidas de muchos seres, de vuestros hijos y de vuestros hermanos. Debéis aprender que el equilibrio de vuestros poderes es lo único que mantiene este mundo tal como lo conocéis.

»Ante mí se han presentado dos sacrificios. Tavath tiene razón: vidas inocentes han sido injustamente destruidas y no pienso permitirlo. Deseo la paz sobre mis hijos, y os advierto que castigaré severamente a todo aquel que intente destruirla. Debéis proteger aquello que hemos creado y por esta vez espero que el sufrimiento que hayáis causado y el que habéis sufrido sirva para detener estas disputas inútiles e infantiles.

»Tenemos ante nosotros la Eternidad. El odio y el amor van de la mano, son uno. Igualmente hay que encontrar el equilibrio entre ambos para poder preservar la vida. Tempus, ¿estás dispuesto a equilibrar tus poderes y respetar a los demás, a respetar tanto a Muna, el ser al que amas, como a Solaris, aquel al que odias?

El Mayor del Tiempo se mordió el labio inferior.

—Sí —dijo con firmeza al cabo de un instante de vacilación—. Lo estoy.

El Grande se volvió hacia Muna.

—¿Y qué hay de ti, mi querida hija? ¿Estás tú dispuesta a perdonar aquello que ocurrió hace tanto tiempo y aceptar las disculpas de Tempus?

—¡No! —exclamó ella sorprendiendo a todos—. ¡No!

—Muna —Solaris le habló prácticamente al oído—, debemos dejar el pasado dónde está.

—¿Y tú me lo dices? —Se separó del abrazo del ardiente dios—. ¡Tú, que sufriste y le cubriste las espaldas!

—Mis asuntos con Tempus están zanjados.

—¿Por qué no me dijisteis la verdad? —gimió volviéndose hacia el Grande.

El silencio volvió a reinar sobre la sala del trono.

—Por el amor de un hijo —dijo finalmente una voz—, uno es capaz de todo.

Ante la sorpresa de todos los presentes, incluso la de él mismo, Cris respondió a esa pregunta.

—¿No es también el amor por un hijo el que te llevó a suplicar a Tempus que salvase a Tavath? —corroboró el propio Sossarth, con el cadáver de Mov·wen en los brazos.

Muna paseó la mirada por todos los presentes antes de acercarse unos pasos al Mayor del Tiempo.

—No seré jamás capaz de perdonar todo el sufrimiento que has causado en todos aquellos a quienes he amado. Pero por el bien de todos, me guardaré para mí mis sentimientos.

—¿Y qué hay de ti, Solaris? —El Grande volvió a tomar

la palabra, satisfecho por la respuesta de la diosa—. Tú eres el único aquí que, conociendo la verdad, ha aceptado una falsa acusación y renunció a todo aquello a lo que amaba. ¿Serás capaz de mantener el equilibrio?

—¿No lo he hecho siempre, mi señor? Si acepté la acusación fue porque también yo tuve parte de culpa en aquel crimen. Jamás negaré lo que siento por Muna, pero Tempus es mi mejor amigo. Y los amigos estamos ahí para protegernos mutuamente, ¿no es cierto, Tempus?

»Es verdad, me enamoré de aquella a la que tú amabas, pero eso sólo nos hace más fuertes, porque compartimos un sentimiento común. No voy a enfrentarme a ti, Tempus.

—Sea pues. Os tomo la palabra y sello vuestro juramento con la Vida.

Dicho esto indicó a sus hijos que tomasen nuevamente sus posiciones iniciales, alzó las manos por encima de su cabeza y murmuró en silencio unas palabras.

Cris se encogió al ver el inmenso afluente de poder que empezó a girar en torno a James, Tavath y Nurâi. Sossarth y Mov·wen estaban demasiado alejados como para que el torrente de energía pudiese alcanzarles y, asustado, el hijo de Katana retrocedió un paso, estrechando contra su pecho el cuerpo del alma de la montaña.

Cuando los Mayores y el Grande bajaron los brazos y el poder dejó de retorcerse en el interior del círculo, Nurâi se revolvió y abrió los ojitos.

Varnar exhaló un sollozo de alegría y corrió junto a su compañero y a su cría, abrazándoles a ambos, dejando la puerta libre.

Sossarth había permanecido al margen durante toda la reunión. Había conseguido controlar sus sentimientos y su llanto, y ahora sólo pensaba en lo que podía hacer para devolverle la vida a Mov·wen, que yacía pálida y petrificada entre sus brazos.

Nadie le prestaba mucha atención, pues estaban hablando de Tavath, lo cual no le parecía mal, ya que se llevaba bastante bien con el licántropo. Sossarth miró por encima del hombro. Nurâi había recuperado su vida. No estaba mal, al fin y al cabo, no había sido una muerte justa. Pero tampoco la de Mov·wen lo era.

Se volvió hacia Solaris, que asintió lentamente y le dedicó una triste sonrisa de apoyo.

Había llegado el momento. Varnar había abandonado su puesto de vigilancia para correr junto a su cría. Ahora era su momento de huir. De llevarse a Mov·wen lejos de allí e intentar devolverle la vida.

La tomó en brazos y se deslizó lentamente fuera de la habitación, aprovechando el revuelo y la confusión general.

Creyendo que nadie había detectado su marcha, echó a correr, con Mov·wen entre los brazos, y sólo se detuvo cuando llegó a las cuadras y descubrió el fénix de fuego, que habita en todas las montañas vivas. Yacía muerto y con el plumaje extinguido sobre un lecho de paja.

Soltó un gruñido y se alejó de allí tan deprisa como pudo.

Al cabo de un buen rato, llegó hasta el balcón en el que Shenak y Cris habían aterrizado y, depositó dulcemente el cuerpo de su enamorada en el suelo, para transformarse. Suspiró al contemplar la macabra visión que tenía desde aquellas alturas: muertos y sangre por todas partes. Inclinó la cabeza, dejando que la larga mata de pelo le cayera a modo de velo, separándole del mundo.

—¿Cuántos más? —murmuró apesadumbrado.

Y entonces se volvió al descubrir a alguien observándole a sus espaldas.

El Grande le contemplaba con curiosidad.

—¿Qué pretendes? ¿Resucitarla por tu cuenta?

Apartó la vista e inclinó la cabeza.

—Eres un ser curioso, Sossarth. Solaris siempre te mantuvo al margen. Lejos de mí y de los celos de Muna. Tempus tampoco tuvo demasiadas oportunidades de conocerte por lo que sé.

—Yo no soy como Tavath, no sé por qué debería estar en el mismo rango que él.

—Tú eres el hijo de un Mayor. Solaris sólo traicionó a Muna en una ocasión. No sé por qué lo hizo, pero supongo que Katana y Solaris tienen demasiadas cosas en común y tenía que pasar. Sin embargo, Solaris nunca demostró que tú le importases realmente. Siempre te presentó como un ser sin sentimientos, un monstruo... Y a pesar de eso me consta que no decía esas cosas en serio, ¿qué crees tú?

—Creo que lo hizo para protegerme.

—Sin embargo, tienes sentimientos.

Sossarth bajó la vista, incapaz de someter la sabia y arcana mirada del Grande.

—Tú la amas, ¿verdad?

—Más de lo que ella misma podría llegar a imaginar.

—No entiendo cómo pudo Solaris darte un corazón tan grande, si pensaba deshacerse de ti en algún momento. —Hizo una breve pausa—. Si pretendía arriesgar tu vida en esta guerra.

Sossarth frunció el entrecejo.

—¿Te ha pedido él que vengas?

—Me temo que vengo por iniciativa propia. —Rio suavemente—. Vengo a acabar de sellar el pacto y a enmendar el error que se cometió tanto tiempo atrás.

—¿Y nadie sabe que estás aquí?

—Hijo —esta vez rio con más fuerza—, soy el Grande. Nadie sabe nunca dónde estoy, ni dónde apareceré la próxima vez. Pero todos saben que estoy. Presente, siempre, con todos.

Sossarth no entendió exactamente a qué se refería, pero guardó silencio.

—¿Empezamos?

El hijo de Katana se acercó, desconfiando aún.

—¿Qué tengo que hacer?

—Coloca a Mov·wen sobre la balaustrada, como si estuviese en un altar.

Cuidadosamente, Sossarth obedeció, y vio cómo el Grande alzaba sus manos como había hecho momentos antes junto con los Mayores. El cuenco que formaban sus palmas se llenó de un líquido espeso y plateado, parecido al argento fundido. El líquido rebosó y cayó sobre las piedras y la balaustrada, donde crecieron pequeñas plantas. Cuando el Grande vertió todo el contenido de sus manos sobre el pecho del alma de la montaña, Mov·wen se estremeció de pies a cabeza, antes de ser alzada en el aire y envuelta por una luz plateada. Una luz que la envolvió como un capullo y la encerró con suavidad. Por un instante Sossarth tuvo que apartar la vista de la cegadora envoltura, y, cuando cayó de nuevo sobre la balaustrada, Mov·wen estaba vuelta de espaldas, pero no necesitó mirarla dos veces para saber que algo había cambiado.

Lentamente se volvió hacia Sossarth, y sus ojos se llenaron de lágrimas al verle. Y el hijo de Solaris supo qué era lo que había cambiado.

Mov·wen acababa de recuperar su vida. Acababa de recuperar aquel tono verdoso de piel, sus ojos centelleaban llenos de vida y su larga melena eran ramas de un verde brillante. Sus ropajes volvían a ser los mismos de tanto tiempo atrás y su rostro ya no estaba marcado por el cansancio y la tristeza de un moribundo, sino que rebosaba de alegría y vivacidad.

Al verla de nuevo, tan hermosa como siempre, las piernas de Sossarth flaquearon, y cayó de rodillas ante ella.

—Mov.

Tenía la boca seca, y temblaba como una hoja, lo cual no era normal en él, siempre tan seguro de sí mismo y tan fuerte. Con una dulzura increíble, Mov·wen le obligó a alzar la cabeza hacia ella y se deslizó al suelo, abrazándole, y entonces Sossarth se levantó con un ímpetu inesperado, abrazándola con fuerza, y la besó con un beso salvaje y apasionado. Uno de aquellos besos que bastaban para debilitar a aquella hermosa criatura, y volverla completamente loca, dejándose manejar, como un títere que baila al son de la música de aquel hijo de Solaris.

Los dos amantes se volvieron repentinamente hacia el Grande, que les dedicó una mirada extraña y una sonrisa.

—Marchaos de aquí. No permitáis que nadie acabe con aquello que habéis construido y llevad orgullosos y durante toda la eternidad mi bendición.

Sin una palabra más, giró sobre sus talones y volvió a entrar en el palacio, dejando a los amantes atrás. Ninguno tuvo nada que objetar, y después de visitar las cuadras, donde el fénix arreglaba su recién adquirido plumaje de fuego, los tres abrieron las alas y salieron volando de allí, sin dedicarle una mirada al campo de batalla, donde la guerra continuaba, al margen de la reunión divina que se celebraba en la sala del Trono.

27

El fin de todas las batallas

Regresando al salón del trono, una vez resueltos todos los misterios, los tres Mayores se dispusieron para la ceremonia de la Coronación.

Muna debía ocupar el lugar vacío a la izquierda, Solaris el de la derecha, y Tempus se situaba detrás de la nueva Representante del Grande, que debía contar con los tres en su reinado, sin discriminar a ninguno, y sin poner más valor en ningún poder que ellos pudiesen tener.

Debía respetar a las criaturas, tanto diurnas como nocturnas, y tener en cuenta que ningún rey es eterno y, por lo tanto, su tiempo estaba controlado y vigilado de cerca.

El Grande en persona se acercó, portando la corona entre sus dedos.

Se trataba de un aro verde, con la forma de dos serpientes que unían sus colas y sus cuellos, y extendían sus alas membranosas hacia el cielo. Llevaban guirnaldas doradas en torno a sus cuellos, y sus ojos eran de plata.

Shenak suspiró.

Era la heredera del Grande, y como tal, éste iba a convertirla en su Representante en el Continente. Conocía las leyendas, hasta aquel momento aquel honor había estado vedado para su raza. Nadie había creído jamás que eso fuese a cambiar. Los sssemesstraka no amaban. Sin embargo ella estaba a punto de cambiar aquello.

—Princesa Shenak —la voz del Grande era profunda y

hermosa y vibraba cuando se dirigió a la muchacha por primera vez—, ésta es la corona de los sssemesstraka, la que todas las reinas han llevado orgullosas. Ahora esta corona simboliza otra cosa. Ahora ésta es la corona de mi portavoz. ¿Lo comprendes?

Asintió con la cabeza, demasiado nerviosa como para fiarse de su propia lengua.

—¿Entiendes que, igual que en tu corona hay dos serpientes, son dos las responsabilidades que descansan sobre tus hombros?

Volvió a asentir.

Aquella corona la convertiría en reina de su pueblo al igual que en delegada del Grande.

—Por medio de esta corona, serás tú la encargada de regir con justicia a tu gente y proteger con todos los medios posibles mi legado. ¿Aceptas esta carga y pones con ella fin a esta guerra absurda?

—Sí. —Su voz sonó más segura de lo que había esperado y una amable sonrisa se posó sobre los labios del Grande.

—Entonces yo te nombro a ti, Shenak, Señora de Sessser-Law y Amante entre los Sssemesstraka. Nada ni nadie podrá jamás contradecir mi palabra ni retirarte del trono.

Colocó la corona sobre la cabeza de la muchacha y retrocedió un paso, mientras ella intentaba controlar su emoción.

—Has sido liberada de la servidumbre a la que estabas sometida, Shenak, pero ahora tus deberes superan esa servidumbre con creces. —La miró con orgullo—. Espero que continúes tu camino con la misma decisión con la que has avanzado hasta ahora, y recuerda que te estaremos vigilando y protegiendo durante todo el trayecto.

Dicho esto, el Grande se volvió hacia los otros tres.

—Ha llegado el momento, hijos míos. Vámonos.

Y con un fogonazo, los cuatro dioses desaparecieron.

Mitgard miró durante un instante a la reina, desde la ventana donde había presenciado todo el ritual, asintió levemente con la cabeza y se deslizó fuera, desapareciendo luego con el mismo sigilo con el que había llegado. James contempló durante un instante a Shenak, antes de seguirla, humildemente, de modo, que ella quedó a solas con Tavath, Varnar, Nurâi y Cris.

—Tavath —pidió la monarca—, repliega a tus tropas, volved a casa y celebrad vuestra victoria. Zur debe llevarse a sus dragones, y permitir que todos vuelvan a sus hogares para reunirse con sus familias. —Se puso lentamente en pie—. Ha llegado el momento de que la paz se cierna de nuevo sobre Sesser-Law y sobre todo el Continente.

Con una inclinación de cabeza, Tavath, Varnar y Nurâi se alejaron.

Hubo un largo silencio, mientras Shenak y Cris se contemplaban desde los dos extremos de la habitación, sin saber qué decirse.

—¿Vasss a volver a casssa, Crisss? —inquirió al cabo.

—No lo sé, Shen. Ahora estoy un poco confuso.

La sssemesstraka cerró los ojos y apartó la mirada. Sus dedos tocaron la corona, y luego la hizo girar entre sus dedos.

—Crisss. —Se detuvo, y contempló de nuevo la corona.

—Hiciste lo que debías, Shenak, no debes culparte por ello.

Con un furioso ademán, arrojó lejos de sí aquel símbolo de poder y majestuosidad, se puso en pie y se acercó con dos zancadas a Cris, que había avanzado a su vez, y ahora la abrazaba con fuerza y ternura.

—Te quiero, Cris. Sssólo a ti. —Dejó que él le besara la frente con ternura, y alzó la cabeza para contemplar los ojos dorados de él—. Y ahora... —Se le quebró la voz, aterrorizada—. No quería esto. Nunca lo he querido. Y sin embargo, ahora me encuentro con un país en ruinasss por levantar, y con cientos de súbditos que llevan años esperándome. Y por si ser reina sssemesstraka no bastase, mírame: representante del Grande en el Continente. ¿Qué se supone que voy a hacer?... Tengo miedo, pero... Pero tengo que ayudarles, porque es lo que me han ordenado que haga.

—Shenak, por favor.

—No te vayasss, Cris —pidió, separándose bruscamente de sus brazos—. Sssé que te irásss, y que al final todo esto será un sueño, pero todavía no. No te vayas. Espera un poco.

Cris guardó silencio, se acercó lentamente hacia ella, como un perro desvalido.

—Dejemos que el sueño continúe una noche más.

Y ambos se besaron apasionadamente, dejándose llevar por la pasión contenida durante tanto tiempo. Y sintieron como si, irremediablemente, estuviesen atando un lazo en torno a sus cuellos, un lazo que acabaría por estrangularles poco a poco, si se dejaban llevar por aquel amor ciego y apasionado, justo y correspondido. Aunque imposible.

Celebraron un entierro por todos los muertos que encontraron en el campo de batalla. Por los de su bando y por los del bando contrario. En las tumbas no se hicieron distinciones, y tampoco se marcaron. Simplemente se plantaron jóvenes cipreses alrededor del perímetro del cementerio. A la emotiva despedida acudió todo Sesser-Law, junto con los más altos cargos de los ejércitos enemigos.

Tavath, Varnar y un Nurâi ya recuperado permanecieron con las tropas hasta después del funeral, y partieron con el plenilunio a galope tendido con aquellos que habían sobrevivido.

Katana, Adín y Cojo se quedaron hasta que las tumbas estuvieron cubiertas, pero se marcharon nada más acabar la ceremonia y desaparecieron sin dejar rastro. Mimí fue la única que no se marchó con ellos, ya que Soran estaba convaleciente y demasiado débil como para iniciar el viaje inmediatamente después. Pactaron reunirse con los demás al cabo de unas semanas en el límite de las Estepas Loras y el Kopthar.

Sold era el único de los tres líderes sssemesstraka que había sobrevivido, y no tardó en convertirse en la mano derecha de Shenak, al igual que en su mejor amigo en aquel lugar.

Muy pronto las cosas se calmaron, y los sssemesstraka volvieron a encargarse de sus asuntos personales, intentando olvidar lo más rápido posible todo lo acontecido. Sabían que Shenak estaba haciendo mucho más de lo que otros reyes habían hecho por ellos en años precedentes, y le estaban agradecidos.

Al cabo de las semanas, lo que interesó a la gente fue aquel híbrido que vivía en la corte. Temieron que pudiese manipular a su joven reina que, según las malas lenguas, se estaba dejando seducir por él.

La relación que el híbrido y la reina mantenían era estrictamente confidencial, ya que nadie podía asegurar que estuviesen juntos: nunca se les vio mantener una relación que no fuese de estricta amistad. Sold solía encargarse de que las cosas marchasen de esa manera, por lo que no pasó mucho tiempo antes de que los cortesanos olvidasen cualquier indicio de unión prohibida entre ambos, y de puertas afuera Shenak era una soltera con todas las de la ley, capaz de unirse en cualquier momento a un amigo muy leal, de su propia raza.

Lo que ninguno parecía notar era el sufrimiento de Cris. El híbrido, como solían llamarle, parecía a punto de morir. Pálido y triste, solía contemplar los campos abiertos y lejanos que se extendían más allá de la Cordillera Transparente. No era de extrañar tal reacción: en su interior latían las almas de un dragón y un lobo, poco acostumbrados a verse recluidos en el interior de incómodos y estrechos edificios; aunque el palacio no cumpliera con semejante descripción, seguía siendo un lugar demasiado pequeño para sus exigencias. Sin embargo, permanecía fiel a su promesa, y una parte de él se negaba rotundamente a abandonar aquel lugar que le producía escalofríos.

No tenía muchos amigos en la corte, todos le miraban de reojo y le criticaban cuando creían que no podía oírles, pero tampoco hacía nada por evitarlo. Pasaba la mayor parte del tiempo abstraído en sus pensamientos, contemplando aquella tierra maravillosa, a lomos de Rayo, o volando tranquilamente entre las montañas, dejando que el sol calentara sus escamas doradas. Y pasó dos meses en aquel lugar antes de empezar a plantearse su marcha.

Sabía que nadie aprobaba que él permaneciese en Sesser-Law por más tiempo, y pronto empezarían a protestar.

Aquella noche, mientras contemplaba cómo Shenak dormitaba recostada sobre su pecho, decidió que tenía que abandonar la ciudad y el reino sssemesstraka antes de que fuese demasiado tarde. Antes de que su amor ciego le impidiese moverse. Y se marcharía aquella misma noche si era preciso.

Besó la frente de su compañera y se deslizó fuera del lecho, recogió sus prendas y se vistió en completo silencio, echando furtivas miradas a la reina, que yacía al otro lado de los visillos, dejando que la manta abrazase tiernamente sus formas, estampándolas a contraluz con una sugerencia muda e inintencionada. Una vez vestido se acercó a ella una vez más y se arrodilló a su lado. Acarició la curva de su cadera y sus dedos se deslizaron sobre las suaves escamas del cuello.

Le hubiese gustado decirle algo, escribirle una carta o despedirse, pero sabía que en una carta jamás sería capaz de expresar todo lo que sentía, y si esperaba a que despertase, jamás se marcharía. Se inclinó sobre ella y besó sus labios con una ternura derivada de su desesperación. Inclinó la cabeza y suspiró. Se levantó con menos decisión de la que pretendía y se alejó.

Al llegar a la puerta, se detuvo de nuevo, incapaz de aceptar que tal vez aquélla fuese la última vez que la vería. Con un nudo en el estómago se obligó a salir de aquella habitación, y cerró con suavidad tras de sí.

Las cuadras estaban en silencio absoluto. La quietud resultaba inquietante, pero Cris apenas le prestó atención, mientras se acercaba a paso lento a la cuadra de Rayo. El unicornio negro yacía tranquilamente sobre su cómodo lecho de paja.

—Vamos, pequeño, debemos irnos —murmuró al tiempo que abría la puerta de la cuadra—. No me mires así. Sabes que no pertenecemos a este lugar.

Despacio, el unicornio siguió a su amigo al exterior, donde la luz de la luna iluminó de forma tenue su camino con su peculiar sonrisa, la Sonrisa de Fígaro.

Cris llenó sus pulmones con aquel aire y se dispuso a transformarse, cuando oyó una voz a sus espaldas que le heló la sangre en las venas.

—¿Vasss a irte así? ¿Sin una palabra? ¿Sin una nota? ¿Sin despedirte?

Al volverse, el corazón le dio un vuelco y los ojos se le llenaron de una desgarradora ternura.

—Sabías que iba a llegar este día, Shenak.

La reina avanzó un paso. Estaba envuelta en un vestido ligero y ligeramente provocativo, pero llevaba sobre los hombros la capa de Cris, para protegerla del frío de aquella hora.

—Lo sabía, sí. Pero esperaba que no te deslizaras fuera de la cama a estas horasss, sólo para ahorrarte el darme una explicación.

—Shen.

Ella alzó una mano que le detuvo y se acercó un poco.

—No soy tonta, Crisss. Sé que tu lugar está ahí fuera, corriendo aventurasss y viviendo. Sé, desde el primer día, que tú no serías un rey para los sssemesstraka; como ves, tampoco te lo he pedido, en ningún momento he esperado que renunciaras a tu vida.

—Shen.

—No, Cris, déjame acabar. —Hizo una pausa de un segundo y continuó—. Sólo he querido posponer este día. —Agachó la cabeza, de modo que él no pudiera verla llorar—. Hay algo nuevo en mi interior —dijo lentamente y alzó un poco la vista—. No me miresss así, Crisss, que no voy a pedirte en Unión. No. —Se irguió entonces con los ojos brillantes a causa de las lágrimas—. Sólo quiero suplicarte... que te quedes una noche másss. Mañana. Mañana no habrás de deslizarte fuera de la casa como un vulgar ladrón. No tendrás que esconderte entre las sombrasss para huir de mi lado. Pero no te marches hoy. Mañana. Vete mañana. Te lo suplico.

Cris respiró hondo y se acercó a ella, estrechándola entre sus brazos con dulzura.

Tal vez un día más no alterase las cosas.

Aquel día, sin embargo, resultó no ser un día como los demás: Sold miraba a Cris de una manera extraña, y todos le dedicaban miradas furtivas. Los murmullos parecían intensificarse a sus espaldas y hasta el aire le parecía más pesado. Shenak estuvo ocupada casi todo el día, y no la vio ni siquiera a la hora de comer.

Y, más tarde, cuando consiguió encontrar a Sold a solas y le preguntó si había algo que no marchaba del todo bien, él le contestó, como si fuese la cosa más natural del mundo:

—Todosss esssperaban que te fuerasss con la Sssonrisssa de Fígaro. —Se encogió de hombros—. Ya sssabesss, porque ssse trata del aniversssario de vuessstra llegada. Tú ya me entiendesss.

—La Sonrisa de Fígaro siempre ha significado mal agüero entre los vuestros.

Sold le dedicó una extraña sonrisa.

—La Sssonrisssa de Fígaro dessstruye a los impossstoresss y a los traidoresss, al mal agüero. —Hizo una pausa—. Al quedarte cuando todo el mundo esssperaba que te fuerasss, hasss cometido, ¿cómo decirlo sssuavemente?, una essspecie de insssulto hacia la sssociedad. Aunque, tal vez, sssi te fuerasss con la próxima Sssonrisssa...

Cris le miró atentamente, asintió luego con la cabeza y se alejó.

Aquella noche, Shenak y él cenaron una fruslería en el balcón de su cuarto, y contemplaron cómo Muna ascendía lentamente hacia el cielo como un perfecto círculo de un rojo que no presagiaba nada bueno.

—¿Por qué asciende roja la Maldita? —preguntó a media voz.

—No lo sssé, Cris. —Shenak suspiró con pesar—. Lo que sé es que hoy no debería ascender llena. Ya que fue ayer cuando apareció la Sonrisa de Fígaro.

—¿Por qué no querías que me fuera ayer, Shenak? —preguntó con suavidad—. ¿Fue porque todos querían que lo hiciera, o por alguna otra razón?

—Fue porque nunca me ha gustado la Sonrisa de Fígaro, y el llevar a la muerte al padre de mi hijo no me hacía especial ilusión.

—¿Así que tengo un hijo del que yo desconocía la existencia? —bufó Cris, desconfiado.

—¿No te fías de mí, Crisss?

—No te veo con el aspecto de una embarazada, es todo.

Ahora fue el turno de Shenak para bufar indignada.

—¿Me estásss llamando mentirosa?

Cris se levantó con rabia.

—¿A qué estás jugando, Shenak?, dime sólo eso.

La reina se puso en pie con una gracia innata y le indicó que la siguiera. Le llevó hasta una habitación, oculta tras un panel secreto y un pasadizo estrecho. Se trataba de un cuarto circular sin más aderezo que un nido de brezos y hojarasca, en cuyo centro yacía, cubierto por una tosca manta de lana gris, un huevo del tamaño del de un avestruz pero casi transparente, en cuyo interior se podía ver con toda claridad un feto de color rojizo, a mitad de gestación.

—Los huevos sssemesstraka se gestan la mitad del tiempo en el interior, la otra mitad en el exterior. Pero a la que sale del cuerpo de la madre, se trata de una cría viva. —Se volvió hacia Cris, que estaba anonadado, contemplando el huevo—. Éste es tu hijo, Cris. Essstá destinado a permanecer conmigo y a crecer según las leyes de esta tierra. Sin embargo, es solamente hijo tuyo.

—¿Cuándo?

—Hoy he essstado ocupada todo el día en cuidarlo. Nació poco después del desayuno.

Sacó a su pareja prácticamente a rastras de la habitación, y le condujo de nuevo a su cuarto.

—¿Por qué querías que me quedara?

—Necesssitaba tu apoyo. Hoy has notado rara a la gente, pero es porque he tenido que conjurar parte de tu propio ser para que me ayudara.

—¿Y por qué?

—¿No te he avisado directamente? —Negó con la cabeza y batió la lengua apenas sin energías—. No esss cuesssión agradable poner un huevo. Y menos si nunca has puesto uno. —Inclinó la cabeza—. Cuestión de orgullo.

El híbrido soltó una carcajada que resonó como el alegre rugido de un dragón.

—¿Orgullo, Shen? ¿Orgullo?

—Sssí, orgullo.

—¡Ven acá!

Y la abrazó, alzándola en el aire y fusionando sus labios con los de ella.

—Luego te irás —dijo Shenak al cabo de unos instantes de alegría general—. Pero eso no tiene por qué influir en lo que pase ahora, ¿no es cierto?

—No, no tiene por qué —coincidió mirándola detenidamente, como si considerase una oferta delicada.

—No me hace especial ilusión descubrir que mañana volveré a despertarme sola, pero, francamente, eso ahora mismo no me importa.

Y ambos volvieron a fundirse en el cálido abrazo del amor y la pasión a la que tan gustosamente se entregaban.

Horas más tarde, Cris se deslizó fuera de la cama y volvió a vestirse en silencio, contemplando abstraído la delicada curva de la cadera de su compañera perfilada a contraluz. Se acercó lentamente a ella y se arrodilló frente al lecho.

—Lo siento, amor —murmuró besándole la frente—.

Pero sabes que es lo mejor. —Suspiró y recorrió por última vez aquel cuerpo hermoso.

—¿Hasss de irte ya? —murmuró ella entonces, casi con un suspiro de resignada tristeza, al que contestó un vago y apesadumbrado movimiento de cabeza—. Entonces, espero que tengas un buen viaje. —Unieron sus labios en el que podía ser el último beso que compartieran, e intentaron no ahogarse en aquella pasión que desbordaban—. Y que los dioses te bendigan.

Cris se arrancó literalmente de aquel lugar, y repitió los pasos de la noche previa, sabiendo que esta vez nadie iría a retenerle, y en parte estaba contento, pero en parte se odiaba a sí mismo y sangraba por dentro.

Se detuvo un instante para contemplar el castillo que se alzaba majestuoso a sus espaldas, y se sorprendió sobremanera al ver a una figura acercándose a la carrera por el camino de grava. Giró a Rayo con un brusco movimiento de riendas, y contempló la silueta con más detenimiento.

Pero no hizo falta mirarla mucho: enseguida distinguió aquel cojeo acelerado al que Trk la había condenado tiempo atrás. Shenak se acercaba rápidamente hacia él, y saltó, rodeando su cuello con los brazos, y empapando de llanto su capa. Ninguno pudo hacer otra cosa que abrazarse en silencio, sin saber de quién eran las lágrimas que caían sobre sus rostros, apretados el uno contra el otro.

Cuando la reina fue capaz de recuperar un poco de su compostura, le entregó una de sus escamas, de la muda que había sufrido semanas atrás. Se trataba de una de las más grandes, las que adornaban su cadera. Shenak sabía que a él le gustaba mucho: tenía un tono algo más claro que el resto de las escamas.

Cris miró aquel regalo con un nudo en la boca del estómago y se estremeció al oír la voz temblorosa de su pareja.

—Márchate, ya. —Le miró, y al advertir que él sería incapaz de hacer nada, golpeó los cuartos traseros de Rayo, que relinchó y salió al galope—. ¡Y maldito seasss por todos los dioses! —chilló a la estela de pelo y cascos negros que se alejaba ya por el camino.

Cuando Cris consiguió detener a su montura, lo único que vio fue una silueta envuelta en negro, que se abrigaba con su capa para proteger su desnudez del frío aire matinal.

Sintió que se le partía el corazón, y volvió a ponerse en marcha. Esta vez sabía que no iba a volver.

Epílogo

Shenak gobernó durante muchos años de una forma justa y honesta, aunque no contrajo Unión con nadie y, mucho después de su muerte, se la conoció como Shenak, la Solitaria. Su hijo, Kkosh, fue el fruto del único huevo que puso la reina, y nunca quedó demostrado a quién perteneció, por lo que la mayoría, los más alejados del palacio, creyeron que se trataba del buen amigo de su alteza, el capitán Sold... Aunque algunos recordaron a un híbrido que desapareció misteriosamente cuando Muna se alzó roja y llena, regalando sus rayos enteros al hijo de la Reina.

En lo que respecta a Cris, nadie le vio regresar jamás a palacio, aunque, cuando la reina ya había muerto y Kkosh era muy anciano, le contó a sus nietos, que, de pequeño, cuando fingía dormir en su cama, un dragón le custodiaba y le contaba historias extrañas y hermosas sobre la libertad y lugares lejanos, más allá de los grandes desiertos, esos que nadie había sido capaz de atravesar.

Los nietos y familiares, que no conocían la historia del híbrido misterioso, pensaron que eran delirios de un anciano senil. Pero Kkosh sabía que algo de aquello era cierto, y la historia lo confirmaría siglos después de su muerte, con un buen puñado de leyendas e historias, pero lo que sí es cierto es que en una ocasión el mismísimo hijo de la Solitaria fue en busca de respuestas, y se topó de frente con una historia que jamás fue revelada, ni a su pareja, ni a sus hijos, ni a sus nietos.

Una historia que deberá aguardar todavía un poco más.

ÍNDICE

Libro Tercero

La Escritura Desatada